KB081202

나의 의지를 전하라, 마왕

「죽음을 각오한 적은 있냐?」

오펜은 차분히 내뱉었다──

왕좌의 인형은 무표정하게 고했다.
「나는, 마왕 스베덴보리…이니라.」
오펜은 그 말에──현기증을 느꼈다.

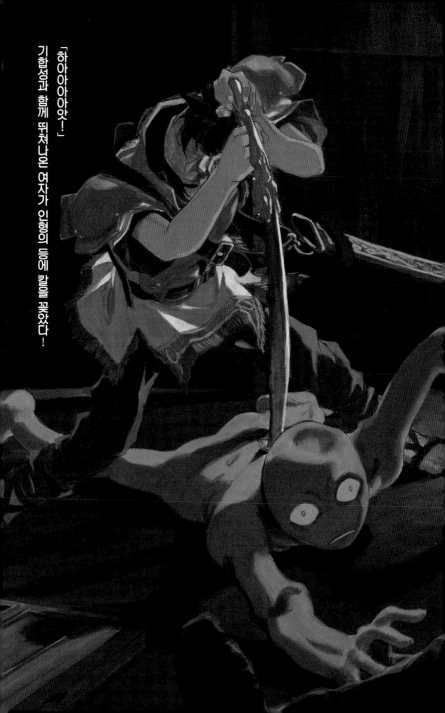

「하아아아앗!」

기합성과 함께 뛰쳐나온 여자가 인형의 등에 칼을 꽂았다!

# CONTENTS

SORCEROUS STABBER

ORPHEN

마술사
오펜
뜻밖의 여행

SORCEROUS STABBER ORPHEN

애장판 4

나의 의지를 전하라, 마왕

秋田禎信
Yoshinobu Akita

**일러스트** 쿠사카 유야   **번역** 곽형준   **디자인** 백진화
**편집** 정성학 김일철   **마케팅** 김정훈   **책임편집** 박관형

나의 의지를 전하라、마왕

# 프롤로그

그는 진정하지 못하고 의자 위에서 몸을 뒤척이려 하였다──아까부터 연신, 줄곧.

실제로 진정할 수 있을 만한 곳이 아니기도 하였다. 그곳은 말하자면 헛간 같은 곳이었기 때문이다. 쓸모가 없어진 가구를 정리도 하지 않고 쑤셔넣은, 그런 곳이었다. 의자에 앉아는 있지만 그 의자도 누군가가 권해준 것이 아니다. 정리함과 화장대 사이에 비스듬히 끼여 있던 것을 꺼내 멋대로 쓰고 있을 뿐이다.

천장의 가스등이 힘없이 흔들리고 있다. 마을 안쪽에 위치한 곳도 아닌데 가스등까지 있는 것은 뜻밖이긴 하였지만 불안하기도 하였다. 정비되지 않은 도구는 반드시 망가진다. 가스등의 경우, 폭발하거나 숨을 쉴 수 없게 되거나.

하지만 그런 것은 아무래도 좋았다──.

도틴은 다시 몸을 뒤척였다. 실내에서도 벗지 않는 모피 망토와 두꺼운 안경을 걸친 차림이다. 대륙 남부에 자치령을 가진 소수 민족, 흔히 일컫듯이 지인(地人)의 소년이다. 신장은 130센티 정도──땅딸막한 외모와 부석부석한 검은 머리. 민족 의상인 아까 전의 망토와 함께, 지인 종족의 전형적인 모습이었다.

그는 아까부터 불안한 듯이 힐끗힐끗 옆을 훔쳐보았다.

그곳에는 역시 의자에 앉아 멍하니 있는 형이 있었다. 너덜너덜해진 모피 망토는 똑같았지만 안경은 쓰지 않았고 그 대신 장검의 칼집을 차고 있다. 그는 수도 없이 하품을 하였다──그렇다는 것은 형은 이 부자연스러운 상황을 깨닫지 못하고 있다는 것이 된다.

그때——쿵쿵! 하고 문을 난폭하게 두드리는 소리가 들렸다.

무언가 책망을 받는 듯한 심정이 된 도틴은 움찔 몸을 떨며 그쪽으로 고개를 향했다——문은 두 번 만 두드린 후에는 숨을 내뱉는 것도 귀찮다는 듯한, 성가셔 하는 목소리가 들렸다.

"이봐, 이제 나와! 부르러 오지 않으면 나오지도 못하는 거냐!"

당연하잖아.

하지만 그렇게 생각하면서도 아무 반박도 하지 못한 도틴은 천천히 몸을 일으켰다.

그리고 평소처럼 아무 생각도 없어 보이는 형도, 평소처럼 아무 생각도 없어 보이는 동작으로 튕겨오르듯이 의자에서 뛰어내렸다.

그것은 즉, 흔히 있는 일이었다.

"……라고는 생각하지 않지만 말이야."

그는 비꼬듯이 혼잣말을 내뱉었다. 단지 누구에 대한 비꼼인지는 잘 알 수 없었다. 자각도 없었다.

도틴은 여하튼 탄식하고 있었던 것이다. 그리고 옆에 있던 형——볼칸이 연신 고개를 끄덕였다.

"나도 안다, 도틴."

"……뭘?"

도틴이 힘없이 묻자, 볼칸은 꾹 주먹을 쥐며 단언했다.

"오랜만에 온 큰 일거리에 흥분으로 몸이 떨리고, 그 의욕을 꾹 눌러 담아 콧김 대신 한숨이 나오는 투지! 이 형은 아주 잘 알고말고."

"……어느 세상에 그렇게 에두른 짓을 하는 사람이 있는데?"

도틴은 신음했지만 볼칸은 귀도 기울이지 않았다——뭐, 이것이 흔히 있는 일 중 하나다.

다시 한숨을 내쉰 도틴은 부근을 둘러보았다———.

흔히 있는 일 두 번째. 교외의 숙박소는 결코 안전한 장소가 아니다.

'……즉, 우리라도 헛간에 간단히 숨어들 수 있을 만한 숙소는, 말이지.'

다시 마음속으로 혼잣말을 내뱉었다.

숙박소 그 자체가 흔히 말하는 도적의 아지트가 되어 숙박객에게서 노잣돈을 강탈한다. 생각해 보면 누구라도 떠올릴 수 있는 당연한 장사다. 그렇다면 그들이 지금 있는 이 숙박소도 뭐, 말하자면 흔해 빠진 일을 생각한 흔해 빠진 녀석들의 아지트라는 것에 지나지 않는다. 최근에는 그렇게 많지도 않을 터인 이러한 숙박소에 굳이 발을 들이고 만 것도, 흔히 있는 일이라고 하면 분명 그렇다. 흔히 있는 일 세 번째.

그리고 네 번째———그런 숙박소에 자리를 잡은 녀석들과, 어째서인지 형이 의기투합을 한 것.

다섯 번째. 자신이 그 행위에 강제로 어울리게 된 것.

여섯 번째. 그런 정체 모를 살인자놈들 한가운데서 도망칠 틈도 없다는 것.

……그 중 네 개 정도까지 겹치면 이젠 자주 있는 일이고 뭣도 아니다. 도틴은 다시 한숨을 쉬었다.

"준비는 됐냐!?"

성실할 정도로 크게 외치는 자가 있었다. 하지만 이것은 딱히 도틴을 향해서가 아니라, 모두에게 말한 것이리라———그 외침에 응해 여기저기에서 일제히 고함이 터졌다.

"오우!"

"얼른 날뛰고 싶어서 좀이 쑤신다!"

'……쑤시긴 뭘.'

그렇게 속으로 투덜거리며 주변을 둘러보았다.

숙박소 1층은 식당이나 주점이 위치하는 법인데, 도적 숙박소라면 다시 말해 집합 준비장소라고 불러야 할까. 그런 역할도 담당하고 있는 모양이었다. 지저분한 식당에 모여 있는 것은 모두 해서 15명——도틴이나 볼칸도 포함한 인원수였다. 그 개개가 (단지 도틴을 제외하고) 무장을 하고 있다. 무기는 제각각이었다. 제대로 된 검을 차고 있는 자도 있고, 식칼이나 별 다를 바가 없는 꼴사나운 장비를 한 자도 있다. 무슨 착각을 한 것인지 추가 달린 쇠사슬을 절그럭절그럭 울리는 자까지 있었다.

그저 말할 수 있는 것은, 만약 경찰에게 들켰을 경우 어떠한 변명이 통할 만한 집단이 아니라는 것이다. 예를 들어 이런 식으로——"아아, 죄송합니다. 저희는 쇠붙이 마니아 정기 집회인데요."

그래도 도틴은 경찰에게 들키길 바랐다. 이런 교외를 순찰할 리가 없다는 것을 알면서도.

힐끗 시선을 향해 형을 보았다——볼칸은 희희낙락, 아까부터 의미도 없이 연신 고개를 끄덕이고 있다. 어젯밤 헛간에 있던 생 야채를 먹어 치우던 장면을 들키는 바람에 동생을 발로 차서 앞으로 떠밀고 도망치려 했을 때에서는 생각할 수도 없는 표정이었다. 그는 검을 칼집째로 들고 당당히 외쳤다.

"음——이 마스마튜리아의 투견, 전사 볼카노 볼칸의 손에 걸리면 어떠한 일이라 할지라도 얇은 얼음을 밟아 부수는 것이나 마찬가지다!"

"······명백히 사용할 문장이 틀렸지만, 오히려 정답이네."

도틴은 옆에서 중얼거렸지만 깨달은 기색도 없이──그것은 주위도 포함이었지만──볼칸이 말을 이었다.

"나의 조력이 있다면 만약 설령 예를 들었을 때의 이야기지만, 가정으로서 가상의 적을 설정해서 언급하자면, 길을 가로막는 적이 별볼 일 없는 극빈 극악 마술사일지라도, 건조 미역을 지나치게 넣어 죽이는 것도 식은 죽 먹기일 것이다!"

"아~, 그렇지."

"무심코 너무 넣는 바람에 막 넘친다니까."

주변의 남자들이 하나하나 생뚱맞은 동의를 늘어놓는 것을 보며 볼칸은 만족스럽게 콧김을 내뿜었다.

"뭐, 어찌되었든."

거기서 아까 전 준비는 되었는지 외쳤던 험상궂은 남자가 검을 어깨에 기대며 말했다.

"일손은 많아서 나쁠 건 없으니 말이지. 먹어치운 음식 몫만큼 일해 줘야겠다."

'······다시 말해서 공짜로 일하라는 거야?'

직접 말로는 하지 않고 되물은 도틴은, 자신의 물음에 스스로 대답하였다. 물론 무슨 대답인지는 뻔했다.

덤으로 말하자면 적어도 그들 전원이 손에 든 무기의 수를 보면, 앞으로 벌어질 일이 정당한 일거리가 아니라는 것도 명명백백했다.

그때──

느닷없이 실내가 정적에 휩싸였다. 혹시 아까 전에 속으로 중얼거렸던 말을 소리 내서 말한 것인지 식은땀을 흘린 도틴이 주변을 둘러보았다. 하지만 그런 것도 아닌 모양이었다. 도적들은 대열을 맞추듯이 숙박소 안쪽의 문을 향해 정렬하기 시작했다.

그 문이 벌컥 열렸다.

그 문으로 나온 것은 여자였다──딱히 특징이 있는 것은 아닌, 그런 인물이었다. 나른해 보이는, 아니 명백히 귀찮아 보이는 듯한 눈매다. 거리에서 스쳐 지나가더라도 눈길을 끌 일은 없으리라. 다만 무장만 하지 않았더라면, 이라는 조건에서.

나이는 스물 넷, 다섯 정도일까. 짧게 자른 머리카락은 자다 눌린 자국이 있다. 그녀는 명백히 손질되지 않은 얼굴을 쓰다듬듯이 문지르며 크게 하품을 하였다. 다소 크기가 큰 (즉 남성용이다) 가죽 갑옷을 입고, 허리에 검을 차고 있다. 그런 그녀가 주르륵 늘어선 남자들을 아직 반쯤 잠에서 덜 깬 눈으로 둘러보며 귀찮은 듯이 물었다.

"준비, 다 됐어?"

"물론임다, 두목님!"

도적 중 한 명이 고개를 숙이며 외쳤다. 하지만 그런 기합 담긴 보고는 무시하고 여자──두목이 가볍게 고개를 끄덕였다. 그리고 뚜벅뚜벅 그들 사이를 걸었다.

그녀는 품에서 천을 꺼내더니 재주 좋게 그것을 머리에 둘렀다. 하늘색의, 그럭저럭 청결해 보이는 천이다. 오간디일까? 하고 한 순간 생각했지만──환상일 게 뻔했으므로 곧바로 잊기로 하였다.

그렇게 여자가 숙박소를 나갔다. 도적들의 시선이 그런 그녀의 뒤를 쫓았다.

"자아, 가자!"

누군가가 목청을 높였다.

"……그런데 목적지는 어디인가요?"

도틴은 불안을 느끼며 가까이에 있던 남자에게 물어보았다. 그 남자는——무엇에 쓸 셈인지는 굳이 알고 싶지 않지만——손도끼로 보이는 무기를 소중한 듯이 품에 안은 채 한 마디로 대답했다.

"카미슨다 극장이다."

# 제1장  그것은 활동을 개시하였다

　밤하늘은 적어도 아름답기는 하였다. 다만 그 이상으로 도움은 되지 않았다.

　타오르는 불꽃을 그저 하염없이 바라본다. 일렁이는 불을 둘러싸고 앉은 것은 세 사람. 모닥불 안에는 꼬치에 펜 육포 한 조각이 자글자글 구워지고 있다.

　"…………야."

　오펜은 나지막하게 내뱉었다.

　"……어떡할래?"

　스무 살 정도의 청년이었다——전체적으로 끝이 위로 찢어진 눈매로, 솔직히 말해 인상이 험악하다. 하지만 지금은 그런 것 이전에 어딘지 초췌한 눈빛을 하고 있었다. 검은 머리에 검은 눈, 세 사람 안에서는 유일하게 지극히 평범하게 귀족적이지 않은 외모다. 입고 있는 옷은 온통 검은색으로, 가슴에는 검에 얽힌 외다리 드래곤의 문장——즉 대륙 흑마술의 최고봉 《송곳니 탑》의 문장이 걸려 있었다.

　그의 중얼거림에 대답한 것은 오른쪽 옆에서 무릎을 안고 앉은 소년이었다.

　"어떡하냐고 하셔도…… 사실은 하나뿐이잖아요."

　결이 가는 금발에 녹색 눈동자——나이는 열 넷, 다섯 정도일까. 그도 역시 전부 검은색의 복장을 하고 있지만 문장은 지니지 않았다. 그가 입고 있는 검은 셔츠와 망토는, 정말 눈곱만큼도 어울리지 않앉다.

그리고 마지막으로 말을 이은 것은 그 소년의 다시 오른쪽——즉, 불을 둘러싸고 처음에 센 오펜의 왼쪽에 앉은 소녀였다. 금발을 길게 기른 17살 정도의 소녀다. 너덜너덜한 청바지의 무릎 위에 새카만 털을 기른 강아지를 올리고, 다른 두 사람과 마찬가지로 멍하니 불을 바라보고 있었다.

"문제는 이 한 조각을 누가 손에 넣느냐 하는 점이야……. 레키는 항상 아무것도 안 먹으니까 괜찮지만. 광합성이라도 하는 걸까?"

소녀는 그렇게 말하며 무릎 위의 강아지의 머리를 쓰다듬었다.

강아지는 눈을——선명한 녹색의 눈을——감고 소녀의 손바닥에 머리를 문질렀다.

"삼등분을 하면…… 안 되나요?"

이것은 금발의 소년이 한 말이다. 오펜은 그 쪽으로 힐끗 고개를 들고는 낮은 목소리를 내뱉었다.

"매지크……."

그것이 그 소년의 이름이었다. 오펜은 그 매지크에게 말을 이었다.

"세 명 모두 한 입씩 먹고 전부 사이 좋게 굶어 죽느냐——아니면, 한 명이 체력을 비축해 근처에 있는 마을로 도움으로 요청하러 갈 거냐는 문제다."

"근처 마을이요……?"

"20킬로 너머에 있어."

오펜은 공허한 목소리로 중얼거리며 시선을 조금 내렸다.

그들이 불을 둘러싸고 있는 곳은 가도를 조금 벗어난 풀밭이었다.

대륙의 2할을 뒤덮는 광대한 수해(樹海)——《펜릴의 숲》도 이제 보이지 않고, 이곳보다 더욱 북쪽으로 나아가면 싱싱한 삼림 지대에서 황야로 지형이 바뀐다. 이곳은 그 중간 지점 정도 되는 곳이었다.

그리고 가도의 끝, 20킬로——정확하게는 23킬로 이상——너머에, 마을이 있다.

오펜은 그 마을이 있는 방향을 보며——지나가는 말처럼 덧붙였다.

"참고로 체력은 내가 가장 많을 거다."

"아뇨아뇨."

매지크가 육포에서 시선을 떼지 않고 곧바로 대답했다.

"스승님은 푹 쉬시고 젊은 제게 희망을 맡기시는 게 옳죠."

"여자는…… 소중히 대접을 받아야 해."

소녀의 중얼거림은 성량의 크기에 비해 강한 말투를 띠고 있었다. 오펜은 그 중얼거림에 움찔 귀를 떨고——한 순간만 매지크와 시선을 마주하고 서로 고개를 끄덕였다

"아니."

두 남자는 동시에, 즉시 대답했다.

"왜에~!?"

벌떡 일어나 비명 섞인 외침을 지르는 그녀를 보며 오펜은 찌릿 곁눈으로 흘겨보았다.

"한 마디로 말하면 전부 네 책임이니까."

"말도 안 돼!"

자리에서 일어난 채로 머리를 감싸 안고 고개를 젓는 소녀. 갑자기 일어난 탓에 강아지——레키는 지면에 떨어져, 모닥불 옆에서 멍한

표정을 짓고 있었다.

소녀는 주먹을 불끈 쥐고 역설했다.

"책임을 져야 하는 건 실수를 했을 때잖아! 불가항력은 참작해줘야 해!"

"호오오……"

오펜은 조용히 고개를 끄덕였다.

"재료를 전부 써서 먹을 수 없는 요리를 내놓는 것을 불가항력이라고 주장하는 거로군, 클리오?"

"먹을 수 없는 요리라니! 부당한 평가야!"

그녀──클리오는 슥 거리를 좁히고, 오펜을 삿대질하며 말을 이었다.

"오펜 너도 두 입 정도는 먹었잖아! 그럼 전부 먹을 수도 있었을──"

"밭에 뿌리면 풀이 말라 죽을 것 같은 요리라 해도 한나절 동안 아무것도 입에 대지 못하면 먹어볼까 하는 마음이 안 들겠냐, 이 바보 자식아!"

어느새 오펜도 몸을 일으켜 클리오와 대치하였다. 서로 내민 손가락 끝이 살짝 닿는다. 밤바람이 슬픈 소리를 내며 불어닥쳤다.

"두 사람 모두 아직도 기운이 남이 있는 것 같네요."

그렇게 나지막하게 내뱉은 것은 매지크였다.

"그럼 제가──"

푹!

………….

육포 쪽으로 손을 뻗으려 하던 매지크의 손가락을 스치며 나이프가 공중을 날았다──그리고 그대로 지면에 꽂혔다. 매지크가 창백해진 얼굴을 들었다.

오펜은 나이프를 던진 자세 그대로 매우 태연하게 말했다.

"죽음을 각오한 적은 있나?"

"아니…… 무슨, 육포 한 조각 가지고……."

"때와 장소에 따라 다르지."

그 목소리는 물론 클리오의 것이었지만──그 한 순간에 매지크가 앉은 모닥불 너머까지 이동해, 한 아름 정도 되는 돌을 두 손으로 들고 서 있었다. 완전히 맛이 간 눈으로 매지크를 보며.

사삭! ──매지크가 완전히 겁을 먹은 기색으로 후퇴하였다.

그런 그를 보고도 클리오는 그다지 개의치 않고 담담하게 말을 이었다.

"마차가 부서지는 바람에 타프렘 시에서부터 걷고──수상한 숙박소에 묵었더니 노자돈은 도둑 맞질 않나, 그래서 숙박비를 지불할 수 없어서 죽을 만큼 공짜로 일을 해야 하질 않나, 남은 재료로 모처럼 요리를 만들어줬더니 다들 먹지도 않고. 이 만큼이나 문제가 이어지면 슬슬 사망자가 나와도 이상하지 않을 때이지 않아……?"

"한 명이 죽으면 먹을 입이 하나 줄겠군……."

오펜은 그렇게 말하며 지면에 꽂혀 있던 나이프를 느릿한 동작으로 주웠다. 그리고 칼등을 자신의 뺨에 문지르더니 제자에게 향했다.

"아아아아아아아아."

매지크는 땅을 기어 후퇴하면서 울음 섞인 목소리로 신음했다. 아니, 실제로 울음소리였을지도 모르지만, 소년은 자포자기한 듯이 악다구니를 썼다.

"알았어! 알았다고요! ――전 됐으니까, 스승님이랑 클리오 둘이서 나눠 드세요!"

매지크는 그렇게 외치자마자 토라진 듯이 완전히 등을 돌렸다. 불빛을 등으로 받고 지면에 양반다리를 한 채로 투덜대는 소리가 들렸다. 오펜은 그런 그를 잠시 바라보고는――입고 있는 재킷 안쪽에 꿰매어 붙인 칼집에 나이프를 넣었다.

다음으로 다시 클리오와 마주보았다. 그녀도 역시 돌을 쿵, 하고 땅바닥에 떨어뜨린 참이었다.

"자, 그럼……."

오펜은 조용히 자세를 잡으며 클리오에게 말했다.

"매지크의 영웅적인 희생으로 전국은 단숨에 클라이막스로 치달았다만……."

그녀도 그런 오펜을 보며 자세를 잡았다.

"이제는, 우리 둘 중에, 누가 죽을지로군……."

질근, 하고 오펜은 신발 바닥으로 지면을 문질렀다. 그리고 수도(手刀)를 만들어 들고 있는 클리오를 향해 자세를 낮추며 주먹을 앞으로 내밀었다.

"결국 이때가 왔군……."

오펜은 각오가 담긴 목소리로 낮게 혼잣말을 했다. 그리고 아득한 눈빛으로 눈앞의 클리오에게 환영을 겹쳐 보았다.

"내 자손의 존망을 걸고서라도…… 여기서 죽을 수는 없어."

"스승님……."

그 중얼거림이 귀에 들렸는지 매지크가 어깨 너머로 돌라보며 내뱉었다.

"육포 한 조각으로 그렇게까지 심각해지지 말아주시죠."

그 말은 무시하고 오펜이 외쳤다.

"아자! 그럼 결판을 내자, 클리오!"

"덤비시지!"

클리오가 맞받아친 그 순간――

"꺄아아아아아아아아아아아아아!"

다시 말해서, 그런 평소와 다를 것 없는 밤에――

어딘가에서 커다란 비명이 밤하늘에 울려 퍼졌다.――그렇게 비명은 한없이 넓은 별의 바다로 사라졌다.

승부는 한순간이었다. 비명에 정신이 팔린 클리오를 정정당당하게 넉다운. 지면에 얼굴을 처박듯이 넘어진 그녀를 곁눈으로 흘겨본 오펜은, 자랑스러운 듯이 육포를 꿴 꼬치를 들어올렸다.

"승리란 참 덧없는 것이지……."

"오페에에에엔!?"

벌떡――하고 클리오가 몸을 일으켰다. 안면부터 쓰러진 탓이리라, 코 끝이 까져 있었다.

오펜이 조금 탄 육포를 입 안에 던져 넣으려던 바로 그 순간, 그녀는 그의 팔에 달려들었다. 그리고 동시에 박박 악을 썼다.

"지금 그건 무효! 무효야!"

"뭐, 뭣이!? 너 이 자식, 자기가 졌다고 그렇게 치사하게――"

"스승님! 클리오!"

그때――

옆에서 들린 고함에 오펜은 그쪽으로 고개를 향했다. 그곳에는 매지크가 어딘가로 달려 나가려던 자세로 경직되어 있었다.

오펜은 육포를 클리오에게 빼앗기지 않도록 높이 들고 등을 뻗으며 물어보았다.

"……어디 가는 거냐, 매지크?"

"어디 가긴 무슨 말씀을 하시는 거예요!"

그는 뭔가 궁지에 몰린 듯한 얼굴로 질문을 받아쳤다.

"듣지 못하신 거예요, 방금 전 비명!?"

"들었는데?"

"들은 탓에 한 대 맞았어."

별일도 아니라는 듯이 클리오도 말을 거들었다. 매지크가 두 손을 부들부들 떠는 것이 보였다.

"들었다면 아시잖아요! 방금 그거 비명이었다고요!"

"흠……."

분명히 그것은 그렇다. ──즉 비명이었다. 목소리의 크기나 반향의 타이밍을 봐서는 그리 멀지 않은 곳이다. 덤으로 말하자면 굉장히 절박하게 들리는 목소리이기도 하였다.

오펜은 잠시 생각에 잠기고──거기서 파앗 얼굴을 빛냈다.

"그래! 다시 말해 너, 어느새 비명을 들으면 흥분해서 이리저리 뛰어다니는 변태 체질이 된 거로군! 여러모로 스트레스가 쌓이는 생활을 하다 보면 그런 경우가 간혹 있더라고!"

"잘 됐다, 매지크! 드디어 어른이 되었네!"

클리오가 곧바로 환성을 질렀다. 하지만 매지크는 아무래도 그런 두 사람의 반응이 마음에 들지 않는 모양이었다.

"아니거든요ㅇㅇㅇㅇㅇㅇㅇㅇㅇ!?"

그는 발을 동동 구르며 절규했다.

"그게 아니라! 보통 이런 경우에는 도우러 가야 하잖아요!!"

매지크는 결국 인내심의 한계라도 맞이한 표정으로 조금 울먹이기까지 했다. 인기척 없는 한밤의 정적――이렇게나 큰 소리를 지르면 먼저 비명을 질렀던 사람이 있는 곳에도 소년의 목소리가 닿으리라. 비명의 주인이 그 절규를 무슨 일로 판단했는지는 신만이 알 수 있는 일이다――다만 이 대륙에 신은 없다.

어쨌든 오펜은 매지크를 보며 한손으로 머리카락을 쓸어 올렸다――다른 한 쪽 손으로는 계속 점프하고 있는 클리오에게서 육포를 지키고 있다. 그는 한숨을 내뱉으며 중얼거렸다.

"……안다 알아. 그딴 거. 좀 놀려먹었을 뿐이야."

"놀려먹다니……."

피로가 좌악 흘러 떨어질 듯한 안색으로 매지크가 신음했다. 소년은 그대로 말을 이었다.

"어쨌든 긴급사태예요. 뭔지는 모르지만 도우러 가야――"

"매지크……."

오펜은 다시 탄식했다.

끈질기게 뛰어 오르는 클리오를 적당히 밀어내며 저 먼 곳――딱히 특별한 것도 없이 그저 펼쳐져 있을 뿐인 밤하늘을 올려다보았다.

그는 지평에 가까운 곳에 몰려 있는 별무리를, 비어 있는 쪽의 손으로 가리켰다.

"저 별이 있는 방향에 토토칸타 시가 있어."

"……예."

당장이라도 달려갈 듯한 자세로 발을 구르면서도 매지크는 꼬박꼬박 성실하게 대답했다. 오펜은 음, 하고 고개를 끄덕였다.

"우리가 토토칸타 시를 나온 뒤로 벌써 세 달이 지났는데 말이
다…….”

"그 정도 되나요.”

"그래. 여러 일들이 있었지…….”

그는 손가락을 꼽으며 말을 이었다.

"우선 아렌하탐에서 웃는 인형에게 실컷 얻어맞았어. 킹크홀이라
는 마을에서는 망령이니 도마뱀이니 한 놈들에게 공격당하고, 《펜릴
의 숲》에 이르러서는 킴라크 교회의 암살자와 딥 드래곤의 습격까지
받았지. 그 소동이 끝나나 싶었더니 어딘가의 바보가 보호 삼림을 불
태워버려서 체포당하고, 타프렘 시에서 좀 편히 쉴 수 있나 싶었더니
도착하자마자 입원, 그 후에도 24시간 암살자랑 치고받기만 했던 기
분이 들거든. 심지어 그만한 일들이 있었는데도 한 푼의 이득도 얻지
못한 건 물론이고 그 복너구리 놈들의 빚도 아직 회수하지 못했다.”

오펜이 거기까지 내뱉자, 매지크는 의아한 표정을 내비치면서도
허어, 하고 고개를 끄덕여 맞장구를 쳤다.

"……그래서, 그게 왜요?”

"그러니까! 겨우 세 달만에 이만한 일들이 있었는데 '그게 왜요?'
라는 한 마디로 정리가 되어버리는 생활에서 벗어나고 싶다고!”

오펜은 육포를 펜 꼬치를 쥐고 절규했다.

"왜 이런 트러블이 일상다반사가 된 건데! 난 평화가 좋아! 앞으로
스스로 성가신 일에 고개를 처박는 짓거린 안 할 거야!”

그는 단숨에 말을 쏟아내듯이 고함을 치고 간신히 진정이 된 듯이
숨을 토했다——그리고 거기서 육포를 보았다.

어째서인지 꼬치가 중간부터 부러져 사라져 있었다.

옆을 보자 어느새 클리오가 부러진 꼬치의 끝을 들고 V사인을 그리고 있었다. 꼬치에는 이미 육포가 보이지 않았다──대신 그녀가 물고 있었다.

"이 자시이이이이이이이이이이이익!"

오펜이 소리를 지르며 그녀에게 달려들려 했지만──그런 그를 뒤에서 벨트를 붙잡아 제지한 것은 매지크였다.

"잠깐요, 스승님! 진정하세요!"

"이게 진정할 상황이냐아아아아아아아!"

"아니, 그렇게 울면서 소리 지를 정도의 일도 아니잖아요!?"

"목부터 아래를 땅에 파묻고 닭에게 눈깔을 쪼게 만들어주마! 말리지 마!"

"어떻게 안 말려요! 어쨌든 좀 진정하세요! 클리오도 진심으로 혼자서 다 먹거나 하진 않을 거라고요!"

그 말에 오펜은 간신히 발을 멈추고는(즉 매지크를 끌고 나아가고 있었다) 감정 억제 한계의 아슬아슬한 지점이라는 표정으로 클리오 쪽을 보았다.

거리로 치면 3미터 정도 앞에 있다. 그녀는 이미 고기를 입에 물고 있지 않았다. 손에 들고 있었다. 어느새 레키를 발 밑에 데리고 온 그녀는 느긋하게 이쪽을 바라보았다. 그리고 훗, 하고 조소를 날리고는, 어쩔 수 없다는 듯이 어깨를 움츠리고, 그대로──천천히 육포를 오물대기 시작했다.

"저 자식을 죽이고 먹을 거야야야야야야! 말리지 마아아아아아아!"

"그러니까 어떻게 안 말리냐고요오오오오!"

오펜이 그렇게 외치며 다시 클리오를 끌고 질질 나아가던 바로 그 때——

비명이 울렸다. 다시.

"꺄아아아아아아아아아아!"

오펜은 다시 멈춰 서서는 밤하늘을 올려다보려 하였다——뭐, 물론 그 비명의 주인이 하늘을 날고 있을 일은 없다. 그래도 잠시 기다린 뒤에 오펜은 나지막하게 내뱉었다.

"의외로 가까운데……."

"그러네요."

아직도 벨트를 붙잡은 자세로 눈을 동그랗게 뜨는 매지크. 클리오도 깜짝 놀랐는지 그럴 듯한 인영이라도 보이지 않는지 주변을 살피고 있다. 단지 고기를 오물거리며.

하지만——오펜은 홀로 턱에 손을 대고 진지한 얼굴로 고개를 끄덕였다.

"……그래."

하고 생각에 잠긴 얼굴을 찌푸리는 오펜. 머릿속에서는 생각의 파도가 빙글빙글 소용돌이를 그리고 있었다. 그리고 그 소용돌이의 한가운데에서 하나의 해답이 떠올랐다.

"좋아! 가보자!"

오펜은 단호히 두 사람에게 외쳤다. 그러자 뭐어~? 하고 당황한 목소리를 냈다.

"왜 이제와서?"

"아깐 그렇게 싫어하셨잖아요."

그렇게 묻는 클리오와 매지크를, 오펜은 손을 들고 히죽 웃으며 제

지했다. 그리고 칫칫 혀를 차며 세운 손가락를 흔들고 말을 이었다.

"그러니까 잘 생각해봐라. 간단한 이유야——비명. 이콜 성가신 일. 아무래도 무언가에게 공격을 당하는 모양이고. 무슨 일이 일어났는지는 모르지만, 그리 쉽게 피비린내 나는 일이 일어나진 않겠지. 들개인지 뭔지인가? 게다가 어차피 이제 결판이 날 즈음이야. 거기에 우리가 도착해서——"

"싸움으로 상처를 입었을 그 녀석을 때려잡는 거야?"

"…………."

지극히 진심이 담긴 말투로 끼어든 클리오를 보고 오펜은 한순간 입을 다물었지만.

"아니 왜. 그게 아니라, 도우러 오긴 했지만 늦고 말았다, 라는 표정으로 나서는 거야. 그렇게 하면 우리도 답례 하나나 둘 쯤은 받을 수 있을지도 모르잖냐."

"……어찌됐든 그거, 엄청 비겁하지 않나요?"

자신을 차가운 눈초리로 보며 나지막하게 내뱉은 매지크의 한 마디에, 오펜은 또다시 한 순간 입을 다물려 했고——다만 이번은 아까와는 조금 다르게, 뺨에 식은땀 한 줄기를 흘렸다.

하지만 그런 매지크의 의견은 결연히 무시하고——오펜은 자신의 턱에 댔던 손을 스윽 내렸다. 그리고 매지크의 어깨를 툭 두드리고, 다른 한 손으로 다시 밤하늘을 가리켰다.

만천의 반짝임이 지상을 바라보는 듯한 광경.

"매지크. 이 대자연을 봐라."

"허어……."

수상한 표정으로 대답하는 매지크에게, 오펜은 아랑곳하지 않고 천천히 말을 이었다.

"자연의 위대함을 이해했을 때, 너도 분명 알 수 있게 될 거다……."

"발상의 비천함을 대자연의 규모와 대조해봐야 변명은 되지 않거든요?"

매지크는 차가운 눈초리를 유지한 채로 뜻밖에도 가차없이 반박했다.

움찔——하고 뺨 근육이 경련하는 것이 느껴졌다.

씰룩이는 뺨을 숨기려는 듯이 고개를 돌리고, 아무 일도 없었다는 듯이 오펜이 말을 고쳤다.

"매지크. 저 하늘이 얼마나 깊은 색을 띠는지 잘 봐라. 세상의 심오함은 때로 진리로 보이는 것을 배신하는 경우도——"

"얘~, 그런 것보다."

거기서 끼어든 것은 클리오였다. 그쪽을 보자 소녀는 레키를 머리 위에 올리고 얼마 없는 짐을 재빠르게 정리하고 있었다.

"얼른 가지 않으면 늦는 거 아니야?"

"아아! 그것도 그렇네!"

오펜은 내팽개치듯이 매지크의 어깨를 떼고는 자신의 짐에 달려들었다. 다 헤어진 가죽제 더플백이다. 그는 꺼내놓았던 휴대용 모포를 대충 접어 넣으며 외쳤다.

"이런 일은 스피드가 생명이야! 사례를 받고 행복해지자고! 어허, 얼른! 모닥불도 꼼꼼하게 처리하지 않으면 삼림 레인저에게 혼이 날 거다!"

"……나, 《탑》에 남는 편이 더 좋았으려나……."

뒤에서 매지크가 조금 후회가 담긴 목소리로 중얼거렸지만, 오펜은 완전히 무시하고 아직 받지 않은 사례의 액수를 세었다. 비명이 들려온 때부터 생각했던 것이지만, 목소리는 그다지 멀지 않은 곳에서 들렸다――기껏해야 2, 3백 미터 정도이리라. 근처에 숲이 있기 때문에 시야는 좋지 않지만 방향은 대강 특정할 수 있다. 그 정도로 또렷한, 잘 들리는 비명이었다. 뭐, 비명이란 것은 대개 그런 법이지만.

"그건 그렇고……."

오펜은 잔달음질을 치며 조용히 자문했다.

"이렇게 마을에서 떨어진 곳에서 누가 위험해진 거지?"

최근 몇 년 사이에 여행객의 수는 급격하게 늘어나게 되었다――.

그 이유로는 가도가 완전히 정비된 것과, 그에 따라 대륙의 완벽한 형태를 그린 지도가 비교적 저렴한 가격에 판매되게 된 것, 거기에 더해 삼림 레인저와 도시 경찰의 연대가 기능하기 시작하여 한 시대 전과 비교하면 도시 외 치안도 서서히 확보되었다――라는 점을 들 수 있다.

그중에서도 가도의 정비가 가장 큰 이유이지만, 그것에는 가도를 따라 숙박 시설이 증가한 것도 포함되어 있다. 옛날처럼 허름한 숙박소에서 바가지 요금을 요구당하는――그것도 모자라 숙박소 자체가 도적들의 소굴인――경우도 최근에는 그다지 많지 않다. 어지간히 돈이 궁핍하지 않은 한 야영할 필요도 없어졌다.

반대로 말하면 숙박비조차 해결하지 못하는 녀석들을 도적이 덮치는 일도 없는 것이 된다.

"그리고…… 굳이 야영 같은 걸 하는 녀석이라면 사례도 제대로 하지 못할지 모르겠군 그래."

"우리처럼 말이지?"

클리오가 나지막하게 덧붙였지만 무시했다. 참고로 그녀의 짐은 새카만 합성 가죽 냅색 하나다. 멋도 뭣도 하나 없는 물건이지만 타프렘 시에서 신세를 졌던 레티샤가 옛날 야외 훈련 때 썼던 것을 그대로 양도받은 것이라 어쩔 수 없다.

"사례가 없으면 달려서 지친 만큼 손해 아닌가요?"

그들보다 조금 느리게 쫓아가던 매지크가, 그래도 지금의 대화를 들었는지 목청을 높였다──.

오펜은 뒤를 돌아보며 말했다.

"현금이 없으면 현물이라도 돼. 특히 먹을 것."

"등쳐먹을 거면서 무진장 뻔뻔하시네요."

눈을 게슴츠레 뜨고 그렇게 내뱉는 소년을 보고 오펜은 조금 얼굴을 찌푸렸다.

"……너 오늘 되게 틱틱 거린다?"

"그럴 만도 하죠!"

매지크는 그렇게 외쳤다.

"타프렘 시에선 《송곳니 탑》의 상급 마술사 같은 사람이 나오고, 심지어 그 사람이 스승님을 굉장히 추켜 세우고 그러니까 스승님은 저렇게 보여도 굉장한 사람이었구나, 하고 생각했었는데."

그렇게 투덜거리는 매지크에게 오펜은 낭랑하게 웃었다.

"핫핫핫──바보냐, 매지크. 과거가 어땠든 현재의 생활이 바뀌는 건 아니라고."

"그거 실은…… 엄청 슬픈 말 아닌가요?"

무거운 듯이 짐덩이를 안고 달리는 매지크의 한 마디. 여러모로 찔리는 부분이 많았는지 일부러 무시하기로 하였다.

세 사람 안에서는 매지크가 안고 있는 짐이 가장 많다――아니, 보이는대로 말하면, 한데로 뭉쳐져 공중에 떠 있는 짐들 사이에 그가 끼여 있다는 표현이 더 현실과 가깝다. 따로 설명할 필요도 없이 그 짐의 대부분이 클리오의 것이었지만, 이것이 쉽게 상상하듯이 옷 같은 것인가 하면 실은 그렇지도 않았다.

짐 안에 가장 눈에 띄는 것은 역시 가장 위 가방에 툭 튀어 나온 검자루이다. 2주 정도 전에 어떤 소동에 말려들어 잃어버리고 말았지만, 그 후에 레티샤가 손을 써 회수해주었다――그때 오펜은 단호하게 무진장 민폐라고 내뱉었지만, 클리오는 돌려받은 물건을 들고 크게 기뻐하며 레티샤에게 안겼다. 나머지는 역시 마찬가지로 잔해가 된 마차에서 회수한 일용품 등이다.

어찌되었든 그렇게 달리는 와중에――

길이 트였다.

비명이 들린 쪽으로 방향을 잡고 가도에서 조금 벗어난 나무 사이의 길을 달렸는데, 그 나무들의 밀도가 낮아지기 시작했다. 달빛 아래 어렴풋하게 새하얀 밤의 어둠이 세계를 감싸고 있는 가운데, 거대한 건물의 실루엣이 보였다.

"……이런 곳에 저런 건물이라니, 지도에 있었나?"

오펜은 나지막하게 중얼거리며 달리는 속도를 높였다.

대륙에 퍼진 지도는 대부분이 마술사 동맹 발행의 물건이다――이것은 딱히 마술사들의 측량기술이 우수하다거나 하는 이유는 아니고, 대륙 규모로 일관된 조직력을 가진 것이 이 동맹밖에 없기 때문이다. 그 외에 비슷한 힘을 가진 조직이라고 한다면 귀족 연맹 하에 있는 파견 경찰이지만, 그들이 여행자를 위한 지도를 발행할 리도 없다.

하지만 마술사 동맹이 편찬한 물건 답게 대륙 지도의 대부분은 북방과 남방이 극단적으로 조잡하였다. 둘 모두 동맹의 조직력이 미치지 않거나 그다지 흥미를 가지지 않은 지역이다. 하지만 그렇다고 하여도——

거기서 오펜은 눈을 가늘게 떴다. 진행 방향 앞에 보이는 건물의 그림자는, 자칫하면 어지간한 신전 정도는 됨 직한 크기로 보였다. 이렇게나 거대한 건축물을 놓칠 리 없다——거기에 더해 이 부근은 마술사가 꺼리는 교회 총본산 킴라크의 영향 아래이지도 않다.

"오펜……."

뒤에서 클리오가 그의 이름을 불렀다.

"뭔가 난투……가 벌어진 것 같은데?"

"그래."

그것은 그도 깨닫고 있었다. 건물 근처에서 다수가 난투를 벌이고 있는 광경이 어둠 속에서도 보였다. 단지, 정확한 인원수까지는 불명이었지만.

그때——

"꺄아아아아아아아아아아!"

세 번째의 비명이 울려 퍼졌다. 심지어 그것은 난투를 벌이는 건물 쪽이 아니라——이미 지나친, 바로 옆의 수풀 안에서였다.

"뭣!?"

오펜은 경악성을 발하며 제자리에 멈춰 서서 그 수풀 쪽을 돌아보았다. 그러자 그 안에 한 인영이 황급히 튀어나왔다.

"꺄아!"

클리오가 비명을 질렀다. 그 인영은 한 마디로 말해서 피투성이었다. 상처투성이에, 몸에 걸친 가죽 갑옷도 너덜너덜, 손에 든 검도 부러져 있었다.

남자는 수풀에서 굴러나와 힘없이 비틀거리며 이쪽으로 다가오려 하다──그 자리에 털썩 쓰러져 졸도했다. 아니, 숨이 끊어졌다. 그대로 움직이지 않게 되었다.

그리고…….

오감(五感)보다도 영감(靈感)의 지시로 오펜은 곧바로 전투태세를 갖추었다. 자세를 약간 숙이고 왼쪽 어깨를 앞으로 내민다. 허리에 붙인 오른쪽 주먹을 불끈 쥐고 발동할 마술의 구성을 떠올렸다.

그와 동시에──이리라. 수풀 안에서 검은 그림자가 뛰쳐나왔다!

부상당한 남자와는 비교도 되지 않는 속도로, 위압감을 발하며 이쪽으로 달려들었다. 크기는 그다지 크지 않다. 1미터 정도 크기의 검은 그림자다. 그 그림자의 중심을 향해 오펜은 외쳤다.

"나 발하노라, 빛의 칼날!"

앞으로 내민 오른손 끝에서 방대한 빛이 터져 나왔다. 전기를 띤 열충격파는 일직선으로 그림자를 꿰뚫더니 단숨에 폭발, 불길을 만들었다. 폭음이 울리는 가운데 한 발 물러선 오펜은 힘을 잃고 지면에 떨어진 그림자를 보았다.

새카맣게 타고 꼼짝도 하지 않게 된 그것은──개와 같은 형상을 하고 있었다. 단지 들개 같은 것은 아니다. 그것만은 확실히 알 수 있었다.

"스승님⋯⋯."

매지크가 나지막하게 내뱉었다. 그리고 좀처럼 긴장감이라고는 느껴지지 않는 목소리로 말을 이었다.

"이상한 개네요."

"⋯⋯그래. 등에 박쥐 날개 같은 게 나 있으니 말이다."

"뭘 침착하게 관찰하는 거야!"

클리오가 두 손을 부들부들 떨며 외쳤다. 자신이야말로 한없이 개와는 동떨어진 강아지 같은 무언가를 머리 위에 이고 있는 주제에, 혼란에 빠진 듯이 팔을 붕붕 휘두르며 말을 이었다.

"개일 리가 없잖아! 뭐야, 이거!?"

"그딴 걸 내게 물어봐야⋯⋯."

오펜은 뺨을 긁적이며 개(는 아니다)의 시체에서 시선을 떼고 건물 쪽으로──그리고 그 근처에서 난투를 벌이는 무리 쪽으로 몸을 향했다.

"저 녀석들에게 들으면 알 수 있지 않겠냐?"

클리오는 그 말에 어깨를 살짝 늘어뜨리고 중얼거렸다.

"⋯⋯그야 그렇겠지만⋯⋯ 왜 그렇게 침착한 거야."

이것은 매지크에게 향한 질문이었다. 소년은 곤혹스러운 듯이 일단 오펜을 보고 입을 열었다.

"아니, 그냥. 스승님이 침착하셔서, 아직 당황하지 않아도 될 때구나 싶어서."

"그런 문제야?"

클리오가 게슴츠레한 눈으로 물었다. 그런 두 사람을 보며 오펜은 조용히 팔짱을 꼈다.

"……아니, 뭐, 이 정도의 괴물이라면야."

그렇게 말하자 그 말의 의미를 이해할 수 없었는지 클리오가 의아한 시선을 보냈다.

팔짱을 낀 오펜은 그 시선에 답했다.

"진정한 공포와 혼란은 징그러운 놈이 갑자기 튀어나왔다고 해서 일어나는 게 아니야."

"…………?"

"언뜻 보기엔 멀쩡하게 보이지만, 실은 믿을 수 없을 정도로 응석받이에 말괄량이인 녀석이 일으키는 것이지."

"그게 무슨 의미야!"

클리오가 외쳤지만 설명할 마음은 들지 않은 모양이었다. 오펜은 포기의 한숨을 내쉬고 다시 건물 쪽으로 걷기 시작했다. 건물 지붕에서는 첨탑 같은 것이 튀어나와 달을 향해 주먹을 내지르고 있는 것처럼도 보였다.

"그리고 위험한 상황에서 구해서 사례 계획은 아직 사라지지 않았어. 가능한 한 적이 많이 줄은 다음에 도착하도록 천천히 가자."

"심지어 쪼잔해!"

그렇게 목청을 높이면서도 제대로 쫓아왔다. 심지어 천천히.

"……하지만 또 결국은 말려들고 말았네요."

매지크가 웅얼거렸다. 오펜은 그가 있는 방향으로 얼굴을 향하고 침통한 표정으로 대답했다.

"……이 구성으로 평온한 인생을 걸으려고 하는 것 자체가 바보였을지도 모르겠다."

──그 정도로 넘어가는 것이 성가신 일에 익숙해져버린 인간들

의, 조금 슬픈 현실일지도 몰랐다.

건물 지붕에는 그다지 높지 않은 첨탑 하나가 튀어나와 있었다—
—달빛을 가장 많이 받는 그 탑은 뜻밖에도 밝았다. 무언가 기능이
있는 탑은 아니다. 그저 건물 디자인 상 왠지 모르게 설계된 탑임에
지나지 않는다.

탑은 물론 낡고 기울어져 있었다. 기둥도, 벽도, 물론 탑도 달빛을
받아 윤곽을 드러내고 있었다.

그 탑 위쪽에 창문이 열려 있었다. 하지만 달의 은빛이 형형하게
들이치는 그 창문 안에서 무언가가 꿈틀거리고 있다고 하여도 아무
도 깨닫지 못하리라—.

톡—하고 새하얀 손가락이 상처투성이가 된 낡은 창틀을 붙잡
았다.

창틀을 붙잡은 그 손 외에는 방 안에 있어 달빛을 받지 않았다. 그
저 어둠 속에서 흥분한 듯이 꿈틀거릴 뿐이었다.

……그것은 소리도 내지 않고, 몸을 뒤척였다.

무서워서가 아니다—아니, 어쩌면 무서웠던 것일지도 모른다.
그것은 소란스러움 안에서 눈을 떴다.

그리고 미리 명령을 받았던 대로 활동을 개시하였다.

# 제2장  정적은 마치 노래하듯이

치키이이이이잉!

날카로운 소리가 울렸다. 개와 비슷한 무언가에게 검을 물리는 바람에 남자가 욕설을 내뱉으며 넘어졌다. 서둘러 몸을 일으키려 하는 그 남자에게 다른 방향에서 다른 개가 달려들었다. 남자는 절망적인 목소리로 절규했다——.

하지만 그 순간.

**"나 발하노라 빛의 칼날!"**

오펜이 발한 광열파가 빛의 화살처럼 개를 꿰뚫었다. 아까 전과 마찬가지로 날개가 돋아난 대형견이다. 안구가 반쯤 튀어나와 기묘한 형상으로 보인다. 하지만 공격을 당하면 겨우 그것뿐이다. 개는 충격으로 뒤로 날아가 힘없이 지면에 떨어졌다.

화악——하고 불타오르는 동료를 보고 다른 한 마리의 개가 위협성을 내뱉었다. 개는 곧바로 표적을 이쪽으로 변경하더니 우렁차게 포효를 지르고 돌진해왔다. 오펜은 그런 개의 정면에서 자신도 목청을 높였다.

**"나 이끄노라, 죽음을 부르는 찌르레기!"**

앞으로 뻗은 손가락 끝에서 정면의 개를 향해 파괴 진동파가 집중되었다. 불가청 영역의 소리에 고막이 가려워진다. 개는 돌진 도중에 별안간 몸을 움츠리더니, 깽, 하고 한 번 울고는 그대로 자리에 쓰러졌다. 온 몸 피부가 가늘게 찢어져 선혈을 내뿜었다.

지면에서 몸부림을 치는 개에게 다가간 오펜은 있는 힘껏 발꿈치를 내려 찍었다. 튼튼한 부츠가 개의 머리에 꽂혔고, 이윽고 개는 침묵했다. 움직이지 않게 된 개의 입에서 새카만 액체가 주르륵 흘러나왔다.

거기서 재빠르게 뒤에서 쫓아온 클리오가 목청을 높였다.

"……오펜, 잔인하다."

항의하고 싶은지 가늘게 눈을 뜬 표정이다. 그런 그녀를 따라하는 것은 아니지만 오펜도 비슷한 시선으로 반격하고 그녀를 향해 입을 삐죽 내밀었다.

"그럼 어쩌라고."

"좀 더 있잖아, 귀엽게, 여자애들한테도 인기가 있을 만한 싸움법을 연구해봐."

"없진 않다만……"

오펜은 그 말만 내뱉고는 그대로 침묵했다. 지면에 쓰러진 채로 얼이 빠진 듯이 이쪽을 올려다보는 남자에게 매지크가 달려갔다.

"괘, 괜찮으세요?"

그렇게 물어도 남자는 멍하니 입을 벌릴 뿐이었다. 떨어뜨린 검을 줍는 것도 잊고 넋이 나간 채로.

매지크는 들고 있던 짐을 대강 땅에 내려놓은 뒤에 계속해 물었다.

"다친 덴 없으세요? 대체 무슨 일이 일어난 건가요? 저희도 곤란한 상황인데 도와드렸으니 사례해 주시겠어요? 그건 그렇고 이런 일이랑은 관련되지 않는 편이 더 좋다고 생각하지 않으세요?"

"하는 말이 전부 일관성이 없네, 매지크."

"전부 진심이거드으으으으으은!"

성실하게 지적해오는 클리오에게 매지크는 남자를 간호하는 자세 그대로 머리를 부둥켜 안고 홀로 외쳤다.

그러자──

남자가 간신히 목소리를 내뱉었다. 크게 입을 벌리고, 이쪽의 등 뒤를 가리키며.

"아아아아아아아아아!?"

언어로서는 전혀 의미가 없었지만, 그 음성이 암시하는 것은 쉽사리 알 수 있었다. 오펜은 재빠르게 경계태세를 갖추고 남자가 가리킨 방향을 돌아보았다. 아까 전과 같은 개가 세 마리 이쪽을 향해 돌진해오고 있었다. 그 개 들의 후방에는 이미 목숨을 잃은 듯이 보이는 남자의 몸이 하나 지면에 굴러다니고 있었다.

평소처럼 오른손을 들어올리고 있으니 옆에서 클리오가 다짐을 시켰다.

"오펜, 귀엽게!"

"그래!"

그는 클리오의 요청에 응하고 숨을 들이쉰 다음, 마술을 구성해 발했다──

**"나 발하노라, 빛의 칼날♥"**

강렬하게 어둠을 찢어발기는 섬광이 미쳐 날뛰는 열파로 화하며 세 마리의 목표를 단숨에 숯검댕 투성이로 만들었다…….

"………."

잿더미가 되어 움직이지 않게 된 표적을 멍하니 바라보며 클리오가 나지막하게 내뱉었다.

"혹시…… 방금 『♥』뿐이야?"

오펜은 후우, 하고 이마의 땀을 훔치며 무겁게 고개를 끄덕였다.

"위험한 시도였어."

"오펜 너 겨우 그 정도야!?"

"시끄러워! 그딴 거 생각해볼 것도 없이 무리일 게 뻔하잖냐!"

"무슨 바보 같은 말싸움을 벌이시는 거예요!?"

고함을 지른 것은 매지크였다──잘 보자 그는 주위를 대충 가리키고 있었다.

"아직 이상한 것들이 우글거린다고요! 그렇게 태평하게 있을 때가 ──"

개의 무리는 이쪽을 포위하지는 않았지만 둘러보면 무수하게 어슬렁대고 있었다. 주변에는 몇몇 인간의 신체가 굴러다니고 있었다──남자의 동료이리라. 하지만 모두 지면에 쓰러져 숨도 쉬는 것 같지 않았다. 건물과는 아직 거리가──현 지점에서 앞으로 50미터 정도일까──있었지만, 개들은 그 건물 안에서 우르르 쏟아져 나왔다.

하지만 오펜과 클리오는 그런 상황 따위는 무시하고 말싸움을 계속했다.

"애초에 오펜 넌 때리는 법부터 음흉해. 말로 하자면 '뜨악!' 하는 느낌으로. '따콩!' 으로는 안 되는 거야?"

"'따콩'으로 쓰러뜨릴 수 있는 상대라면 그렇게 했지. 하지만 내가 선생님에게 배운 싸움법은 기본적으로 『쓰러뜨린 다음 짓밟는다』라고."

"제 말 좀 들어주세요오오오오오!"

매지크가 비명을 질렀다.

그러자──

"너, 너희들······!"

익숙지 않은 목소리에 그쪽으로 고개를 돌리자, 아까 전의 남자가 몸을 일으키고 있었다. 그는 떨리는 목소리로 말을 이었다.

"갑자기, 어떻게 된 거지? 너희는 누구냐? 날 도와준 건가?"

"맞아."

마지막의 질문에만 클리오가 대답했다. 대범하게 고개를 끄덕이는 소녀를 보고 남자는 도리어 불신감이 싹이 튼 모양이었지만, 그래도 지푸라기라도 잡고 싶은 심정이었는지 그대로 질문을 던졌다.

"그, 그러냐? 그럼, 고마운데──저기, 부탁이 있다."

"도와달라는 소리잖아? 뭐······ 다행이라고 할 수는 없지만, 댁 이외의 생존자는 이미 없으니 말이지."

오펜은 주저하지 않고 그렇게 밝히고 주변을 둘러보았다. 개들은 시체를 먹는지 쓰러진 자를 집요하게 공격했다. 하지만 언젠가 그 행위에도 질리면 일제히 이쪽으로 몰려오리라.

"댁 한 명 뿐이라면 데리고 도망치는 건 어떻게든 돼. 아직 포위당하진 않았으니까."

오펜은 그렇게 말하며 자신들이 온 쪽으로 몸을 돌리려 했다. 하지만──남자가 그의 팔을 붙잡았다.

"아니, 잠깐만! 그게 아니야."

"앙?"

오펜이 의아하다는 듯이 내뱉으며 몸을 돌렸다.

"그게 아니라니──우물쭈물하다간 우리도 사이 좋게 시체행이라고."

하지만 남자는 필사적인 형상으로 호소했다. 거친 숨을 몇 번이고 내뱉으며 상처투성이의 팔을 건물 쪽으로 향했다.

"나, 나는──아무래도 좋아. 당신, 마술사지? 그럼, 두목님을──
──두목님을 도와줘!"

"두목?"

오펜은 나지막히 되물었다. 하지만──상대가 무언가를 대답하기
보다 먼저 퍼뜩 무언가를 깨닫고 빠르게 속삭였다.

"너희, 도적단이냐!?"

"아냐!"

남자는 즉시 고개를 저었다. 그리고 떨어진 검을 주우며 신음
했다.

"아냐……. 우린, 도굴을……."

"도──"

경악한 오펜은 얼굴을 씰룩였다.

"도굴이라고!? 젠장, 성가시게……."

"오펜?"

클리오가 이상하다는 듯이 물었다. 오펜은 그런 그녀를 힐끗 보고
머리를 긁적였다.

"……뭐, 됐어. 나랑은 상관없으니. 그래서, 너희 두목을 도와달
라고?"

"아, 아아──맞아. 제발 부탁이다……."

남자가 그렇게 중얼거린 순간──

부스럭, 하는 소리와 함께 머리 위에서 그림자가 떨어졌다. 고개를
올리자 달을 등지고 개 한 마리가 날개를 펼치고 이쪽으로 활공하고
있었다.

"역시 날 수 있는 거냐, 망할!"

오펜은 외치며 남자를 떠밀었다. 그리고 자신도 뒤로 뛰어 물러났다. 그 눈 앞에 개가 내려섰다. 자유낙하에 가까운 빠른 속도로 지면에 내려섬과 동시에, 폭발하듯이 이쪽으로 달려들었다.

'반격할 수가 없어!'

오펜은 순간적으로 판단하고 두 팔로 얼굴을 가렸다. 개의 움직임이 한 순간이라도 멎으면 마술로 꿰뚫을 수 있다──즉, 일격으로 절명하지만 않으면 된다. 그 일격을 받을 각오를 하며 기다렸다. 지극히 짧은 시간. 개는 이미 바로 눈앞까지 닥쳐와 있었다.

퍽──! 하고 튕겨져 나갔다. 생각도 하지 못한 강한 힘에 방어 위로 충격을 받은 오펜은 그대로 등 뒤로 지면에 쓰러졌다. 하지만 쓰러지며 마술의 구성은 완성해두었다.

"나 쏘노라, 광력(光靂)의 마탄!"

동시에 왼손을 내밀었다. 하지만 손바닥에 생겨난 광탄은 표적을 발견하지 못하고 그대로 흩어졌다──오펜은 눈을 크게 뜨며 아무것도 없는 밤하늘을 올려다보았다. 방금 전까지 팔에 달려들었던 개가 앞에 있었을 터다.

'설마……!?'

오펜은 서둘러 몸을 일으켰다. 그리고──

"끄아아아아아아아아아!"

비명이 터졌다.

떠밀어 공격에서 구한 남자 위에 개가 올라타 있었다──개는 자신마저 부서질 정도의 기세로 눈알이 튀어나온 머리를 마구 흔들었다. 개의 머리가 남자의 몸에 닿을 때마다 핏방울이 흩날렸다. 뜬

어먹고…… 있는 것이다.

'날 밀어 쓰러뜨리고, 그 반동으로 저쪽으로 날아간 건가……!'

그리고 한 호흡 다음──남자의 비명이, 멎었다.

"제기랄!"

오펜이 신음하며 달려가려 하자──개는 곧바로 반응해 남자의 위에서 뛰어내렸다. 개는 지면에 내려서서 오펜을 노려보고, 무언가를 확인하듯이 눈알을 희번덕거렸다. 그리고 갑자기──엉뚱한 방향으로 향했다.

"…………?"

영문을 알지 못하고 오펜은 곤혹스러워하며 멈춰 섰다. 개의 시선을 따라가자 그곳에는 클리오가 서 있었다. 소녀는 피를 보고 경직되었는지 꼼짝도 하지 못하고 뻣뻣하게 서 있었다.

개가 포효하였다. 그리고 도약해, 그녀에게 달려들려 하였다──

다음에는 새하얀 화염에 감싸여 그대로 증발했다. 잘 보자 클리오의 머리 위에 검은 강아지가 녹색 눈동자를 크게 뜨고 있었다.

어째서인지 클리오를 따르는 이 강아지는 사실 평범한 생물이 아니었다. 대륙에서도 가장 두려움을 받는 종족 중 하나──《펜릴의 숲》 깊숙한 곳에 존재한다고 전해지는 드래곤의 성역을 수호하는 전사 종족의 새끼이다. 일반적으로는 심연의 숲늑대──딥 드래곤이러고 불리는, 최강의 마술을 사용하는 드래곤 종족. 정신세계를 절대적인 힘으로 조종하는 암흑마술의 사용 종족. 분명 그 마술이라면 이 정도의 개 괴물은 상대도 되지 않으리라.

"고……고마워."

클리오가 머리 위에 있는 새끼 드래곤을 쓰다듬는 것을 보며 오펜은 남자 쪽으로 달려갔다. 함께 다가오려 하던 클리오와 매지크에게 다가오지 말라고 손짓으로 제지한 다음, 만신창이가 된 남자의 얼굴을 들여다보았다.

코도, 뺨의 뼈도, 안구조차도 남아 있지 않다. 직시할 수 있는 상태가 아니었다. 이미 마술의 치료도 통하지 않은 상태로 손을 댈 여지가 없었다.

남자가 꺼질 듯한 가느다란 목소리로 신음하는 것이 들렸다. 주변에서 울리는 개들의 울음소리나 다른 비명 들으로 듣기 어려웠지만.

"두목님……은…… 이, 극장을, 눈여겨 보시……고……."

"극장?"

오펜은 되물으며 첨탑이 우뚝 솟은 거대한 건물을 올려보았다. 남자가 말을 이었다.

"이곳……은…… 2백년 전에, 세워진…… 카미슨다…… 극장. 비밀……이, 있어. 두목님은…… 그것을 알아내시고, 동료를…… 세 명과, 신입 두 명을…… 데리고, 건물에 들어…… 가셨어. 쿨럭!"

남자는 피가 목에 걸린 모양이었다. 당장에 제거해주고 싶었지만 그러면 점점 더 출혈이 심해질 것 같았다.

"우리……들은, 이곳에서 두목님을 기다리, 고 있었어. 하지만…… 잠시 후에…… 건물…… 안에서, 이…… 괴물 놈들이…… 그래서, 모두…… 죽고──."

거기까지 간신히 짜낸 남자의 목소리는 갑자기 작아졌다. 그리고 그대로──

생존자가 제로가 된 것만은 확실히 알 수 있었다. 아니, 그 두목인지가 살아 있다면 제로가 아니겠지만.

"······알았다."

이미 자신의 말을 들을 수도 없는 주검을 향해 오펜이 고개를 끄덕였다. 그리고 고개를 들어 거리를 두고 자신을 둘러싼 클리오와 매지크를 보았다.

"너희는——"

그가 그렇게 말하려하자, 시체 쪽은 가능한 한 보지 않도록 고개를 돌린 클리오가 재빨리 끼어들었다.

"먼저 어딘가로 도망가거나 하진 않을 거야. 항상 하는 말이지만."

"그리고."

매지크도 뒤이어 말했다. 조금 새파래진 안색으로——그리고 주변을 둘러보며.

"이미, 늦었거든요······."

"뭐?"

오펜은 목청을 높이며 자신도 주변을 둘러보았다. 그리고 경악하며 뒤로 물러났다.

"어느새······?"

떨리는 목소리에 포함된 감정은 경악보다는 절망감 쪽이 더 컸다. 아까 전까지는 시체를 덮치고 있던 무수한 개들이 전혀 깨닫지 못한 사이에 이쪽을 포위하고 있었던 것이다.

수십 마리는 될까. 어둠 속에서 눈을 빛내고 있었다. 10미터 정도 떨어져 이쪽의 퇴로를 전부 차단하였다. 으르렁대며 앞발로 지면을 긁는 놈도 있었다. 선형의 포위——도망칠 길은, 도망칠 길이라고 부를 수 있다면 말이지만, 건물 입구뿐이었다.

건물——카미슨다 극장이라고 불리던——의 입가에서는 이미 개가 나오지 않았다. 문이 활짝 열린 공허한 어둠의 입구는 소용돌이의 중심처럼 이쪽을 꾀고 있었다.

"돌파, 하실 건가요?"

매지크가 물었다. 하지만 오펜은 고개를 저었다.

"수가 너무 많아——그리고 달려서 도망친다 해도 어디까지 숨이 버틸지야 뻔하잖냐. 하늘까지 날 수 있는 개에게서 도망칠 수 있는 방법은 없다고."

"그, 그럼, 어떡할 거야?"

이것은 클리오. 오펜은 내키지 않는다는 듯이 건물 쪽으로 턱을 들었다.

"저곳에서 농성해야지. 별 수 없어⋯⋯."

"하지만 이 괴물들은 저기에서 나왔잖아요!?"

반쯤 울상이 된 매지크에게 오펜은 탄식하며 단언했다.

"지금은 나오지 않아. 이게 전부라는 것에 걸 수밖에 없잖냐."

"그럴 수가——"

"간다!"

오펜은 짧게 외치고 몸을 돌려 극장 쪽으로 달려갔다. 클리오도 매지크도 따라왔다. 하지만 어째서인지——개들은 쫓아오지 않는 모양이었다.

하지만 언제 변덕을 부려 달려들지도 모른다. 전력으로 달린 덕분인지 10초 정도만에 입구까지 도착했다. 극장이라고 해서 널찍한 홀이 있는 것은 아니고 그저 커다란 아파트 같은 느낌이었다. 입구도 좁고 양쪽으로 열리는 문이 한 장씩 좌우에 있을 뿐. 건물 안은 광원도 없이 어둠이 지배하고 있었지만 개의 예비 부대가 대기하고 있는 기적은 없었다. 그것을 확인한 뒤에 매지크와 클리오를 먼저 들이고 ──마지막으로 오펜 자신도 건물 안으로 뛰어들었다.

곧바로 문을 있는 힘껏 닫았다. 콰다아아앙…… 하고 울리는 소리와 함께 다소는 비쳐 들었던 달빛마저 가려져 완벽한 어둠이 주변에 내려앉았다.

바깥에서 보았을 때에는 물론 건물에 창문이 있었다──하지만 내부에서 막기라도 하였는지 주변은 새카맸다.

"우…… 우리 산 건가요?"

하아하아 숨을 헐떡이며 매지크가 물었다. 어두워 상대의 얼굴도 보이지 않았지만 오펜은 대충 방향을 예상해 그쪽으로 고개를 돌렸다.

"아니. 바깥에서 문에 달려들지도 모르니까 방심은 할 수 없어."

그렇게 대답한 후 손바닥을 위로 향했다.

**"나 낳노라, 작은 정령……."**

그러자 손바닥에서 포오, 하고 작은 소리를 내며 새하얀 도깨비불이 나타났다. 별반 대단한 광량은 아니었지만──그 빛은 건물 안을 비추기 시작했다.

극장이라는 곳이 어떠한 곳인지 오펜은 좀처럼 실감이 와닿지 않았지만──대도시에 있는 극장과는 조금 분위기가 달랐다. 그들이 서 있는 곳은 입구 바로 근처다. 문 한 장이 상당히 커다라 폐쇄를 하기 위해서는 나름대로 힘이 필요했다. 개들이 달려들었다면 이렇게 간단히는 닫지 못했으리라. 들어온 곳은 로비처럼 보였다.

붉은 카펫──단지 푸른 빛을 받은 탓인지 보라색으로 변해 있다. 상당히 낡았으니 검게 변색되어 있는 탓도 있으리라. 여기저기가 닳아 찢어지고 발자국투성이였다. 뭐, 아까 전의 개가 이곳에서 나왔다는 것은, 즉 이곳에서 어슬렁대고 있었을 테니 당연하다면 당연한 일이지만.

로비는 상당히 넓게 만들어져 좌우로 20미터 정도, 깊이는 그것보다 짧아 14, 15미터 정도였다. 내장은 그다지 힘을 들이지 않았지만 돈은 들였을 것처럼 보였다. 전체적으로 목조. 오른쪽에 접수대로 보이는 카운터가 있다. 물론 지금은 무인. 로비에서 보이는 안쪽에는 문도 통로도 없었고, 그저 중앙에 2층으로 이어지는 커다란 계단이 자리하고 있었다. 층계참에 그 계단을 감싸듯이 두 개의 조각상이 서 있다. 상완부터 아래가 날개가 된 여자의 조각상과, 물구나무를 선 남자의 조각상——이쪽은 머리가 숫소로 되어 있었다.

"저 조각상……."

에는 짐작 가는 바가 있었지만, 그것을 깊이 떠올리기보다 먼저 절규가 터져나왔다.

"아아악!"

경악에 찬 목소리다——오펜은 눈을 동그랗게 뜨며 목소리의 주인, 클리오 쪽으로 몸을 향했다. 소녀는 금발을 곤두세우듯이 화를 내며 매지크를 응시하고 있었다.

"뭐——뭐야?"

매지크가 불안한 목소리로 되물었다. 클리오는 소년을 척 삿대질하며 말을 이었다.

"내 짐들, 하나도 안 가져왔잖아!"

"너, 너무해."

매지크가 당혹스러워하며 신음했다. 그리고 두 팔을 펼치고 변명을 시작했다.

"그 상황에서……. 그렇게 큰 짐을 안곤 못 달린다고."

"그럼 적어도 내 검 정도는 가져와줘도 됐잖아!"

"……그것만은 가능하면 어딘가에 영원히 놓고 와줬으면 싶다만."

옆에서 오펜이 끼어들어봤지만 클리오의 귀에는 전혀 들어가지 않은 모양이었다. 그녀는 소년의 멱살을 잡고 날카로운 목소리로 소란을 피웠다.

"그런 이상한 개 한가운데에 짐을 두면 어떡해! 지금쯤 어딘가로 가져가서 땅에 묻거나 할 거란 말이야! 개는 그런 짓을 한다고!"

"그, 그런 문제가 아닐 텐데……."

매지크가 힘없이 항의했지만 애초에 그런 반박이 통용된 역사는 없다. 그녀는 난리를 피우며 매지크의 머리를 붕붕 휘두르기 시작했다.

"모처럼 티시가 회수해줬는데! 이번에 잃어버리면 네가 찾아와야 할 줄 알아! 애초에 그건 아버지의 유품 같은 물건이니까——"

그런 중요한 물건이라면 자기가 들고 있으면 되었을 테지만, 어차피 오펜에게는 아무래도 좋을 일이었다. 떠들고 있는 그녀를 다른 사람 일처럼(자신에게 향한 말이 아니기에) 바라보고 있자, 문득 그녀의 머리 위에 있던 새끼 드래곤이 스윽 몸을 일으킨 것을 깨달았다.

레키는 꼬리를 쫑긋 세우고——층계참 쪽을 올려다보고 있었다. 투명하고 아름다운 눈동자. 대륙 최강의 종족이라는 증거인 녹색의 눈동자에 비친 것은……실제로 보이는 것은 아니지만, 무엇인지는 알 수 있었다. 두 개의 조각상이었다.

오펜도 그 눈을 따라 조각상으로 시선을 향했다. 물론 자연계에 존재할 만한 생물의 모습은 아니다. 하지만 오펜은 그 두 개의 조각상이 나타내고 있는 것이 무엇인지 알고 있었다.

'저것은……. 그럼, 이곳은──그래. 카미슨다 극장! 왜 깨닫지 못했지? 2백년 전에 왕도 초청했다고 하는──'

"알았다!"

오펜은 머릿속을 스치는 지식에 깨달음의 외침을 지르며 돌아보았다. 클리오에게 목을 죄여 흰자위를 드러내고 힘없이 손을 늘어뜨리고 있는 매지크를 향해──

…………

"이봐……."

잠시 경직된 후 오펜은 주먹을 떨었다.

"왜 갑자기 기절해 있는 거야?"

"헤?"

반응을 보인 것은 클리오였다──그 말에 처음으로 깨닫기라도 했는지 눈을 깜빡인 다음 다시 매지크의 얼굴을 들여다보았다.

매지크는 이미 의식을 잃고 고개를 뒤로 젖힌 채로 늘어져 있었다.

클리오는 그런 그를 덜컥덜컥 흔들기 시작했다.

"맞아! 고작 팔꿈치의 뾰족한 부분으로 네 번 찌른 정도로 좌초하다니, 그렇게 물렁해서 어쩔 거야!?"

"너한테 하는 소리다, 난!"

오펜은 그렇게 외치며 클리오에게 다가가 그녀의 코끝에 척 손가락을 들이밀었다.

"뭐어!?"

그녀는 당혹스러운 표정을 보였다. 그리고 매지크의 머리를 퍽, 하고 떨어뜨리고는 수습할 셈인지 황급히 주웠다.

"그치만 저기, 매지크 얘 너무하잖아. 적어도 내 검 정도는 가져와 줘도 괜찮아 보였는데."

"뭐가 괜찮아 보이냐, 그딴 것."

오펜은 그렇게 말하며 클리오의 손에서 매지크를 떼어냈다. 그리고 그 소년을 바닥에 눕히며 깊이 한숨을 쉬었다.

"저기 말이다, 너…… 예전부터 말하려고 했는데, 어째서 그렇게 난폭한 거냐?"

"어디가 난폭하다는 거야?"

클리오가 아무런 잘못도 없다는 얼굴로 대답했다. 오펜은 잠시 눈을 감고——흔히 비유하듯이 정말로 영원히 눈을 감아버릴까도 망설였지만——숨을 내뱉고 몸을 일으켰다.

"잘 들어라. 너 말이다. 딱히 여자라고 해서 하는 말은 아니지만, 사람은 타인에게 다정하게 대하지 못하면 제 몫을 한다고 할 수 없어."

"……오펜 네가 하니까 전혀 설득력 없거든?"

"시끄럽고. 요컨대 견본이 있으면 된다는 거지? 우리 누나들도 어린 시절에는——"

그렇게 말하려던 오펜은 갑자기 움직임을 멈추었다. 그리고 수많은 과거를——떠올리고, 하고 싶었던 말들이 우르르 무너짐을 느꼈다.

잠시 망설인 후——오펜은 짝, 하고 손뼉을 쳤다.

"그러네. 너 뜻밖에도 얌전한 걸지도 모르겠다."

"……대체 무슨 과거랑 비교했는지 무진장 묻고 싶지만, 지금의 분위기를 망가뜨리고 싶진 않으니까 묻지 않겠어."

클리오가 조금 안색을 새파랗게 만들며 중얼거렸다.

"음."

오펜은 별 주저 않고 고개를 끄덕이고, 바닥에 뉘인 매지크의 얼굴에 파닥파닥 손부채를 부쳐 주었다.

그 과거는 잊고 싶었기 때문에 실은 클리오의 반응이 고마웠다. 뭐, 그건 어쨌든, 결국은 아무런 해결도 되지 않은 것 같기도 하지만, 잘 생각해 보면 그렇다고 해서 뭐가 어떠한 것도 아니다.

"그건 그렇고 오펜, 아까 뭘 말하려다 만 거야?"

쓰러진 매지크의 옆에 오도카니 웅크려 앉은 클리오가 물었다. 위치가 낮아졌기에——층계참을 올려다보던 레키는 더욱 고개를 들었고, 그 결과 그대로 뒤로 벌렁 굴러 바닥으로 떨어졌다.

그 광경을 보며 오펜이 대답했다.

"……이 건물에 대해서야. 이곳은 카미슨다 극장이다."

"그건 아까 그 사람이 말했잖아."

"그게 아니라. 나도 잊고 있었어——너도 역사 시간 같은 때 배우지 않았냐?"

오펜은 그렇게 말하며 계단 층계참 쪽으로 손을 흔들었다. 도깨비불의 빛으로 기묘할 정도로 환상적으로 어렴풋하게 떠오른 두 개의 조각상…….

"저거야. 저 조각상. 천사와 악마의 한 쌍. 이름은 스베덴보리의 천사와 스베덴보리의 악마."

"……뭐야, 그게?"

"아니, 그러니까——아 귀찮네. 키에살히마 사(史) 이전의 신화 모르냐? 드래곤 종족이 신들에게서 마법의 비의를 훔쳐냈다는 이야기는 예전에 했지?"

"응. 기억해."

클리오는 고개를 끄덕이고 레키를 조심스럽게 들어 품에 안았다.

그 새끼 드래곤을——그야말로 이야기에 나오는 드래곤 종적인 그것을 가리키며 오펜이 말을 이었다.

"하지만 그 녀석들——드래곤 종족들에게 비의를 도둑맞지 않은 신이 있어서 말이지. 그게 만물의 패왕, 이름하여 스베덴보리다. 그는 다른 신들에게 싸움을 걸어 자신이 유일신으로 군림하려고 획책해서 마왕이라고 불리는 존재가 되었어. 마왕 스베덴보리라고 말이다."

"헤에."

그녀는 그다지 흥미가 없다는 듯이 맞장구를 쳤다.

"……그래서, 그게 어쨌는데?"

"그 마왕 스베덴보리가 거느리는 것이 스베덴보리의 천사와 악마야. 이해하겠냐?"

"그야, 마왕이라는 이름이 붙을 정도인걸."

클리오는 그렇게 말하며 무료한 듯이 레키의 귀 안에 살짝 숨을 불었다. 깜짝 놀란 듯이 눈을 동그렇게 뜨며 뒤로 물러나는 레키를 보고 빙긋 웃고는 다시 품에 안았다.

"이해 못 했구만."

오펜은 한심하다고 생각하면서도 숨을 내뱉었다.

"이곳의 국교인 킴라크 교회는 그 마왕의 이름을 기휘(忌諱)하고 있어."

"……기휘?"

무슨 뜻인지 이해하지 못했는지 클리오가 되물었다. 오펜은 헛기침을 하고 말을 고쳤다.

"그러니까 위험시하거나, 터부시하거나. 어쨌든 싫어한다는 소리야."

그녀는 부루퉁한 표정으로 말했다.

"그럼 처음부터 그렇게 말하면 되잖아. 실은 교과서에 쓰여 있는 걸 그대로 외우고 있는 것 뿐이지?"

"거 일일이 시끄럽네."

오펜은 그렇게 얼버무리면서——실제로 정곡을 찌른 말이었지만——,

"즉, 마왕이란 그들이 숭배하는 운명의 세 여신까지 없애려 했던 신들의 패왕이었어. 교회로부터 금기시당한 이 마왕의 부하들을 조각한 상이라니, 만들기만 해도 녀석들이 클레임을 걸 거야. 하지만 대륙에서 유일하게 이곳만은 그런 조각상이 있어——엄청나게 유명한 이야기야."

"난 몰라."

클리오는 지극히 쉽사리 고개를 저었다.

"역사는 귀족들이 최후의 왕을 여덟 개의 추로 눌러 죽이는 방식으로 처형하고 목을 저잣거리에 내걸은 부분밖에 안 배웠는걸. 아, 그리고 아바란마의 13대 자치장인가 뭔가 하는 사람이 매주 일요일에 부부가 같이 소의 내장을 서로에게 던져대는 변태로, 그 현장을 아들에게 들키는 바람에 자해했다고 배웠는데, 오펜은 알아?"

"뭔가 너희 학교 역사 교사는 묘한 방향으로 편중된 것만 가르치지 않았냐……?"

오펜은 실눈을 뜨고 신음하며 말을 이었다.

"뭐, 모른다면 모르는대로 상관은 없는데, 이 카미슨다 극장이라는 곳은 2백 년 전에 건축된 역사적인 건축물이야. 그 유명한 희곡 【마왕】이 공연된 곳이거든. 당시의 왕도 이곳에 초청을 받았었지."

──그리고 몸을 일으켜 다시 층계참을 올려다보았다. 아마도 그 당시부터 같은 곳에 서 있었을 그 천사와 악마는 무표정하게 로비 입구를 바라보고 있었다. 즉, 이쪽을.

"하지만 지금은 완전히 폐허가 됐네. 개의 소굴이 되다니."

레키를 상대하며 클리오가 건성으로 말했다. 오펜은 머리카락을 쓸어 올리며 가볍게 고개를 끄덕였다.

"그래…… 아니 뭐, 딱히 저 개들의 소굴이진 않을 거야. 왕을 초청했던 날이 최후의 공연이었거든. 어째서인지 왕은 굉장히 불쾌감을 느꼈고──이 극장의 관계자들은 처형, 그리고 극장을 부술 것을 명령했어."

거기서 그 말의 부자연스러움을 느꼈는지 클리오가 고개를 들었다. 그녀의 의아해하는 눈빛을 받으며 오펜은 씨익 웃었다.

그리고 자신도 수긍이 가지 않는 심정으로 말을 이었다.

"그래──파괴당해서 이제 지상에는 존재하지 않아야 해. 이 카미슨다 극장은……."

매지크가 눈을 뜬 것은 몇 분 정도 지나서였다.

"……이런 기분 나쁜 곳을 탐색하시겠다고요?"

매지크가 층계참으로 이어지는 계단을 오르며 조심스럽게 물었다
──오펜은 먼저 계단을 오르며 어깨 너머로 뒤를 보았다.

"그 두목인지 뭔지가 여기에 있는데도 찾지 않으면 잠자리가 뒤숭숭해지잖냐."

"그, 그야 그렇지만요."

매지크가 우물거리듯이 입 안에서 신음했다. 옆을 걷고 있던 클리오가 레키를 머리 위에 두고 끼어들었다.

"하지만 그 사람을 찾아낸다 치면 그 뒤엔 어떡할 거야? 바깥엔 개들이 둘러싸고 있잖아."

"그건 뭐, 확실히 골치가 아프긴 하다만……."

층계참에 도착한 오펜은 발을 멈추었다. 그리고 재킷 안에 있는 나이프를 확인하며 말을 이었다.

"탈출할 때가 되면 생각할 거야. 그리고 그 괴물들이 이 극장에서 나왔다면, 이곳을 뒤지면 약점도 찾을 수 있을지 모르고 말이다."

"클리오, 레키한테 전이를 부탁할 순 없어?"

매지크가 어째서인지 침착한 말투로 제안했다. 하지만 클리오는 곧장 어깨를 으쓱이며 고개를 저었다.

"무리. 애초에 어떻게 부탁해야 할지도 모르는걸."

결국──이 딥 드래곤의 새끼는 어째서인지 클리오의 명령을 듣기는 해주지만, 그것이 그녀의 의도에서 다소 어긋나는 경우가 종종 있었다. 더욱이 공간전이 같은 복잡한 마술의 구성을 짜줄 것을 어떻게 표현해야 좋을지 이번에는 클리오 쪽이 이해할 수 없었다.

그렇다면 차라리 「저기에 보이는 이상한 개들을 전부 쓸어버려」라고 명령하는 편이 희망이 있지만, 저 정도의 수가 되면 역시 위험한

도박에 나설 수는 없었다.

"스스로 해결할 수밖에 없다는 거지."

클리오는 한숨 섞인 목소리로 그렇게 내뱉었다.

그 즈음에는 세 사람 모두 층계참에 도착해 있었다. 좌우에 그 천사와 악마의 조각상──그리고 그 조각상의 받침대에는 플레이트가 박혀 있었다.

"……왕가에서 하사한 물건이로군. 이 극장이 세워진 때에."

플레이트의 내용을 읽으며 오펜이 두 사람에게 설명했다.

"왕가의 인장이 들어가 있어──그러니까 당시의 킴라크 교회도 이 조각상에 대해 불평할 수 없었던 거야. 지금도 그렇지만 킴라크 교회는 귀족 연맹의 비위를 맞춘 덕분에 국교의 지위를 손에 넣은 거거든."

"……헤에."

완전히 사회 견학의 자세로 클리오와 매지크가 고개를 끄덕였다. 오펜은 플레이트에서 눈을 떼고 말을 이었다.

"마술사 동맹도 그 일을 환영했지. 결국 귀족 연맹도 마술사 동맹도 수많은 이유에서 그때까지의 주류였던 드래곤 신앙을 위험시하게 되었거든. 킴라크 교회를 대두시키는 것이 생명줄이었던 거야."

"……드래곤 신앙을 위험시하다니, 어째서인가요?"

매지크가 의아하다는 듯이 물었다. 오펜은 손가락 하나를 세우고 해설을 시작했다──다만 이것도 교과서의 암송이었지만.

"마술사에게는 말할 것도 없이──마술사 사냥이라는 위협이 있었기 때문이지. 노르니르가 지상에서 모습을 감춘 것은 2백 년 전. 하지만 노르니르에게 부추김을 당한 드래곤 신앙자들은 어디까지나 자신들만으로도 마술사를 이 세상에서 근절시키려 했어. 귀족 연맹은…… 그들은 노르니르가 지상에 있길 원하지 않았지. 대륙의 유적 소유권에 관한 일이라든가……. 그리고 그녀들이야말로 본래 대륙의 지배자였으니까 말이야. 노르니르 종족이 살아 있는 한, 귀족들의 지배권은 정당화될 수 없어. 그녀들이 아직 대륙 어딘가에 살아 있다고 믿는 드래곤 신앙자는 방해만 될 뿐이지."

"그래서 킴라크 교회인가요……."

"뭐, 그런 거다. 다만 마술사 동맹에게는 그 후에 곧바로 킴라크 교회까지 모든 마술사의 처형을 선언했으니 그다지 의미가 없었다만."

오펜은 가볍게 말했지만 가만히 듣고 있던 클리오는 아무래도 석연치 않은 듯했다. 그녀는 토라진 듯이 입을 삐죽거리며 중얼거렸다.

"서로 이용하려 들었다는 거네. 뭔가 치사해."

"그건 부정할 수 없다만…… 그 당시는 그렇게라도 하지 않았으면 어쩔 도리가 없었다고. 아직 인간 사회에는 여명기 중의 초기였으니까. 마술사 동맹도 귀족 연맹도 킴라크 교회도 자신들만으로 조직력을 유지할 단계가 아니었어."

"으음……."

그래도 납득할 수 없는 눈치였지만 어쩔 수 없다. 오펜은 그녀의 머리 위에 있던 레키를 톡 두드리고 층계참 안쪽을 향했다.

"뭐, 지식 자랑은 여기까지다. 안쪽으로 가자."

층계참 안쪽에는 역시 양쪽으로 열리는 문이 있었다. 오펜은 뚜벅뚜벅 다가가 가볍게 문손잡이를 살펴보았다. 잠겨 있지 않았다.

"열 테니까 조금만 뒤로 물러나."

오펜은 그렇게 말하고 손짓으로 두 사람을 뒤로 물러나게 하였다. 그리고 손잡이를 돌리고——단숨에 이쪽으로 문을 당겨 열었다.

문이 열림과 동시에 오펜은 뒤로 펄쩍 뛰어 물러나면서 도깨비불을 문 너머로 이동시켰다. 새카맸던 건너편의 공간이 화악 밝아졌다. 그 불빛 아래에 있는 것은……

오펜은 황급히 문을 닫았다. 도깨비불이 갇혔고 이쪽이 어둠에 감싸였다. 하지만 잠시 시간이 지나자 문틈 사이로 도깨비불이 스스륵 빠져나왔다. 다시 주변이 밝아졌다.

힐끗…… 하고 오펜은 조심스럽게 뒤를 돌아보았다. 그러자 예상대로 클리오와 매지크가 눈을 동그랗게 뜬 채로 굳어져 있었다. 클리오에 이르러서는 눈물을 글썽이기까지 했다. 시선이 마주친 순간, 소녀의 작은 몸이 부들부들 떨렸다.

"꺄아아아아아아아아아아!"

그녀는 믿을 수 없는 성량으로 아우성을 치기 시작했다——.

"오펜! 방금! 저기! 시——시체가 있었어어어어어어어!"

"시끄러워어어어어어!"

오펜도 저항하듯이 고함을 질렀다. 그리고 공황에 빠져 그 자리에 웅크리고 앉은 소녀의 어깨를 강하게 붙잡았다.

"시체라면 바깥에서도 산더미처럼 굴러다녔잖냐!"

"그치만 그치만 바깥은 어두웠고 시체인지 뭔지도 잘 몰랐단 말이 꺄아아아아아아아아!"

"진정해! 일단!"

물이라도 끼얹지 않으면 분위기가 수습될 것 같지 않았지만 오펜은 일단 그녀의 어깨를 난폭하게 흔들었다. 그때 그 옆에 서 있던 매지크가 앞으로 몸을 숙이는 것을 보고 말을 걸었다.

"그래. 너도 좀 애 다독여주우와아아아아!?"

오펜의 말은 도중에 비명으로 변했다. 매지크는 말없이, 조용히 그 자리에 주저앉아──홀로 구토하였다.

"갑자기 뭐하는 거냐, 너! 토할 거면 저 구석해서 해!"

아직도 비명이니 기성을 지르는 클리오의 등을 쓰다듬어주며 오펜은 자신도 광란에 빠질 것 같은 정신을 가다듬으며 목청을 높였다. 레키도 깜짝 놀란 듯이 뒤로 물러섰다.

매지크는 조금 고개를 들고 새파래진 안색으로 신음했다. 그리고 쉰 목소리로 말했다.

"아무리 그러셔도요, 스승님……. 저런 징그러운 걸 보면……."

"아아, 정말. 나도 토하고 싶다고."

오펜은 투덜거리고 클리오를 달래는 것을 포기했다. 그리고 일어나 다시 문 쪽을 돌아보았다.

"일단은…… 내가 저쪽에 들어가서, 거 뭐냐…… 현장 검증을 하고 올 테니까, 클리오가 진정할 수 있도록 다독여줘라."

"예히……."

불평을 할 기력도 없는지 매지크가 힘없이 고개를 끄덕였다. 오펜은 휙 몸을 돌리고 걸음을 내딛었다.

"불은 저쪽으로 가지고 갈 테니까 넌 스스로 만들어. 그리고 내가 됐다고 할 때까지 여기서 움직이지 말고."

"알았어요……."

매지크의 대답을 들으며 오펜은 다시 문손잡이를 붙잡았다. 이번에는 아주 살짝 열고 그 틈 사이로 몸을 집어넣었다. 클리오의 패닉을 더 심하게 만드는 것은 피하고 싶었다.

"클리오, 괜찮아?"

"아아아아아아아아악!? 뭔가 시큼한 냄새가 나아아아아아아!"

그런 외침을 귀로 들으며 오펜은 문의 틈새로 **빠져나갔다.**

몇 분 후, 오펜은 로비의 층계참으로 돌아왔다.

그가 핼쑥해진 안색으로──문을 열었다. 그리고 얼굴만 내밀자 클리오와 매지크 둘 다 층계참 구석에 오도카니 앉아 있었다. 신경줄이 얼마나 두꺼운지 뜻밖에도 벌써 멀쩡해 보였다.

"끝나셨나요?"

매지크가 물었다. 오펜은 말없이 고개를 끄덕이고 힐끗 클리오 쪽을 보았다. 그리고 이제 괜찮다고 판단하고 이쪽으로 오도록 손짓했다.

"이제 들어와도 된다."

"정말로?"

클리오가 웅얼거리듯이 말하며 몸을 일으켰다. 매지크도 그녀의 뒤를 따라 느릿느릿 몸을 일으키고 의심스럽다는 듯이 이쪽을 보았다.

"말은 그렇게 해놓고, 네 말 따라 들어갔다가 훨씬 엄청난 게 있기라도 한다면 그 자리에서 울 거야. 잠시 동안 절대로 안 그칠 거야."

"그런 협박 하지 마라……. 무서우니까."

오펜은 신음하며 두 사람을 안에 들였다.

로비 다음은 홀이었다. 상당히 널찍했지만 샹들리에 등의 장식이 있는 것은 아니고──목조 건물이었으니 당연하지만──어느 쪽인가 하면 운동장처럼 보이는 곳이었다. 무수한 발자국에 쓸려 매끈해진 나무 바닥에 몇 개의 목재를 조립해 만든 듯한 둥근 기둥. 여기저기에 설치된 흰 벤치. 아무래도 이곳은 대합실처럼 쓰이던 곳인 듯했다.

안쪽에는 역시 양쪽으로 열리는 큰 문과 그 앞에 아래로 내려가는 계단이 있었다. 계단 자체도 상당한 폭이 있고, 난간 등을 보아도 수고와 비용이 상당히 들었음을 알 수 있었다.

들어가 바로 보이는 곳──즉 아까 전까지 시체가 굴러다니던 곳에는 재와 그을음이 쌓여 있었다. 매지크도 클리오도 곧장 깨달은 모양이었다. 손가락으로 가리키며 물었다.

"저기, 스승님. 이거⋯⋯?"

"그래, 태웠다. 숨은 붙어있지 않았고, 보기 좋은 것도 아니었으니까."

"그래⋯⋯."

클리오가 여러모로 복잡한 심정이 드러나는 목소리로 웅얼거리며 그 재를 들여다보았다. 딱히 말리지는 않았지만 대신 오펜은 조용히 덧붙였다.

"⋯⋯시체는 두 사람 분량이 있더군."

"예? 한 명 더 죽어 있었나요?"

되묻는 매지크에게 오펜이 고개를 끄덕였다.

"여기저기에."

"⋯⋯예?"

"조각조각이 나 있었어. 모아보니 두 사람 분량이더군."

"읍⋯⋯."

속이 메슥거리는지 매지크가 명치 부근을 누르며 신음을 내뱉었다.

오펜은 머리카락을 쓸어 올리며 한숨을 내뱉었다――그리고 자신의 위를 진정시키듯이 침을 삼켰다.

"그쪽도 같이 태웠어. 그리고 그때 깨달았는데……."

그는 홀의 벽을 가리켰다. 어느 벽이어도 괜찮았지만, 가까운 곳에 오른손을 향했다.

그리고 외쳤다.

"나 발하노라, 빛의 칼날!"

광열파가 번뜩이며 벽에 직격했다. 하지만――

빛이 수그러들어도 벽에는 상처 하나 없었다. 그을음으로 더러워지기는 했지만 그뿐이었다.

"? ――뭐야, 이거?"

클리오가 눈을 깜빡이며 당황스럽다는 목소리를 내뱉었다.

오펜은 팔을 거두며 낮은 목소리로 중얼거렸다.

"벽이랑 바닥도 상처 하나 나질 않아. 이런 목조 건물이 개수도 하지 않고 2백 년이나 버티고 있다니 이상하다 싶었다만, 아무래도 마술로 방어되고 있는 것 같아."

"마술로?"

"그래."

오펜은 클리오와 매지크 쪽을 돌아보았다.

"아마 이 극장 어딘가에 방어를 위한 월드 그라프가 있을 거다. 몇 백 년 동안이나 지속성을 가지는 건 노르니르의 침묵마술 뿐이니까. 그렇다면 이 극장은 천인이 만든 것이 되는데……."

"하지만 그게 무슨 문제인가요?"

그 물음에 오펜은 천장을 올려다보았다──도깨비불이 일렁이는 평평한 천장을. 그렇게 잠시 시선을 방황하다 다시 두 사람 쪽으로 향했다.

"설명을 하자면 길어지는데, 말하고자 하는 바는 그리 어렵지 않아. 아까 그 남자가 도굴이라고 말했던 걸 기억하냐?"

"응. 그래서 오펜 네가 성가시다고도 했었고."

"실제로 성가신 문제야──현재 대륙에 존재하는 모든 유적은 기본적으로 귀족 연맹의 소유거든. 거래 끝에 공식적으로 마술사 동맹의 것이 된 유적도 있고, 동맹이 은폐하고 있는 것도 상당히 많긴 하다만……."

오펜은 어깨를 움츠렸다.

"유적이라는 건 노르니르가 지상에서 모습을 감출 때 남긴 요새 같은 것들이야. 아렌하탐의 지하에 있던 바질리콕의 요새, 그게 바로 그 전형이지. 노르니르 종족의 후계자임을 공언하는 귀족 연맹은 노르니르가 남긴 유적, 유산 전부가 자신들의 것임을 대륙법으로 정했어. 도굴꾼이라는 건 그 법을 무시하고 유적을 어지럽히는 녀석들이고. 무서운 건 이게 절도라든가 강도 같은 그런 어중간한 범죄가 아니라 반역죄가 적용된다는 점이다. 왕권 반역죄인지 뭔지라고 부르는 모양인데, 그 죄의 벌칙은 결코 가볍지 않아."

"허어……."

매지크가 그다지 실감이 나지 않는다는 듯이 숨을 내뱉었다. 오펜은 말을 이었다.

"하지만 뭐, 어차피 여긴 서부니까──귀족 동맹을 두려워하는 건 현실적이지 않아. 정말로 무서운 건, 말이지……."

오펜은 말을 멈추었다. 세 쌍의 눈——레키도 포함하여——이, 동그랗게 떠져 이쪽을 올려다보았다. 그는 아까 전 광열파가 닿은 벽을 가리켰다.

"이 극장에는 노르니르의 마술이 관여하고 있을 가능성이 커. 그리고 이곳의 비밀을 알아차렸는지 어쩌니 해서 도굴꾼이 침입했지. 여기까지 조건이 갖추어지면 도출되는 해답은 하나다——이 극장은 노르니르의 유적이다. 2백 년 전에, 아마도 노르니르가 만들었던 거야."

그리고 벽을 가리키던 손가락을 거두고, 엄지로 바닥의——재를 가리켰다.

"이미 희생자가 나왔어. 이건 통계적인 이야기인데, 노르니르의 유적 대부분은 침입자를 없애는 수호자 부류가 설치되어 있지……."

"! 그럼……."

간신히 깨달았는지 매지크가 경악한 표정을 보였다. 클리오는 아직도 잘 이해가 가지 않는지 멍한 표정이었지만.

"그래."

오펜은 고개를 끄덕이고 홀을 둘러보았다. 공허한 공간은 반향도 허용하지 않았다——.

"이 극장 안도 결코 안전하진 않다는 거다."

정적은 마치 노래처럼 그 불안을 합창하고 있었다.

# 제3장 그리고 모든 것이
## 소용돌이치기 시작하였다

"──갑자기 생각났는데."

나지막한 목소리.

"……뭘?"

또 다른 목소리.

"여긴 어디지?"

"글쎄."

"어느새 우리밖에 안 남게 됐는데, 새로운 형제들은 어디로 간 거야?"

"갑자기 습격을 당해서 도망쳤을 때 떨어진 모양이야."

"음. 그러고 보니 기억에 있군. 너도 좀 더 배짱을 기를 필요가 있다고."

"난 다리가 풀렸거든? 그런데 누군가가 내 뒷덜미를 잡아 끌고가더라고. 그 누군가가 누군지는 말 안 하겠지만."

"그래. 나도 그럴 듯한 해당인물 따윈 보지 못했어……. 그건 그렇고, 여긴 극장 맞지?"

"그래."

"극장이라는 곳은 상자에 들어간 인간을 두 동강내고 환성을 지르거나, 어린애한테 천을 뒤집어씌워 비둘기로 바꾸는 구경거리에 감동하는, 가학적이고 퇴폐적인 행사를 여는 곳이라는 기억이 있다만."

"……뭔가 여러모로 오해를 하는 것 같은데, 뭐 됐어 딱히."

"하지만 말이다, 무대라면 어쨌든, 통로를 걷고 있었는데 갑자기 구멍이 뚫려서 우리를 낙하시키는 건 어떻게 된 걸까."

"나도 그다지 칭찬할 만한 풍습이 아니라고 봐."

"음. 뭐 다행히도 우리는 강철 같은 정신력으로 낙하의 공포를 견디고, 타고난 근성으로 상처도 입지 않았지."

"……뭐~, 그려려나."

"하지만 말이다, 평범한 인간이라면 크게 다쳤겠지."

"10미터나 떨어졌으니 말이지. 덤으로 말하면 그런 것을 목적으로 하는 구멍이 아닐까 싶은데."

"설사 그 구멍이 어떠한 비겁한 계략으로 설치된 것이라고 할지라도, 그런 것에 걸릴 만한 이 몸이 아니다만, 먼저 네가 떨어져버리는 바람에 나도 돕지 않을 수가 없어서 할 수 없이 떨어졌지."

"……참고로 아까 떨어졌을 때, 형이 내 밑에 깔렸는데, 그게 무슨 의미인지는 알아?"

"음. 내가 더 무거워서 그렇겠지. 도중에 따라잡았던 걸 거야. 뭐, 그런 네 무수한 실책에 관해서는 더 이상 언급 않으마."

"……고맙네."

"뭐, 어찌되었든, 그러한 일이 있어서 우리가 이곳에 있는 것이다만……."

볼칸은 검을 한 손에 들고 양반다리를 한 채로 앉아 주변을 둘러보았다. 단지 이 부근은 상당히 어두워 거의 보이지 않았지만. 그는 그대로 말을 이었다.

"여긴 대체 뭐하는 곳이지?"

"내가 보기에는 구덩이의 바닥, 이라는 방일 것 같은데."

도틴은 한숨 섞인 목소리로 대답하였다――때때로 쬨은 엉덩이를 쓰다듬으며.

하지만 볼칸은 그 말에 납득하지 않은 모양이었다.

"하지만 이곳이 구덩이의 바닥이라고 하면 저런 곳에 출구가 있는 건 이상하잖냐."

그는 그렇게 말하며 구덩이의 상당히 위쪽에 뚫려 있는, 창살이 쳐진 구멍을 가리켜보였다. 구멍 바닥에는 그 외에는 구멍 다운 구멍도, 손잡이 다운 손잡이도 없이, 그저 벽, 벽, 벽이 사방을 둘러싸고 있었다. 물론 상당히 좁았다. 체구가 작은 지인 두 명이 방에 있는 것만으로도 그다지 몸을 움직일 여유가 없었다.

형이 가리킨 구멍을 올려다보며, 도틴은 냉정하게 내뱉었다.

"……내가 보기엔 저 구멍에서 물 같은 게 쏟아져서, 후하하하 절체절명이로구나 어리석은 침입자놈들, 하는 목적으로 보이는데."

"핫핫핫. 바보구나, 도틴."

볼칸은 그 말을 듣고 명랑하게 웃었다.

"저 구멍에서 물이 좀 쏟아진다 해서 그걸로 절명할 만한 기특한 침입자가 어디에 있냐."

"……뭐, 수심이 2미터 이상이 되지 않으면 말이지."

"…………"

움찔――하고 볼칸이 움직임을 멈추었다.

구조적으로 지인이라는 종족은 물에 뜨지 않는다. 그렇게 되어 있다.

"어어……"

볼칸은 식은땀을 흘리며 딱딱한 말투로 중얼거렸다.

"이건 혹시나해서 묻는 거다만, 침입자라는 건……."

"이건 전통적인 예시인데, 대체적으로 구덩이에 떨어져 어찌할 바를 모르는 사람들을 가리키는 게 아닐까?"

딱히 빈정거린 것은 아니다――스스로도 인정하고 싶지 않았던 것이다.

"…………."

바위보다 단단한 침묵이 묵직하게 머리 위를 눌렀다.

이윽고, 덜컹, 하고 기계적인 소리가 구멍 안에 울리더니――

창살 틈새에서 기세 좋게 물이 뿜어져 나온 것은, 정확히 3초 후의 일이었다.

"……지금 뭔가 물소리가 들리지 않았어?"

걸음을 옮기던 클리오가 나지막하게 물었다.

"기분 탓 아니야?"

이것은 매지크의 대답이었다. 그는 불안한 듯이 주변을 둘러보았다.

"기분 탓이 아냐. 바닥 아래쪽에서 두두두두, 하고 들렸는걸."

"그럼 물이 흐르는 거겠지."

그다지 흥미가 없다는 듯이 대답하는 매지크에게 클리오는 조금 부루퉁한 표정을 보였지만, 소년은 깨닫지 못한 모양이었다.

그 홀에서 계단을 타고 내려가자 객석으로 나왔다――쭉 늘어선,

단단해 보이는 좌석. 현재 걷고 있는 곳이 바로 그 좌석길이었다. 위를 보자 좌우로 귀빈석처럼 보이는 곳이 있고, 홀 안쪽 문에서 그쪽으로 통해 있는 모양이었다.

"그건 그렇고 넓은 극장이로군."

오펜은 객석을 둘러보며 혼잣말을 내뱉었다. 바깥에서 본 이 건물의 크기로 생각하여도 상당한 넓이였다. 객석은 뒤로 갈수록 높아지도록 경사가 져 있고, 좌석의 방향도 중앙으로 향하듯이 미묘하게 안쪽으로 기울어져 있었다. 모든 좌석이 향한 곳에는──당연하지만 무대가 보였다.

무대는 상당히 높아 바닥으로부터 3미터는 올라가 있었다. 물론 무대 바로 근처에는 좌석이 없고, 가장 앞줄의 좌석도 가장 낮은 바닥에서 2, 3미터는 올라간 지점부터 시작된다. 그래서 무대와 좌석 사이에 트인 공간은 무엇인가 하면, 악단이라도 들어가는 것이리라.

"2백 년이나 방치된 것치고는 깨끗하네."

별안간 무언가를 깨달은 듯이 클리오가 중얼거렸다──오펜은 그래, 하고 고개를 끄덕이며 대답했다.

"아마 그것도 마술문자의 효과겠지. 풍화에 견딜 수 있도록──뭐, 애초에 2백 년 방치되어 있었는지 어쩐지도 모른다만."

"그게 무슨 말이야?"

그렇게 되묻는 클리오에게 오펜은 어깨를 움츠리며 말했다.

"기록으로는 부숴 철거한 걸로 되어 있어도──실제로는 남아 있었잖냐. 그런 일에는 짐작 가는 바가 있어. 마술사 동맹이 귀족 연맹에게 유적을 은폐하는 전형적인 수단이거든. 즉 기록 상으로는 파기해놓고 사실은 그대로 둔다. 왕도의 감시도 서부에는 뜻밖에도 허술

해서 말이지, 그런 것도 가능해. 그러니까 마술사가 정기적으로 탐색을 하고 있을 가능성은 있어. ……그렇다고는 해도 정말로 가치가 있는 유적이라면 내가 모를 리 없으니──.”

그렇다기보다는 그의 스승이나 천마의 마술을 전문으로 했던 누나가 모를 리가 없다, 가 더 정확한 표현이었지만, 그 부근의 사정은 대충 생략했다.

“은폐는 했지만 대단한 건 발견하지 못해서 방치되고 있었다, 정도가 아닐까?”

“보통 유적에는 그런 게 있는 건가요?”

작은 목소리로 묻는 학생을 보며 오펜은 씨익 웃었다.

“뭐야, 또 훔쳐낼 거냐, 너?”

“그러니까! 스~승~니~이이임!”

매지크가 두 팔을 부들거리며 항변했다. 오펜은 웃으며 대충 손을 저었다.

“뭐, 요새 같은 곳이라면 모를까 단순한 극장이라면 위험한 물건은 그리 없다고 생각하고 싶군. 하지만 노르니르가 만든 마술 물품이라는 건 그녀들에게는 단순한 일용품이라고 해도 인간에게는 위험하기 짝이 없을 경우가 종종 있어서…….”

“어떤 건데요?”

“내가 옛날에 도우미로 불려갔던 노르니르들의 보육시설엔 부엌에 망가진 자동조리장치가 있었는데 아주 난리였어. 우릴 재료로 착각하질 뭐냐. 아무리 도망쳐도 쫓아오질 않나.”

“끔찍하네요…….”

“여기에도 먹을 것이 있으면 좋을 텐데.”

공복임을 떠올렸는지 클리오가 배에 손을 대며 중얼거렸다.

바로 그때——

두우우우우우웅——!

폭음이 울려 퍼졌다.

"뭐야!?"

좌우를 둘러보며 오펜이 신음했다. 폭발은 상당히 가까운 듯했다.

"무대 너머인 것 같아!"

클리오가 무대를 가리키며 빠르게 속삭였다. 오펜은 무대 쪽을 보았다.

"무대 뒤편……?"

그렇게 짐작한 오펜은 달리기 시작했다.

경사가 진 객석의 통로를 달려 무대 방향으로 이동했다. 객석 양 끝에는 무대에 오르기 위한 계단이 나 있었고, 세 사람은 그곳으로 향했다.

얼마 있지 않아 무대 위에 도착하여 좌우를 둘러보았다.

"무대 옆을 통해서 뒤로 돌아갈 수 있는 모양이야."

클리오가 눈치 빠르게 무대 구석에 있는 문을 발견했다. 심지어 그 문은——반쯤 열려 있었다.

"가볼까."

오펜이 그렇게 말한 바로 그 순간이었다.

쾅——!

짧은 폭음이 울리며 바로 지금 향하려 하던 문이 안쪽에서 터져 날아갔다. 아니——안쪽에서 날아온 것에 맞아 부서진 것이다.

문을 날리고 무대쪽으로 굴러나온 것은 인간이었다. 전신에 화상을 입고 옷도 까맣게 타 있었다. 체구가 큰 남자로 보였지만 다가가지 않으면 정확하게는 알 수 없었다.

아직 살아는 있다. 하지만 그대로 방치하면 죽으리라.

"무슨 일이 일어난 거야!?"

그 남자를 향해 질문을 던지며 오펜이 달려가려 했다. 하지만──

이쪽이 움직이는 것보다 먼저 망가진 문을 넘어 뒤이은 인영이 나타났다.

아니, 사람이 아니었다.

몸의 재질은 눈으로 판별할 수 없었다. 점성이 있는 유리가 존재한다면, 그 광택과 매우 비슷할지도 모른다. 평평한 피부에 관절 부분만이 부푼 가느다란 팔다리. 체모가 없는 몸을 옷으로 덮지는 않았다. 가슴 부분에는 늑골을 본떴는지 다소 구불구불 요철이 나 있었다. 머리는 둥글었다──인간에게는 있을 수 없을 정도로 둥글다. 모발은 없었다. 하지만 정수리는 푹 파인 듯이 들어가 있었다.

일행은 그것과 비슷한 것을 본 적이 있었다.

"인형……!"

오펜은 경악하며 그 단어를 입에 담고 그 자리에 멈춰 섰다. 노르니르가 과거 즐겨 만들었다는 인간의 모조품이다.

인형은 천천히 이쪽으로 향했다.

"또 침입자인가."

그것은 문에서 한 걸음 전진했다. 인형은 결코 매끄럽지 않은 동작으로 팔을 들어보였다.

그리고 등 뒤에서 떠밀렸다.

"이야아아아아아앗!"

기합성과 함께 문 너머에서 인형의 등에 검을 꽂은 것은 아직 20대 중반 정도밖에 되지 않아 보이는 여자였다. 인형이 등에 꽂힌 검에 떠밀려 앞으로 쓰러졌다. 여자는 그것을 타넘은 다음 검을 뺐다. 그대로 쓰러져 있는 남자 쪽으로 달려왔다.

"프레딘!"

여자는 날카롭게 그 짧은 단어——아마도 그 남자의 이름이리라——를 속삭였다. 지독한 화상을 입은 남자는 움찔 고개를 들어 여자 쪽을 올려다보았다.

"두……두목…….."

"의식이 있으면 됐어. 말하지 마라."

그녀는 그 말만 남기고 검을 다시 들어 인형 쪽을 돌아보았다.

검은 머리를 짧게 친, 어딘지 지나칠 정도로 성실해 보이는 여자였다——그저 옆얼굴이 그렇게 보였을 뿐이지만. 헐렁한 가죽 갑옷을 입고 검은 경량의 물건을 빈틈 없이 들고 있다. 머리에 두건을 둘렀는데, 그것은 선명할 정도로 깨끗한 하늘색이었다.

'저 여자가…… 두목인가?'

그렇게 불렸으니 그렇겠지만, 오펜은 신기한 기분으로 그녀의 모습을 보았다. 진지한 그녀의 눈빛은 몸을 일으키려 하는 인형을 향하고 있었다…….

그때, 그 얼굴이 갑자기 이쪽을 향했다.

"너희들!"

"……엉?"

아무런 전조도 없이 불리는 바람에 오펜은 얼빠진 소리를 내뱉었다. 그녀는 그것이 지극히 자연스러운 일이라는 듯이 말을 이었다.

"저것과 우리를 보면 어느 쪽이 적인지 금방 알 수 있잖나! 멍하지 있지 말고 어서 가세해!"

"뭐어――!"

그 말을 듣고 노성을 터뜨린 것은 클리오였다.

"뭐야, 그 태도는! 뭔지는 모르지만 너희가 도둑질을 하려고 했으니까 우리까지 말려든 거잖아!"

"처음엔 사례가 목적이었죠?"

뒤에서 매지크가 작은 목소리로 동의를 구했지만, 오펜은 무시했다.

여자는 그런 클리오의 항의에 주저하지 않고 반박했다.

"우리는 도둑이 아니야! 도굴을 하러 온 거다!"

"둘 다 마찬가지잖아!"

"아니야! 우리는 마술사가 독점하고 있는 이익을――"

그렇게 말하던 도중, 그녀가 입을 다물었다. 인형이 완전히 몸을 일으켰기 때문이다.

"죽지 않았나."

인형이 담담하게 중얼거렸다.

여자는 검을 다시 들고 대담한 웃음을 띠었다.

"흥. 그 정도로 이 메첸 님을 해치울 수 있을 것이라고 생각했어?"

그녀는 그렇게 호기롭게 외쳤지만――그 직후 울린 날카로운 매도 탓에 전부 엉망이 되었다.

"뭐야, 잘난 척은!"

클리오는 레키를 안고 여자――메첸이라고 이름을 댄 그녀 쪽을 삿대질했다.

"오펜 너도 저런 여자 그냥 놔둬! 만에 하나 저 여자가 이겨도 내가 확실하게 숨통을 끊을 테니까!"

"그럴 수는 없잖냐."

오펜은 가늘게 눈을 뜨고 앞으로 나섰다.

"전투 목적으로 만들어진 인형은 아니로군……. 그럼 어떻게든 되겠지."

"보는 것만으로도 알 수 있나요?"

매지크는 그렇게 질문하고, 긴장도 하지 않은 채로 멍한 표정을 지었다.

오펜은 고개를 저었다.

"그딴 거 몰라. 단지──살인 인형이었으면 단순한 도굴꾼 상대로 일격에 해치우지 못하는 일은 있을 수 없지."

그것은 딱히 타의가 없는 말이었지만──

듣고 있던 인형이 퍼뜩 고개를 들었다. 가느다란 눈으로 마치 칼날로 찌르듯이 이쪽을 관찰하더니, 목소리를 꺼냈다.

"마술사인가……."

그 말에 이끌린 듯이 메첸이라고 하는 여자도 황급히 이쪽을 보았다. 아무래도 가슴에 걸린 문장은 깨닫지 못했던 모양이다.

"마술사라고!?"

하지만 그것이 빈틈이 되었다.

느닷없이 달리기 시작한 인형은 매우 허술한 동작으로 메첸의 몸을 밀었다──불의에 허를 찔린 그녀가 크게 넘어졌다. 인형은 그대로 그녀의 옆을 지나쳐, 그녀가 항하려 하던 화상을 입은 남자──분명 프레딘이라고 불렸다──의 곁까지 단숨에 접근하였다.

"앗차!"

메첸이 신음했다. 오펜은 자세를 낮추고 주문을 외려 했다.

"나 발하노라, 빛의 칼——"

하지만 그때——

"잠깐!"

제지의 목소리에 오펜이 입을 다물었다. 메첸이었다.

"프레딘에게도 맞을 거야!"

'그런 덜렁이도 아니고, 맞출 일은 없어.'

내심으로 투덜거렸지만 일단 집중이 무너지면 재구성까지 몇 초가 걸린다. 그 동안 인형은 프레딘의 몸을 짊어졌다.

그리고 그 자리에서 반전하더니 상당한 속도로 달려가 아까 부수어 연 문으로 뛰어들었다——.

"나 발하노라, 빛의 칼날!"

추적하듯이 발한 오펜의 마술이 인형의 뒤를 스치며 문 근처를 후볐다. 폭음이 울리는 가운데 인형은 무대 뒤로 사라졌다.

"프레딘!"

메첸이 그의 이름을 부르며 몸을 일으켰다. 그리고 넘어질 때 떨어뜨린 검을 줍고 인형이 사라진 문을 향해 뛰어들었다.

"함부로 쫓지 마!"

오펜의 목소리는 들리지 않는 모양이었다——아니면, 무시했거나. 그녀가 무대 뒤로 들어가는 것을 보고는 혀를 찼다.

"녀석이 무엇을 위해 부상자를 데리고 갔다고 생각하는 거야…….
꾀기 위해서일 게 뻔하잖아."

"꾀다니?"

클리오가 물었다. 오펜은 짧게 숨을 내뱉었다.

"함정이야. 노르니르의 인형이 침입자를 죽이려 하고 있어. 아까 전의 시체도 아마 녀석의 짓이겠지. 그렇다면 만든 주인인 노르니르에게 이곳을 지키라는 명령을 받은 거잖냐. 이곳에는 뭔가가 있어──숨길 만한 무언가가."

"하, 하지만 그렇다면──방금 전에 쫓아간 그 사람, 더더욱 위험하잖아요!"

매지크는 이미 완전히 뒤를 쫓아갈 자세가 되어 외쳤다.

"알아."

오펜은 신음하며 달리기 시작했다. 문을 향해서.

"그래. 저 여자가 심한 꼴을 당하는 걸 똑똑히 봐두지 않으면 속이 시원해지지 않을 거야."

속으로 웅얼대는 클리오의 말이 다소 마음에 걸리기는 하였지만, 토라져서 이곳에 남겠다고 말하지 않은 것만으로도 나으니 놔두기로 하였다.

문은 인형이 저질렀을 아까의 폭발로 사라졌지만, 그 근처의 벽──오펜이 마술을 지른 곳은 그을린 정도였다. 이것으로 순수하게 파괴력의 차이를 알 수 있었다.

'인형은 침묵마술을 쓰니 말이지…… 그것만큼은 주의해야 해.'

그는 경계하며 무대 뒤편에 발을 들였다.

무대 뒤는 상당히 넓고, 심지어 한산했다. 지금 들어온 입구와는 별개로 무대 뒤에서 무대장치를 바깥으로 내기 위한 통로가 어딘가에 있을 터이지만, 그것은 보이지 않는다──아니면 노르니르가 만든 곳이니 단순히 전이시켰을지도 모르지만.

그 넓은 무대 뒤편을 남자 한 명을 짊어진 인형이 달려갔다. 메첸이 그 뒤를 쫓는 것이 보였다.

뒤에서 저격하고 싶었지만——메첸이 사이에 들어온 탓에 그럴수는 없었다.

어쩔 수 없이 그저 뒤를 따라가며 외쳤다.

"기다려!"

하지만 그녀는 돌아보려고도 하지 않았다. 검을 한 손에 든 채로인형을 쫓았다. 인형은 인형대로 사람 한 명을 짊어진 주제에 그 이상의 속도로 도망쳤다.

하지만 무대 뒤편 안쪽에는 출입구 같은 것은 없는 모양이었다. 이대로 가면 언젠가는 따라잡을 수 있으리라.

그 탓일까, 인형은 느닷없이 멈춰 서더니 반전했다. 그리고 ——오른손을 한 번 휘둘러 수도의 형태를 취했다. 프레딘을 왼쪽 어깨에 짊어진 채로 인형은 도발적으로 웃었다. 자신을 향해 접근하는 메첸을 보며.

"이 자식!"

메첸이 소리를 지르는 것이 들렸다. 그녀는 달리는 속도는 떨어뜨리지 않은 채로 작게 검을 휘둘렀다. 한 호흡 후, 그녀의 검과 인형의수도가 교차하였다.

메첸의 검이 가로로 인형의 몸통으로——

인형의 수도가, 메첸의 안면을 노렸다.

키잉! 하는 소리를 내며 인형의 몸에 꽂힌 검이 튕겨나갔다. 메첸은 그 반동으로 휘두른 방향과는 반대 방향으로 몸을 회전해 인형의옆을 스쳐 지나갔다. 인형의 손은 그녀의 이마 부근을 스치며 빗나갔다.

양쪽 모두 한순간 상대의 모습을 잃었고——

그리고 동시에 발견했다. 하지만 간격이 너무 가까워 메첸은 검을 휘두를 수 없었다.

인형이 이번에는 수도로 그녀의 가슴팍을 찌르려 하였다.

'거 봐——끝났나……!?'

오펜은 거의 확신하며 더욱 다리의 속도를 높였다. 어차피 때에 맞출 수 있을 것 같지는 않지만 인형이 급소를 찌르는 것에 실패하면 살릴 기회는 있다.

하지만——

움직이는 도중에 가슴팍이 노려진다면 몸을 숙이거나 쓰러지는 것 이외에 피할 방법은 없다. 몸을 숙이는 건 이미 늦었다. 뒤로 쓰러지는 것도 공격에 나서려고 몸을 앞으로 굽혔던 그녀에게는 불가능한 것으로 보였다. 하지만 그녀는——그 자세에서 갑자기 엉덩방아를 찧었다.

"——!?"

자신도 모르게 눈을 휘둥그레 떴다——움직임의 속도도 믿을 수 없을 정도로 빨랐지만, 그 이전에 저런 짓을 해버리면 다음 동작으로 옮길 수 없게 된다. 보통은 해서는 안 되는 동작이다. 하지만 진정한 놀라움은 그 뒤부터였다.

그녀의 상반신이 밑으로 도망쳤기에 인형의 수도는 다시 허공을 갈랐다. 하지만 인형에게는 다음 공격으로 해치우면 될 뿐인 일이었다——실제로 내밀었던 오른손을 거두고, 이번에는 주저 앉은 그녀의 미간을 노리기 위해 허공으로 들었다.

그 순간, 메첸의 검이 밑에서 솟아오르며 인형의 가슴을 갈랐다.

"뭣……!"

오펜은 자신도 모르게 멈춰 서서 신음을 내뱉었다. 바닥에 엉덩이를 대고 앉은 채로──즉, 하반신의 힘을 일절 사용하지 않고 인형의 몸통을 가르다니, 어지간한 완력으로는 불가능한 일이다.

느닷없이 멈춰 서는 바람에 등에 퍽퍽, 하고 매지크와 클리오가 부딪혔다. 세 사람은 그 자리에 멈췄고, 오펜은 자신의 눈을 의심하였다.

하지만 실제로 메첸의 검은 인형에게 깊은 피해를 주었다──인형이 비명도 지르지 않고 두세 걸음 뒤로 물러났다.

그것을 눈으로 쫓으며 메첸이 몸을 일으켰다. 그리고 검을 다시 들고 조용히 말했다.

"날 너무 얕봤군. 난 너 같은 것과 싸우는 것에 익숙하거든."

"호오. 하지만──"

인형은 고통스러운 표정을 띠면서 자신의 상처에 손을 댔다.

"이런 것은 본 적이 있을까?"

그것은 그렇게 말하며 매끄러운 동작으로──그 외의 어색했던 움직임과는 대조적일 정도로 매끄럽게 손가락을 번뜩이며 움직이기 시작했다. 다섯 손가락을 동시에 자유롭게 움직여, 상처 위에 무언가를 그리기 시작했다. 그 손가락이 움직이는대로 은색의 빛이 궤적을 그렸다.

"마술문자!"

오펜이 신음했다. 하지만 늦었다.

인형의 마술문자는 이미 완성되었다. 그들 인형을 만들어 낸 월드 드래곤 노르니르——천인이 이용했다고 하는 고대의 마술, 침묵마술의 마술문자 월드 그라프이다. 그 강력함은 인간이 다루는 마술과는 비교도 되지 않을 정도이다.

문자는 강하게 빛나고 있었다. 그리고 그 번쩍임이 사라졌을 때, 인형의 몸에 나 있던 상처도 깨끗하게 사라져 있었다. 그와 동시에————

"크흑!?"

인형이 짊어지고 있던 프레딘의 몸이 고통으로 신음하며 경련했다. 화상 탓에 맨 얼굴도 알지 못하는 그의 몸에 커다란 상처가 나 있었다——몇 초 전까지 인형의 몸에 나 있던 상처와 똑같은 위치에.

그 프레딘의 상처에서 뿜어져 나온 선혈을 뒤집어 쓰는 것은 전혀 개의치 않는 만족스러운 얼굴로 인형이 고했다.

"보통은 부상자의 상처를 내게 옮겨 구조를 위해 사용하는 문자이지만——마음만 먹으면 그 반대로도 할 수 있지."

"네 자식——"

메첸이 격앙하며 날카롭게 목청을 높였다——.

오펜은 반사적으로 달리고 있었다. 그리고 인형의 옆을 빠져나가, 당장에라도 달려들려 하던 그녀의 몸에 태클을 날려 제지했다.

"방해하지 마!"

날뛰는 그녀를 간신히 억누른 오펜이 고함을 질렀다.

"진정해!"

그는 그렇게 말하며 그녀의 겨드랑이 사이로 손을 넣고, 몸을 가까이 가져가 그녀의 복사뼈 부근을 발로 차서 그 자리에 넘어뜨렸다. 그래도 몸부림을 치며 몸을 일으키려 하는 그녀의 다리를 후려쳐 다시 넘어뜨렸다.

"검으로는 못 이겨! 봤잖아!"

"아니야!"

그녀는 울컥 화가 북받친 필사적인 목소리로 외쳤다.

"저 녀석을 죽일 거야——"

"죽이는 게 아냐. 인형은 부수는 거라고."

오펜은 조용히 내뱉으며 뒤를 돌아보았다——인형은 빙글빙글 웃으며 이쪽을 보고 있었다.

웃음을 띤 그 입가에 말이 떠올랐다.

"내게는 인격이 없다는 건가? 나는 인간이 아니라는 건가?"

"아니지. 네놈은 주인의 명령을 받을 뿐——인 놈이잖냐."

"그러한 인간도 있을 텐데."

인형은 곧바로 그렇게 반박했다. 단지 감정도 없이 선선하게. 그 말을 들은 메첼이 느닷없이 움찔 몸을 떠는 것을 깨달았지만——오펜은 신경 쓰지 않고 말을 이었다.

"인간은 자신을 제어할 수 있거나, 할 수 없거나——그야 그렇지. 여러 가지가 있어."

그는 한 걸음 앞으로 내딛고 인형과 대치했다.

"네놈들은 단순해. 타인에게 제어당하고 있을 뿐이다."

"……그것이 인간찮가가 되지 않을 것을 충고하지……."

인형은 그렇게 말하자마자 다시 자신의 몸에 문자를 그리기 시작했다. 상당히 복잡한 문자로 완성하는데에도 시간이 걸렸지만, 오펜은 가만히 관찰하며 인형의 문자 완성을 기다렸다. 그 문자의 형태는 기억에 있었다…….

이윽고 문자가 완성되고, 인형의 모습이 그곳에서 사라졌다. 공간 전이였다.

"도망쳤나……."

오펜은 어깨에서 힘을 빼며 중얼거렸다. 몸을 일으킨 메첸은 아무 말도 하지 않았다. 그저 망연하게 눈앞의 공간을 바라볼 뿐이었다.

매지크도, 클리오도, 덤으로 레키까지도 압도당한 듯이 아연해 있었다. 그때, 모두의 머리 위에서 목소리가 울렸다…….

《그리고 말이지.》

퍼뜩 놀라며 고개를 들어 위를 보자, 천장 근처에 마술 문자가 하나 떠 있었다. 단지 인형의 모습은 없었다──문자에서 들리는 목소리는 인형의 것이었지만.

《작별 선물……이야.》

그러자 바닥 아래에서 찰칵, 하고 무언가가 풀리는 소리가 들리더니, 마술 문자가 파앗 하고 터졌다.

그곳에 시체가 나타났다.

"프레딘!"

메첸의 부름에 응했다고 하면 조금 잔혹하지만…….

시체는 그대로 낙하했다. 그리고 순식간에 눈높이를 지나──바닥과 격돌했다. 그러자 바닥이 갑자기 뻐끔 열리더니, 시체는 그대로 안으로 낙하했다.

"숨겨진 통로!?"

오펜은 경악성을 터뜨리며 그 구멍을 들여다보았다. 바닥의 판이 숨김문이 되어 있던 것이리라──아까 전의 소리는 잠금쇠가 풀리는 소리였을까. 구멍의 크기는 상당해서, 직경 4, 5미터 정도의 원형.

뚜껑은 시체와 함께 바닥으로 낙하한 모양이었다.

"지하로 통하는 길——."

누구인지 모를 그 한 마디의 속삭임에, 인형은 최후의 말을 남겼다.

《꼭, 와야 해…….》


그 후로 몇 분 후——

숨을 고르기 위해 잠시 휴식을 취하고, 그 동안 그저 뻥 뚫린 구멍을 내려다보았다. 아무도, 아무 말도 하지 않았다.

클리오가 꼬륵꼬륵 울리는 배를 쓰다듬으며 우울한 듯이 고개를 숙였다. 레키도 그녀를 따라 그녀의 배를 앞발로 찔렀다. 하지만 오펜은 그 광경을 보는 것처럼 시늉하며——메첸을 훔쳐보듯이 관찰했다. 그녀는 힘없이 구멍의 가장자리에 앉아 있었다.

그러던 그녀가 처음으로 입을 열었다.

"객석 쪽에 우리가 가져온 로프가 있어. 그걸 쓰면 내려갈 수 있을지도 몰라."

"내려갈 셈이냐!?"

그녀의 말에 오펜이 믿을 수 없다는 심정으로 외쳤다.

"그 프레딘이라는 녀석은 이미 죽었어——틀림없이. 시체라도 회수하고 싶다고!? 노르니르의 인형이 몸소 꾀려 하는 곳으로 뛰어들다니!"

"아, 하지만——"

거기서 매지크가 손가락을 꼽아 수를 세며 발언했다.

"분명히 당신의 부하인지 수하인지는 모르겠지만, 아직 두 사람

더 남아 있지 않았던가요?"

하지만 메첸은 고개를 저었다.

"전부 해서 다섯 명을 인솔해 들어왔어. 하지만 저 너머 무대에서 아까 전의 인형에게 습격을 당해서──두 명은 어딘가로 사라졌지. 그 문자로 말이야. 그때 다른 두 사람과도 떨어지고, 프레딘은……."

"전이당했다고 한 두 사람은 홀 쪽에 있더군. 시체는 태웠어."

오펜은 액땜이라도 하는 심정으로 손을 휘저었다.

"추측으로 말하자면, 그 개들은 원래부터 이 극장에 자리를 잡고 살던 것이 아니라──어딘가에서 전이해서 온 걸 거야. 네가 통과한 후, 그 홀 부근에 온 거겠지. 네 동료 두 명도 그곳에 전이되어서 개의 먹잇감이 되었다. 개들은 그대로 정문 현관을 통해 바깥으로 나가 ──"

그 뒤의 말은 채 잇지 못했다. 메첸이 이상하다는 듯이 물었다.

"개?"

"개처럼 생긴 괴물. 바깥에서 대기하고 있던 댁의 부하를 전멸시키고, 지금은 이 극장 주변을 포위하고 있지. 우리는 그놈들에게 쫓겨 이 극장으로 도망쳐 온 거고."

"그럼, 탈출 경로가 없다고……?"

새파래진 안색으로──단지 긴장은 해도 절망은 하지 않은 표정으로──메첸이 물었다. 오펜은 조용히 고개를 끄덕여 답했다.

"그래. 이 극장에 뭔가 타개책이라도 있지 않을까 해서 찾던 도중에, 댁이랑 만난 거다."

"하지만 건물 안은 이제 거의 대부분 돌아보지 않았나 싶은데요……."

"바깥에서 봤을 때 탑 같은 부분이 있었잖아. 거긴 아직 가지 않았어."

"우리가 갔었어. 아무것도 없었지."

메첸이 검자루를 쥐며 피로에 물든 목소리를 내뱉었다.

"이곳은 뭔가 묘해——요소요소에 함정이 설치되어 있지를 않나. 극장에 말이야!!"

최후의 한 마디는 어딘지 자조가 깃든 비꼼이 담겨 있었다. 오펜은 가만히 그녀를 보며 말했다.

"2백 년 전에 그딴 게 있었으리라고는 생각할 수 없으니까, 나중에 그 인형이 설치한 거겠지. 아무래도 인간을 들이고 싶지 않은 이유가 있는 모양이야."

"어떤 의문일지라도——"

메첸이 몸을 일으키며 단호하게 말했다.

"여기에 들어가면 알 수 있어. 그러지 않으면 알 수 없고. 그렇지?"

그녀는 바닥의 구멍을 가리켰다. 하지만 오펜은 상대하지 않았다.

"그렇다면 몰라도 돼. 곧바로 철수하자."

"하지만 오펜……."

그때까지 의론에 참가하지 않았던 클리오가 떨어진 곳에서 중얼대듯 말했다.

"그 개들은 어떡할 건데?"

"지붕 위에서 한 마리씩 저격해도 되고, 어찌되었든 그 인형을 상대로 싸우는 것과 비교하면 훨씬 나아!"

후반은 메첸을 향한 말이었다. 하지만 그녀는 물러나지 않고 오펜을 노려보았다.

"그럼 네가 돕지 않아도 상관없어!"

"이 자식——"

오펜은 삿대질을 하며 고함을 지르려 했지만, 그것을 가로막은 것은 메첸이 아니었다.

"그러니까 뭐야, 그 말투는!"

레키를 무릎 위에서 떨어뜨리며 힘차게 몸을 일으킨 클리오가 노성을 질렀다.

"이쪽이 친절하게 도와주려는데!"

"그러니까…… 사례가 목적이었잖아……."

매지크가 다른 사람에게 들리지 않을 작은 목소리로 중얼댔다. 오펜은 어깨를 들썩이는 클리오를 보고——다음으로 메첸 쪽을 보았다.

그녀는 냉정하게 분노를 일으키며 이쪽을 쳐다보고 있었다. 클리오가 목청을 높일 때에도 줄곧 그랬다. 소녀를 무시하고 있는 것이다.

오펜은 잠시 생각에 잠긴 뒤 그녀에게 물었다.

"혹시 동료들의 원수를 갚으려는 거냐?"

"……그렇다면?"

메첸은 대담하게 웃었다. 오펜은 즉답했다.

"댁 혼자서 쓰러뜨릴 수 있는 원수에게 십 몇 명이나 살해당할 거라고 보나?"

"…………."

반박할 줄 알았지만 그녀는 말이 없었다——가만히 이쪽을 바라보고, 눈동자 안에 복잡한 심상의 빛을 일렁이며, 이윽고 입을 열었다.

"알았어. 속내를 밝히지. 원수를 갚겠다는 심정도 물론 있지만, 사정이 있어서 맨손으로는 돌아갈 수 없어."

오펜은 움찔 눈썹을 떨었다.

"사정?"

"그건 말할 수 없어."

"말할 수 없다니 뭐야!"

클리오가 그녀에게 따지려는 듯이 걸음을 내딛었다. 매지크가 사이에 들어가려고 몸을 움직였지만 클리오는 아랑곳하지 않고 그의 얼굴을 옆으로 밀었다.

"뭔가 되게 거슬리거든! 전부 자기 멋대로 늘어놓기나 하고 말이야. 그런 걸 응석이라고 하는 거야. 알아!?"

"동족 혐오……."

"다 들리거든, 너!"

"아아아아아아아아아아!"

갑자기 진행 방향을 바꾸어 쓸데없는 소리를 지껄인 매지크의 목을 조르는 클리오——일단 그쪽은 내버려두고 오펜은 곤혹스러운 얼굴로 머리를 긁적였다.

표정 하나 바꾸지 않는 메첸과 잠시 서로 노려보다가——

가볍게 콧바람을 내뿜은 오펜은 어깨를 움츠렸다.

"알았어. 돕지."

"오펜!?"

클리오가 매지크를 내팽겨치고 이쪽을 돌아보았다.

무슨 말을 해도 성가실 것 같았기에 그쪽은 무시하고 오펜이 말을 이었다.

"그냥 이대로 못본 체할 수도 없는 노릇이잖냐. 단지 위험을 느끼면 철수할 거다. 알았냐?"

"오펜 오펜 그거 치사해 뭔가 편애하는 것 같아 불공평해 역시 치사해 뭔가 치사해!"

클리오가 거침없이 접근하며 마구 말을 쏟아냈다.

오펜은 계속해 그런 그녀를 무시하고 메첸의 표정을 관찰했다. 그녀는 딱히 고마워 하는 것인지 성가셔 하는 것인지 구분이 되지 않을 정도로 무표정했지만.

"나도 옛날에 《탑》의 명령으로 도굴 비슷한 짓을 한 적이 있었거든. 그러니까 댁이 하는 일에 대해서 옳다 그르다 말할 자격은 없어."

"……｜………"

"오펜 너 묘하게 타인한테 무르지 않아!? 나한텐 응석받이니 고집쟁이니 실컷 뭐라고 한 주제에 뭐라고 한 주제에!"

"단지 이런 일로 죽는 건 사양이고, 타인이 죽는 걸 보는 것도 바보 같아. 말려든 우리가 얼이 빠진 걸지도 모르겠군."

"애초에 그거 오펜의 응석이기도 하잖아 이런 거 딱히 하지 않아도 되니까 그런 안이한 댄디즘 그거야말로 응석이거든?"

"그러니까, 다시 말해서, 내가 하고 싶은 말은——"

"나는 싫어 이런 여자를 위해 고생하는 건 전혀 의미도 모르겠고 그리고 어떡할 거야 다치기라도 했다간 중요한 일이 있잖아 앞으로!"

"어어, 그러니까…… 그래서……."

"킴라크에 가서 뭔가 성가신 일을 처리해야 한다고 했잖아 나 교회 마을 같은 거 본 적도 없으니까 얼마나 기대를——"

"시끄러워! 너 말이다!"

오펜은 일갈하고 계속해 달려드는 클리오를 내쳤다. 그러자——

"너희, 킴라크에 갈 셈이야?"

메첸이 거기서 처음으로 허를 찔린 표정으로 놀란 목소리를 꺼냈다.

"마술사가?"

그리고 이번에는 오펜의 가슴 부근을 가리켰다.

오펜도 드래곤 문장을 내려다보며 그래, 하고 긍정했다.

"뭐, 교회 총본산에 들어가서까지 이 문장을 매달고 다닐 생각은 없다만."

"흠……."

메첸은 턱에 손을 대고 생각에 잠겼다. 거기서 무언가 흥미가 일었는지 미소를 띠었다.

"그렇다면…… 이런 거래는 어때? 이쪽으로서도 그쪽의 꼬마에게 은혜도 모른다는 식으로 비난을 받는 건 마음에 들지 않고 말이야."

"꼬마라니 지금 나한테——으급!?"

오펜은 아까부터 바쁘게 이쪽저쪽을 향해 소리치던 클리오의 입을 뒤에서 손을 돌려 막았다. 그리고 아등바등 말뛰는 그녀를 한손으로 누르며 되물었다.

"거래라고 했겠다?"

"그래. 난 킴라크 근교에서 자랐거든. 거기까지 길안내도 해줄 수 있고, 뭣하면 총본산 도시의 검문도 잘 속여넘길 수단도 마련해줄 수 있어."

"검문?"

"몰랐어? 태평하네, 당신도. 교회 총본산에 아무런 문제도 없이 들어갈 수 있을 거라고 생각했던 거야?"

"아니……. 킴라크에 관해서는 아무런 자료가 없었거든."

오펜은 순순히 인정했다——그러한 부류의 관문이 있을 것이라고는 예상했지만, 그것을 돌파할 구체적인 안은 생각하지 않았다. 무모하다고 하면 분명 그렇지만 현지에도 도착하지 않고 고민해보아야 의미가 없었다.

"나쁜 조건은 아니군……. 아니, 파격적인가."

"그래. 유명한 《배움의 벽》을 넘은 마술사는 그리 흔하지 않을걸."

"알았어."

오펜은 고개를 끄덕이고 클리오를 해방하였다. 으~, 하고 험악한 신음을 내뱉는 소녀 쪽은 보지 않도록 노력하며 말을 이었다.

"협력하지."

"그럼…… 부탁하고 싶은 것이 있는데."

곧바로 이쪽에게 말을 던지는 그녀를 보고 오펜은 쓴웃음을 지었다. 생각해 보면 그녀 정도 나이의 여자에게 무언가를 부탁받고 거절할 수 있었던 경우가 없었던 것도 같다.

"뭔데. 로프는 객석에 놓고 왔다면서? 그걸 가지고 오라는 거냐?"

"그래줘도 상관은 없는데……"

그녀는 그렇게 말하며 조심조심 구멍 안쪽을 들여다보았다.

"로프를 타고 내려갈 때, 날 업어줘."

"엉?"

"나, 높은 곳은 무섭거든."

"그부가부고브헤브고브버버버버버!"

무의미하게 대량의 거품을 내뿜으며──형이 그런 소리를 내뱉었다.

물속에서 아등바등 두 팔 두 다리를 마구 휘저으며 볼칸이 하려는 말은, 도틴에게는 슬플 정도로 정확하게 알 수 있었다.

『어떻게든 해봐, 도틴!』

'나한테 그래봐야 말이지…….'

머리 위 몇 미터까지 침수된 구덩이 아래에서 특별히 냉정해질 수 있다면, 그것은 바로 옆에 자신의 몇 배 이상은 패닉에 빠진 인간이 있을 경우 정도이리라──아니면 선조 대대로, 우연히 아가미가 돋아나는 가문의 출신이라든가. 어찌되었던 전자의 이유로 도틴은 매우 침착한 기분이었다.

다만 그것이 자신들에게 유리한 방향으로 작용하고 있는가 하면──

'앞으로 몇 초 안에 숨이 끊길지 확실히 알 수 있다는 것 정도려나…….'

원래부터 물속은 꺼려졌다.

지인 종족이 헤엄을 치지 못하는 것은 딱히 이유가 있어서가 아니다. 극한의 땅 마스마튜리아에는 물 따위 존재하지 않는다──적어도 마스마튜리아의 지상 자연계에 존재하는 것은 얼음뿐이었다. 아

득히 먼 옛날에는 마스마튜리아에도 제대로 된 강이나 호수가 있었다고 전해지지만(삼각주까지 있으니 물의 흐름이 있었음을 인정하지 않을 수 없으리라), 지금은 일단 없다. 물이라는 것은 기호품인 것이다.

하지만 말할 것까지도 없이 머리보다 훨씬 높이에서 가두어졌다면 기호품이고 뭣도 아니라 고문 도구나 처형 도구일 뿐이다.

"부허고버크버헤바보보보고호바고가바고바!"

형의 춤을 보며 흠, 하고 팔짱을 꼈다.

지금 상황에 어울리지 않을 정도로 침착한 도틴은 열심히 머리를 굴렸다.

'여긴 구덩이 함정이야. 사냥감이 떨어지면 물이 쏟아지는 구조일 테고.'

"그버가바고보보보가바가바보고가보!"

'물이 쏟아지는 것은 위에 있는 구멍에서야. 물에 드는 인간이라면 수위가 높아진다면 잘 이용해 이곳에서 탈출할 수 있을지도 모르지. 다만 이 구멍의 천장에는 뚜껑이 덮여 있는 모양이지만.'

"보보가부고부보가보가보!"

'하지만 그건 우리에겐 무리니까 생각하지 않기로 하자. 설령 물구멍——이라고 부르기로 하고——까지 올라간다 해도 철창 때문에 나갈 수 없어. 하지만 그 이외에는 출구 따윈 없단 말이야, 여기.'

"가부보가보가보부부보보보보보보가보카부!"

'신경이 쓰이는 건 바로 거기야. ……출구가 없어. 구멍이 없다니 이상하잖아. 바닥이나 벽에 빈틈조차 없다니——그럼 한 번 이곳에 쏟아진 물은 어디로 배출이 되는 거지?'

배수——.

그것을 떠올린 도틴은 거기서 생각을 그만두었다. 무언가를 생각하면 뇌가 산소를 소비한다. 그렇지 않아도 한계는 이미 훨씬 전에 지났을 터다──즉 인간에게 있어서의 한계는. 인간이라면 이미 숨이 끊어졌으리라. 유일한 희망은──

그렇게 뇌를 쓰지 않도록 노력하면서도 생각이 떠오르고 만다.

'이곳이…… 인간 상대로밖에 상정하지 않은 함정이라면, 어쩌면 ──물을 오래 담아두면 곧바로 설비가 상할 테니까…… 배수도 곧 이루어지지 않을까?'

"고보가보가부고보그보가보가보!"

형이 내는 소음에 섞이는 바람에, 그것은 환청이었을지도 모르지만──

도틴은 발 밑의 바닥보다 훨씬 아래에서 덜컹, 하고 다시 기계음이 울리는 것을 들은 기분이 들었다. 모든 것을 뒤흔드는 불길한 소리.

──그리고 모든 것이 소용돌이를 치기 시작했다.

# 제4장 빛 속으로 뛰어들어

"……나 날노라, 작은 정령."

부름에 응해 포오, 하고 소리를 내며 새로운 도깨비불이 떠올랐다. 어둠 속에 느닷없이 태어난 그것은 스스로를 짓누르던 검은 공간에 빛의 가지를 뻗었다. 그다지 밝지는 않다——휴대용 가스등 정도의 광량으로 어둠을 밝혔다.

그와 동시에 구멍 밑바닥에 도착했다.

로프에서 손을 떼고——뛰어 내렸다. 바닥은 위 무대 뒤편 바닥과 마찬가지. 즉 뚜껑이 낙하하여 그대로 이쪽에서도 바닥이 되어 있는 것이다. 구석에 프레딘의 시체가 보였다. 상당한 높이에서 낙하했기에 완전히 짜부라져 있었다.

오펜은 그곳으로부터 눈길을 피하고——뒤를 향해 말했다.

"이제 내려도 괜찮아."

"어? 아——그래?"

메첸이——아마도 지금까지 눈을 감고 있었으리라——퍼뜩 깨달은 듯이 목청을 높였다. 그녀는 당황한 듯이 허둥지둥 그의 등에서 뛰어내렸다.

오펜은 뻣뻣한 어깨를 빙글빙글 돌려서 풀고는 구멍 위쪽으로 고개를 들었다.

그리고 소리를 질렀다.

"내려왔다~!"

목소리는 벽면에 반사되며 위까지 도착한 모양이었다. 잠시 기다리자 위쪽에서 무언가 짧게 말다툼을 벌이는 소리가 들리더니──한번 꾹, 하고 로프가 당겨지고, 다음에는 주기적으로 흔들리기 시작했다. 매지크가 내려오기 시작한 것이다.

"······프레딘. 가엾게도."

메첸이 나지막하게 중얼거리는 소리가 들렸다. 그쪽을 보자 그녀는 시체의 옆에서 분노를 풀 길 없는 표정을 짓고 서 있었다.

"실력 좋은 파트너였는데. 그건, 모두 그랬지만."

"············."

그녀가 무슨 말을 하고 싶은지──애초에 누구에게 설명을 하고 있는 것인지 오펜에게는 잘 알 수 없었다. 하지만 잘 보자 그녀는 가만히 이쪽으로 시선을 향하고 있었다. 무언가 대답을 요구하고 있는 듯했다.

"어, 어어──"

그는 애매하게 고개를 끄덕이고 헛기침을 했다.

"상대가 좋지 않았지."

주변을 둘러보며 그렇게 고하자──그 구멍 바닥에서 뻐끔 동굴처럼 통로가 열렸다. 그 안쪽에는 빛도 없이 그저 어둠으로 갇혀 있었다.

"나는······."

메첸이 다시 무언가를 말했기 때문에 오펜은 그쪽으로 시선을 향했다. 그녀는 공중에 뜬 도깨비불을 관찰하며 말을 이었다.

"나 이외에 전멸했다면, 불호령 한 마디로 끝나진 않겠지만 말이야."

"…………."

무언가 하고 싶은 말은 있었지만——그래도 입을 열어야 할 때는 아니다.

거기서 오펜은 문득 무언가 머릿속을 스치는 것을 느꼈다. 일단 건설적인 방향으로 이야기를 진행시키는 것이 좋으리라.

"이봐——아, 아니, 메첸. 이 극장의 정보는 어디서 손에 넣은 거냐?"

"마을에서. 샀어. 그 이상은 말할 수 없어."

"아니, 뭐, 아무래도 좋긴 한데…… 그 정보를 살 때 뭔가 설명을 듣진 않았어? 이 극장의 유래라든가……"

그 질문에 그녀는 곤혹스러운 듯이 고개를 살짝 갸웃거렸다——그리고 기울인 방향에 손을 대고 잠시 망설이고는 입을 열었다.

"유래, 라기보다는…… 누구나 알 수 있을 만한 정보는 알고 있어. 유명한 희곡 『마왕』의 공연을 위해 세워진 극장으로, 그 공연에 초대를 받은 당시의 귀족 연맹의 맹주——왕이, 어째서인지 이 극장의 폐쇄를 명했다고."

"하지만 왕은 극장의 철거를 명했잖아? 그게 남아 있는 건 이상하다고 생각하지 않아?"

"글쎄——."

메첸은 작게 탄식하고는 똑바로 고개를 오펜에게 향했다.

"골동품에 관한 전설의 종류는 대개 그런 법이잖아. 세간에는 남아 있지 않다고 전해지지만 사실은, 이라는 식으로. 그러니까 그다지 신경 쓰지 않았어. 어찌되었든 2백 년이나 옛날의 일이니까 진짜 카미슨다 극장은 철거되었어도 후세에 다시 세운 것일지도 모르고……."

"……뭐, 그럴지도 모르겠군……."

오펜은 일단 납득하고 말을 이었다.

"이 지하 부분이 있다는 건 알고 있었어?"

"아니. 정보상은 무언가 비밀이 있다는 것만 말했어."

"도굴꾼들은 보통 그 정보만으로 움직이기도 하는 거야?"

오펜이 눈살을 찌푸리자, 그녀는 딱히 개의치 않는다는 표정으로 가볍게 어깨를 움츠려보였다.

"이미 밑조사를 당한 유적에 보물 따위 남아 있을 리가 없잖아."

"그야 뭐, 그렇지……."

그렇게 대답하며 오펜은 다시 주변을 둘러보았다. 구멍 바닥에 남아 있는 로프의 길이로 역산하면 이 수직 구멍의 실제 깊이는 20부터 25미터 정도이리라.

"그렇게 되면 여긴 아무도 손을 대지 않은 유적인가……. 생각보다 더 성가시구만, 이거."

오펜은 혀를 차며 머리카락을 쓸어 올렸다.

그러자 메첸이 이상하다는 듯이 물었다.

"……성가시다고?"

"당연하잖냐. ──아니, 너도 모르지는 않을 텐데? 노르니르의 유적이라는 놈은 인간에게 감당할 수 없는 것이 많아. 지금까지도 훈련을 받은 조사반을 쉽사리 전멸시킬 만한 유적이 하나나 둘이 아니었다고."

"…………."

메첸은 대답하지 않았다. 그런 그녀에게 고개를 끄덕이려던 것을 멈춘 오펜은 말을 이었다.

"그리고 나는 노르니르의 유적에 대해서는 전문이 아니야. 그래서 발견했다고 해서 쓰임새도 알 수 없지. 어떤 효과가 있을지도 모르고——댁도 마술 문자는 읽을 수 없잖아. 그야말로 태양의 빛에 닿으면 갑자기 대폭발을 일으킬지도 모르는 물건으로 장사를 하고 싶다고 생각하지는 않다 이 말이야, 난."

"꿈이 없네……."

그렇게 말하면 그녀의 말투에서는 긴장감이라고는 한 톨도 느껴지지 않았다——적지 않게 초조함을 느끼면서 오펜은 눈길을 피했다.

"어찌되었든 잽싸게 탈출하는 게 최고야. 탈출 수단을 잘 궁리해서 말이야."

그렇게 속 편하게 말한 바로 그때였다.

훅——하고 가슴속에 하얀 안개가 부풀어 오르는 듯한, 막연한 불안이 솟아올랐다. 오펜은 재빨리 메첸을 떠밀고 자신도 그녀와는 반대 방향으로 그 자리를 벗어남과 동시에 자세를 잡으며 위를 올려다보았다.

빛이 닿지 않는다. 즉, 위를 올려다본다고 해서 천장은 보이지 않는다. 머리 위에 펼쳐진 것은 모두 검정——완벽한 암흑. 그 안에서 무언가가 낙하해왔다——.

"아아아아아아아아아아아아아아아아!"

쿠웅! ……..

충격이 바닥을 진동시켰다. 떨어진 것은 매지크였다. 낙하의 충격에 저리는 다리를 인내하는 자세로 잠시 버틴 후에——퍼뜩 고개를 들었다.

"뭐하는 짓이야, 클리오!"

소년은 구멍 위쪽을 향해 외쳤다. 그러자 곧장 대답이 돌아왔다.

"꾸물거린 네가 잘못이지!"

그런 말소리와 거의 동시였을지도 모른다──스르륵 로프를 타고 클리오가 내려왔다. 턱, 하고 가볍게 착지하자 그것보다 조금 늦게 레키가 떨어졌다. 검은 새끼 드래곤은 재주 좋게 클리오의 머리 위에 빗나가지 않고 착지했다.

클리오가 척, 하고 매지크를 삿대질하며 외쳤다.

"이런 신용할 수 없는 여자랑 단 둘이 놔뒀다간 오펜이 위험하잖아!"

"5미터를 자유낙하한 나도 충분히 위험하거든!"

"……이 녀석들은 놔두고 먼저 갈 걸 그랬나……."

오펜은 게슴츠레 뜬 눈으로 중얼거리고는 시선을 움직였다. 도깨비불로 비쳐진 안쪽 통로 입구. 하얗게 비춰진 그것은 마치 지옥으로 통하는 문 같았다.

그리고 거기서 깨달았다──그때 처음으로. 통로 입구는 평평한 면을 밑으로 둔 반원형. 즉 돔의 실루엣이었다. 통로 그 자체도 그 모양으로 이어지는 듯했다. 천장까지의 높이는 상당하여 3미터 정도. 그리고 입구 앞머리에 작은 플레이트가 걸려 있었다.

녹이 슨 동제 플레이트에는 현재에는 대륙 고어라고 불리는 언어로 무언가가 적혀 있었다. 오펜은 눈살을 찌푸리며 기억 속에서 그 단어의 의미를 건져올렸다. 문법 같은 것은 전혀 기억이 나지 않지만 단어 정도라면 알았다.

그곳에는 『카미슨다 지하극장』이라고 적혀 있었다. 그리고 또 한 문장──『선별의 복도』.

예를 들면. 노르니르에게는 대단한 의미도 없는 일용품이라고 하여도.

가스도 뭣도 필요없이 영구히 기능을 계속하는 광원이 있다고 한다면, 그 가치는 차마 이루 헤아릴 수 없다. 단지 노르니르에게는 그야말로 자면서도 만들어낼 수 있는 것이다.

그녀들이 이용했다고 전해지는 마술에는 그만한 힘이 있다.

그런 그들이 만약 무기를 만들었다고 한다면 그 위험성은 설명할 필요도 없다.

즉, 그러한 것이다.

"라고 해도 뭐, 아까 전의 간판에 쓰여 있던 대로 이곳이 지하든 뭐든 그냥 극장이라면 그딴 위험한 건 남아 있지 않겠지만 말이야. 그래도 만약 마법 장치 경비원 같은 게 남아 있다고 쳐봐라."

"……그럼 어떻게 되는데?"

메첸의 물음. 오펜은 질색이라는 듯이 대답했다.

"노르니르의 마술로 만들어진, 흔히 말하는 인조인간이라는 놈은 여하튼 융통성이라곤 전혀 없어. 마술사를 죽여라, 하고 명령을 받은 전투용 인형 같은 놈이 실존하는데, 만약 그런 것이 아무런 파손도 없이 남아 있다면 그건 만들어진 뒤로 몇 백 년이 지나든 그 명령을 잊지 않아. 심지어 성가시게도 그 녀석들은 융통성은 없는 주제에 이상한 지혜는 잘 돌아가거든. 경비인형이 남아 있다고 한다면 입장료를 지불하지 않은 우리를 어떻게 해서든 없애려 할 거다──뭐, 그 『없앤다』의 내용이 침입자를 극장 바깥으로 내쫓을 뿐인지, 아니면 곱게 접어서 소금항아리에 하룻밤 재워두는 것인지는 모르지만 말이다."

"오호라."

메첸이 그다지 위기감이 느껴지지 않는 목소리로 대답하며 고개를 끄덕였다. 그녀의 눈을 보고, 문득 그녀의 머리를 붙잡고 돌려보고 싶은 충동에 사로잡혔지만──간신히 자제했다. 의미가 없다.

"아까 전의 인형은 아마 심부름꾼이라든가 그런 역할의 인형이겠지. 그러니까 단순히 불을 일으키는 마술이라든가 타인의 상처를 자신에게 옮긴다든가 묘한 마술 문자밖에 가지지 않았던 거야. 반대로 말하면 그런 것이라도 그만한 힘을 가지고 있다는 게 되지. 전투용의 인형이 되면 정면에서 맞서봐야 헛수고야. 그리고."

오펜은 음울하게 덧붙였다.

"난 그 노르니르의 인조인간 부류랑은 상성이 안 좋아서 말이야. 그 녀석들이랑 만날 때마다 당치도 않은 꼴만──"

그때.

거기까지 말한 오펜은 퍽, 하고 무언가에 부딪혔다──잘 보자 매지크가 갑자기 멈춰 서 있었다. 뒷모습이었기 때문에 표정은 알 수 없었지만 등의 근육이 딱딱히 굳어져 있는 것은 알 수 있었다. 부딪힌 반동으로 반 걸음 정도 물러나자, 그와 함께 벽을 만들듯이 클리오가 멈춰 섰다.

"뭐야, 갑자기 멈춰 서서는."

그렇게 불평하며 오펜은 그들의 얼굴을 보려고 앞으로 돌아갔다. 도깨비불은 전방을 밝히기 위하여 조금 앞서 보내고 있기 때문에 그 빛 속으로 뛰어드는 듯한 형태가 되었다. 그리고 그들의 얼굴을 올려다보고——

"············?"

오펜은 눈을 동그랗게 떴다. 매지크도 클리오고 눈의 초점이 전혀 맞지 않았다. 마치 허수아비처럼 불균형하게 선 채로 멍하니 입을 벌리고 잠이 든 것처럼 호흡을 느리게, 깊이 내뱉고 있었다…….

순간, 뇌리에 번뜩이는 것이 있었다.

도깨비불이 부유한 전방을 향해——새하얀 빛이 일렁이는 어둠 너머를 향해 자세를 잡았다. 다음으로 자세를 낮추고, 오른손을 앞으로 내밀며 외쳤다.

**"나 발하노라, 빛의 칼날!"**

뻗은 오른손의 손 끝, 그 몇 센티 정도 너머의 공간에 새하얀 빛이 터지며 뛰놀았다——반짝임은 일직선으로 어둠을 찢어 발리고 아득히 먼 전방까지 단숨에 달음질을 쳤다. 질주하는 광열파가 통로의 공기를 후려치듯이 진동시키며 어둠 속에 꽂혔다.

폭발——

목표에 명중했다면 불꽃이라도 일어 났을 터. 하지만 폭음도 진동도 전해졌는데도 불꽃으로 화한 충격파는 어둠에 감싸인 듯이 그대로 사라졌다. 하지만.

"끄아아아아아아아아아……!"

폭발 속에서 희미한 비명이 들렸다. 놀라며 고개를 들었다. 반응은 있었다. 비명은 이미 다음 순간 침묵으로 바뀌었다.

"무, 무슨 일이야?"

메첸이 등 뒤에서 말을 걸었다. 오펜은 뒤도 보지 않고 조용히 검지를 세웠다.

"조용히."

그는 가만히 귀를 기울였다.

타타타타…… 하고 규칙적인 발소리가 멀어져갔다. 발소리는 작고 멀어져가더니──이윽고 완전히 사라졌다.

"도망쳤나."

오펜이 나지막하게 중얼거렸다. 그 순간 무언가가 끊어진 듯이 매지크가 쓰러졌다.

"!? ──아, 아야야……."

균형이 무너져 넘어진 모양이었다. 클리오는 쓰러지지 않았던 모양이지만 그래도 이상한 듯이 눈을 깜빡이고 있었다. 다만 쓰러질 뻔은 해서 레키가 머리에서 떨어지지 않으려고 아등바등 발버둥을 쳤다.

"무……무슨 일이 일어난 거야, 방금……?"

"단순한 정신지배야. 노르니르가 만든 인형이 때때로 수작을 걸지."

오펜은 간단히 대답하고 등을 폈다. 그리고 발소리가 사라진 통로 안쪽을 일별하였다.

"별반 대단한 위력이 아니라 다행이었어. 강력한 인형이 되면 수많은 사람을 일제히 지배 하에 두기도 하거든. 그렇게 됐으면 전멸했겠지."

"전멸?"

매지크가 깜짝 놀란 듯이 눈을 동그랗게 떴다. 오펜은 짜증으로 이를 갈고는──한 번 심호흡을 하고 말을 이었다.

"그, 러, 니, 까! 여긴 위험하다고! 아까부터 몇 번이고 몇 번이고

몇 번이고 몇 번이고 몇 번이고 몇 번이고——!"

하고 슬슬 숨이 막힐 즈음해서 생긴 틈에 딱 파고드는 형태로 클리오가 아하하, 하고 얼버무리듯이 웃었다.

"하지만 오펜 네가 있으면 괜찮을 테니——"

"말해두지만 난 인조인간 상대로 끝까지 대항할 자신 없다!"

"또 그런다. 아렌하탐에서도 쉽게 이겼잖아. 지금도——음, 보이지 않았지만."

태평하게 내뱉는 그녀를 향해 오펜은 단숨에 따졌다.

"지, 금, 은, 말, 이, 지! 인조인간에도 강한 놈이랑 약한 놈이 있다고! 있는 힘껏 창으로 찌르면 구멍이 생기는 고렘 같은 조악한 놈부터 킬링돌처럼 가차없이 인간을 죽이는 놈까지! 그딴 게 대량으로 나오면 절대로 감당할 수 없다고!"

그가 발을 동동 구르며 악다구니를 쓰자 두 사람의 표정에 긴장 같은 것이 떠올랐다. 이제야 깨달았나, 라는 것이 오펜의 솔직한 심정이었지만.

거기서——두 사람의 표정이 긴장에서 실망으로 급격하게 변화했다.

"어떻게 그렇게……."

나지막하게 내뱉는 매지크. 클리오가 그 뒤를 이었다.

"약할 수가 있어, 오펜……?"

빠직——.

머릿속의 무언가가 소리를 내며 경련하는 소리가 확실하게 들렸다. 하지만——간신히 자제심을 발휘해, 주먹을 꾹 쥐고는, 비위를 맞추듯이 웃었다.

"그, 그렇다니까. 그러니까, 위험하니까……."

"아~, 실망이야."

클리오가 뺨에 손을 댄 자세로 고개를 저으며 중얼거렸다. 레키가 자신의 위치인 금발 위에서 뒷발로 턱 아래를 긁었다.

그 뒤를 잇는 것은 물론 매지크였다.

"이제까지 낸 돈 환불 안 되려나~."

빠직, 뿌직, 하고 두개골 안쪽의 근육이 터지는 소리가 울렸지만, 그래도 간신히 참았다. 오펜은 손가락을 튕기며 슬금슬금 두 사람을 향해 다가갔다.

"그, 그러니까 말이다, 응, 위험하다고 해야 하나, 위험이 위험해서, 생명이 살아가가 위해서는 죽지 않도록 노력을 해야 하는데 말이다……."

하지만 두 사람은 듣는 기색도 보이지 않았다.

"아~, 정말. 시시해. 다리 아파. 여기 어둡고 곰팡내 나지 않아? 좀 어떻게 못 하는 거야~?"

"아~아~. 이걸 어떡한담. 비싼 월사금까지 주는데 말이지~. 지금부터 타프렘 시까지 돌아가는 데 며칠이나 걸릴 것 같아요?"

오펜은 조용히——그리고 혼신의 힘으로 매지크의 멱살을 잡아올렸다. 그리고 앞뒤로 마구 흔들며 외쳤다.

"난 자제하고 있다아아아아아아아아!"

"……전혀 하지 않잖아."

메첸이 냉정하게 지적했다.

"…………"

우뚝, 하고 움직임을 멈추고——하지만 붙잡은 멱살은 놓지 않은 채, 오펜은 눈을 감았다. 깊이 숨을 들이쉬고, 일단 멈춘 다음, 다시 천천히 내뱉었다.

그것을 세 번 정도 반복한 오펜은 조용히 내뱉었다.

"……알곤 있지만, 이게 내 성질이야."

"알 듯도 하고 모를 듯도 하고……."

곤혹스러운 미소를 띠며 메첸이 신음하는 소리가 들렸다. 하지만 그녀는 거기서 문득 진지한 표정이 되었다.

"하지만 아까 그건 위험하지 않았어? 확인도 하지 않고 공격을 했다간, 어쩌면 떨어진 내 동료가 앞에 있었을지도 모르는데."

"……그런 일은 없어."

오펜은 단언하며 손을 놓았다. 통로 전방을——어둠 속에 아무런 기척도 남아 있지 않은, 단색의 어둠을 돌아보며 살짝 눈을 감았다.

어둠을 꿰뚫어볼 수 있는 것은 아니지만, 그런 기분은 느낄 수 있다.

"없다고?"

메첸이 의아한 듯이 되물었다. 그 질문에 맞추어 눈을 떴다.

오펜은 가볍게 고개를 끄덕였다.

"아까 전의 광열파는 높이 3미터 부근을 꿰뚫었어. 인간에게는 맞지 않아."

"3…… 미터?"

이번에는 눈을 동그랗게 뜬 매지크가 물었다. 입가를 씰룩이며.

"큰 건가요?"

"글쎄다. 단지——"

오펜은 허리춤에 손을 대고 침착하게 말을 고쳤다. 자기 자신을 타

이르듯이, 천천히 말을 내뱉었다.

"커서 무서운 게 아니야. 전투용으로 만든다면 무조건 큰 게 좋은 것이 아니니 말이지——결국은 이렇게 생각해. 이곳은 극장이야. 요새가 아니라. 하지만 그렇다면 노르니르가 어째서 지상의 극장 밑에 『지하극장』이란 걸 만들어야만 했을까? 그걸 알 수 있으면……."

"알 수 있으면?"

불안한 듯이 얼굴을 밑으로 숙인 채로 묻는 클리오. 오펜은 그녀에게 시선을 던지고 어둠에 감싸인 채로 냉정한 대답을 내뱉었다.

"그래. 그걸 알 수 있으면 위험이 어떤 것인지도 자연스레 알 수 있게 되지."


통로는 줄곧 일직선이었다. 아무리 나아가도 벽도 바닥도 변화가 없었고, 경사도 지지 않았다. 87걸음까지는 걸음수를 세고 있었지만, 거기서 아까 전의 소동이 벌어지고, 나머지는 귀찮아지는 바람에 셈을 중지했다. 결국은 아무래도 좋았던 것이다.

신중하게——나아가는 것은 반쯤 포기했다. 어차피 이미 한 번 공격을 받은 상태다. 보폭을 줄이지 않도록 주의하며 빠른 걸음으로 나아갔다.

거기서 그는 등 뒤에 있을 세 사람에게 손짓으로 신호했다——멈추라고. 그리고 자신도 멈춰 섰다.

"여기서 기다려."

"어!? 잠——"

하지만 정지를 무시한 오펜은 달리기 시작했다. 달리면서 자세를 낮게 낮추었다. 앞서 가던 도깨비불을 추월해, 그대로 어둠 속으로 뛰어들어도 신기하게 불안은 느껴지지 않았다. 아무것도 보이지 않았다——분명히 아무것도 보이지 않았지만, 스피드는 떨어뜨리지 않았다. 한 번 눈을 감고, 그리고 뜨자, 새카맸던 시야에 진하고 옅음이 드러났다. 어느 정도라면 어두운 곳을 볼 수 있도록 훈련을 받은 적이 있던 덕택이었다.

어둠 속을 다소의 감까지 동원하여 달렸다. 숨이 차기 시작해——즉 10초 정도, 8미터 즈음을 달렸을까.

그는——

멈춰 섰다. 완전히 정지해 등 뒤를 보았다. 아득히 멀리 도깨비불이, 그리고 그 불빛 안에 세 사람의 인영이 보였다.

그는 말없이 숨을 고르고, 가만히 기다렸다——세 사람을 보며. 이윽고…….

그 빛 속에, 아무런 전조도 없이 인영 하나가 늘었다.

"꺄아아아아아아아아아아!?"

느닷없이 허공에서 나타난 인영에 세 사람이 지른 비명이 통로 안에 울려 퍼졌다.

"역시 매복하고 있었군!"

오펜은 혀를 차며 이번에는 반대 방향으로, 즉 세 사람 쪽으로 달렸다. 전력으로 질주하며 마술의 구성을 짜 올렸다.

"나 드노라——"

주문을 외며 그는 그 목표를 빛 안에 나타난 인영에게 집중했다.

"강마의 검!"

외침과 동시에 들어올린 오른손 안에 실제로 검을 든 것 같은 무게가 느껴졌다.

그 즈음에는 이미 도깨비불 부근까지 돌아와 있었다. 빛에 비쳐진 세 사람과 한 마리가 함께 짓는 경악의 표정도, 그리고 새로운 인영의 뒷모습도 또렷하게 보였다.

인형이었다. 위에서 본 것과 똑같은──아마도 동일한 인형이리라.

"이 자시이이이이이익!"

오펜은 포효를 터뜨리며 손에 다타난 허공의 검을 그 인형의 등에 내리꽂았다. 돌진하면서 내려친 검은 심상치 않은 위력을 발휘해──인형의 몸을 관통했다.

"──────!"

인형이 비명도 없이 몸을 휘었다. 검은 완전히 그 인형의 몸에 바람구멍을 내고, 나아가 양단되어도 이상하지 않을 정도의 거대한 상처를 남겼다. 계속 힘을 담자 인형이 결국 위력에 졌는지 허물어지듯이 그 자리에 쓰러졌다──.

동시에 마술의 효과가 끊겨 오펜의 손 안에서 허공의 검의 무게가 사라졌다. 그리고 다시 클리오의 두 번째 비명.

"꺄──"

겨우 1초도 되지 않아 그 비명이 멎었다. 그것도, 너무나 갑작스레.

"뭣……!?"

오한이 등에 서리는 것보다 먼저 오펜은 그녀의 표정이 변화한 것을 깨달았다. 별안간 벌어진 일에 놀라 목청을 높이려 하던 그녀의 얼굴이 씰룩거리듯이 경련하더니──천천히 힘을 잃고 넋이 나간 듯이 변했다. 동시에 그녀의 머리 위에 있던 레키도 눈을 깜빡였다──

클리오의 의식이 사라진 것에 곤혹스러워 하듯이.

밑을 보았다. 그러자 쓰러진 인형이 납작한 얼굴에 간신히 붙어 있는 눈과 입을 기분 나쁠 정도로 가늘게 만들고 그녀의 발목을 붙잡고 있었다. 그리고 그 인형의 손끝이 매끄럽고 빠르게 그녀의 발목에 빛의 문자를 그렸다.

"클리오!"

매지크가 비명을 질렀다. 하지만 그녀는 아무런 반응도 보이지 않았다.

"자식!"

오펜이 욕설을 내뱉으며 인형의 손목을 발로 찼다. 다음으로 강인한 부츠의 발꿈치로 언뜻 보기에는 약해 보이는 인형의 가느다란 팔을 밟아 부수었다. 하지만 그래도 인형은 손을 놓지 않았다.

"잇――젠장!"

두 번, 세 번 발로 차자 인형의 손가락에서 힘이 풀어졌다.

그 순간――오펜이 외쳤다.

"다들, 물러서!"

갑작스러운 명령에 매지크도 메첸도 이해하지 못했는지 한 순간 눈을 깜빡였지만, 그 뒤에는 곧장 반응해주었다. 고개를 들고 당황한 기색으로 허둥지둥 그곳에서 떨어졌다.

한 호흡 뒤――즉, 외친 후에 크게 숨을 들이쉬고, 짜올린 마술의 구성과 함께 오펜은 마력을 해방했다. 주문의 외침을 쓰러져 있는 인형에게 매다꽂듯이――

"나 이끄노라, 죽음을 부르는 찌르레기!"

순간 파괴력을 동반한 진동파가 인형의 손목으로 모였다. 파동 그 자체는 눈에 보이지 않지만, 결코 들리지 않는 소음에 인형의 손목에 무수한 균열이 생기는 것이 확실히 보였다. 가느다란 조각들이 주변에 튀었다. 인형이 붙잡고 있던 클리오의 발목에도 무수하고 얕은 생채기가 생겼지만 어쩔 수 없으리라.

그리고 다음으로 내려친 발꿈치가——너덜너덜해진 인형의 팔을 분쇄하였다.

"히이이이이이이이이이이!"

인형은 아픔을 느끼는지 부러진 팔을 붙잡고 비명을 지르며 몸부림을 쳤다. 그렇게 땅바닥을 구르는 와중에 처음에 낸 몸통의 깊은 상처에 더욱 커다란 균열이 생겼다.

**"나 발하노라, 빛의——"**

그 균열에 열충격파를 때려 붓기 위해 마술의 구성을 짰다. 주문을 외치며 들어올린 오른손에 인광(燐光)과 같은 반짝임이 감돌았다. 그때——

"————!?"

시야 구석에 아직도 무표정한 얼굴로 딱딱하게 굳어져 있던 클리오의 모습이 갑자기 사라졌다. 레키와 함께.

"큭……!"

그는 실책에 혀를 차며 깨달았다.

"아까 전 다리에 그린 건 공간전이의 마술인가!"

동요가 이제 조금만 더 했더라면 발해졌을 마술을 중단시켰다. 클리오가 사라진 후에는 부러진 인형의 한쪽 팔만이 남아 있었다. 그녀의 모습은 흔적도 없다. 노르니르의 인형도, 노르니르에 가까운 수준으로 침묵마술——문자의 마술을 조종할 수 있는데, 그렇다면 전이의 유효 범위는 어마어마하게 넓어진다. 자칫하면 상공 2천 미터에 느닷없이 「전이」당하는 경우도 있을 수 있다. 물론 바로 근처의 벽 속에 묻어버리는 것도 가능할 터다.

"그 애를——어디로 보낸 거냐!?"

오펜은 추궁하기 위해 인형 쪽으로 몸을 향했다. 하지만 그때 인형은 이미……겁을 먹은 표정으로 움츠러들어 서로 뭉쳐 있던 매지크와 메첸 쪽으로, 팔꿈치로 기어 이동하려 하고 있었다. 이쪽을——무시하고.

'이 자식…….'

오펜은 탁한 백색을 띤 인형의 등을 뒤에서 내려다보며 오싹함을 느꼈다.

'역시——그런 건가. 목표는 내가 아니야…….'

그때 메첸이 지른 비명이 사고를 중단시켰다. 그 비명도——아까 전 클리오가 마지막으로 지른 것과 마찬가지로 도중에 갑자기 사라졌다.

잘 보자 메첸과 매지크 두 사람이 나란히 멍하니 표정을 잃어갔다…….

인형은 포복전진을 계속하며 부러지지 않은 쪽의 팔을 들어 허공에 문자를 그렸다. 그 손가락이 더듬는 궤적이 은색의 빛을 남긴다. 도형처럼 생긴 수상한 문자가 차츰 힘을 더해갔다.

"끈질기긴……!"

오펜은 씁쓰레한 느낌을 받으며 뒤에서 그 인형에게 다가가, 동체의 상처를 발꿈치로 있는 힘껏 차 올렸다. 커다란 열상에 최후의 균열이 생긴다——그리고 빠각, 하고 둔탁한 소리를 내며 인형의 몸이 부러졌다. 그 반동으로 인형이 몸을 뒤로 젖혔다. 허공에 그리고 있던 문자도 그 한순간에 비산했다.

오펜은 묵묵히 재빠르게 품에서 나이프를 빼들었다. 그리고 그 나이프를 휙 돌려 역수로 잡은 후에 등 뒤에서 인형의 둥근 뒤통수에 나이프의 칼날을 박아넣었다——마치 쐐기처럼. 굳어진 점토에 주걱을 꽂았을 때 같은 감촉이 팔에 전해졌다. 인형이 한층 큰 비명을 질렀다——.

그는 아랑곳하지 않고 손에 든 나이프를 후비듯이 비틀어 쑤셨다. 인형에게 급소나 내장은 없지만 그래도 효과는 있었는지, 마차에 치인 뱀처럼 인형이 경련했다. 잠시 그렇게 날뛰다가——차츰 움직임이 완만해지더니——

최후에는 완전히 움직이지 않게 되었다.

한순간의 침묵. 그리고 고개를 들었다.

그곳에는 매지크와 메첸이 나란히 서 있었다. 정신지배의 효과가 사라져 잠에서 깨어난 표정으로 고개를 젓는다. 고도로 강력한 정신지배일수록 걸린 후에 육체적인 피로가 느껴지지 않는다고 전해진다. 두 사람의 괴로워 보이는 안색으로 대충 추측컨대 그다지 깊이 지배당하지는 않았던 모양이지만…….

후우, 하고 안도한 그 순간——

두 사람의 모습이 사라졌다. 그리고 그것과 동시에 쓰러져 있던 인형의 모습도.

"뭣……!"

오펜은 자신도 모르게 경악성을 내뱉었다. 인형은 이미 완전히 파괴되었을 터였다. 설사 아직 움직일 수 있었다 해도 두 사람에게 전이의 마술을 걸 정도의 힘은 남아 있지 않았을 것이다. 발 밑을——
인형이 쓰러져 있던 바닥을 내려다 본 오펜은 아연한 표정을 지었다.
공간을 전이해서는 뒤를 쫓을 방도가 없다.

마지막으로 본 인형의 모습이 떠올랐다…….

동체가 둘로 나뉘고 머리에 깊숙이 나이프가 꽂힌 채로 초점이 돌
아오지 않는 시선을 어딘가로 향하고 있었다.

망가져 있었다. 망가져 있었을 터다.

'설마…….'

오펜은 퍼뜩 놀라며 뒤를 돌아보았다. 그리고 오른손을 뻗고 바닥
에 떨어져 있던 나이프를 주웠다. 생각보다 당황해 있음을 느꼈지만
그래도 나이프를 줍다 놓치지는 않았다. 등 뒤를 향해 시선을 예리하
게 던졌다——.

그쪽에는 아직 도깨비불이 떠 있었다. 그리고 거대한 인영이 그 빛
속에 숨지도 않고 기다리고 있었다.

"아까 그 녀석인가……!"

오펜은 투덜대며 자세를 살짝 낮췄다. 그리고 나이프의 칼배를 보
이도록 적을 향해 기울였다.

인형의 전고는 거의 천장 아슬아슬한 곳까지 달해 있었다——즉
약 3미터 내외. 인간 형태이고, 저렇게나 크기가 큼에도 굳이 분류하
자면 땅딸막한 인상이었다. 그 점에서는 방금 파괴한 인형과는 정반
대였다. 팔도, 몸통도 굵다. 단지 팔에 관해서는 손목부터 아래가 묘
하게 작다. 아마도 월드 그라프를 그리기 위한 편의이리라.

신체의 재질 등은 똑같은 듯했다. 굳힌 젤라틴 같은 광택이지만 유
리 같은 매끄러움도 있다. 관절에 어떠한 기믹도 없는데 움직이는 것

으로 추측컨대 결코 경질의 재료는 아니리라.

가슴 부근——바닥으로부터 2미터 정도 높이의 장소가 옅게 그을려 있다. 처음에 지른 광열파가 명중했을 때의 것이리라.

인형은 가만히, 가느다란 눈으로 이쪽을 내려다보고 있었다.

"……한 방 먹었다, 라는 거로군, 난."

오펜은 혼잣말을 하듯이 중얼거렸다. 아까 전의 인형에 관해서는 등 뒤에서 불의를 찔렀기 때문에 간신히 파괴할 수 있었다. 하지만 드래곤 종족의 마술을 이용한 인형과 정면에서 붙어 전투를 벌인다면 이길 가능성은 거의 없다.

하지만 그가 투덜거린 것은 그것만이 이유가 아니다.

통로를 거의 전부 가로막듯이 서 있는 인형이지만, 그래도 공간 전부를 빈틈없이 메우고 있는 것은 아니다. 인형의 어깨와 벽의 틈새에서——보인 것이다. 통로 너머에까지 쭉 늘어서 있는, 같은 타입의, 무수한 인형들이.

'열 몇——아니, 자칫하면 수십 대……쯤 되려나.'

장소가 좁은 탓에 단숨에 몰려오는 일은 없겠지만, 한 대 한 대 상대하고 있다가는 어떻게 할 수도 없으리라.

몸이 거대하기 때문에 도리어 무서운 느낌은 없지만, 기분 나쁜 느낌은 분명 존재했다——심지어 그 체격 탓에 옆을 빠져나가 안쪽으로 갈 수 있을 것 같지 않다. 문득 오펜은 인형의 얼굴을 올려다보며 별안간 깨달았다. 아마도 그것을 위해 이런 형태를 하고 있음을. 즉 이 인형들은 통로를 가로막기 위해 만들어졌다…….

이쪽이 움직이지 목하고 있자 선두 중 한 대가 억양이 없는 말투로 웅얼거렸다.

"당신에게는, 선택권이 있다."

"삶과 죽음이냐?"

오펜은 비꼬듯이 그렇게 받아쳤다. 인형은 딱히 상대할 기색도 보이지 않고 그저 사무적으로 말을 이을 뿐이었다.

"우리에게 끌려갈 것인가, 자신의 발로 나아갈 것인가……."

"하고 싶은 말이 뭐야!?"

그렇게 되물으면서도 바보 같은 물음이라고 스스로도 생각했다──명명백백했다. 요컨대 전이의 마술로──어디인지는 모르지만──날려갈 것과 말을 따라 따라갈 것을 고르라고 말하는 것이다.

그것은 대답할 필요도 없다고 판단했는지 인형은 다른 말을 시작했다. 아니면, 해야 할 말을 통째로 암기하고 그것을 늘어놓고 있을 뿐일이도 모르지만.

"당신은, 다가올 홍수에 관한 지식을 찾으러 온 것이 아닌가?"

인형의 목소리에도, 그 표정에도 아무런 감정이 나타나 있지 않아 그 진의를 상상하는 것은 불가능──오펜은 의아하게 생각하며 되물었다.

"……무슨 지식이라고?"

인형은 대답하지 않았다. 가만히 이쪽을 바라볼 뿐이다──왠지 모르게 기분 나쁜 눈빛으로. 애간장을 태우려는 의도를 이해하면서도 오펜은 더욱 되물었다.

"넌, 내 질문에 대답해줄 거냐?"

"……당신의 진의를 알 수 없는 한, 불가능하다."

"무슨 진의냐."

"당신은, 다가올 홍수에 관한 지식을 찾으러 온 것이 아닌가?"

인형은 아까 전의 대사를 같은 억양, 같은 속도로, 완전히 똑같이 되풀이하였다.

'다가올…… 홍수?'

마음속으로 반추해보아도 그럴 듯한 지식은 떠오르지 않았다——역사상의 대수해를 몇 가지 떠올려 보았지만, 그런 것과는 상관이 없이 보였다.

'도박에 나설 수밖에, 없나……'

모 아니면 도, 라는 각오를 하고 오펜은 고개를 끄덕였다.

"그래. ……난, 그 지식을 바라고 있어."

"거짓말이다."

인형은 곧바로 대답했다.

"당신은, 인간을 데리고 왔다."

"? ——나도 인간이야. 혼자서 오지 않으면 안 되었다는 거냐?"

"당신은 인간이 아니다. 반천인이다."

"그건——그럴지도 모르지만, 그건 인간 사이에서는 인간이나 마찬가지라고!"

"인간을 데려온 이상, 당신은 다가올 것에 대해 올바르게 알지 못하다."

인형은 쉽사리 몇 초 전의 화제를 무시하였다——상당히 신경에 거슬렸지만, 그런 것에 고집을 피울 때도 아니었다. 캐묻지 않으면 안 될 것이 있었다.

"그 녀석들을——내 일행들을 어디로 보냈지!? 대답에 따라선——"

"……제조실."

"가만히 있지――뭐?"

상대의 대답으로부터 한 박자 후, 그는 얼빠진 소리를 내뱉었다. 상대가 무슨 말을 했는지 듣기는 했지만, 이해는 하지 못했다.

"제조실."

인형은 담담히 되풀이했다.

"보통은 침입한 인간은 죽인다. 하지만 지금의 싸움으로 우리는 동료가 파괴되었다. 인형을 수복하기 위해서는 인간을 재료로 삼을 필요가 있다――"

"이 자식!?"

머릿속에서 무언가가 터졌고――다음 순간 오펜은 인형의 몸에 달라붙어 있었다. 나이프를 손에 들고 있다는 것도 잊고 밀어 넘어뜨리려 했다. 물론 그래도 상대의 크기에 팔도 꿈쩍도 하지 않았지만.

하지만 그런 것은 아무래도 좋았다. 인형의 몸에 손을 댄 지근거리――아니, 접근거리에서 마술을 쏘려 하였다.

"나 발하노라――"

하지만 그 순간까지 그의 눈앞에 빛이 번뜩였다. 빛――은색의 빛. 문자와 비슷한, 도형처럼 보이는…….

"당신은 선택하였다."

마지막까지 무감정한 인형의 목소리가 귀에 맴돌았다. 마술의 구성이 완성되었다.

"빛의 칼날――"

인형의 몸이 폭발함과 동시――

그의 몸 주변에서 세상의 모든 접점이 사라졌다.

"―――을!"

――하고 외친 것은 주문의 끝마디였다.

한순간에 모든 것이 사라지고――나타났다. 그리고 그는 그곳에 있었다.

"…………."

그는 경악하며 주변을 둘러보았다――그곳은 이미 아까 전까지 있던 통로가 아니었다. 그곳보다도 아득히 넓은――그리고 밝은 곳이었다. 오펜이 서 있는 곳은 붉은 비로도가 깔린 좌석의 위였다. 사방에 깔린 좌석, 그 중 하나. 좌석의 방향과는 반대 방향으로, 마술을 쏜 자세 그대로 서 있었다.

좌석의 수는――백이나 이백은 가볍게 넘었다. 왕도에 하나나 둘밖에 없을 대음악당과 같은 광대함이었다. 그가 서 있는 곳은 딱 그 한 가운데였다. 그가 손을 뻗은 방향――즉, 좌석의 방향으로 치면 가장 뒤편에 문이 있다. 본래는 그곳이 입구이겠지만…….

좌석은 1층과 2층이 있었다. 그가 서 있는 곳은 1층 쪽이었다. 2층 쪽은 아래에서는 사각이 되어 있어 살필 수가 없었다. 조용하고――――인기척은 전무. 공허하고 아무런 기척도 느껴지지 않았다. 인형의 모습도 없다. 단지 자신이 향하고 있는 방향에는, 이라는 조건이지만…….

그는 천천히 등 뒤를 돌아보았다. 어깨를 돌리고, 목을 돌리고, 얼굴을 돌리고. 완전히 돌아본 그 너머, 좌석이 향한 끝에는 거대한 무대가 있었다. 좌석, 아니, 객석과 무대 사이의 공간이 있었지만 그곳은 오케스트라라도 들이는 장소이리라. 전체적인 구조는 지상의 것과 거의 동일했다.

하지만 어쨌든 그가 응시한 것은 무대 위였다. 무대 위에 낡은 왕좌가 놓여 있었다. 폭이 넓은 그 왕좌에는 위에서 덮듯이 자그마한 인형이 올려져 있었다. 인형의 팔걸이에 가느다란 손이 올라가 있다. 작은 머리, 작은 눈──.

어린아이의 체형이 아니라, 단순히 인형의 미니어처였다.

몸이 작다는 것 이외에는 노르니르가 흔히 만드는 인형과 특징적으로 차이는 없다. 단지 하나 기이한 점은 눈이었다. 가늘고 위로 치켜 올라간 눈꺼풀 사이로 엿보이는 것은 믿을 수 없을 정도로 깊은 색의 푸른 눈동자……

그것은 느긋한 동작으로 이쪽을 바라보았다.

'왕……?'

오펜은 경악하면서도 그것을 인정하지 않을 수 없었다. 그것은 어울리지 않는 왕좌에 깊이 앉고, 머리에──왕관을 이고 있었다.

"용케도…… 왔군. 본래는…… 그대가 걷고 있던 통로를…… 더욱 나아가…… 꺾이는 계단을 내려오지 않으면…… 이곳에는…… 들어올 수 없었겠지만."

느긋한──이라기보다는, 그저 단순히 어색할 뿐인, 그런 말투였다. 오펜은 주의 깊게 경계하며──짧게 내뱉었다.

"……그런 긴 통로는 불편하잖냐."

"하지만…… 확인해야만…… 한다……. 통로를 수호하는…… 인형들이. 그──『선별의 복도』……에서."

"확인?"

오펜은 되물었지만 상대는 대답하지 않았다. 왕좌의 인형──그것이, 아무래도 그곳에서 움직이지 못하는 듯한 것을 깨닫고 다소는 경계를 풀었다.

다시 주위를 둘러보며 오펜은 한숨이 섞인 숨결을 내뱉었다.

"……단숨에 이동해서 이상한 기분이로군."

"단숨이……되지 않을 수는 없다……. 시간축조차도…… 소실하는──시간이동이 되면…… 수 초 이상…… 소모할 수는…… 없지. 당연하게도."

그 인형은 알 듯 말 듯한 말을 꺼냈다. 대답에 궁색해 있자 그 물체는 뒤늦게나마──이쪽에, 인사 같은 것을 했다. 골격이 인간의 것과 다른지 묘하게 일그러진 인사법이었지만.

그리고 그것이 고했다.

"환영한다…… 제7의──종족이여. 나는──"

그때, 무대 옆에서 줄줄이──기묘한 생물이 나타났다. 바깥에서 몇 십 마리나 보았던 바로 그 날개 달린 개.

그것이 우르르──2, 3십 마리는 등장했다. 하지만 왕좌의 인경은 그것들에게 깨닫지도 못한 듯이 말을 이었다.

"나는, 마왕 스베덴보리……이다."

그 말에 오펜은 한순간──현기증을 느꼈다.

물 속에서 의식을 잃지 않았던 것은 거의 기적이라고 불러도 지장이 없으리라──그저 그만큼 괴로웠을 뿐이라 이득은 없었지만. 수류 속을 저항도 하지 못하고 휩쓸리며, 도틴은 곰곰이 생각했다.

'왜 이런 때는 언제나 형만 마음 편하게 기절할 수 있는 걸까?'

미쳐 날뛰는 검은색의 물——빛이 없는 지하를 지나는 수류에 휩쓸리고 있으면 그 부조리함에 화도 나기 마련이다. 하지만 그래도 형은 기절한 채였다.

그 뒤로 구덩이 함정의 바닥이 갑자기 열리더니, 물과 함께 쓸려 내려갔다. 그 너머는 길고 긴 새카만 암흑의 수도——즉 이곳이다. 격렬한 수류에 밀려나가며 이미 훨씬 전에 방향감각도 상하감각도 잃어버렸다. 형이 근처에 있는 것은 알 수 있지만(가끔씩 부딪혀서), 어느 정도의 거리를 휩쓸렸는지는 짐작도 가지 않는다. 단지 어차피 그리 멀리 않은 때에 자신의 뇌가 결정적으로 산소를 탐하여 패닉을 일으킬 것은 예측하기 어렵지 않았다.

'원래는 그러는 편이 좋아. 어차피 아무것도 보이지도 않고…….'

하지만 그렇게 생각했을 즈음, 그는 문득 주변이 밝아지는 것을 느꼈다. 서서히, 저 너머에 출구 같은 빛이 보였다.

결국——

그는 의식을 잃지도 못한 채로 그 빛속으로 빨려들어갔다.

# 제5장  어딘가에 있을 것이 분명해

전설을 들은 적은 있었다.

자세하게는 알지 못한다——라는 것도, 그것은 전설이지 역사가 아니기 때문이다. 키에살히마 사 이전. 1천 년 전. 신화의 시대.

하지만…….

"——그럴 리가 있냐."

신중하게 말을 고르고——그런 것치고는 입에서 나온 말은 스스로도 단락적임을 느꼈지만——오펜은 무대 위에 몰려든 개들을 가능한 한 자세히 관찰했다. 한 마디로 말하면, 그리고 흑마술사로서 최고의 교육을 받은 자답지 않은 말투를 굳이 사용하자면, 그것들은 모두 일제히 추악한 모습을 가지고 있었다. 파충류, 아니, 양서류의 용모를 가지면서 전체적인 특징은 개였다. 안구가 반쯤 튀어나오고 박쥐 같은 날개가 돋아난 것 이외에는. 꼬리는 짧다. 다리는 멀리서 보기에는 발가락이 분화하지 않은 것처럼 보였다. 생물학에 관한 제대로 된 지식은 거의 가지고 있지 않았지만——그런 무지한 눈으로 보아도 판별할 수 있다. 저 생물이 자연계에 존재할 것이 아니라는 것쯤은.

하지만 그래도 그는 고개를 지었다.

"마왕이라고!? 키에살히마 대륙에 신 같은 게 있을 리 없어!"

"그…… 말, 대로……이다."

마왕——이라고 주장하는 것은, 무겁게, 느릿하게 말을 내뱉었다.

"그 정도의…… 지식은…… 있군."

그것은 오른팔을 팔걸이 위에 세우고, 그 위에 턱을 걸쳤다.

"그대들……은, 어느 정도나 유지하고…… 있지? 전……승……
을."

"알게 뭐냐!"

오펜은 토하듯이 외쳤다.

"일일이 상대할 시간은 없어. 네놈은 알고 있는 거냐? 제조실인지
뭔지는 어떻게 가야 하는 거야!?"

하지만——마왕은, 그 질문을 무시했다.

"대답……하라."

"…………!"

한순간 분노로 이성을 잃을 뻔했지만——간신히 자제한 그는, 그
자리에 버티고 섰다. 그리고 험악한 형상으로 단숨에 말을 쏟아냈다.

"상대할 시간은 없다고 했을 텐데! 제조실——"

"대답……하라."

"그러니까——"

"대 답 하 라…….."

"…………."

오펜은 이를 악물고 나오려던 말을 집어 삼켰다. 어느새 틀어쥐었
던 주먹에 자신의 손톱이 박혀 있었다.

그는 남은 의지력을 총동원하여 천천히 주먹에서 힘을 뺐다.

'어차피 제조실의 위치를 캐물어야 해…….'

각오를 하고, 숨을 들이쉬었다. 그리고 왕좌에서 유유히 이쪽을 내
려다보는 마왕을 바라보며 그는 다시 입을 열었다.

"옛날 드래곤 종족이 신들에게서 마법의 비의를 훔쳐냈습니다, 신들은 화를 내고 드래곤 종족을 없애려 하였지만 드래곤 종족은 이 대륙까지 무사히 도망쳤습니다, 신들은 지금도 드래곤 종족을 쫓고 있지만 대륙은 들키지 않았습니다, 들키면 대륙은 멸망합니다! ──어디까지 사실인지는 모르지만 말이다!"

"마……왕에 대해서는, 실전되어 있는…… 건가?"

"만물의 마왕 스베덴보리는 자신 이외의 신들을 없애고 유일신이 될 것을 획책해서──"

"이제…… 되었다. 그대의 무지는…… 알았으니."

"뭐라고!?"

벌컥 화를 냈지만──문득, 그런 것은 아무래도 좋은 것임을 깨달았다. 오펜은 팔을 한 번 휘두르고 마왕을 향해 흉악한 시선을 던졌다.

"──뭐, 됐어. 이쪽은 대답해줬다! 그러니 그쪽도 대답해줘야겠어──내 일행은 어디에 있는 거냐!"

"통로 파수꾼이…… 하는 일…… 나는…… 관여하지, 않는다……."

"그럼 제조실은 어디야!?"

오펜은 외치면서 그 목소리를 주문으로 삼아 결국 마술을 발동했다──번쩍이는 광열파가 단숨에 무대에 치달아, 오른쪽에 있던 개 중 한 마리를 불태웠다. 비명도 지르지 않고 허물어져 재가 된 그것을 가리키며 오펜은 말을 이었다.

"난 지금 화가 나 있어. 잽싸게 토하지 않으면 다음은 네놈이 잿더미가 될지도 모른다고."

"나에게······ 협박······ 무의미."

마왕은 어디까지나 느릿한 말투인 채로 말했다.

"나는······ 주인의 명령을······ 받들 뿐."

"네놈들은 죄 그것뿐이로군."

초조함에 빠진 오펜은 입술을 깨물었다. 이래선 아무것도 되지 않는다.

"이제 됐어. 직접 찾지."

그는 휙 몸을 돌리고 올라탄 채로 있던 객석에서 통로로 뛰어내렸다. 그리고 곧장 달려 출구로 향하려 하였다. 그러자──

"괜찮은······ 것이냐?"

마왕이 등 뒤에서 속삭이는 소리가 들렸다. 한순간 무시하려고 생각했다. 하지만 멈춰 서지 않을 수 없었다. 신경을 쓰지 않을 수 없으리라──『괜찮은가?』라고 물으면.

"······뭘 말이냐."

오펜은 멈춰 서서 어깨 너머로 무대를 보았다. 마왕은 한 걸음도 움직이지 않았다. 재가 된 개도 연기를 내며 경련하는 것 이외에는 다른 개도 움직이지 않았다.

마왕은 시선으로 객석 한 방향을 가리켰다. 푸른 눈동자가 조금 떨어진 객석을 비추었다. 그것이 오펜에게 보인 것은 아니었지만.

그 시선을 따라 오펜도 시선을 이동시켰다. 그리고 자신도 모르게 신음이 흘러나왔다.

"매지크!"

온통 검은색의 차림을 한 소년이 힘없이 좌석 하나에 앉혀 있었다──웅크리는 자세였기 때문에 지금까지 깨닫지 못했던 것이다. 소년은 이쪽이 아무리 소리를 질러도 움직이려 하지 않았다. 아무래도 의식이 없는 듯했다.

"이곳으로 전이된 거냐……. 또 정신지배를 당했군."

그는 답답한 심정으로 투덜댔다. 최근 몇 개월 동안 상궤를 달리한 진보를 보인(다만 본인에게 자각은 없는 듯했지만) 매지크지만, 아무리 그래도 정신지배에 대항할 수 있는 훈련은 받지 않았다.

'시켜둘 걸 그랬어.'

그런 말도 안 되는 생각을 하면서도 오펜은 매지크가 앉은 좌석으로 달려갔다. 가깝지는 않지만 그렇다고 그다지 멀지도 않다. 얼마 있지 않아 자신의 학생에게 도착했다.

몸을 안아 올리자 소년의 몸은 힘없이 아래로 축 늘어졌다. 눈을 뜬 채로 혼수상태에 빠진 듯 하였다. 단지 정신지배의 영향을 받았다면 그리 간단하게 눈을 뜨지는 않으리라.

"그 소년이…… 처음으로…… 왔기에, 공연의…… 준비를…… 하고 있었, 지……."

마왕의 목소리가 무대 위에서 들렸다. 오펜은 퍼뜩 놀라 고개를 들어 되물었다.

"공연이라고? 무슨 소릴 하는 거냐!?"

초조함과 답답함으로 마음이 가득한 오펜은 무대를 향해 고함을 질렀다. 마왕은 고개도 까딱하지 않고 그저 책을 읽듯이 무미건조하게 말을 이었다.

"그렇기에──『마왕』이다. 진실을 전하는, 희곡 『마왕』……."

"그럼, 네놈은……."

"그렇다. 나는…… 마왕 스베덴보리의…… 역할을 맡은……

자……."

"그──"

경악한 오펜은, 감정을 추스르듯이 헛기침을 했다. 그리고 기막히
다는 목소리로 말을 이었다.

"그저 그런 공연을 하기 위해서, 노르니르는 굳이 이렇게 커다란
『지하극장』인지 뭔지를 만들었다는 거냐!?"

"지상……에서는, 그럴 수…… 없었으니까……."

"……어째서?"

휘둥그레 뜬 눈으로 되물었다. 마왕은 뺨을 짚고 있던 손에서 얼굴
을 들었다.

"인간……에게는 보여서는…… 안 되니까. 진정한 희곡 『마왕』의
역할은…… 그리고……."

"……그리고?"

오펜은 막연한 오한을 느끼면서 다시 되물었다. 매지크의 몸을 안
고 언제든 출구로 달려갈 자세를 갖추었다. 그러자──마왕이 고
했다.

"지식을 얻기에…… 어울리지 않는 자는……배제된다. 그것도 알
려져서는…… 안 된다."

순간.

끼이──하고 귀에 거슬리는 소리를 내며 출구의 문이 열렸다. 양
쪽으로 열리는 상당히 커다란 문이었다. 폭은 대략 3미터 정도일까.
출구는 그곳 하나밖에 없었고, 그곳을 이용하지 않으려면 2층석까지
뛰어 오를 수밖에 없었다.

그가 순간적으로 그렇게 생각한 것에는 이유가 있었다──.

열린 출구에는, 아까 전의 거대 인형이 쭉 늘어서 있었기 때문이다.

"아아, 신이여. 저는 행복하옵니다. 죽은 후 당신과 만날 수 없을지언정."

"…………?"

어딘가에서 들리는 그 말에 클리오는 눈살을 찌푸렸다――의미를 알 수 없었던 것은 문제가 아니다. 마음에 들지 않았던 것은 죽어서까지 신에게 감사할 것은 없지 않느냐는 생각이었다. 그야말로 아무래도 좋았을지도 모르지만.

그녀는 눈을 감고 있었다. 물론 아무것도 보이지 않는다. 싸늘하고 딱딱한 것이 뺨에 닿아 있었다――그 감촉으로부터 그녀는 자신이 엎드린 채로 쓰러져 있음을 깨달았다. 돌바닥이다. 조금 습기가 있어서 일어나면 얼굴에 흔적이 남으리라는 것은 상상하기 어렵지 않다. 그것이 초조함과 짜증을 한층 더 조장했다.

하지만 그런 그녀의 심정은 아랑곳하지 않고 그 목소리는 혼잣말을 계속했다.

"저는 배교자입니다. 등을 돌린 자로서 모든 것을 살아왔습니다. 당신과 만나면 저는 파멸하겠지요. 그래도 저는 당신을 사랑합니다……."

'……시끄러운 시체네…….'

그녀는 혼자 속으로 중얼거렸다.

'정말이지, 이쪽은…… 머릿속이 꽝꽝 울리고 있는데…….'

아마도 이것은 숙취다──라고 그녀는 멋대로 정의를 내렸다. 목이 빙글빙글 회전하기 시작하면 악령의 소행이겠지만(이라고 그녀는 확신했다), 목은 그대로 있고 머릿속만이 격렬하게 회전하는 일은 있을 수 있다. 적어도 13살 생일 파티 때 장난이 지나쳤을 때에 경험한 일이다. 하지만 그때에는 그녀의 언니도 방 구석에서 혼절하고 간호하던 아버지의 바지에 토사물을 쏟았으니 결코 그녀의 패배는 아니었을 터다…….

'──아니, 그런 건 아무래도 좋아, 정말로.'

스스로 자신에게 그렇게 타이르고, 살짝 눈을 떴다.

시야를 뒤덮은 것은 흰색. 다소의 수분을 머금은 백색이었다── 즉 그녀가 지금 쓰러져 있는 이 곳은 빛이 있었다.

'통로를 걷고…… 있었는데…….'

격렬한 두통 속에서 그녀는 필사적으로 정신을 잃기 전까지의 기억을 뒤졌다. 걷고 있었던 것이다. 오펜이 갑자기 앞서 나가더니, 그것을 지켜보고 있었는지 인형이 나타나서──

그대로 의식을 잃었다.

'그럼 어쩌면 나, 정말로 죽은 걸까……?'

멍한 머리로 생각했다. 확신은 없었지만 어서 결론을 내지 않으면 위험해질지도 모른다. 죽었을 때 자신이 죽은 사람임을 자각하지 못하면 어떠한 일보다 가혹한 상황에 빠질 것만 같았기 때문이다.

'어쩌면, 몸이 절반 가량 곤죽이 되었는데도 기적적으로 살아 있다거나? 그런데 정말로 그럼 어쩌지.'

거기서 맹렬하게 불안해져 오른손을 한 번 펼치고──그리고 다시 쥐어보았다. 상당히 또렷한 감각이 느껴졌다. 적어도 오른손은 무사한 모양이다.

왼손으로도 똑같이 확인해보았다. 마찬가지로 손바닥에 피에 젖은 감촉도 없다.

일단은 안심하고──아무래도 상반신은 무사한 모양이니까── 클리오는 거기서 간신히 완전히 눈을 떴다. 동시에 몸을 일으켰다. 그러자 머리 위에서 굉장히 가벼운 무언가가 주르륵 굴러 떨어졌다.

"……레키?"

이름을 불렀다. 검은 짐승의 새끼가 완전히 거꾸로 바닥에 떨어지고, 간신히 제대로 된 자세를 잡았다. 그것은 두 앞다리를 꼿꼿하게 세우고 이쪽을 올려다보았다. 녹색의 눈동자로.

"그래…… 같이 있어줬구나."

그렇게 중얼거린 순간──스윽, 하고 몸에서 흘러나가듯이 두통도 사라졌다. 레키가 치료해준 모양이었다.

"고마워 ♪"

클리오는 그렇게 감사하며 당연하다는 얼굴의 새끼 드래곤을 안아 머리 위에 올렸다.

그리고 좌우를 살폈다…….

"……어라?"

그녀는 어리둥절한 목소리를 내며 얼어붙었다.

처음으로 깨달은 것은 방 안의 이질적인 분위기──조명이었다. 새하얗고 차가운 빛. 태양의 빛도, 가스등의 빛도 아니다. 이런 빛의 색은 본 적이 있었다.

바로 마술의 빛이었다.

위를 올려다보자 천장 근처에 빛의 구체 같은 것이 떠 있었다. 그 중심에는 살짝살짝 문자 같은 것이 깜빡이고 있었다. 천장은 상당히 높아 어른이 목말을 해도 손이 닿지 않으리라. 방의 넓이는 한 변이 4, 5미터 정도 되는 정사각형. 그녀는 그 구석 하나에 쓰러져 있었다.

그리고 방의 중앙에 수술대 같은 것이 있고──그 위에는 여자의 몸이 아무렇게나 놓여 있었다.

"……게엑."

신음을 내뱉은 클리오는 몸을 뒤로 뺐다. 또 시체라고 생각했던 것이다.

──하지만 조금 잘 지켜보자, 그것이 호흡을 하고 있음을 금방 알 수 있었다.

"메첸?"

그녀는 수상한 듯이 중얼거렸다. 메첸이 받침대 위에 올려져 있다. 생명에 지장은 없어 보였다. 단지, 언동이 이상했다──정신지배인지 뭔지의 영향일지도 모른다.

"무슨 말을 해야 할까요? 꿈속에서 들었던 목소리를? 하지만 저는 꿈을 꾸는 것 따위는 바라지 않았습니다. 저는 당신을 만나지 않고, 당신의 곁으로 가고 싶었습니다……."

메첸은 가장 위에서 바른 자세로 드러누워 손을 깍지 낀 채 무언가를 중얼대고 있었다.

"……무슨 소릴 하는 거야?"

그녀는 지극히 소박하게 물어보았다. 메첸은 뚝뚝 눈물을 흘리며 조용히 대답하였다.

"그것이 이루어지는 것이로군요. 저는 기뻐해도 괜찮은 것이로군요. 개처럼 감격해도 괜찮은 것이로군요……."

"왜 감격하는데?"

클리오는 입술을 삐죽이며 물어보았지만 메첸은 상대할 기색도 보이지 않았고──고개도 이쪽으로 향하지 않고 계속해 눈물을 흘렸다.

"제가 죽인 자는 당신의 적. 당신의 우려. 하지만 당신은 분노를 멈추지 않습니다. 저는 알고 있었습니다."

"……그런가~? ……그거 너무 응석받이 아니야?"

"저는 눈물을 흘렸습니다. 아픔 따위 알지 못하고. 저는 더러워짐을 알고 있었습니다. 더러워졌을 때도 그것을 알고 있었습니다……."

그렇게 계속해 중얼대는 그녀.

일단 내버려두는 것이 좋겠지──하고 곧바로 판단을 내린 클리오는 다시 방 안을 둘러보았다. 이 부근은 상당히 난잡하게 어질러져 있어 그녀가 곧바로 메첸의 곁으로 달려가지 못했던 것도, 솔직히 말해서 발을 디딜 곳이 없었기 때문이다. 바닥에는 금속 망치나 용도를 알 수 없는 도구, 그다지 손질이 되지 않은 녹 슨 톱까지 아무렇게나 굴러다니고 있어서 주의하지 않으면 상당히 위험할 것 같았다. 그녀가 쓰러져 있던 장소만이 뻐끔 뚫려 있는 식이었다.

'뭘 하는 방일까……?'

당연하다고 하면 당연한 의문이 그녀의 마음속에 떠올랐다. 하지만 그것보다도 더욱 당연한 의문 쪽이 뒤늦게 떠오른 주제에 우선순위에 끼어들었다.

'그리고, 출구는……?'

방에는 문으로 보이는 것이 아무것도 없었다. 천장 한가운데에 공기 순환을 위해서인지 사각의 구멍이 나 있으니 출구로 쓸 수 있겠지만, 도약해 안에 들어갈 만한 높이는 아니다.

"뭐가 뭔지 모르겠네."

그녀가 얼굴을 찌푸리며 중얼거리자, 받침대 위의 메첸이 대답하였다.

"그러하겠지요. 저는 죽었으니까."

"…………."

정말로 죽은 것일까──그다지 긴장감 없이 생각하며 클리오는 발끝으로 바닥에 널린 잡동사니를 밀어냈다. 위험한 것은 상당히 많았지만 무기가 될 만한 도구는 보이지 않았다. 실제로 몸의 위험을 느끼는 것은 아니었지만, 그렇다고 맨손으로 있기에는 불안했다.

"잃어버린 짐만 있었으면 좋았을 텐데──뭐, 어쩔 수 없지."

타협하여 가장 가까이 떨어져 있던 단검과 같은 것을 주웠다. 같은 것이라고 한 것은 그것이 전혀 기능적인 형상을 띠고 있지 않았기 때문이다. 주황색 칼집에 들어가 있고, 손잡이가 있으며, 아마도 칼집 안에는 칼날도 있을 터이니 단검임에는 틀림이 없다. 그렇다고는 해도 그 칼자루는 원추형이었고, 밑으로 갈수록 굵어지는 형태였다. 둥근 칼자루는 그렇지 않아도 쥐기 힘들건만 이래서는 만족스럽게 다룰 수도 없으리라. 칼집은, 뭐, 자루에 비하면 멀쩡했지만, 그래도 의식용──그것도 뭔가 기괴한──을 연상시키는 일그러진 형태를 띠고 있었다. 언뜻 보고 그녀가 떠올린 것은 학교 운동장 구석에 있던, 초봄에 개구리가 크게 번식을 한 탁한 연못이었다. 형태가 매우 닮았기 때문이다.

찌르는 용도로도 베는 용도로도 사용할 수 있을 것 같지 않다. 어쩌면 손잡이가 달린 곡선용 자일지도 모르지만, 그런 물건은 들은 적도 없었다.

칼집에서 아무렇게나 칼날을 빼 보았다. 역시나 도신도 칼집과 같은 형태였다──정말로 구제할 도리가 없다. 만약 도신만은 멀쩡한 모양이 아닐지 기대했건만. 도신은 금속제──단지 강철인지 은인지 알 수 없는 색의 금속이었다. 표면에는 빼곡하고 가늘게 기분 나쁜 문자가 새겨져 있었다.

'아무리 우리 아버지의 수집품이라고 해도 이렇게 이상한 건 없었는데.'

클리오는 그렇게 생각하며 도신을 머리 위에 들고 레키에게 보였다.

"얘, 너 혹시 이거 읽을 줄 아니?"

하지만 레키는 딱히 흥미를 보이지 않고 몸을 뒤척일 뿐이었다. 크아아, 하고 하품을 하는 기척이 전해졌다,.

그때──

"딥 드래곤 종족이 어째서……. 목소리를 내지 못하는 것인가, 아니면 성장하지 못했던 것인가……?"

느닷없이 들려온 말에 그녀는 움찔 떨며 몸을 꼿꼿하게 세웠다. 그리고 황급히 주변을 둘러보았다. 하지만 방 안에는 목소리의 주인으로 보이는 인물은 없었다──메첸은 홀로 웅얼대고 있을 뿐이다.

"누구야!?"

그녀는 단검을 들고 목소리가 들려온 것 같은 방향을 돌아보았다.

목소리는 천천히 말을 이었다…….

"태고부터 목소리를 가지지 않았던 것이 아니야. ……그들은 말을 잃은 것이지. 그와 동시에 언어도, 문자도. 마술을 이용한 염화(念話) 능력을 가지지 않았더려면 그들은 종족으로서의 문화는 물론 모든 것을 잃었을 것이야……. 문자 따위 읽을 수 있을 리 없어. 그리고 그 것은 우리의 문화다."

"어……?"

클리오는 말을 잃고 몸을 경직시켰다──그 말의 내용에, 가 아니다. 솔직히 말해 그런 것은 절반도 듣지 않았다. 그녀를 경악시킨 것은 그녀가 살펴보았던 잡동사니의 산에서 팔이 튀어나와 있었기 때문에, 이다.

심지어 그 팔은 기억에 있었다.

즈윽──하고 일단 힘을 넣듯이 떨리더니, 잡동사니 안에서 팔이 점점 삐져나왔다. 가늘고 차가워보이며 관절만이 이상하게 부푼 팔. 딱딱하고 매끄러우며, 그럼에도 부드럽고 어색한, 인간 아닌 자의 팔…….

"아까 전의 인형! 이런 곳에!"

그녀는 한 걸음 뒤로 물러나며 신음했다. 등이 살짝 벽에 닿았다. 팔은──서서히 기어나오며 담담히 목소리를 내뱉었다.

"부서진 채야."

인형은 이미 머리를 꺼내고 있었다. 도중에 부러진 다른 한 쪽의 팔도 잡동사니를 밀어내며 드러났다. 가만히 관찰하고 있자 그것은 그 잡동사니의 산에서 상반신만을 내민 듯한 모습으로 씨익 웃었다 ──.

"고치기 위해서는 인간이 필요하지……."

그것은 두 팔을 사용해 허공에 문자를 그리기 시작했다.

"운이 안 좋았어. 네가 의식을 되찾기 전에 내가 소생했더라면 공포 따위 느끼지 않아도 되었을 텐데……."

"레키!"

그녀가 외침과 동시에——인형의 몸이 충격으로 튕겨 날아갔다. 바닥에 튕겨 굴러가다——벽에 부딪혀, 다시 떨어졌다. 분명히 그 인형에는 하반신이 없었다. 한 팔도 부러져 있었다. 하지만 인형은 쓰러진 곳에 쉽사리 몸을 일으켰다.

"그 정도로는…… 소용없어."

인형이 그리는 문자가 은색으로 빛나기 시작했다.

"이 녀석……!"

클리오는 황급히 자세를 바로잡았다. 손에 든 단검을 인형을 향해 들려다가, 실수로 놓치고 말았고——

바닥에 떨어뜨렸다. 단검은 그 무의미한 칼자루 원추의 바닥면으로 떨어져, 마치 모뉴먼트처럼 그대로 직립했다. 하지만 어차피 인형은 방 건너편에 있다. 단검 따위는 도움이 되지 않는다.

"레키, 도와——"

그녀는 그렇게 외치려 했지만, 그것보다 인형의 손 안에서 빛의 문자가 튀어나오는 것이 더 빨랐다. 문자는 방을 가로질러 상당한 속도로 이쪽으로 날아왔다.

'큰일이야!?'

자신도 모르게 머리를 부둥켜안고 그 자리에 웅크리려 했다. 그때.

화악~, 하고 시트를 펼쳐 털 때와 같은 소리가 들렸다. 동시에 눈 앞에 빛의 장벽 같은 것이 생겨나 날아온 빛의 문자를 받아냈다. 문자는 벽에 닿더니, 맥없이 부서져 사라졌다.

"어……?"

클리오는 넋이 나간 목소리로 신음했다. 벽은──잘 보자 모두가 문자의 집합이었다. 전부가 가느다란 빛의 문자였던 것이다. 형태는 어딘가 일그러져 있었고, 심지어 그 형상은 어딘가에서 본 적이 있다.

"아까 그…… 단검?"

그녀는 그렇게 중얼대며 발 밑으로 시선을 내렸다. 바닥에 선 단검의 칼날로부터, 그 칼날에 새겨져 있던 문자를 환등으로 비추는 형식으로 빛의 벽이 발생하고 있었다. 아무래도 이것은 처음부터 그러한 도구인 모양이었다.

"칫…… 사용법을, 알고 있었나."

인형이 혀를 차는 소리가 들렸다. 그와 동시에 클리오도 제정신을 차렸다.

"레키!"

그녀는 레키의 이름을 부르며 머리를 인형으로 향했다. 그리고 그 인형을 가리키며 외쳤다.

"저 인형을 완전히 파괴해!"

그 명령에 응한 것이리라──머리 위에서 레키가 고개를 드는 것이 기척으로 전해졌다. 다음 순간 인형의 몸은 갑자기 부자연스럽게 비틀리고, 구부러지더니, 그대로 깨졌다. 보이지 않는 거대한 손으로 짓눌린 듯이 비명도 지르지 못하고 짜부라진 인형을 보고, 클리오는 그래도 계속 긴장을 풀지 않고 잠시 동안 인형의 잔해를 지켜보았다. 하지만…… 몇 분 정도가 지나도 그대로인 것을 보고, 간신히 안도의 한숨을 쉬었다.

"뜻밖의 보물……일지도 모르겠네."

그녀는 나지막하게 내뱉으며 바닥에서 단검을 주웠다. 그러자 빛의 장벽이 훅, 하고 사라졌다. 바닥에 세웠을 때만 작동하는 것이리라.

"이 방, 어쩌면 이거 말고도 이런 물건이 놓여 있는 걸까? 하지만 너무 오래 머무르고 싶진 않은데……."

단검을 칼집에 넣은 클리오는 주변을 두리번거리며 관찰하기 시작했다. 그럴 듯한 물건은 몇 가지 있는 듯했지만 잘 알 수 없었다. 결국 단검만을 억지로 주머니 안에 쑤셔넣고 거기서 현재의 상황을 깨달았다.

"메첸! 아까 그 말 들었어!?"

클리오는 그녀 쪽을 보았다.

"뭔진 모르겠는데 여긴 우리를 재료로 해서 인형을 고치는 곳 같은데——"

하고 말을 하던 그녀가 움직임을 멈추었다. 자신도 모르게 얼굴이 씰룩이는 것이 느껴졌다.

메첸은 이미 울다 지쳐 잠에 빠진 듯했다.

"어휴…… 정말이지."

클리오는 와락 피로가 쏟아져 어깨를 늘어뜨렸다.

"왠지 잠시 눈을 뜰 것 같진 않으니까——이렇게 된 이상 나만이라도 일단 탈출하고 나중에 도우러 오는 게 현실적이겠어."

그녀는 자신의 형편에 맞춰 분석하고는 천장의 구멍을 올려다보았다.

그리고 가녀린 턱에 손을 대고 자신만만한 얼굴로 중얼거렸다.

"공기구멍이 있다는 건 바깥으로 이어져 있다는 거지. 심지어 천장에 나 있다는 건 이곳이 지하라는 뜻이고. 떨어져 온 거니까 충분히 논리적이야."

──하고, 그 말만을 남기고 침묵했다.

"…………."

상당한 시간을 들여 생각에 잠기고 나서야 그녀는 간신히 떠올렸다. 그런 것을 알아낸다고 해서 탈출할 수단은 없다는 것을.

"어어……."

엇흠, 하고 헛기침을 하고, 눈을 감고 팔짱을 낀 다음, 혼잣말을 늘어놓았다.

"미리 말해두지만, 이건 딱히 이것밖에 모르는 어쩌구라든가, 힘들 때엔 어쩌구만 의지한다든가, 그런 게 아니야. 합리적으로 가면 이게 가장 간편하다고 판단했기 때문이지. 미학을 위해 쓸데없는 수고를 들이는 건 즐겁지도 않고, 사실은 아름답지도 않다고 생각해."

그녀는 마치 누군가에게 설명하듯이 말하고 번뜩 눈을 떴다. 그래도 쑥스러운지 좌우를 살핀 다음, 작은 목소리로 속삭였다.

"레키. ……나, 이 방에서 나가고 싶어."

순간──시야가 흔들리더니, 귓속에서 무언가가 터지는 감촉이 느껴졌다. 의식을 잃었을지도 모른다. 하지만 그것도 한순간, 눈을 감았다 떴다고 느꼈을 때에는 그녀 앞에 새로운 시야가 펼쳐져 있었다.

그리고 몸을 감싸는 낙하감.

"히아아아아아아!?"

당황한 그녀는 팔다리를 뻗었다──그녀와 레키가 모습을 나타낸 곳은 길고 가는 구멍 같은 곳이었다. 그다지 넓지 않은, 그녀가 팔다리를 뻗으면 몸이 걸릴 듯한 구멍으로, 형태는 사각형. 벽의 색, 그리고 그 구멍의 크기에서 이곳에 어디인지 짐작이 갔다…….

다리를 벽에 대고, 발바닥과 허리 뒤로 자신의 무게를 지탱하며, 그녀는 천천히 구멍 밑을 내려다보았다──그리고 게슴츠레한 표정이 되었다. 구멍 아래에는 묘하게 기분 좋아 보이는 메첸의 잠든 모습이 보였다.

즉, 레키는 그 공기구멍 안으로 공간전이를 해준 것이다.

"분명히 방 바깥으로는 나왔지만 말이지…….

한숨을 쉰 그녀는 전신의 근육을 총동원하여 슬금슬금 구멍 위로 향해 오르기 시작했다. 위를 보건대 다행히 구멍은 3미터 정도로, 어찌되었든 위의 방으로 나갈 수 있을 듯하다. 체력이 버틸지 아닐지는 의문이지만. 위로 나가서 로프라도 찾아 그걸 늘어뜨리면, 아래에 남은 메첸도 정신이 들고 탈출할 수 있으리라.

"뭐, 좋아. 내가 고생 좀 하지."

머리 위에서 느긋하게 늘어져 있는 레키를 눈만 움직여 올려다본 그녀는 중얼중얼 혼잣말을 내뱉었다. 등으로 몸을 지탱할 때에는 머리카락이 방해가 되었기에 한데 모아 몸 앞으로 가져오고, 이렇게 덧붙였다.

"나란 애도 꽤 참을성이 강하단 말이지."

◆◇◆◇◆

똑, 똑, 똑, 똑…….

단조로운 리듬에 무언가를 떠올릴 것 같았다. 도틴에게는 이 세상의 모든 것은 리듬이라며 누군가가 책에 썼던 걸 읽었던 기억이 있었다. 아니, 아무도 책에 쓰지 않았을 말이 존재하기는 할까? 라는 기분도 들지만.

하지만 리듬이다. 치통도, 호흡도, 계단을 굴러 떨어질 때에 들리는 그 「퍽」하는 둔탁한 소리도.

그리고 지금 그에게 들리는 것은 정기적으로 머리를 때리는 가벼운 진동이었다.

눈을 떠보았다. 그러자 처음으로 보인 것은 가재였다.

몸을 천천히 일으켰다. 집게로 코를 붙잡고 있던 그 가재가 툭 떨어졌다. 흐릿한 시야가 또렷해짐에 따라, 아까 전부터 들리던 리듬——자신의 혈관이 맥박을 치는 소리도 조금씩 멀어져갔다.

완전히 의식을 되찾은 그는 혼잣말을 했다.

"여기, 어디지?"

사각의 방이었다——라는 것이 처음으로 떠올린 감상이었다. 어떤 방이든지 대개는 사각형이지만, 그것을 지극히 알기 쉬운 곳이었다. 다시 말해 방 안에는 아무것도 놓여 있지 않았다. 그럭저럭 넓지만 그렇게 넓지도 않다. 중앙에 폭 2미터 정도의 수로 같은 것이 뚫려 있어 조용히 물이 흐르고 있다. 가재는 그곳에 사는 생물이리라. 수로 탓에 습도도 꽤 높았으며——벽도, 천장도, 바닥도 곰팡이로 새카맣게 되어 있었다.

수로는 이 방 안에서만에도 세 단계의 구조로 되어 있었다. 우선은 입구──상당한 기세로 물이 들어오고 있다. 바닥보다 1미터 정도 위에 설치되어서, 도중에 끊겨 있다. 끊긴 지점에서 그 밑에 입을 벌리고 있는 제2단계 지점으로 이어진다.

2단계는 조금 폭이 넓은 수영장처럼 되어 있는데, 흐름이 멈춰 있지는 않다. 그것은 그대로 출구──3단계까지 이어져 있었다.

결국 1단계의 입구에서 떠밀려와 2단계에서 제대로 떨어지지 못하고 바닥으로 내팽개쳐진 모양이다──참고로 볼칸은 3단계의 출구 부근에 걸려 있었다. 아직 의식을 되찾지는 못했지만 빠져 죽지는 않은 듯했다.

"오호라. 아까 전 구덩이 함정의 물이 이곳으로 흘러 들어오는 거군."

다시 말해 이곳은 배수시설이리라.

'납득은 했어. 하지만……'

도틴은 깊이 한숨을 쉬었다. 그것을 알아내었다고 해서 할 수 있는 일이 생기는 것은 아니다. 사람이 출입할 수 있을 만한 문이 어디에도 없었던 것이다──3단계의 수로에 뛰어드는 것 이외에는. 탈출은 가능해 보이지만 육체에서 영혼이 탈출할 위험성 쪽이 더 커보였다.

"할 일이, 없어졌네."

원래부터 아무것도 하지 않았던 기분도 들지만, 하고 생각하면서, 일단 가재를 수로에 돌려보내주었다.

"왜 출입구가 없을까? 배수시설이라 해도 점검을 위해 사람이 드나들 통로는 필요할 텐데……."

"공간전이를 할 수 있는 인형들이 정비하니까 출입구는 필요없었을 거야."

"……허?"

갑작스레 들린 목소리에 도틴이 뒤를 돌아보았다──그러자 어느새 수로 가장자리에 엉덩이를 걸치고 앉은 흑발의 여자가 미소를 짓고 있었다.

도틴은 조금 망설인 뒤 물어보았다.

"저기…… 아까까지, 안 계셨죠?"

"맞아. 이런 능력이 있으니까 출입구가 필요 없는 거야. 그들에게는 말이지."

그렇게 말하며 여자는 손에 들고 있던 검고 작은 상자를 품에 넣었다. 그리고 방 안을 둘러보고는──

"여기도 꽝이네. 대강 찾는 건 헛수고려나."

"저기……."

도틴은 불안한 심정으로 입을 열었다. 여자가 이쪽으로 시선을 향했다.

스무 살 정도일까──어딘지 장난을 좋아할 듯한 눈과 독특한 개성이 느껴지는 미소를 가진, 그런 여자였다. 인간으로, 왠지 누군가와 닮은 듯한 기분도 든다. 흑발, 검은 복장, 건성으로 보이지만 빈틈이 없는, 그런 행동거지…….

그런 생각을 떠올리며 도틴이 계속해 물었다.

"당신은, 누군가요?"

"나? 난 널 알고 있는데 말이야, 여러모로. 엿보기꾼 같은 짓을 해서가 이유지만, 그 덕분에 이 극장에도 와주었으니까 네게 손해가 갈 일은 아니지?"

"······허어······."

전혀 의문의 대답이 되지 않는 대답을 받은 도틴은 어찌할 바 모를 기분이 되었지만, 그걸 그대로 말해 이 여자의 기분을 상하게 만들고 싶지 않았다.

"그래서, 무언가를 하러 오신 건가요?"

"응. 키리란셀로가 나도 모르는 유적을 발견해준 덕분에 서둘러 날아온 거야. 쓸만한 것들을 뒤져볼까 했는데, 창고 같은 곳은 실드가 쳐져 있을 경우가 많아서 제대로 전이가 안 된단 말이지······."

중얼중얼 혼잣말을 하듯이 내뱉고 어깨를 으쓱이더니——거기서 그녀가 움직임을 멈추었다.

"왜, 왜요?"

그렇게 물었지만 아무 대답도 없었다. 단지 무언가를 떠올린 듯이 이쪽을 곰곰이 뜯어보고 있다.

거기서 갑자기 모양새 좋은 입술을 열었다.

"혹시나 해서 묻는 건데, 너희, 키리란——아니, 오펜에게서 요전 번에 뭔가 받지 않았어? 책인데. 검은 표지의, 제목도 하나도 없는 것."

"······아는 사이세요?"

"응. 굉장히 친한 사이야. 그래서 책에 대해, 아는 것 없어?"

"받았어요. 형이."

굳이 일부러 숨길 정도의 의미는 없으리라며 도틴이 가볍게 대답했다. 그러자 그녀의 두 눈에 제대로 골라잡았다는 듯한 환희의 빛이 깃들었다.

"그래서——그 책은 어디에 있어?"

"그, 글쎄요?"

도틴은 고개를 저었다.

"받은 건 형이거든요. 형이 소지품을 어떻게 하고 있을지 전 몰라요. 읽게 해달라고 해도 전혀 보여주지도 않았고요."

"어딘가에 팔거나 하진 않고?"

"그것도 몰라요. 형이니까요."

그 형이니까요, 에는 여러 의미가 담겨 있었지만, 그녀에게 전해졌을지 아닐지는 알 수 없었다. 그녀는 생각에 잠긴 듯이 고개를 기울였지만──

이윽고 방긋 미소를 지었다.

"저기 말이지, 너──아니, 너희들, 내게 고용되어볼 생각, 없니?"

"예?"

되물었다──하지만, 더 이상 뭔가를 묻기 전에 그녀가 먼저 말했다.

"함께 킴라크에 가줬으면 해. 할 일은 그것뿐이지만~, 보수는 파격적이야."

그녀는 그렇게 말하며 허리 뒤에 달려 있는 듯한 주머니에서 지갑을 꺼냈다. 팡팡 두드리며──흔들어보자, 상당히 대량의 동전이 들어 있는 것으로 들리는 소리가 화려하게 울렸다.

그 순간──

"으랴아아아아아아아아아아!"

기성이 옆을 스쳐 지나갔다.

어마어마한 속도로 돌진한 검은 그림자가 그녀의 손에서 지갑을

낚아채고——그리고 그대로 기세를 죽이지 못하고 수로 안으로 낙하했다. 부글부글 거품을 만드는 소리와 함께 밑바닥에 가라앉는다…….

볼칸이었다.

"……뭐야, 이거?"

뭔가 다른 세계의 생물이라도 발견한 듯한 표정을 지으며 그녀가 멍하니 내뱉었다. 도틴은 한숨을 쉬며 조용히 대답했다…….

"형이, 기절한 채로 본능으로만 돈에 뛰어든 거예요."

"아, 그래……."

다행히 그녀는 깊이 추궁하지 않았다.

"그럼, 받아들이는 거지?"

그녀의 물음에는 대답하지 않았다. 수로 안에 가라앉은 볼칸의 손에서 지갑이 삐져나온 것이 보였다. 지갑 입구에서 반짝반짝 빛나는 금화가 몇 장이나 튀어나와 바닥에 가라앉아서도 계속해 빛나고 있었다.

"희곡 『마왕』……이라고?"

무대에 등을 돌리고 인형의 무리와 대치한 오펜은——조용히 되물었다. 안아 든 매지크는 잠시 동안 눈을 뜰 것 같지 않기에 좌석에 다시 놓았다. 그러자 조금 뒤늦게 무대의 마왕이 대답하였다.

"그것이 우리가…… 만들어진 목적……이기에……."

"기껏해야 그런 것을 위해 이런 『지하극장』인지 뭔지를 만들었다는 거냐. 천인이라는 것들은 돈과 노력이 남아돌았구만 그래."

오펜은 비아냥대듯이 그렇게 쏘아붙였다. 하지만——

"그 시대…… 우리의 창조주……에게는…… 남아 도는 힘 따
위…… 남아 있지 않았——다……."

"…………?"

마왕의 말에 섞여 있던, 지금까지와는 뭔가 다른 기척을 의아하게
생각하며, 오펜은 얼굴 한쪽만을 드러내듯이 무대 쪽을 어깨 너머로
일별하였다. 마왕은 왕좌에 앉은 채로 작은 손가락을 들어보였다.

그것은 그 손가락을 떨며 말을 이었다.

"그래서 그녀는…… 희망을 이룰 수…… 없었지……."

"그게 무슨 소리야. 이 극장이 만들어진 건 2백 년 전이잖냐. 천인
은 강대한 마술을 가지고 있었을 텐데?"

"저주……이기에……."

"저주?"

의미가 이해가 되지 않아 되물었다.

"그녀들은 미래를 빼앗기고 있었다."

대답한 것은 마왕이 아니었다. 오펜이 황급히 그 목소리가 들린 쪽
을 바라보았다.

훤히 열린 출입구 앞에 주르륵 늘어선 인형 중 한 체, 한가운데에
있는 인형이 입가를 미묘하게 일그러뜨렸다——마치 비웃듯이.

"현재는 마술을 다루더라도, 언젠가는 반드시 사라지는——그러
한 저주지."

"그리고 그것은 당신들에게도 찾아올 미래이다."

다른 인형이 입을 열었다. 그리고 차례차례 또 다른 인형이 말을

이었다.

"이곳은 그것을 당신들에게 경고하기 위해 만들어진 장소……."

"그렇다면——"

오펜이 말에 끼어들었다.

"나나, 내 일행을 구속할 필요는 없잖냐."

인형은 즉답했다.

"인간에게는 알려져서는 안 된다. 극장의 인형은 마술사를 이곳으로 꾀고, 우리는 자격을 가진 자만을 이곳으로 보낸다. 그것을 위한 통로 파수꾼이지."

"그리고 인간을 데리고 온 당신에게는 지식을 얻을 자격이 없다고 판단했다."

"그러니까——"

인형은 차례차례 말하더니 갑자기 침묵했다. 다들 일제히 입을 다물고, 희미한 웃음을 띠며, 오펜을 넘어——무대 쪽으로 시선을 쏟았다.

오펜도 그 시선에 이끌린 듯이 다시 무대를 돌아보았다. 왕좌의 마왕은 그 모든 시선에 힘을 받은 것처럼…… 고개를 들었다.

"그러니……."

최후의 말을 속삭인 것은 그 마왕이었다. 같은 무대에 주르륵 늘어선 개들이 느릿느릿, 애를 태우듯이 무대에서 내려가려는 움직임을 보였다.

"그러니…… 그대들을…… 살려 보낼 수는…… 없다……."

"나 발하노라, 빛의 칼날!"

오펜은 상대의 말이 끝나길 기다리지 않고 최대 위력으로 마술을 발했다. 굉음과 함께 광열파가 허를 찔린 한 체의 인형의 몸을 집어 삼켜 폭발시켰다.

그리고——

인형들이 일제히 허공에 문자를 그리기 시작했다. 그 빛의 문자 하나를 보아도 아마도 파괴적인 힘을 가지고 있을 터다. 예나 지금이나 월드 그라프의 위력을 정면에서 받아내 이긴 인간 마술사는 존재하지 않는다.

십 수 대의 인형이 그리는 십 수 개의 파괴의 문자를 보고 오펜이 생각한 것은 자신이 질 것이라는 상당히 절망적인 확신이었다.

'하지만——'

이쪽도 마술의 구성을 짜올리며 마음속으로 외쳤다.

'도망치는 것도 포함해, 취해야 할 수단이 모두 사라진다면——뭐든 좋으니 전력을 다한다. 그뿐이야.'

"나 발하노라, 빛의 칼날!"

다시 발해진 광열파가 이번에는 표적에게 닿지도 않고 소멸했다. 인형이 방어한 것이리라.

'당신이 한 말이야, 선생. 만약 틀렸으면 저 세상에서 두들겨 팰 줄 알라고!'

오펜은 아직 잠들어 있는 매지크를 안고 장소를 이동하기 위해 단숨에 달리기 시작했다.

"난 딱히 말이지, 불만이 있는 게 아니야."

투덜투덜 불평을 늘어놓으며 그녀는 바람구멍을 올라갔다.

"단지, 연약한 여자애에게 이런 육체노동을 강제하는 건 이 세상이 미쳐 돌아간다고 생각할 뿐이지."

그리고 벽에 댄 발과 등으로 체중을 지탱하고 한숨 돌리기.

잠시 후 다시 천천히 오르기 시작했다. 발디딜 곳이 없기 때문에 오르는 것에는 집중력이 필요했다——그리고 물론 체력도. 어느 정도 요철이 있는 곳이라도 그것이 단애절벽이라면 오르는 것은 중노동인데, 손을 걸 요철도 없고 심지어 길게 뻗은 구멍의 안쪽을 올라야 하는 상황이라면 평범한 인간의 손에는 벅찬 일이다.

실제로 클리오도 이제 슬슬 통증이 심해지기 시작한 허리에 불안감을 느꼈다. 억지스러운 자세로 줄곧 체중을 지탱하고 있었으니, 타박상 정도로 끝나면 다행일 것이다.

덤으로 말하면 그때까지 깨닫지 못했지만 어째서인지 다리에 수없이 까진 상처가 나 있는 모양이었다. 아픔은 그다지 없지만 출혈은 나고 있었기에 짜증을 북돋았다.

"어휴, 정말이지. 레키에게 부탁하려 해도 바라는 대로 일이 진행된다는 보장도 없고."

그녀는 작은 목소리로 중얼거리고는 필사적으로 올랐다.

하지만 노력의 보람이 있어 그 즈음에는 이미 구멍 출입구 근처까지 올라가 있었다. 이제 조금만 더 손을 뻗으면 구멍 가장자리에 닿으리라.

"딱히 상관없어. 레키는 아직 어리니까, 그렇게 큰 기대는 하지 않을 생각이야. 하지만 먹을 것을 내달라고 해도 내주지 않고. 지금은 이렇게 극기훈련 같은 짓을 하고 있고. 허리는 아프고 지치고."

그리고 결국 출구에──구멍의 가장자리에 손이 닿았다. 그녀는 후우, 하고 안도의 한숨을 쉬고 위를 올려다보았다.

"이 노력이 헛되지 않기를 기도하자."

비꼬듯이 그렇게 중얼거린 뒤, 팔에 힘을 담았다──.

하지만 그와 동시에 다른 부분에도 쓸데없는 힘이 들어간 모양이었다. 뿌직, 하고 맥빠지는 소리가 들리더니, 가느다란 벨트가 터지며 끊어졌다.

"어──?"

자신도 모르게 몸이 움직였다──끊어진 벨트를 두 손으로 붙잡은 것이다. 헐렁해진 청바지가 떨어지지 않도록, 무릎도 굽히면서.

그 결과…….

당연하지만, 그녀의 체중을 지지하는 것들이 전부 사라졌다.

"꺄──"

비명을 지르려던 그녀는 다음으로 덮쳐올 낙하감을 각오하고 눈을 감았다. 하지만──아무리 기다려도 그 감각은 나타나지 않았다.

"…………?"

사태가 어떻게 돌아가는지 이해하지 못한 그녀는 밑을 보았다. 구멍 아래──잡동사니투성이의 방은 아득히 아래. 메첸의 잠든 얼굴로 그대로 있었다.

클리오는 나지막하게 내뱉었다.

"혹시 나…… 하늘을 날고 있지 않아?"

날고 있는 것이 아니다. 공중에 떠 있었다.

구멍 안에서 낙하도 하지 않고 떠 있는 상태──그녀는 석연치 않은 심정으로 눈을 가늘게 떴다. 원인은 하나밖에 없다. 관자놀이를 긁적이고 입을 열었다.

"레키. ……혹시, 이대로 날 위에 있는 방으로 데려가줄 수는 없어?"

그러자 그녀가 부상하기 시작했다. 천천히.

소리도 없이 상승하더니——얼마 있지 않아 그녀는 구멍을 탈출하였다. 위의 방으로 들어가 조금 평행이동을 하더니, 바닥 위에 툭 내던져졌다.

가볍게 엉덩방아를 찧었지만 딱히 그 아픔 때문인 것은 아닌 듯한 분위기로, 클리오는 머리를 감싸안았다.

"뭔가…… 살아나긴 했는데, 어마어마하게 손해를 본 기분이 들어……."

그렇게 끙끙대고 있자 레키가 머리 위에서 바닥으로 뛰어내렸다. 그리고 데굴데굴 바닥을 구르더니 이쪽을 올려다보았다.

"……나도 알아. 딱히 널 탓할 마음은 없다니까."

클리오는 왠지 모르게 그렇게 대답하고는, 레키의 머리를 톡 두드리고 고개를 들었다.

그리고 벨트를 고쳐 매고 방 안을 둘러보았다.

"여기부턴…… 걸어갈 수 있는 것 같네."

그녀는 안도하며 혼잣말을 내뱉고, 허리의 통증에 얼굴을 찌푸리면서도 몸을 일으켰다. 정면의 벽에 제대로 생긴 문이 나 있었던 것이다. 잠겨 있을지도 모르지만 그건 뭐, 어떻게든 되리라. 하나밖에 못하는 어쩌고, 힘들 때엔 어쩌고만 의지, 라는 수단이다.

바닥에 뚫린 구멍——자신이 올라온 공기구멍 근처에 줄사다리가 쌓여 있었다. 구멍 바로 옆에 후크로 고정되어 있었다. 클리오는 그것을 가볍게 구멍 안으로 발로 차 떨어뜨렸다. 이것으로 메첸이 눈을 뜨면 알아서 올라올 수 있으리라.

하지만 그것을 기다리기보다 먼저──

그녀는 레키를 다시 머리 위에 올리고 청바지 주머니에서 그 단검을 꺼내고는, 두 손으로 튼튼하게 들었다. 그리고 심호흡을 하고──아픈 허리를 은근슬쩍 쓰다듬으며 문 쪽으로 성큼성큼 걸었다.

'해야 하는 일이란 대개 정해져 있는 법이지.'

입밖으로는 내지 않고 속으로 중얼거렸다.

대개 정해져 있는 법이다──하고 클리오는 마음속으로 되풀이했다. 지금 있는 이 장소가 무엇인지, 무엇을 위한 시설인지 등은, 손톱만큼의 지식도, 실마리도 가지고 있지 않았지만, 그래도 해야 할 일은 정해져 있었다.

어딘가에 있을(것이 당연한) 오펜을 돕는 것이다.

# 제6장 그가 생각하는 천사와 악마

화악──

문자가 닿음과 동시에 객석이 증발하듯이 파괴되었다. 검은 재가
되어 공기와 뒤섞이는 객석을 곁눈으로 보며 오펜은 일단 달렸다. 어
깨에 짊어져 등 뒤로 축 늘어진 매지크의 머리가 좌석의 등받이에
닿아 경쾌하게 깡깡 소리를 내고 있었지만, 다시 안아 올릴 틈은 없
었다.

인형의 수는 수십 대 정도──하지만 출구 외의 통로에도 아직 대
기하고 있을 가능성이 있었다. 빈틈을 보아 도망친다고 해서 무사히
빠져나갈 수 있을 것 같지 않다. 심지어──

등 뒤를 보았다. 무대에서는 그 개들이 느긋한 발걸음으로 이쪽으
로 몰려오고 있었다. 달리면 훨씬 빠르겠지만 좌석 사이의 통로가 좁
은 탓인지 그러지 않는다. 그 수는 역시 십 수 대 정도일까.

"나 발하노라──빛의 칼날!"

달리면서 손을 뒤로 뻗어 광열파를 발했다. 해방된 빛의 띠가 자신
을 쫓아 오던 빛의 문자에 닿는다. 폭발이 일어났지만 그래도 문자는
사라지지 않고 공중을 날아왔다. 속도는 다소 둔해진 모양이었지만.

'한 대씩이라도 부수지 않으면 도저히 못 견디겠군, 이거.'

오펜은 좌석 위를 재주 좋게 달리며 인형들에게 눈길을 주었다. 그
들이 잣는 마술 문자의 무리는 이쪽을 쫓아오는 것만 세어도 스무 개
는 넘었다.

'속도는 별로 대단하지 않지만, 막을 수 없다는 게 치명적이군. 망할, 이쪽의 마술은 요격하는 주제에⋯⋯'

객석을 횡단하듯이 달리고 있다──시작부터, 지금까지 줄곧. 슬슬 벽이 눈앞에 눈 앞에 다가오기 시작했다.

즉, 몰리고 있다는 뜻이다.

"해볼까⋯⋯."

그렇게 중얼거림과 동시에 오펜은 전방에 있는 힘껏 매지크의 몸을 내던졌다──아직도 정신지배에서 눈을 뜨지 못한 소년의 몸은 포물선을 그릴 여유도 없이 벽에 부딪혀 바닥에 떨어졌다. 그래도 계속 눈을 뜨지 못하는 모양이었지만 그것을 기다려줄 시간도 없다. 오펜은 가벼워진 어깨를 쓰다듬고 그 자리에 멈춰 서서 뒤를 돌아보았다. 자신을 추적하는 마술 문자가 쉴 새도 없이 무수하게 이쪽으로 전진하고 있었다. 그리고 그 너머에 문자의 주인──인형들이 옆으로 나란히 서 있었다. 출구를 가로막고.

"나 발하노라──"

늘어선 좌석 위에 다리를 넓게 벌리고 선 오펜은 오른팔을 위로 들었다. 왼팔을 그 오른쪽 어깨에 대고, 오른손을 내린 다음, 손가락 끝을 인형에게 향했다. 가장 오른쪽 끝에 있는 인형에게로.

"빛의 칼날!"

허공에 생겨난 흰 빛은 손가락 끝에서 해방되더니 목표가 오른쪽으로 크게 빗나갔다──그리고, 그곳에서 튕겨나며 각도를 바꾸었다. 거울에 반사된 듯이.

──────────!

광열파는 목표로 삼았던 인형의 측두부를 꿰뚫고 그대로 폭발하여 불꽃으로 화했다. 솟구치는 열파가 인형의 몸을 감쌌다.

──그리고 불꽃이 사라졌을 때에는 인형의 머리는 박살 나 사라져 있었다. 그 한 대가 허물어지며 그대로 움직이지 않게 되었다.

웅성⋯⋯. 하고 인형들 사이에 동요와 같은 감정의 변화가 일었다. 이쪽의 눈앞까지 닥쳤던 문자 중 몇 개가 불이 꺼지듯이 훅, 하고 사라졌다. 아마도 파괴한 인형이 발한 것이었으리라.

남은 문자가 이쪽으로 날아오는 것을 옆으로 도약해 피하며, 오펜은 중얼거렸다.

"의표만 찌를 수 있으면 통하지 않는 것도 아니군. 가능할까⋯⋯"

하지만 문제는──

출구에서 다시 줄줄이 들어오는 인형들을 보며 이마의 땀을 훔쳤다.

'내 체력이 어디까지 버티느냐겠군.'

**"나 부수노라, 원초의 정적!"**

오펜이 해방한 구성대로 마술이 발동하였다. 부름에 응해 얼굴을 드러낸 것처럼, 그가 가리킨 공간이 한 순간 일그러졌다. 뒤이어 그 공간을 중심으로 빛이 퍼지더니──그대로 대폭발을 일으켰다.

커다란 음향과 진동을 대비해 몸을 움츠린 오펜은, 일부러 그 충격파에는 거스르지 않고 후방으로 뛰었다. 폭풍에 밀려 객석 몇 단 정도의 거리는 날았지만, 그 폭발 후에──

파괴된 인형의 잔해가 두 개 성도 남아 있었다.

다시 인형들이 술렁이기 시작했다. 개중에는 명백히 발하려던 마술 문자를 지우고 마는 자까지 있었다.

"헷──."

오펜이 대담하게 웃었다.

"이 정도의 마술은 살인 인형에게는 통하지 않았지만, 너희들은 전투용으로 만들어지지 않은 만큼 공격도 방어도 어중간하군 그래."

'이걸로 파괴한 인형은 셋……'

다시 마술의 구성을 짜며 그는 힐끗 무대 쪽을 보았다. 무대에서 내려와 접근하는 개들도 발걸음은 느리지만 슬금슬금 접근하고 있었다. 이제 슬슬 무시하고는 있을 수 없을 때가 머지 않은 듯했다.

그리고 물론, 출구에서는 계속해 인형이 입장하고 있었다.

'……또 네 체가 늘었어.'

오펜은 혀를 차며 수를 셌다.

"늘어나는 속도가 더 빠른가. 아예 입구를 없앨까? ……아니."

의미가 없었다. 인형들은 공간전이의 마술을 다룰 수 있다.

오히려 일제히 전원이 이곳으로 전이해올지도 모른다.

'결국 조금씩이라도 줄일 수밖에 없나……!'

그는 각오를 굳히고 두 손을 전방으로 내밀었다.

**"나 발하노라, 빛의 칼날!"**

허를 찔린 인형이 방어할 틈도 없이 흰 빛을 쐬고 폭발했다.

인형은 전투가 벌어지면 각각 두 가지의 문자를 다루는 모양이었다──하늘을 날아 이쪽을 추적하는 문자와, 방어용의 문자. 방어 쪽은 인형 근처에 부유하며 이쪽이 발한 마술을 남김없이 요격해준다. 거기에 더해 정신지배가 있는데, 이것은 그다지 위력이 크지 않다. 적어도 정신 제어 훈련을 받은 마술사를 저항도 하지 못하게 지배 하에 둘 정도의 효력은 없었다. 그것을 자각하는지 이곳에서는 인형 중 누구도 정신지배를 시도하지 않았다.

오펜은 살인 인형이 이들과는 비교도 되지 않을 정도로 강력한 정신지배 능력과, 또한 수백 개의 문자를 몸에 내장하고 있다고 말했던 것을 기억하지만, 이곳에 늘어선 인형들은 다행히 그 정도의 전투능력은 가지고 있지 않은 모양이었다.

하지만 수가 너무나 많았다——

"나 짓노라, 태양의 첨탑!"

불꽃의 소용돌이가 인형들을 일제히 감싸려 했지만——도중에 소멸했다. 방어의 마술 문자가 간섭한 모양이었다.

"젠장."

욕설을 내뱉으며 그 자리에서 이동했다. 추적해오는 문자가 상당히 가까워져 있었기 때문이다.

'끝이 없군. 단숨에 해치울까——?'

그는 마음속으로 자문했다. 잘 보자 그 개들도 상당히 가까운 곳까지 다가와 있었다.

"나 부르노라, 파열의 자매!"

충격파로 개들을 견제하며 달렸다——매지크가 쓰러져 있는 쪽으로. 확산한 충격파로 개들을 해치울 수 있을 리는 없었지만, 그래도 한 순간 발을 멈추는 것에는 성공했다. 그들이 몸을 비틀어 걸음이 둔해진 것을 곁눈으로 보고, 날아오는 마술 문자를 피하며——달렸다.

객석은 부채꼴로 설치되어 있었고, 오펜은 출구로 들어오는 인형들과 무대에서 내려오는 개들 사이에 끼인 꼴이 되어 있었다. 그 두 무리의 사이를, 어느 쪽에도 다가가지 않도록 똑바로 옆으로 달렸다. 객석 구석, 매지크가 쓰러져 있는 곳으로.

"――――!"

등을 덮치는 갑작스러운 오한에 몸을 움츠리며 비명 아닌 비명을 질렀다. 본능적인 경고에 따라 몸을 내던졌다――객석 밑으로. 객석의 좁은 틈새에 뛰어들듯이 몸을 쑤셔넣은 그는 어깨 너머로 천장 쪽을 보았다. 보인 것은 천장이 아니라 2층석의 바닥. 그리고 머리 위를 지나치는 몇 개의 마술문자.

마술 문자는 오펜을 지나치더니, 잠시 후 유턴하여 다시 돌아왔다. 좌석 사이에서는 굴러서 도망칠 수도 없었다――

"망할!"

오펜은 욕설을 내뱉고 전방 좌석 등받이를 있는 힘껏 팔꿈치로 찍었다. 목제의 좌석이 우직, 하고 소리를 내며 부서졌다――또 두 번째로 팔꿈치를 찍자, 그 좌석의 다리가 뽀각, 하고 부러졌다. 바닥에서 떨어진 좌석을 치우자 생겨난 틈새로 몸을 던졌다.

바닥 아슬아슬한 지점까지 낙하한 마술 문자가 다시 그의 몸을 맞추지 못하고 스쳐 지나가는 것이 보였다.

좌석 밑에서 몸을 일으켜 다시 달리기 시작했다. 얼마 있지 않아 매지크의 곁에 도착했다.

"이제 좀 작작 눈 떠라, 인마……."

그는 투덜대며 소년의 몸을 어깨에 이었다. 그리고 재빠르게 몸을 일으키고 무대 쪽을 돌아보았다. 슬금슬금 다가오는 개들을 보고, 좌석 위로, 이번에는 무대 쪽을 향해 달려 내려갔다.

순식단에 개들과의 거리가 좁혀졌다――.

전설에서 노르니르는 인조인간을 만드는 것, 즉 생물의 새로운 창조를 무수히 시도했다고 한다. 하지만 완성된 것은 결코 생물이 될 수 없었다. 그녀들의 침묵마술로조차 생명의 창조는 이루지 못했던 것이다. 만들어진 것은 유사 생물뿐…….

심지어 그렇게 완성한 인조생명의 완성도라는 것조차, 설령 아무리 교묘하더라도 자연세계의 생물과 비교하면 너무나 조악했다. 말하자면 자연의 선택과 비교해 너무나도 안이한 콘셉트밖에 가지게 할 수 없었던 것이다.

그 탓인지 개들의 움직임에서는 제대로 된 지능이 느껴지지 않았다. 나아가는 것, 날아가는 것, 공격하는 것. 그것들을 무작위로 선택하고 있는 듯한 어색한 분위기가 엿보였다. 외면만이 아니었던 것이다——천인의 힘이 미치지 않았던 것은.

그 개들을 향해, 비어 있는 왼팔을 들어 올렸다——

"나 터뜨리노라, 유리의 우박!"

"————!"

맥락도 없이 그들의 몸을 속박한 역장에, 튕겨 날아가지는 않았지만 개들이 그 자리에 털썩털썩 쓰러졌다. 오펜은 쓰러진 그들의 사이를 전력으로 달렸다. 개에게는 다행히 마술문자를 다루는 능력이 없는 모양이었지만 그래도 어떠한 특수능력이 있을지 알 수 없다. 독이라도 가지고 있다면 치명적이고, 어찌되었든 날아 달려드는 위험은 피하고 싶었다.

결국 아무 일도 없이 돌파했다——.

오펜은 개들을 지나치고도 더욱 무대로 달려가, 그리고 뒤를 돌아보았다. 느릿한 동작으로 몸을 일으키며 태세를 정비하는 개들의 무리. 그리고 출구, 즉 객석 최후미에 주르륵 늘어서 있는——어느새 수가 수십 대가 되어 있는 인형들.

더욱 시선을 올리자 2층석이 보였다.

"호호오……."

등 뒤에서 마왕의 중얼거림이 들렸지만 오펜은 무시하고 외쳤다.

"나 달리노라, 하늘의 은령!"

순간 몸의 무게가 제로에 가깝게 소실되었다.

오펜은 바닥을 박차고 10미터 가까이 위에 있는 2층석으로 뛰어올랐다. 그곳에서 마술의 효과가 끝나 체중이 부활했다. 그는 매지크를 안은 채로 눈을 꾹 감고는 대규모 마술을 위한 복잡한 구성을 짜기 시작했다.

"저 자를…… 막으라……."

마왕이 수하인 인형들에게 명령하는 말이 들렸다.

오펜은 천천히 눈을 떴다. 흐릿한 시야에 1층석과 비슷하게 부채꼴로 퍼진 좌석의 무리가 비쳤다. 그 좌석 가장 뒷줄에 훅──훅, 하고 커다란 소리도 내지 않고 인형 두 체가 공간을 전이하여 나타났다.

하지만──

"늦었어!"

오펜은 왼팔을 들어올리더니 소리 높여 외쳤다.

"나의 왼손에 명부의 상!"

그 순간 그의 왼손에 작고 검은 소용돌이의 덩어리 같은 것이 나타났다──

직경은 몇 센티. 소리도 없고 불꽃처럼 일렁이지도 않으며 그저 존재할 뿐. 중력체도, 하물며 물질도 아니었다. 그것은 단순한 정보, 인자에 지나지 않았다. 그것 자체가 무언가 작용을 하는 것이 아니라

일종의 방아쇠가 되는 마술이었다.

'차일드맨 교사의 제1최고 오의——'물질 붕괴'.'

그는 왼손을 휘둘러 내려쳤다.

'인자'가 손끝에서 해방되어 인형 중 한 체를 향해 날아갔다. 공간 전이 직후로 방어는 할 수 없었으리라. 인형은 일격을 받을 것을 각오했는지 그 인자를 무시하고 공격을 위한 문자를 발하려 하였다.

——그리고 그것이 역효과를 드러냈다.

인자는 인형에 닿자 사라졌다. 닿아 사라지는 것만으로 방아쇠로서의 역할은 끝난다.

인자가 소멸한 순간 인형의 몸에 이변이 일어났다. 아무런 전조도 없이 인형의 몸 절반 가까이가 후벼 파인 듯이 분해되었다. 그리고 순식간에 주변 공간에 전기가 방출되더니 여기저기에서 불꽃이 일었다. 이 모든 것은 그야말로 한순간의 일. 마지막으로——

폭발이 일어났다. 섬광이 시야를 가득 메었다. 굉음과 진동, 충격이 오감을 압도하여 오펜은 매지크를 품에 안은 채 몸을 움츠려 방어자세를 취했다. 그 후는 흐름에 맡기고 생각을 그만두었다.

불꽃도 일어났을 것이다. 전신에 격통이 일었다. 호흡을 할 수 없게 되었다. 하지만 그 고통조차 한 순간의 일——

열기가 느껴지지 않게 되자 오펜은 눈을 떴다. 폭발은——인형은 물론, 2층석 그 자체에 막대한 대미지를 입혔다. 이만한 위력이라면 마술 문자로 방어된 벽이라 할지라도 버티지 못한다. 폭심지에서 원호를 그리며 좌석이 전부 쓰러져 있었다. 바닥에도 커다란 균열이 생겨나고, 특히 폭심지에서 벽에 걸쳐 깊은 균열이 종횡무진으로 뻗어 있었다. 덜컥, 하고 천천히, 그리고 커다랗게 2층석의 바닥이 내려앉

듯이 흔들렸다.

'노리는 대로…… 됐군.'

오펜은 속으로 중얼거리며 충격에 대비했다. 2층석이——

낙하를 시작했다.

낙하 속도는 그다지 빠르지 않았으리라. 하지만 그래도 인형이 전이의 문자를 그릴 여유는 없었을 터다. 충격을 예상해 몸을 움츠리자……

마치 닫히는 문처럼 2층석이 1층의 대부분을 짓누른 것은 바로 다음의 일이었다.

오펜은 바닥과 함께 낙하하여 상당히 엉덩방아를 찧은 뒤에 몸을 일으켰다. 매지크는 옆에 두고 자신만. 엉망진창으로 파괴된 주변을 둘러보았다. 위치로 따져서 출구 근처에 늘어서 있던 인형은 전부 이 밑에 깔렸을 터다. 그리고 아마도 개의 무리도.

"이긴…… 건가?"

대부분 폐허로 변한 그 지하극장에서 오펜은 맥이 빠진 듯이 중얼거렸다. ——하지만.

"그렇게…… 허술하지는…… 않다."

아무런 상처가 없던 무대 위에서 변함없이 왕좌에 앉은 채로 있던 마왕이 조용히 고했다.

그쪽을 돌아보자——등 뒤에, 무언가 기척이 나타나는 것을 느꼈다. 어깨 너머로 일별하자——전이를 마친 듯한 인형 몇 체가 출현해 있었다.

주의는 그쪽으로 향한 채로 무대 위의 마왕에게 거짓말을 내뱉었다.

"하지만──겨우 여섯 체. 도저히 이기지 못할 수는 아니게 됐군?"

"훌륭한…… 실력으로, 군."

하지만 말만큼은 감동을 받지 않은 목소리였다.

"하지만…… 머리는, 좋지…… 않아."

"뭐라고!?"

주먹을 쥔 오펜은 마왕 쪽으로 달려가려 했다. 하지만 마왕이 갑자기 오른손을 떨며 들어올리는 것을 보고──멈춰 섰다.

"스스로 나서는 건가?"

하지만 마왕은 대답하지 않았다. 그저 들어올린 오른손의 손가락을 딱, 하고 튕겨보일 뿐이었다.

그러자──

왕좌 옆에 소리도 없이 인형이──스스로를 『통로 파수꾼』이라고 이름을 댄 대형 인형 한 체가 나타났다.

"일곱 체로군."

그쪽으로 다가가는 것을 중단한 오펜이 신음했다.

하지만 나타난 인형은 갑자기 이쪽에 등을 돌렸다. 오펜은 의아해하며 미간을 찡그리고──다음 순간, 그 눈썹을 움찔 치켜 올렸다.

인형의 등이 크리스탈 유리처럼 투명하게 변해 있었다. 그리고 그 내부에 십자 포즈로 메첸이 사로잡혀 있는 것이 보였다.

"인질을……!"

오펜은 씁쓰레하게 내뱉었다.

하지만 마왕은 곧바로 부정하였다.

"그것……은, 정확하지…… 않다."

그것은 오른손을 내리며 말을 이었다.

"그대를…… 처분한…… 후, 이 인간도…… 죽일 것이기에……"

"대체 너희의 목적은 뭐냐!"

자포자기의 심정이 된 오펜이 외쳤다――두 팔을 늘어뜨리고, 눈을 부릅뜬 채 마왕을 노려보며.

"전혀 모르겠어! 마술사에게는 전해야만 하는 것이 있는데, 인간에게는 안 되고, 인간을 데려온 나도 안 된다고!? ――수긍이 가도록 설명을 해보라고!"

그는 단숨에 말을 토해내고 그대로 경직했다. 그렇게 거친 숨을 가다듬으며 자신의 물음에 대한 대답을 기다렸다. 무너진 극장 안에서 마왕은 그저 태연하게 앉아 있을 뿐…….

"진정한 희곡 『마왕』의…… 목적…… 일지니."

그 목소리에도 또한 흐트러짐이 없었다.

"나는…… 주인의 명령을…… 받들 뿐……."

"으――"

찰나, 이제 머릿속에는 아무것도 남지 않았다.

"으으으으으으으으으으으!"

자제심을 잃고――또한 그것을 막으려고도 하지 않으며 오펜이 절규했다. 그 외침을 그대로 주문으로 삼아 지극히 단순한 마술의 구성을 해방했다.

왕자와 이쪽의 거리는 무대의 높이를 더해 5미터 정도. 그 사이를 직선으로 잇고, 그곳에 맹렬한 열파가 태어났다. 부풀어 오르는 빛, 자신의 몸까지 때리는 방전에 오펜은 고통의 신음을 흘렸다. 외침과 신음이 뒤섞여 비명으로 화해 목에 격통을 일으켰다.

"오오오———!"

목소리가 끊김과 동시에——

체력이 다해 마술이 무산되었다. 하지만 빛이 사라지고 충격파가 일으킨 먼지가 흩어지며 보인 것은, 아무런 상처도 없는 왕좌였다.

"나는…… 공격을 위한…… 주문을…… 받지…… 않았지만……."

그것은 천천히 고했다.

"그 누구도…… 나를……. 막을 수는…… 없으리니. 그것이…… 나의 역할……."

"비…… 빌어먹을——."

힘이 다해 그 자리에 쓰러지며 오펜이 욕을 내뱉었다. 전신에서 땀이 솟구치는 것이 느껴졌다.

하지만 바로 옆에 뒤로 쓰러져 있는 매지크의 얼굴을 보고, 힘이 들가지 않는 손으로 바닥을 붙잡았다.

"그렇게 간단히——"

"——당해버리는 건, 날 소홀히 대한 탓이라고!"

"…………!?"

화들짝 놀란——안도한 것이 아니라——오펜은 고개를 들었다. 다른 이의 것이라고 착각할 리 없는, 이제 완전히 익숙한 소녀의 목소리. 언제나 영문 모를 곳에서 튀어나오는 그녀의 목소리였다.

무대 옆에서 금발을 펄럭이며 클리오가 뛰쳐나오는 것이 보였다. 그 머리 위에 레키가 납작하게 달라 붙어 있었다. 소녀는 달리며 허리춤에 묘한 형태의 단검을 꺼내 들었다.

허를 찔려 인형들도 대응하지 못했다. 메첸을 체내에 가둔 인형의 곁으로, 클리오는 미끄러지듯이 달려들었다. 그리고 가볍게 도약해 높게 뛰어오르더니 그 단검을 인형의 등에 박아 넣었다──.

돌진의 기세도 더해진 단검은 둔탁한 소리를 내며 인형의 등에 깊숙하게 박혔다. 클리오 자신은 인형의 몸을 발로 차 가볍게 뒤로 뛰어 물러났다. 2, 3미터 정도 떨어졌을까──그녀가 레키를 머리에서 내리며 날카로운 목소리로 외쳤다.

"쓰러뜨려!"

순간, 새끼 드래곤의 눈이 번쩍 뜨였다.

인형이 아무런 저항도 하지 못하고 등 뒤로 쓰러졌다──그러자 쐐기를 박듯이 단검의 자루가 바닥에 꽂혔다. 그 충격 탓인지, 인형의 몸에 균열이 일었다.

다음으로 일어난 일은 오펜에게 잘 이해할 수 없는 현상이었다. 그저 갑자기 단검이 빛을 뿜더니 빛의 벽 같은 것을 펼친 것만은 알 수 있었다. 균열이 퍼지기 시작한 몸 안에서 장벽이 전개되어, 인형의 몸은 더욱 크게 갈라졌고──그 뒤로부터 완전히 부서지기까지는 몇 초도 걸리지 않았다.

산산조각으로 부서진 파편 안에서 메첸이 굴러나왔다. 의식은 없지만 다친 곳은 없는 모양이었다.

클리오의 행동은 마지막까지 재빨랐다. 레키를 다시 머리 위에 올리더니, 아연해 있는 인형들을 무시하고 메첸의 몸을 붙잡았다. 그리고 그대로 끌어 함께 무대에서 뛰어내렸다. 팔다리의 길이가 다른 만큼 메첸의 몸이 바닥에 내동댕이쳐졌지만 아직도 눈을 뜨지 않았다.

그대로──후다닥 이쪽으로 달려오는 클리오를 보며, 오펜은 왠지 모든 것이 바보 같아져 크게 웃음을 터뜨렸다.

"헷——나 원 참, 내가 해치우지 못했던 걸 아주 쉽게 해치우는구만 그래……."

"오펜! 괜찮아!?"

클리오는 휙, 하고 메첸을 아무렇게나 내던지고 이쪽의 얼굴을 들여다보듯이 몸을 굽혔다. 거기서 매지크의 존재도 깨달은 모양이었다.

"뭐야. 아직도 자는 거야, 너?"

그리고 머리 위의 검은 덩어리(재주 좋게 둥글게 웅크리고 있었다)에게 신호하며 말했다.

"레키, 치료해줘. 저쪽의 밉상인 여자도 덤으로."

클리오는 그렇게 말한 뒤 몸을 일으켰다——.

그녀는 부릅 눈에 힘을 주고 왕좌를 노려보았다. 팔짱을 낀 채, 그 작은 몸으로 있는 힘껏 상대를 위협하며 외쳤다.

"너희는 대체 무슨 이유로 이런 짓을 하는 거야!?"

"…………?"

너무하다고 하면 너무한 짧은 물음에 대답할 말도 찾지 못했는지, 마왕이 곤혹스러운 기색을 내비쳤다.

하지만 그런 상대방의 사정 따윈 아랑곳하지 않고 클리오가 말을 이었다.

"벨트는 끊어지질 않나, 등은 아프고, 남에게 폐를 끼치는 걸 생각하라고!"

그리고——

그녀가 갑자기 뒤를 돌아보았다. 재빨리, 그리고 강력하게, 등 뒤를 찌르는 듯한 시선을 보냈다. 마치 그녀의 일별이 그 일을 이룬 듯

한 타이밍으로──몰래 마술 문자를 발하려 하던 인형 세 체가 산산
조각이 나 사방으로 뛰었다.

물론 그것을 벌인 것은 레키였지만.

"말해두지만 나, 무진장 화가 났거든!"

"아아……. 뭔지는 모르지만 죄송해요오오오……"

매지크가 가위에 눌린 듯한 잠꼬대를 내뱉으며 신음하는 소리가
들렸다.

하지만 오펜 이외에는 들리지 않았던 모양이었다. 바닥에 엎드린
채로 옆을 보자, 메첸이 작게 신음하며 몸을 일으키려 하고 있었다.

두 사람 모두 정신지배의 영향에서 벗어난 모양이었다.

"형세…… 역전, 이로군."

간신히 마왕에게까지 닿을 떨리는 목소리로, 오펜이 고했다.

"이젠 어떡할 거지, 마왕……?"

"딱히. ……이렇게 할…… 뿐이다."

마왕은, 별반 두려움에 질리지도 않은 말투도 그렇게 말하더니, 두
손을 들고 복잡한 문자를 그리기 시작했다.

"레키!"

클리오가 외치며 그쪽을 돌아보았지만──아무 일도 일어나지 않
았다. 레키가 아무것도 하지 않은 것이 아니라, 마왕이 그리는 문자
에 지워진 모양이었다.

그리고 그 문자가 완성되었다. 상당히 크고, 광량도 센──

"──────────!"

빛에, 감싸였다.

——즉, 변해버렸다라는 것이로군?

응.

……들리는 목소리는 남자의 것과 여자의 것——.

젊음은 느껴지지 않는다. 그렇다고 해서 나이를 먹은 느낌도 아니다.

그저 시간의 흐름에도 불변의 울림을 지니고 있으면서 어떠한 변화를 맞이하고 만 목소리.

그 변화를 이야기하고 있다.

덧붙여 말하자면——그것들은, 5감으로 감지한 감각이 아니었다.

누군가가 설명해준 것이다. 아마도, 그 빛의 문자가.

"나는 유감이다."

남자는 원탁의 북쪽에서 그렇게 중얼거렸다. 원탁은 광대했고——끄트머리가 희미하게 보일 정도로 넓었다. 그 원탁에는 남자 외에도 또 한 명의 여자가 있었다. 남자의 바로 건너편.

지나치게 떨어져 있기 때문에 여자의 얼굴은 보이지 않는다. 그렇다고 해서 남자의 얼굴이 보이는 것도 아니었지만.

"원인은 알고 있어."

"그들이겠지. 하지만 그 책임을 그들이 지게 하겠다는 건가?"

"책임이 아니야."

여자의 목소리에는 확신에 가득 찬 무언가가 있었다. 감정을 전부 초월한, 때때로 여자가──라기보다는 여자 쪽의 부모가 보이는, 그런 근거 없는 확신.

"단지 나도 당신과 마찬가지야. 이 홍수를 막고 싶을 뿐이지."

"어떻게 해서?"

"대다수가 생각하는 것과 똑같은 방법으로."

"네 특기인 대괴수<sup>바질리콕</sup>인가?"

그들의 말은 명백히 미지의 언어였다──하지만, 물론, 그 의미는 명확하게 이해할 수 있었다. 그렇지 않으면 이곳에 이렇게 있을 의미도 없을 것이다.

"그것도 쓸 거야. 그리고 당신의 천사와 악마도 빌려줄 수 없을까?"

"그건 무리다."

남자는 코웃음을 쳤다.

"너도 알고 있을 텐데──그래. 서로 모르는 것 따윈 있을 리가 없어. 우리는 모든 것을 알고 있다. 아니, 알고 있었다. 만약 우리에게 미지가 있다고 한다면, 그것은 저 천사와 악마가 바로 그렇겠지. 저것들은 나보다도 강대해. 빌린다는 말은 농담도 되지 않는군. 무엇보다 저것들이 받아들이지 않겠지."

"마법<sup>시스템</sup>의 붕괴는 당신에게도 관계가 없지 않아."

"당연하다. 너와 이야기를 하고 있는 이것 자체가 큰 문제이니까. 하지만 문제 해결에 관한 나의 생각은 너희와는 크게 다르군……."

"나는 바질리콕을 쓰겠어. 뱀파이어도. 그리고──"

"드래곤도, 인가."

"응."

"그것은 네게 있어서 천사와 악마다──감당할 수 있을까?"

"세계의 붕괴야말로 천사와 악마야."

여자는 강철 같은 강인함이 느껴지는 말투로 단언했다.

"난 쫓겠어. 그들을 말이야. 세계를 붕괴시키고, 우리를 낳은 그들을······."

"그들 유그드라실 유닛은 모두 교활하다. 이 뇌라는 고깃덩이를 가지게 된지 아직 얼마 지나지 않은 우리들보다, 월등히."

"얼마 지나지 않은 건 우리뿐이잖아? 당신은──"

"그래. 하지만 내가 이전 육체를 가지고 있었던 것은 겨우 32년 동안뿐이다. 믿을 수 있겠나? 그 한 순간의 시간에 나는 인생이란 무엇인가를 사색한 적도 있었어······."

"감상은 붕괴를 재촉해. 나도, 당신도 주의해야하지."

여자는 그 말만을 차갑게 남기고 조용히 자리에서 일어났다.

"이만 가겠어."

"말리지는 않아. 언젠가 죽이러 가겠지만."

"역시······."

여자는 쓰디 쓴 목소리로 말했다.

"당신은, 그걸 생각하고 있었군."

"어쩔 수 없지. 내가 할 수 있는 것 중에서는 그것이 최선이니."

남자의 목소리에는 미안한 기색도, 딱히 상대에게서 주의를 들을 정도의 감상이 담겨 있는 것도 아니라──그저 어쩔 수 없다고 고하는 그 말이 나타내는 대로였다. 그저 그대로, 남자는 어쩔 수 없다고 생각할 뿐이었다.

"그럼 안녕, 스베덴보리."

"작별이다. 과거인지…… 미래인지, 누군지는 모르지만. 운명의
여인이여."

원탁은 한없이 넓었다.

그 어디에 있는지 스스로도 알 수 없었지만——어디에 있든지간
에 그 남자와 여자의 얼굴은 흐릿하게밖에 보이지 않았다. 그저 목소
리만이 또렷하게 들렸다.

그저 보고 있었다. 그리고, 그것이——

진정한 희곡『마왕』임을 깨달았을 때, 빛이 사라졌다.

"…………!"

번쩍 눈을 떴다——.

그곳은 바깥이었다. 흙 냄새가 콧구멍을 가득 채웠다. 한 면에 돋
아난 잔디가 아침 이슬에 젖어 있었다.

그렇다. 아침이었다. 아침놀도 사라질 즈음이리라. 하지만 아직
태양은 높지 않다. 오펜은 몸을 일으키고——몸 곳곳이 아팠지만 그
걸 무시하고——근처를 둘러보았다. 바로 근처 지면에 매지크와 클
리오, 그리고 메첸도 쓰러져 있었다. 다들 쿨쿨 숨소리를 내며 잠
들어 있다. 마치 지금까지 일어났던 일이 전부 꿈이기라도 했다는
듯이.

그리고…… 그들을 둘러싸듯이, 개 괴물의 시체가 무수히 굴러다
니고 있었다.

"뭣……."

경악하는 오펜. 어젯밤(이리라), 그들을 포위해 극장으로 몰아넣은 그 개들이 틀림없다. 단지 그들이 자는 사이에 이 개들이 한 마리라도 달려들었다면 두 번 다시 눈을 뜨는 일은 없었으리라. 홀에서 발견한 시체가 문득 뇌리에 떠올랐다.

그 기억이 체온을 한 번 내렸을지도 모른다. 오펜은 부르르 몸을 떨고 개의 시체의 수를 세었다——63. 그 모두가 완전히 죽어 있었다. 모두 마술의 일격으로.

"어떻게 된 거지……?"

자신이 자는 사이에 매지크나 레키가 해치운 것일까, 하고 오펜은 소년이 있는 쪽을 바라보았다. 하지만 매지크는 푹 잠들어 있을 뿐이고, 레키도 클리오의 품에 안겨 색색 자고 있었다. 그런 일을 해낸 기색은 없었다.

"뭐, 됐어……."

수긍이 되지 않은 기분이었지만 생각하는 것조차 귀찮아진 오펜은 그 자리에 주저앉았다. 그 정도로 지쳐 있었다. 거기서 기묘한 것을 깨달았다——.

"극장이…… 없어?"

개의 시체가 굴러다니고 있다면 극장도 바로 근처에 있어야 했을 터다. 하지만 아무리 주변을 보아도 그럴 듯한 건물은 흔적도 보이지 않았다.

주변을 둘러싼 나무의 형태——그리고 어젯밤 매지크가 잊고 놔둔 짐 등이 떨어져 있는 곳에서 이곳이 극장 근처였음은 틀림이 없었다. 그 이전에, 그만한 크기의 건물이다. 조금 정도 떨어졌다고 해서 보이지 않을 리가 없다.

"죄 영문 모를 일만 일어나는군."

오펜은 자포자기한 듯이 내뱉고 다시 또 다른 사실을 깨달았다. 그들의——이라기보다는 대부분의 클리오의 것이지만——짐 위에, 작은 종이쪽지가 놓여 있었던 것이다.

클리오의 검 위. 오펜은 짐이 놓인 곳까지 걸어가, 그 위에 놓인 종이를 들었다. 노트를 찢어 만든 듯한 평범한 종이.

"…………."

눈으로 슥 훑어보고——다시 한 번 확인하듯이, 소리 내어 읽었다.

"『다음부터는 자기 몸 정도는 스스로 지키도록 해』……라."

서명은 없었지만, 누가 남긴 것인지는 필체로 곧장 알 수 있었다.

"아자리……."

그는 씁쓰레하게 입가를 일그러뜨렸다.

"내게 있어서의 천사와 악마, 라……."

오펜은 그렇게 투덜거리고 손에 들고 있던 메모를 마구 구겨 화풀이라도 하듯이 지면에 내동댕이쳤다.

## 에필로그


호박색의 어둠이 있다. 진정한 어둠이 아니라──희미한 빛이 섞인, 피가 통하는 어둠. 어렴풋하게 스민 공기에서는 바깥의 냄새가 나지 않았다. 갇혀 있는, 바깥을 모르는 바람은 불어올 일도 없다.

그곳에는 왕좌가 있었다. 그곳에 앉는 왕도 있었다. 깊이 걸터앉았다기보다도 왕좌에게 잡아먹혀 그대로 융합해버린 듯한, 그런 두 존재. 왕과 왕좌, 왕좌와 왕…….

왕의 앞에는 통로 파수꾼이 있다. 왕은 손가락 하나 꿈쩍하지 않고 어둠에 녹아들어갈 작은 중얼거림을 내뱉었다.

"부서져…… 모든 것이…… 망가졌어도…… 언제까지고…… 기다리겠지. 우리는…….”

"당신께서 모르는 일을, 제가 알 리는 없겠지요.”

통로 파수꾼은 인간미 없는──아니, 오히려 인간을 초월한 묘한 말투로, 역시 꼼짝도 하지 않고 대답했다.

"그녀들은, 이야기하지 않았습니까?”

"그녀……들은…… 예언을 할 수 없지.”

왕의 목소리에는 다소 낙담의 빛이 섞여 있었다.

통로 파수꾼이 고했다.

"하지만 예측은 하였겠지요.”

"……그렇기에…… 우리를, 만들었다.”

"만들고──버리고, 그리고 기다리라고?”

"버……렸다?”

왕이 웃었다.

"버렸다……라. 멋지군……. 하지만 아니다. 그녀들은…… 힘이 다한…… 것이다. 미래를…… 잃고."

"알고 있습니다. 허나 그녀들은 현재는 극복하였습니다. 그것이——과거에게 위협당하고, 미래는 잃다니."

"현세를…… 지나치게 우려한 탓일지도…… 모르지."

"그래서——잃는 것도 많았다, 라는 말씀이신지?"

"그렇다……."

"…………."

통로 파수꾼은 대답하지 않았다. 그 대신 먼저 꺼낸 왕의 물음을, 이번에는 스스로 되풀이했다.

"우리는 언제까지 기다려야 할까요."

"알고…… 있을 터인데. 나도…… 그대도……."

왕은 고개를 든 모양이었다.

"지식을…… 얻기에…… 충분한…… 자격을 가진…… 자가, 나타날…… 때까지……다."

"혹은 우리가 스러질 때까지, 로군요."

그 중얼거림에 쓴웃음이 스몄다. 그렇다고 해서 말투에 변화가 있었던 것은 아니었지만——그런 기척은 왕의 목소리에도 전염되었다.

"의심을…… 품고, 있군……?"

"…………."

통로 파수꾼은 잠시 침묵하였지만.

"과연, 나타날까요? 진실을 전하기에 합당한 자격을 가진 자가……."

"그 자격을…… 가지고 있는…… 자라면……찾아올, 것이
다……."

왕이 자조가 담긴 말투로 대답했다.

"스스로…… 찾아내어서……."

"……그럴지도, 모르겠군요……."

목소리는 거기서 끊겼다.

호박색의 어둠이 있다. 진정한 어둠이 아니라──희미한 빛이 섞
인, 피가 통하는 어둠. 어렴풋하게 스민 공기에서는 바깥의 냄새가
나지 않았다. 갇혀 있는, 바깥을 모르는 바람은 불어올 일도 없다.

그리고 또 떠올렸을 때, 혹은 잊었을 때, 왕과 통로 파수꾼은 똑같
은 물음을 서로에게 던지리라. 또 비웃고, 침묵하고, 그리고 호박색
의 어둠이 있다.

그것은 즉, 흔히 있는 일이었다.

"천."

"비싸. 백오십."

"말도 안 되지. 구백오십."

"농담이지? 이백."

"한도란 걸 모르는 건가? 구백!"

"이백이십! 이게 한계야. 내가 포기하기라도 했다간 어떡할 셈
인데?"

도틴은 홀로 조금 뒤를 덜으며──앞서 가는 형과, 그 형의 옆에

서 지친 듯이 숫자를 연호하는 여자의 등을 바라보았다. 세 사람은 터덜터덜 그다지 빠르지도 않은 속도로 가도를 나아가는 중이다.

볼칸의 손에는 새카만 가죽 표지의, 제목 없는 책이 있었다. 여자의 손에는 지갑이 있었다.

이것의 어디가 흔히 있는 일인가 물으면 어떻게 대답해야 할지 모르지만──단지 도틴은 확신하며 마음속으로 단언했다. 이것은 흔히 있는 일이라고.

의미 따윈 없다. 근거도 없다.

"팔백팔십오!"

더욱 자잘해진 숫자를 볼칸이 외쳤다.

"이백이십오!"

더 자잘하게 여자가 응했다.

이백에서 이미──적어도 그들에게는──상당히 큰 금액이다.

'그런 거금을 손에 넣을 수 있을지 모른다는 점은, 전혀 흔한 일이 아니지…….'

다소 냉정해진 도틴은 그렇게 분석했다.

"욕심 많은 자는 반드시 손해를 본다는 격언을 모르는 거냐? 팔백칠십!"

볼칸이 책으로 파닥파닥 얼굴을 부채질하며 말하는 소리가 들렸다. 여자는 그 옆을 걸으며 방긋 미소를 지었다.

"그 격언의 뒤에 이어지는 말도 알고 있지──하지만 물론 누구라 할지라도 손해를 보고 있다, 라고 말이야. 이백오십!"

여자는 여유가 담긴 표정을 짓고 있었지만 결국 어떤 가격이든 그 책을 매수할 것임을 간단히 알 수 있었다. 그것을 깨닫지 못하는 것은 형과, 그리고 누구라도 알아차릴 얼굴을 하고 있다는 것을 깨닫지 못하고 있는 그녀 본인 정도이리라. 이렇게 교섭하다가 오백 즈음에서 낙찰이 된다면 거래로서는 훌륭하다 할 수 있으리라. 형으로서는.

'이것도 어지간해선 없는 일이지.'

기묘한 일은 딱히 이것만이 아니다——.

그 후, 여자가 가지고 있던 검은 상자와 같은 것(천인의 전이장치라고 한다)으로 그 출구 없는 방에서 탈출해 극장 바깥에 나오자, 그 사채꾼과 그의 일행들이 지면에 굴러다니고 있었다. 심지어 그 주변을 정체 모를 묘한 개들이 둘러싸고 있었지만——그녀는 별 일도 아니라는 듯이 그곳에 있던 수십 마리나 되는 괴물 개를 퇴치해버리고 말았다. 그만한 힘을 가진 마술사가 형 따위와 멀쩡한 대화를 나누고 있다. 역시 어지간해선 없는 일이다.

책을 팔게 된다면 다음 마을에서 제대로 된 식사를 할 수도 있으리라. 즉 장래의 전망이 있다. 역시 어지간해선 없는 일이다.

성가신 일에 말려든 모양이었지만, 사채꾼에게 걸려들지 않고 빠져나올 수 있었다. 역시 어지간해선…… 이건 뭐, 최근엔 그럭저럭 있는 일이었지만.

어찌되었든 평소와는 다른 것이다. 도틴은 홀로 고개를 갸웃거렸다.

가도를——킴라크로 향하는 가도를 나아가며 혼잣말을 중얼거렸다. 왜 이렇게나 평소와는 다른데도 평소와 마찬가지인 기분이 드는 것일까…….

그러자——

"끄어어어어어어어!?"

비명이 터졌다. 귀에 익숙한 비명. 볼칸이다.

앞을 보자 여자가 어느새 멈춰 서서 한 손에──형의 머리를 쥐고 공중에 들어올리고 있었다. 심상치 않은 완력이었다. 볼칸의 비명에 뒤섞여, 두개골이 삐걱거리는 소리가 희미하게 들렸다.

여자는 그럼에도 더욱 밝게 미소를 지은 채로 속삭였다.

"그럼, 네가 말하는 가격에 사주겠어♥ 팔백사십오였지? ──단지, 어째서인지 대우주적인 상황 흐름으로 네 머리를 짜부라뜨리려 하는 이 손을 떼는데 나, 칠백구십오는 받지 않으면 만족할 수 없을 것 같거든? 합쳐서 오십이네?"

"우아아아오오오오오!? 마지막은 협박이냐!? 공정한 상거래를 위협하는 무리는 남김없이 흰 파충류에게 사랑을 받아 살해를 당할 것 ──아갸아아아아!?"

"아아! 이를 어쩜 좋아! 순순히 따르지 않으면 나, 조금씩 파워업을 하는 모양이야!"

"알았다아아아! 알았습니다아아아아아아!"

"…………."

절규하는 형을 올려다보며 형은 자신도 발을 멈추었다. 어느새인가 오백이 오십으로 줄어들어 있었다──이것으로 장래의 전망도 전부 꽝이다.

이것으로 『흔히 있는 일』이라는 느낌에 대한 단서가 생긴 것은 아니지만…….

'그래. 이제야 알겠군.'

도틴은 홀로 납득했다. 그녀를 보고, 묘하게 일상적인 감각을 느낀 이유를.

'이 사람, 그 사채꾼이랑 똑같아.'

오펜은 정오까지 하늘을 보았다.

줄곧, 은 아니다──실제로 오전 시간 대부분은 묫자리 만들기로 소비하였다.

열세 개의 즉석 묘비를 세우고, 그 앞에서 머리에 하늘색 두건을 쓴 여자가 묵도를 하고 있다.

그는 천천히 시선을 내렸다. 하늘에서──그 색을 지닌 두건, 그리고, 생각했던 것보다 좁은 그녀의 등으로.

잠시 후 낮은 목소리로 고했다.

"당신, 도굴꾼 같은 게 아니로군."

"……당신도 풍류가 없군 그래. 남이 묘에 합장하고 있을 때에."

메첸은 쌀쌀맞게 대답했다──하지만 부정은 하지 않았다.

오펜은 반쯤 아무래도 좋을 기분으로 말을 이었다.

"이상하다고는 생각했거든. 도굴꾼의 『두목』인 것치고는 노르니르의 유적에 대해 아무것도 몰랐으니까 말이야."

"첫 임무였거든. 유적에 관해서는."

그녀는 고개를 들지 않았다. 눈을 감은 채로 오펜의 말에 대답하고 있다.

바람이 불었다. 개의 시체 정리를 떠맡은 매지크가 조금 떨어진 곳에 소각을 위한 불을 피우고 있었다. 그것을 더욱 멀리 떨어져 클리오가 얼른 좀 해, 하고 재촉하였다.

다만, 작업은 좀처럼 진행되지 않는 것 같았다——그렇지 않아도 기분 나쁜 괴물의, 심지어 시체이다. 아직 개의 시체는 절반 정도 남아 있었다.

바람은 지극히 기분 나빴다. 죽음의 냄새로 가득 차 있었다.

"그 녀석들은 그 임무를 위해 고용한 건가?"

"그래. ——뭐, 몇 주 동안 함께 밥을 먹으며 지내다보면 정도 들기 마련이지."

그녀는 거기서 그제야 눈을 떴다. 그리고 오펜을 바라보며 말을 이었다.

"나, 뭔가 실수라도 했어?"

"아니. 단순한 감이야. 아니지——도굴꾼이라면 노르니르의 유적이 얼마나 무서운지 모르는 것도 이상하긴 했어."

"그래. ……하지만 겁을 먹고 물러날 수는 없었거든."

그녀는 가볍게 어깨를 으쓱여보였다. 그리고 윙크를 하며 미소를 띠었다.

"당신은 하나 착각을 하고 있어. 그 유족은 분명히 귀족 연맹에게 은폐되어 있었지——하지만 말이야, 그렇게 한 것은 마술사 동맹이 아니야."

"킴라크, 교회 총본산인가."

오펜은 망설이지도 않고 그렇게 단언했다. 메첸이 고개를 끄덕였다.

"2백 년 전, 당시의 왕가가 극장의 철거를 명했어——희곡의 내용이 마음에 들지 않았던 것이겠지. 이유는 단순해. 마왕 찬가였거든. 그리고 왕은 그 철거의 명령을 교회에 맡겼어. 교회는 그 이후 극장을 정기적으로 탐색했고. 뭐, 뭔가를 찾을 수 있을 리 없었지——"

"그 인형 놈들이 기다렸던 건 마술사뿐이었으니 말이지."

"해답을 알고 나면 바보 같지만——이 2백년 동안 나온 희생자의 수를 생각하면 그냥 넘기긴 어려워. 뭐, 됐어. 난 임무를 다했으니까. 나머지는……."

거기서 그녀는 허리춤에 맨 검의 자루에 손을 올렸다.

"내가 받은 명령은 하나뿐이야. 마술사를 발견하는 즉시 죽일 것."

"댁은……."

오펜은 아직도 방어의 자세를 보이지 않았다. 그녀와의 거리는—— —한 걸음 내딛고 검을 빼 휘두르면 곧장 목이 떨어져 나갈 거리였다. 하지만 움직일 마음은 들지 않았다.

"새로 자기 소개를 하도록 할까?"

메첸은 씨익 웃었다.

"내 이름은 메첸 아미크——당신의 정체를 이제까지 깨닫지 못했던 건 나로서도 실책이라고밖에 할 수가 없어. 그 나이에 그만한 힘을 가진 《송곳니 탑》의 흑마술사. 심지어 《탑》에서 도망쳐 나온……. 생각해보면 당신밖에 없지. 키리란셀로——맞지?"

"사루아에게 들은 건가?"

오펜은 가만히 그녀의 눈동자를 바라보며, 《펜릴의 숲》에서 만난 교회 총본산의 암살자를 떠올렸다. 그녀는 별달리 숨길 기색 없이 곧장 긍정했다.

"그래. 그리고 당신이 분명 언젠가 이 토지에 발을 들여놓을 것이라는 것도 말이야."

오펜은 몇 센티 정도 도신을 드러내고 있는 그녀를 보며 다시 물었다.

"'죽음의 교사'로군? 댁도……."

"맞아."

고개를 끄덕이는 그녀. 그녀가 어젯밤 인형에 했던 말을 떠올렸다. 너 같은 상대와 싸우는 것은 익숙하다——.

아마 그녀가 체득했을 마술사 암살 훈련이라는 것이 대체 어떠한 것인지 상상은 되지 않는다. 하지만 오펜은 싸우면 자신이 이길 것임을 매우 당연하게 예상할 수 있었다. 클리오가 크게 기뻐하지 않을까, 하고 상관없는 생각까지 떠올랐다.

하지만, 한 가지 더 알 수 있는 점이 있었다.

"날 킴라크까지 안내해줄 거지?"

"응."

결국 웃음을 참지 못하고——철컥, 하고 살짝 엿보이던 도신을 다시 칼집에 넣은 그녀는, 두 팔을 위로 향해 펼치며 가벼운 말투로 말했다.

"저 아가씨에게 도움을 받았으니 말이지. 저 애가 울음을 터뜨릴 일은 하지 않을 작정이야. ——빚을 갚을 때까지는, 말이지."

"그럼 킴라크에서는 적이로군."

"그건 어쩔 수 없어. 그렇잖아?"

그녀는 그렇게 말하고 머리에 감았던 천을 벗었다. 짧은 단발이 바람에 흩날렸다.

"그런데 임무는 다 된 거냐?"

오펜은 다소 짓궂은 마음으로 그렇게 물어보았다——다소나마 그녀의 안색이 변한다면 그것도 재미있을 것이라고 기대하며 가만히 관찰했다. 하지만 그녀는 딱히 동요를 보이지 않았다.

"신이란 뭐라고 생각해?"

"엉?"

갑작스럽게 던질 내용으로는 어울리지 않는――혹은 지나치게 어울리는――질문에, 오펜은 눈을 깜빡였다. 그녀는 천으로 얼굴을 훔치며 홀로 해답까지 내놓았다.

"당신이 어떻게 생각하는지는 모르지만, 나는 신관――교사거든. 내가 모시는 것은 교사장이 아니야. 운명의 세 여신, 월드 시스터즈. 그녀들을 위해 살고 있어."

그녀는 거기서 다시 웃었다.

"신이 바라는 것은 무엇일까? 마음의 복종과 평안. 그것조차 원하지 않을지도 몰라. 그녀들은 전능한걸. 잊지는 않았겠지? 나의 검이 그녀에게 무언가 도움이 되고 있으리라고도 생각이 들지 않거든."

"그럼…… 왜 암살자 같은 걸 하는 건데?"

"킴라크에 있기 위해서. 그리고――최종 배알(拜謁)이 허락되는 것은 교사장급의 신관이나 우리뿐이니까……."

"최종 배알?"

"거기까지는 서비스할 수 없어. 스스로 알아내도록 해."

메첸은 짓궂은 목소리로 그렇게 말하고는 명백히 고의로 시선을 피했다――그러자, 그 시선이 이끌린 듯이 다다다다 발소리가 들렸다…….

"오펜."

평소보다 몇 단계는 더 힘이 들어가지 않은 목소리로 이름을 부른 것은 클리오였다. 그녀는 힘없이 걸어와 레키를 안고 한숨을 쉬었다.

"배고파."

"너 인마…… 나라고 배가 안 고플 줄 아는 거냐?"

꾸로록, 하고 동시에 배가 울렸다. 생각해보면 하루 온종일 아무것도 뱃속에 넣지 않았다.

비참한 몰골로 손가락을 입에 물고 한심한 표정을 지은 그녀가 중얼거렸다. 최후의 수단이라는 듯이 눈을 반짝 빛내고, 가장 근처에 굴러다니고 있던 개의 시체를 보며.

"저 개, 먹을 수 있지 않을까?"

"그만."

"하지만 제대로 요리하면 어떻게 될 것 같지 않아?"

"맛이 있든 없든 싫으니까 그만."

오펜은 단호히 내치고 메첸에게 눈짓했다. 그녀도 클리오의 말에 상당히 기겁하며 뒤로 물러났던 모양이지만, 다음에는 황급히 이렇게 말했다.

"아, 저기, 응. 우리가 거점으로 삼고 있던 숙박소에 가면 식량 정도는 남아 있어."

"……정말~?"

의심스럽다는 듯이 묻는 클리오.

"하지만 만약을 위해서 한 마리 정도는 가져갈까?"

"그만하라고 했지!"

오펜은 실눈을 뜨고 신음하며 소녀의 금발로 덮인 머리를 주먹으로 가볍게 때렸다.

저 멀리서 매지크가 일으킨 불이 하늘로 뻗었고——

그 연기는 바람을 타고 북쪽으로 향하였다.

# 후기

"안녕하세요! 이번에는 단발 히로인이 없었기에, 긴급으로 마련된 대행 캐릭터, 라트베인입니다~!"

"(작가) ……뭐냐, 그건….."

"요컨대, 작가가 뒤에 숨어 깨작깨작 생각한 뒷설정에는 나오지만, 본편에는 등장하지 않는 그런 캐릭터랍니다~."

"으~, 그러고 보니 그런 것도 있었지. 아니, 시리즈가 시작되었을 즈음에 황급히 만든 설정이니 말이지. 묘하게 세세하게 고려한 것치고는 필요한 설정이 빠져 있다보니 여러모로 곤란했던 기억이 있어. ……아, 뭐냐 너, 주인공의 (미래의) 딸이잖아."

"자기가 생각해놓고 잊지 말라고요예요!"

"(무시) 고육지책으로 백 투 더 퓨처 같은 이야기를 생각했을 때에 생긴 캐릭터지. 버렸지만."

"예~? 그랬었나요예요~!"

"……그 짜증나는 말투, 그런 부분까지 설정에 넣은 적 없다."

"조금 각색해보았습니다~!"

"뭐, 딱히 상관은 없는데…… 제대로 후기를 쓰도록 하자. 아~, 독자 여러분께는 이제 슬슬 친숙하실 것이라고 말씀을 드려도 벌은 받지 않을 것이라고 생각합니다. 시리즈 7번째의 후기입니다. 그다지 쓰지 않은 것 같은데 의외로 많이 썼군요."

"자각이 없다예요~!"

"시끄러워. 저번 권 끝에 『이번에는 번외편입니다』라고 말해놓고서 실은 전혀 번외편이 아닌 이번 이야기였습니다만——"

"거짓말쟁이예요~!"

"시끄러워 끈질기네. 변명할 거리는 있습니다."

"변명이란, 나중에 가져다 붙이는 거짓말을 말합니다~!"

"…………."

"아, 뭔가 화가 난 눈초리예요~!"

"……아니. 이 오빠는 전혀 화가 나지 않았단다. 그런데 너, 여기에 손목이 간신히 들어갈 만한 화병이 있거든?"

"있다예요~!"

"이 안에 사탕이 들어 있고."

"들어 있어요~!"

"줄게."

"감사합니다아……. 으이이! 사탕을 잡았더니 손이 빠지질 않아예요~!"

"……드디어 저쪽으로 갔나. 아 그러니까, 이야기를 정리하면, 이 시리즈는 한 번 번외편 같은 걸 끼워넣으면 진행이 네 달이나 늦어지거든요. 그렇지 않아도 이야기가 느릿하게 진행되는데, 이걸로 또 늦어지기라도 했다간——"

"으이이! 예요~!"

"하고 생각하면 좀 무서워서, 곧바로 교회 총본산편을 하기로 하였습니다. 일단 이번 이야기를 넣어 총 3화로 끝낼 예정(봐라, 또 굼뜨게 가네)입니다만, 번외편은 그 후에 할까나~, 하고 생각하고 있습니다. 모처럼이니까 상당히 생뚱맞은 설정으로 해봐도 괜찮고…… 막말 오펜이라든가. 무리인가. 그럼 카레 가게 오펜. 더 무리인가."

"끼이! 끼이! 예요~!"

"뭐, 어찌되었든 그런 건 나중에 느긋하게 생각하고……"

"(쨍그라아아아아앙!) 아, 됐다예요~! 돌로 화병을 두드려 깼더니 해결됐다예요~!"

"…………."

"하지만 손이 피투성이예요~! 이렇게 피가 흐르면 냄새로 악어가 모인다예요~! 빨리 어떻게든 해, 작가! 예요~!"

"곧바로 널 어떻게든 하고 싶다만… 뭐냐, 악어는 또."

"걸어 다니는 악어 가죽을 말해요~! 모르는 건가예요~!"

"오호라. 뭐, 됐어…… 어어…… 『불쌍한 주인공의 딸은 악어에게 잡아먹혔습니다』."

"아아! 뭔가 멋대로 쓰고 앉아 있다예요~! 작가 횡포예요~! 하지 말란 말이예요~!"

"시끄러워! 잽싸게 저쪽에서 악어랑 싸우고 있어! …그렇게 하여 여러분, 교회 총본산 편 3권의 결말은 이렇게 『등장 취소 캐릭터 등장』 이라는 주제로 보내드리겠으니…….."

"이이이! 악어란 녀석, 꽤나 재빠르게 움직인다예요~!"

"그다지 기대하지 말고 기대해주십사. 그럼 나중에."

1996년 7월——
아키타 요시노부

SORCEROUS STABBER

# ORPHEN

마술사

오펜

뜻밖의 여행

나의 성도를 적셔라, 혈루

「으아아아아아아아아아아아아!」
매직크는 땅을 구르며 도망쳤다.

느닷없이 솟구친 물이
네 명을 힘차게 날려버렸다!

「클리오—.」

오페는 그 이름을 절망적으로 속삭였다.

# CONTENTS

## 나의 성도를 적셔라, 혈루

마술사

오펜

뜻밖의 여행

애장판 4

나의 성도를 적셔라, 혈루

秋田禎信
Yoshinobu Akita

**일러스트** 쿠사카 유야   **번역** 곽형준   **디자인** 백진화
**편집** 정성학 김일철   **마케팅** 김정훈   **책임편집** 박관형

# 나의 성도를 적셔라, 혈루

# 프롤로그

깊고 조용히 지쳐 있다. 그는 그 여자를 보고 그렇게 생각했다. 아니, 그렇게 계속 생각해왔다.

"그대에게는 오랫동안 어울리게 했군. 미안하구나……."

그것이 그 여자의 말이었다——.

보고 있을 수 없었다. 그리고 대답할 수 없었다. 그는 시선을 천장으로 들었다. 그가 몸에 두른 검은 로브가 스르륵, 하고 매끄러운 소리를 냈다.

그 소리가 들렸는지——여자는 고개를 들었다.

"어째서 위를 보지?"

의아한 듯이——라고 말할 정도로 의아해하지는 않고, 어딘지 대답을 예상하고 있는 듯한 목소리로 그렇게 말했다.

정말로, 어째서일까. 그에게는 알 수 없었다.

천장에 무언가 있는 것은 아니다. 그곳은 요새 안이었다. 바질리콕이라고 불리는 태고의 요새——그 요새의 살아남은 지하 부분이었다. 그는 지상 부분은 아득히 옛날 강대한 마수와의 싸움으로 완전히 파괴되었다고 들었다. 아주 먼 옛날의 일이다. 그가——아니, 그의 선조조차 아직 이 대륙에 존재하지 않았을 정도의 옛날. 신화에 가까운 옛날.

'그리고 그녀는…… 그 신화 시대부터 살아남은 존재…….'

그래서 지쳐 있는 것이다. 그것은 틀림이 없다. 그는 각오를 하고 시선을 여자에게 되돌렸다.

동시에, 주먹을 쥐었다.

"이곳은 갑갑하군……."

여자는 괴로운 표정으로 그렇게 신음했다──녹색의 로브를 두른 가슴을, 답답하다는 듯이 오른손으로 누르며. 여자는 명백히 자신들이 있는 이곳을 혐오하는 모양이었다. 험악한 눈빛으로 주변을 둘러보고 있다. 제단에 세운 여섯 종류 드래곤 종족의 상. 그리고 제단 안쪽 벽에 걸린 거대한──자신의 초상화.

초상화는 그의 눈으로 보아도 훌륭하게 그려져 있었다. 그림을 등지고 선 그녀를 그대로 옮겨 놓은 듯한 완성도다. 단 하나, 그 초상화에 문제가 있다면 그것은 현실의 그녀를 재현하지 않은 부분이 있다는 점이었다. 그리고 그만큼 확실하게 그림 속의 그녀가 더 아름다웠다.

하지만 고뇌와 절망이 빠져나간 그녀의 초상화에 무슨 의미가 있으리?

그는 여자를──현실의, 살아 있는 그녀를 계속해 지켜보았다.

생기 없는 표정. 입을 벌리지 않을 때에는 어금니를 깨무는 습관이 있어 항상 굳게 닫혀 있는 입가. 청초하고 부드러운 곡선을 그리는 얇은 입술. 녹색의 머리카락. 그리고 스스로도 어찌할 바를 모르듯이 움직이는 눈동자──녹색의 눈동자. 지상 최강의 생명체, 드래곤 종족의 증거인…… 녹색의 눈동자.

그녀는 최강의 여자다. 대륙에 존재하는 생물 중에서는 최강의.

초상화 밑에는, 즉 실제 그녀의 저 먼 위에는 그녀의 이름이 적혀 있다. 금색의 금속판──만약 이 바질리콕 요새 지하 부분까지 재와 먼지로 돌아간다 하더라도 이 금속판만은 살아 남으리라. 월드 드래곤 종족의 단 한 명뿐인 사제, 시스터 이스타시바의 이름만은.

"괴롭다고 느끼신다면."

그는 처음으로 입을 열었다. 눈을 반쯤 감으며, 그녀에게 고했다.

"이곳에서 도망치시면 되셨을 것을."

"그러한 힘은…… 이제……."

이스타시바가 입술 사이로 흘린 것은 그런 연약한 신음소리였다. 그는 잠시 말없이 그 신음을 듣다가——거기서, 갑자기 깨달았다.

"무엇을 하실 셈이신지?"

날카로운 말투로 속삭이고 한 걸음 다가가려 했지만——다리는 움직이지 않았다.

그녀는 앞머리가 살짝 흔들릴 정도로 가볍게 고개를 저었다.

"이곳에는…… 내가 만든 최후의 무기, 살인 인형<sup>킬링 돌</sup>이 있어. 나는…… 이 뒤에 그들에게 명령을, 내릴 것이야……."

"명령?"

"나는 아직 포기하지 않았다. 우리가, 존재했던 것이…… 없었던 것이 되는 일은……."

이스타시바의 녹색 눈동자가 험악하게 빛났고——그 위의 눈썹이 일그러졌다.

"우리는 분명 무수한 금기를 어겼다. 하지만 그것이 그토록 중한 것이란 말인가……?"

남자는 조용히 대답했다.

"거인의 대륙과 접촉을 취하셨습니다."

"세계도탑의 일 말이더냐……? 그런 것이 무어란 말인가. 여신은 이미 이 대륙을 발견했지 않느냐."

"'지하극장'에 대해서는? 지나치게 위험했습니다."

"그곳에 대기하는 인형에는 지식을 전해야 할 자의 선별을 철저히 행하도록 엄명해두었다. 설령 파괴를 당할지언정 명령에는 따를 것이야."

남자의 목이 동요한 듯이 꿈틀거리고, 당장이라도 비난의 말을 내뱉을 것처럼 보였다. 하지만 그것도 한순간의 일로 남자는 나오려 하던 말을 소리 없이 집어삼켰다. 잠시 서로간에 할 말을 잃고 침묵의 공기를 아무런 방향으로 내보냈다.

남자는 천천히 말을 고른 뒤 그 침묵을 내쫓았다──아니, 내쫓기 위해 입을 열었지만, 완전히는 내쫓지 못했다.

그는 담담하게 고했다.

"……그 외에도 '성역'의 지시를 계속해 배신하고 있습니다."

"그런 것은 죄가 아니다."

재빠르게 속삭이는 그녀의 한 마디에 자신도 모르게 미소를 짓고──그 미소를 딱딱하게 굳히고는, 자신의 가슴을 가리켰다.

"저희를 낳으셨습니다……."

"그런 것은 결코 죄가 아니다!"

여자가 아까 전보다 더욱 빠르게 단언했다.

남자도 아까 전과 똑같이 미소를──아니, 자조를 띠었다.

힘차게 고개를 든 여자와, 그런 그녀를 기다렸다는 듯이 바라보는 시선이, 부딪기보다는 얽히며 마주쳤다.

그리고──힘없이 표정을 무너뜨린 것은 여자 쪽이 먼저였다. 얽혀 있던 시선이 풀려 떨어진다. 여자는 힘없이 어깨를 늘어뜨리며 떨리는 목소리로 말했다.

"그렇군. 그대까지 그것을 나의 죄악이라 하는 것인가……."

"시스터. 당신은…… 당신들은——"

남자는 말과 함께 걸음을 옮겼다. ——흑의를 천천히 흔들며.

"——당신들은, 우리의 선조를 멸망에서 구해주셨습니다. 유랑민이 된 그들을 주저하지 않고 도시에 초대하고, 교육을 해주셨으며——그리고 무엇보다 감사하게도——노예로 삼지 않으셨지요."

그리고 남자는 자신들에 대한 자조를 슬픈 미소로 바꾸며 말을 이었다.

"냉랭하게 대하지는 않으셨습니다. 하지만 무르게 대하지도 않으셨지요. 인간 종족 모두를 자립시키셨습니다. 목숨을 걸면서까지 우리를 지켜주셨습니다. 오만해지지 않도록, 절망도 하지 않도록, 당신들은 언제나 이상적인 주도자이셨습니다. 우리는 그런 당신들을 사랑했습니다. 숭배하고, 심취했습니다."

그리고…… 품에서 은색의 단도를 꺼내들었다.

"하지만…… 당신들의 행동에는 이유가 있었습니다. 그렇지요?"

"그것이 불만인가."

이스타시바는 남자의 손에 나타난 단검에는 눈길도 주지 않고 작은 목소리로 속삭였다.

"그대들을 이 세상에 낳은 것이!"

"제게는 불만 따위 없습니다. 당신을 사랑하겠다고 결심한 것은 바로 저입니다. 설령 당신에게 어떠한 계획이 있더라도. 단지——"

남자는 한 걸음, 또 한 걸음 이스타시바에게 다가갔다.

"대다수의 인민에게는 그렇지 않았지요. 그들은 스스로 결심하는 것조차 불가능했습니다. 아니——결심했다고 생각했지만 배신을 당한 것이지요. 그들은 저를 선택했습니다. 명목상으로는 당신을 규탄할 대변자로서——그리고 속내로는, 당신을 죽일 복수자로서말이죠."

빠르게, 하지만 어디까지나 지나치게 서두르지 않고. 제의를 지낼 때 신관이 의례적인 행진을 아무런 의심도 하지 않고 나아가듯이, 조용한 발걸음으로.

"그렇습니다. 당신들은——우리를 배신한 겁니다."

# 제1장 "배신했다고!?"

탕!

이것은 발을 딛는 소리가 아니다──.

이동할 때, 다리에는 두 가지 역할밖에 없다. 뻗기와 디디기다. 즉 지면을 박차고 그 반동으로 신체를 이동시키는 것──그대로 내버려 두면 쓰러지고 말 테니 적절한 곳에서 지면을 받아내야만 한다. 그것이다.

즉, 강하게 박차는 것은 최초의 발 뻗기만으로 충분하다. 디디기까지 지나치게 기세를 실으면 브레이크가 너무 심하게 걸리게 된다.

──그런 이유로 오펜은 이론대로 강하게 뻗고, 발바닥을 바닥에 스치도록 딛어 균형을 잡으며 손바닥으로 자신의 학생을 날려 버렸다.

"으아아아아아아아아아아!?"

그는 커다란 비명을 지르며──그 이상으로 크게 땅바닥을 구르며 쓰러졌다. 엉덩방아 같은 애교 있는 넘어짐이 아니라, 문자 그대로 거꾸로 뒤집히는 결과였다.

비명이 커졌다 작아지길 반복하며 2초 정도 흘렀을까. 지면에 마구 쩔으며 2미터는 굴러간 후, 간신히 학생──금발벽안의 14살 정도의 소년이 벌렁 드러누운 자세로 멈췄다. 그는 몸을 대(大)자로 펼치며 꾹 눈을 감았다.

오펜은 무표정하게 속삭였다.

"10초 이내에 일어나지 않으면 밟을 줄 알아라."

앞으로 뻗었던 손바닥을 살며시 품으로 집어넣으며 그는 가만히 학생을 내려다보았다. 그 소년을 넘어뜨린 기술에 어울릴 정도로 어떠한 강력한 인상을 풍길 것 같지만, 그러한 풍모는 결코 아니다. ——체격으로도 잘 봐주어야 표준적인 몸매다. 그다지 빛을 발하지 않는 그 두 눈동자는 검고 고요했지만.

검은 머리에 검은 눈, 평균적인 외모. 단지 사시에 가까울 정도로 찢어진 눈매가 특징이라고 하면 특징일지도 모른다. 입고 있는 옷도 거의 대부분 검은색이다. 그 가슴에는 은색의 펜던트가 매달려 있었다. 검에 얽힌 외다리 드래곤의 문장.

그가 흑마술사——그것도 대륙에서도 최고의 흑마술사 중 하나라는 증거이다. 문장은 그가 대륙 흑마술의 최고봉 《송곳니 탑》에서 배움을 받았다는 인장이었다.

그는 한가해진 손으로 딱히 이유는 없이 그 펜던트를 만지작거렸지만, 이윽고 가볍게 한숨을 쉬고 그 손을 옆에 내린 다음 꾹, 하고 주먹을 만들었다.

그리고 뚜벅뚜벅 소년 쪽으로 걸었다.

몇 걸음 정도의 거리다——그의 발끝은 곧장 아직도 쓰러진 채로 숨을 헐떡이고 있는 소년의 앞에서 멈췄다.

그리고 멈춤과 동시에 힘차게 오른발을 들어——소년의 몸에 때려박듯이 내려쳤다!

"우아아아아아아아아아아아아아!"

다시 비명을 지르며 땅을 굴러 도망치는 소년의 뒷모습을 보고, 역시 그는 조용히 그 광경을 바라보았다. 몇 미터 정도 허둥지둥 나아간 소년은 무섭다는 표정으로 간신히 멈춰 섰다.

오펜의 부츠는 아슬아슬한 지점에서 소년의 몸에서 빗나갔다.

"바──방금 그거, 진심이었죠, 스승님!?"

소년이 패닉에 빠진 표정으로 충혈된 녹색의 눈을 부라리며 비난의 목소리를 높였다.

오펜은 딱히 개의치 않는다는 듯이 가볍게 대답했다.

"진심이고 뭐고, 난 밟는다고 했다."

"그게 아니라!"

소년──매지크라고 불린 그 소년은 여기저기 굴러다닌 통에 온몸이 너덜너덜했다. 아직 제대로 성장하지 않은 몸 여기저기에 생채기도 보였다.

매지크는 자신의 스승을 손가락으로 가리키고 반쯤 울상이 되어 외쳤다.

"힘조절 좀 해주세요! 그렇게 철골이 박힌 부츠로 있는 힘껏 밟으면 멀쩡하게 넘어갈 수가 없잖아요!?"

"그야 그걸 위해 일부러 박아넣은 거니까. 특수주문품이니까 꽤 비싸게 줬다고."

"아무렇지도 않게 설명하지 말아주세요! 분명히 저 전투훈련을 부탁드렸지만 그런 걸로 죽으면 어떡하실 거예요!?"

"아무것도 안 할 건데."

오펜은 아까보다도 더 아무렇지 않게──정말로 쉽사리 말했다.

한순간 무슨 말을 들었는지 이해하지 못했는지, 다음 말을 외치려 했던 매지크의 입에서 나온 것은 그 말 대신 아으아으, 이라는 신음 소리뿐이었다. 가만히 그런 그를 내려다보고 있자, 잠시 후──일단 제대로 숨을 쉴 수 있게 된 뒤에 매지크가 황당한 심정이 담긴 비명을 질렀다.

"……뭐라고요!?"

"아무것도 안 할 거라고 했다만."

오펜은 여전히 천연덕스러운 말투로 되풀이했다. 그는 팔짱을 끼고, 잠시 허공을 올려다보고──자신이 무언가 기묘한 말을 했는지 자문한 뒤에, 고개를 끄덕이고 스스로 낸 의문에 답했다.

"응. 아무것도 안 하지. 내가 아는 한, 죽은 인간이 되살아난 사례는 그리 많지 않은걸."

"……………어, 저기……."

상당히 긴 침묵을 거친 매지크가 눈을 게슴츠레 뜨며 말했다. 그리고 자신이 말을 할 수 있음을 떠올렸다기보다는 간신히 목에서 쥐어짜낸 듯한 말투로 말했다.

"무덤 같은 건, 안 만들어 주실 거예요?"

"오오! 그러고 보니 그랬지."

오펜은 짝, 하고 손뼉을 치고 빙긋 웃었다.

"당국의 수사를 대비해서, 네 시체 위에 제대로 죽은 개의 뼈 같은 것도 묻어둘 테니까 걱정 마라."

"그건 절대로 무덤이 아닌데요……."

"사소한 일에 트집 잡지 마라. 뭐, 됐어. 그만큼 열심히 말할 수 있다면 이제 일어날 수 있겠지. 언제까지 누워있을 거냐."

"예에……."

매지크가 투덜대며 느릿한 동작으로 몸을 일으켰다. 그리고 그가 어색하게 자세를 잡는 것을 본 매지크는 조용한 음성으로 물어보았다.

"매지크."

"예?"

불안한 듯이 이쪽을 보고──이제까지 두 번 정도 이야기를 걸어 놓고 불의의 타이밍에 공격을 건 적이 있었다──소년이 대답했다. 오펜은 그대로 말을 이었다.

"왜 또 갑자기 전투훈련 같은 걸 해달라고 한 거냐?"

"예?"

그런 질문을 받을 줄은 뜻밖이었는지, 매지크가 깜짝 놀란 목소리를 내뱉었다.

"그야 뭐, 요즘 말이죠, 그러니까…… 위험한 상황에 말려들었을 때 저만 아무것도 하지 못하는 경우가 너무 많아서……."

"흐음."

오펜은 그다지 흥미 없다는 듯히 대답을 하더니 자신도 자세를 잡았다. 그렇다고 해서 거창한 포즈를 필요로 하는 것은 아니고──그저 상대를 향해 몸을 돌려 옆으로 향하는, 그 정도이다.

이번은 매지크가 돌진했다.

그다지 빠르지는 않다──느리지도 않지만. 동작 자체는 둔중하지 않았지만, 보폭이 일정하지 않은 탓에 상당히 불안정해져 본인조차 깨닫지 못할 정도로 작게 비틀거리고 있다. 오펜은 그런 상대를 가만히 지켜보다 호흡을 멈추었다.

거리가 가까워진 탓이리라. 매지크의 발걸음이 종종걸음이 되었다.

'압박감을 못 버텼군. 뭐, 어쩔 수 없지만.'

오펜은 마음속으로 혼잣말을 내뱉고 행동을 개시했다.

반 걸음, 앞으로 나설 뿐.

다음 순간, 오펜의 어깨가 매지크의 가슴에 닿아 있었다.

"어──?"

얼빠진 중얼거림 한 토막을 남긴 채──

다시 매지크가 뒤로 튕겨 날아갔다.

"아으으……."

또 상당히 땅바닥을 구른 뒤에 매지크가 힘없이 신음을 흘렸다.

오펜은 쓰러져 있는 매지크를 다시 내려다보며 말했다.

"그러니까 쓰러질 때마다 일일이 힘을 빼지 마라. 얼른 일어나."

"혹시 저, 이런 거에 재능이 없는 걸까요……."

매지크가 중얼중얼 속삭이듯이 말하며 몸을 일으켰다. 머리를 문지르고 있는 것을 보면 땅에 찧은 것일까──즉, 낙법도 취하지 못하고 있다는 뜻이다.

오펜은 팔짱을 낀 채 그런 제자의 상태를 생각하며 대답해주었다.

"그렇진 않을걸."

"그, 그런가요?"

매지크가 수상하다는 시선을 이쪽으로 던졌다. 그리고 옷에 묻은 먼지를 팡팡 털며 계속해 물어보았다.

"하지만 이거 뭔가 아까부터 전혀 진전이 없는 것처럼 느껴지는데요."

"뭐, 그렇겠지. 아까부터 2시간 내내 계속 땅바닥만 굴러다녔으니까."

사뭇 당연하다는 듯이 대답한 오펜의 말이──무슨 의미인지 이해를 하지 못한 것일까. 매지크는 깨달은 기색도 없이 몸을 일으켰지만, 이윽고 표정이 급변했다.

"예에?"

얼굴을 찌푸리며 곤혹스러운 목소리를 내뱉는 매지크. 그 목소리를 가로막듯이 오펜이 설명을 시작했다.

"그러니까 의미가 있는 건 아직 아무것도 안 가르쳤으니까 진보가 없다고 침울해 할 필요는 없다고."

"의, 의미 없는 건가요, 이거!?"

부들부들 몸을 떨며 난리를 피우는 매지크를 무시하고 오펜은 주변을 둘러보았다. 그들이 있는 곳은 작은 헛간의 뒤에 있는 공터였다. 반대편에 펼쳐진 것은 원래는 농지였을 흑토(黑土)의 들판이었다. 이곳으로부터 북쪽 토지에 들어가면 얼마 있지 않아 흙의 색이 변한다──메마른 황금색으로.

그리고 그곳부터 마술사들에게는 금단의 영역이 된다. 교회 총본산, 킴라크가 관리하는 게이트 록.

오펜은 그제야 매지크에게 시선을 되돌렸다. 금발의 소년은 비난이 담긴 눈빛으로 오펜을 응시하고 있었다. 무슨 이야기를 하던 도중이었는지 잠시 생각한 오펜은 고개를 끄덕였다.

"그래."

"그래라니, 너무 하시잖아요!"

매지크가 발을 구르며 외쳤다.

"진짜 말도 안 돼요! 죽을 지도 모르는 짓까지 했는데 전혀 의미가 없다니!"

"야, 매지크."

오펜은 가볍게 탄식했다.

"아무래도 스스로는 깨닫지 못하는 모양이니까 까놓고 말하는데."

"…………."

그다지 내키지는 않았지만 입을 열겠다. 그런 분위기로 오펜은 매지크를 바라보았다. 그의 학생은 조금 부루퉁한 얼굴로 그런 스승을 쳐다보고 있다.

대화가 건성으로 흘러가는 것은 아니었지만, 오펜은 시야 안에서 매지크의 모습이 천천히 흐릿해지는 것을 느꼈다──초점이, 소년의 등 뒤, 그리고 자신들 두 사람의 등 뒤, 머나먼 풍경으로 옮겨간다.

아득한 북쪽의 토지를 바라보며, 오펜은 말을 이었다.

"이건 전투훈련이잖냐?"

"그렇죠."

매지크는 아직 토라져 있는지 입을 삐죽이며 고개를 끄덕였다.

오펜은 머리를 긁적이며 말을 이었다.

"그럼 매지크. 그건 다르게 말하자면 무엇을 위한 훈련이라고 생각하냐?"

"싸우기 위한 훈련이죠. 당연하잖아요."

"그래."

오펜은 가볍게 동의한 다음 살짝 허공을 올려다보고 말을 골랐다. 해줘야만 하는 말은 확실히 존재했지만──그것을 설명하는 것은 상당히 어려웠다.

"아까부터 생각했는데, 너, 대체 무·어·랑 싸우는 걸 상정하고 있냐?"

매지크가 의표를 찔린 듯이 어리둥절한 표정으로 눈살을 찌푸렸다.

"무엇이냐니…… 앞으로, 교회의 마을에 가는 거잖아요? 거긴 온통 적밖에 없다고 하고요."

"딱히 너희를 데려갈 생각은 없어."

오펜은 아무런 주저도 하지 않고 말했다.

"예?"

그 말에 매지크도 상당히 맥이 빠진 모양이었다. 힘이 빠진 목소리를 흘리며 멍한 표정을 지었다.

"그——그럴 생각이셨어요?"

"당연하잖냐. 킴라크에 가는 건 단순히 내 개인적인 사정이니까. 그런 위험천만한 곳에 너희를 어떻게 데리고 가냐."

"아자리……라는, 사람의 일인가요?"

"?"

갑작스럽게 튀어나온 이름에 오펜은 얼굴을 찡그렸다.

"왜 제가 그 사람의 이름을 알고 있는 거야?"

"전에 앨범을 본 적이 있거든요. 그리고 《탑》에서 포르테 씨가, 제게 스승님과 그 사람까지 해서 두 사람 몫의 문장을 건네주셨잖아요? 그때 뭔가 사정이 있는 게 아닐까 해서……."

어딘지 미안한 듯이——아마 엿보기라도 한 듯한 기분이 되었기 때문이리라——매지크가 입 안에서 웅얼대듯이 대답했다. 그 말을 들으며 오펜은 말없이 주머니에서 드래곤의 문장을 꺼냈다. 이것은 자신의 것이 아니다.

날개를 펼친 드래곤의 등에, 그의 누나의 이름이 새겨져 있었다.

"뭐, 여튼 그런 거야. 너희를 티시가 있는 곳에 놓고 와도 좋았을 테지만, 네가 《탑》에서 돌아오고 어쩌고 해서 경황이 없는 중에 출발하게 되었으니 말이다."

"하지만——"

매지크는 결연한 말투로 말했다.

"하지만, 그래도, 위험할 때 도움이 되지 못하는 건 싫다고요."

"전투훈련이라는 건 말이다."

오펜은 문장을 주머니에 다시 넣고는 이야기를 되돌렸다.

"전투를 위한 훈련이야."

"당연하잖아요."

"그래. 그럼 이것도 당연한 일이다만——누구라 하더라도 맞으면 반격하려 들잖냐."

"……예."

무슨 말을 하려는지 서서히 깨닫기 시작했는지, 매지크의 목소리가 살짝 톤이 낮아졌다. 오펜은 담담하게 말을 이었다. 자신의 턱을 손가락 끝으로 건드리며.

"네가 마술을 써서 누군가를 공격했다고 해보자——그렇게 하면 당연히 상대도 가만히 안 있겠지. 마술이라는 건 강력한 무기야. 맨몸의 인간이 가질 전투 능력 중에서는 틀림없이 최강으로 분류되겠지——."

그는 두 손을 펼쳤다.

"그런만큼 적은 전력으로 널 죽이려 들 거다. 그야 그렇지. 달리 무슨 방법으로 마술사를 무력화시킬 수 있는데? 팔다리를 묶는다 해도 목소리만 낼 수 있다면 우리는 어떤 마술이든 사용할 수 있어. 마술사를 무력화하기 위해서는 죽이든가, 죽이기까진 않더라도 목소리를 내지 못할 정도로까지 깊은 상처를 입히든가, 야. 대개 그렇게 상처를 입히면 얼마 안 있어 죽지만 말이다."

대답이 없는 매지크의 얼굴을 가만히 쳐다보고——펼쳤던 손을 힘없이 마주쳤다.

"그리고 한 번 죽으면 끝이다. 한 번 뿐이고 다시 되돌릴 순 없어. 그렇다면 훈련으로 죽는 거랑 실전에서 죽는 것에 무슨 차이가 있냐?"

"그건——"

항변하려던 매지크를 오펜은 자신의 시선으로 제지했다.

"차이가 있는 것처럼 보이지? 나도 처음엔 그랬다. 내가 너 정도 나이 때에, 실제로 한 번 반죽음을 당했던 때까지 말이다. 사후의 세계가 있다고 여기지 마라——있다고 하면 좋아 보이지만 없는 건 없어. 인질극을 벌이며 농성하는 강도를 상대로 순직하는 것도, 계단에서 굴러 떨어져 머리통이 박살나 죽는 것도, 죽는 본인에게는 얼마나 차이가 있겠냐. 어차피——이 정도의 훈련으로 죽을 녀석이 실전 따윌 벌였다간, 그때야말로 확실하게 죽을 거다."

오펜은 마구 쏟아내듯이 말하며 서서 굳어져 있는 자신의 학생에게 다가갔다. 그리고 손이 닿을 거리까지 다가가자, 오펜은 곧장 매지크의 멱살을 잡아 올렸다.

"적어도 그런 마음가짐도 없는 녀석에게 잔재주만 가르쳐봐야 말이다, 그거야 말로 몇 달 내내 땅을 구르기만 해도 몸에 익힐 수 있어. 잘 들어——특히 이해를 못하는 것 같으니까 이것도 까놓고 말해두마."

그는 힘을 주어 말했다.

"어리석은 짓이라는 건——여러 가지가 있겠지만——요컨대 돌이킬 수 없는 짓을 한다는 의미야. 돌아갈 길도 알지 못하고 앞으로 나아가는 녀석을 바보라고 부르지. 하늘을 날지도 못하는 주제에 절벽에서 뛰어내릴 거야? 되살릴 방법도 없는 주제에 사람을 죽일 거야? 이제 알겠냐? 지금의 너라면 그런 짓을 할 수도 있어. 그게 얼마나 무서운지 모르겠다고 한다면 지금이라도 늦지 않았으니 《송곳니 탑》이든 뭐든 얼른 돌아가. 그리고 마지막으로 한 마디, 이것만큼은 절대 잊지 마라. 똑똑히 들어——"

오펜은 매지크의 멱살을 잡은 채로, 다른 한 손으로 그의 미간에 손가락을 찌르며 짧게 외쳤다.

"얕보지 마! 내일까지 자지 말고 생각해둬. 오늘의 훈련은 여기까지다."


그렇다. 어리석은 짓이다. 마술사가 킴라크 교회의 총본산에 잠입하는 것은——.

오펜은 조금 음울한 기분으로 자각하고 있었다. 누가 보는 것은 아니지만 열심히 얼굴로는 내보이지 않도록 노력하며 마음속으로 혼잣말을 내뱉었다.

'실제로 남에게 떠벌릴 자격은 없지만 말이지…….'

그는 조금 빠른 걸음으로 홀로 걸었다. 아무 말도 없이 우두커니 선 매지크에게 등을 돌리고, 뒤도 돌아보지 않고 멀어져갔다.

앞서 말했지만 그들이 있는 곳은 단순한 황야였다. 원래는 농지임을 추측할 수 있는 것은 장기판처럼 가지런하게 두렁길 같은 통로가 만들어져 있기 때문이다. 하지만 지금은 밭을 일구는 사람도 없이 토지는 그저 황폐해져 있었다. 그런 풍경을 곁눈으로 흘겨보며 오펜은 걸음을 옮겼다. 홀로.

조금 나아가자 헛간이 있었다. 그다지 쓰인 흔적이 없는 그 헛간을 돌면 바로 근처에 안채가 보인다. 이것도 그다지 생활감이 느껴지지 않는 허술한 가옥이었다. 폐옥 바로 직전이라고 할 만한 정도는 아니지만, 유리창이 깨지지 않은 것과 더러워진 커튼이 반쯤 열려 있는 부분이 적어도 사람이 없는 오두막은 아니라는, 최소한의 증명이었다. 축축하지도 않고——메마르지도 않은 흙을 밟고 그 안채 현관으로 향했다.

그러자——

"오펜!"

헛간 뒤에서 자신의 이름을 부르는 소리에 멈춰 서자, 파닥파닥 발소리를 내며 나온 것은 긴 금발을 나부끼며 달려오는 소녀였다.

"클리오냐."

"맞아."

그 소녀는 딱히 대답하지 않아도 될 말에 대답하였다.

가녀린——이라기보다는, 그저 단순히 체구가 작은 소녀였다. 오늘은 보기 드물게도 치마 차림으로, 머리 위에는 평소처럼 새카만 강아지를 얹고 있다. 그녀는 슥, 하고 헛간 너머——즉 매지크가 서 있는 쪽을 엿보듯이 고개를 돌리고는, 이쪽에 비난이 담긴 시선을 보냈다.

"진짜 너무하네. 너무한 것 같아. 저거 좀."

"뭐가 너무한데."

오펜이 부루퉁한 목소리로 묻자, 그녀는 조금 곤혹스러운 듯이 미간을 찌푸렸다.

"뭐가, 냐니……."

그녀는 잠시 생각한 뒤.

"네가 매지크에게 그렇게 엄격하게 구는 거. 어지간해선 없었잖아."

그렇게 말하고는 홀로 납득한 듯이 고개를 끄덕였다. 황폐한 농지를 배경으로 그녀만이 묘하게 붕 떠 보인다. 오펜은 깊이 한숨을 쉬고 신음을 내뱉었다.

"딱히 엄하진 않잖냐. 일이 벌어진 뒤를 생각하면 이러는 게 훨씬 낫지."

그리고 질색이라는 듯이 덧붙였다.

"그리고 14살의 날 반쯤 죽인 게 누구일 것 같냐. 내가 선생님한테 그 말을 들었던 땐 넘어지는 걸로 끝나지 않았다고. 뭔가 말을 하려고 해도 입이 벌어지질 않고——별 이유는 아냐. 그냥 턱뼈가 부서졌었거든. 아무리 선생님이라 해도 그건 좀 지나쳤다고 생각했는지, 병문안으로 바나나랑 멜론을 가지고 와줬던가."

물론 그런 것을 먹고 싶어도 먹을 수 있을 리가 없어, 자신을 돌봐준 누나가 전부 먹어치우고 말았지만.

거기서——문득 어떤 것을 깨달은 오펜은 그녀를 찌릿 노려보았다.

"……그런 것보다, 너 계속 훔쳐들은 거냐?"

"응. 항상 그러는데?"

"아, 그려……."

별로 상관없다고 생각한 오펜은 그녀의 금발로 덮인 작은 머리를

──그 위에 올라가 있는 강아지와 함께──톡톡 두드리고 지나치려 했다. 어쨌든 이 소녀와 이야기를 나누는 건 여러모로 지치는 일이고, 지금은 지치고 싶은 기분도 아니었다.

그러자 뒤에서 그녀가 말했다.

"아, 맞아. 그런 것보다 오펜."

"엉?"

어깨 너머로 고개를 향하자 클리오는 다시 헛간 뒤로 매지크 쪽을 훔쳐보며 말을 이었다.

"아저씨가 할 말이 있대."

비전문가라면 이렇게 생각하기 마련이다──『검은 찌르는 도구이다』.

어쩌면 그럴지도 모른다. 적이 전신을 갑주로 감싸고 20킬로나 되는 검을 들고 돌진해오는 상황에 놓여 있다면. 하지만 그러한 중장보병 전술은 그야말로 2백 년 전 이상이나 예전에 대륙에서 사라지고 말았다. 아니, 대규모 전쟁 그 자체가 마이너해졌다.

단순한 상식이다. 일일이 머릿속에 떠올리거나 하지는 않는다──하지만 그녀는 감각으로 머리 바깥에서 그것을 의식하며 애검을 손질하였다.

날길이 80센티, 칼자루는 30센티──칼자루가 긴 것은 그녀가 특별히 주문한 물건이기 때문이다. 외날에 곡선으로 굽어진 검신. 피와 혈관을 찢기 위한 얇은 칼날의 검이다.

때문에 칼날의 예리함이 다소라도 덜해지면 그 순간 유용성이 사라지는 성가신 약점도 가지고 있다. 하지만 1대1 전투라면 검이라는 무기는 지극히 유효한 무기다.

그녀——메첸은 차가운 광태를 띠는 칼날을 가만히 바라보고, 가루를 묻힌 솜을 검신에 미끄러뜨렸다.

그러자——

"……좋은 바람이군. 역시 아직 성도(聖都)에서는 바람을 즐길 수도 없는 걸까?"

느닷없는 질문에 그녀는 고개를 들었다. 아직 젊은——25살 정도되어 보이는 여자였다. 체격은 좋지도 나쁘지도 않다. 즉 전사로서는. 갈색이 걸친 머리카락은 『헤어스타일』이라고 부를 수 있을 정도로 꾸미지도 않았다. 그렇다고 해서 아무렇게나 내버려 두고 있는 것도 아니겠지만. 오히려 그녀가 의식적으로 몸치장을 게을리하고 있다면 그 눈빛과 핀트를 맞추기 위해서일지도 모른다. 그녀는 또렷하게 정신이 깨어 있으면서 어딘가 잠에서 덜 깬듯한 위험한 그 눈빛을 목소리의 주인 쪽으로 향했다.

이곳은 실내였다. 연 창문으로 끊임없이 들리는 비명이나 매도——혹은 서투른 설교 등은 방금 전에 끝난 참이다. 그 마술사가 학생에게 교육을 하고 있는 모양이었지만 그녀는 그다지 주의를 기울이지 않았다. 창가에 끌어놓은 암 체어에는 체구가 작은 남자가 앉아 있고, 이 방 안에는 그 남자와 그녀, 단 둘 뿐이었다.

방 안에는 작은 테이블이나 그 위에 놓여 있는 티 세트, 쓰이지 않는 석탄 스토브, 그리고 벽에 세련된 그림까지 걸려 있지만, 딱히 사람이 생활하는 방은 아니었다——그저 사람이 모이는 공간일 뿐이다. 이 집에 사는 자는 할 일이 없다면 이 방에 올 수밖에 없다. 그런 방이었다.

방은 2층에 있었다. 그리고 창틀로 보이는 바깥의 절반 정도를 뒤뜰에 난 나무의 가지가 뒤덮고 있었다.

메첸은 칼날 너머로 남자를 바라보고, 조용히 대답을 입에 담았다.

"『아직』이고 뭐고…… 영원히 계속 그러지 않겠어요?"

쓴웃음이 흘러나왔다.

"그리고 이곳은 실내예요. 바람은 들어오지 않아요."

"비유적인 표현이야. 말꼬리를 잡지 마라, 메첸 아미크."

남자는 의자 등받이에 빈틈없이 들어가는 여윈 등을 흔들며 미소를 지었다. 나이는——

'40? 50까지는 되지 않은 걸로 알고 있는데……'

그녀는 60대의 육체를 가진 그 남자의 실제 연령을 알지 못했다. 그리고 당연히——아무래도 좋다고 생각하고 있었다. 그런 것은.

메첸은 살짝 미간에 힘을 주고 표정을 바꾸었다. 대답이 곤궁하다는 시늉을 하고 싶었으리라.

"저는 성도를 좋아해요. ……너무나요."

"그렇겠지."

남자는 혼잣말을 하듯 중얼거리고 역시 혼자 고개를 끄덕여보였다.

그것을 보며 메첸도 가볍게 고개를 끄덕였다.

"성도가 마음에 걸리시는 건가요, 스승님?"

"너의 스승은 내가 아닐 텐데."

남자의 말에——메첸은 자신의 시야에서 스윽 검을 내렸다. 그리고 그를 바라보며 입을 열었다.

"쿠오는——"

"쿠오의 말은 따라라. 네임도, 카를도, 그리고 너도 녀석의 가르침을 받았어. 그 현실만이 사실이다. 그리고."

남자는 흰 색이 섞인 수염을 자조하듯이 일그러뜨렸다.

"쿠오 바디스 파텔은 성도에 있어. 나는——오레일 사리돈은, 이곳에 있지. 이런 오두막에 말이다. 이것도 또한 현실만이 사실이야."

그 남자——오레일은 입가를 일그러뜨리는 것 이외에는 큰 움직임도 보이지 않고 의자에 몸을 맡겼다. 하지만 깡말라 뼈가 튀어나온 주먹이 어느새 꾹 쥐어져 있는 것을 메첸은 깨닫고 있었다.

메첸은 그 모습을 굳이 보지 못한 시늉을 하며 말했다.

"그렇다면 당신이 사루아를 키운 것도 사실이죠."

"그것은 단지 녀석에게는 꽝 제비를 뽑았을 뿐인 것이지——여러 의미에서 말이다만."

한없이 깊은 오레일의 한숨은 방을 가로질러 그녀에게까지 닿았다.

그녀는 그 흐름에 거스르려고도 하지 않고 손에 든 칼자루를 꾹 쥐었다.

"사루아는, 쿠오가 위험하다고 했어요."

"그렇다면 거슬러서는 안 된다는 것이겠군."

"가만히 내버려둘 수도 없잖아요!"

처음으로 거친 목소리를 내뱉은 메첸은——거기서 퍼뜩 제정신을 차렸다. 그리고 황급히 비어 있는 왼손으로 입가를 가렸다.

"……죄송합니다, 오레일."

"신경 쓰지 마라. 그리고 착각도 하지 말아라."

오레일의 목소리는 그저 한없이 고요했다. 50킬로 정도밖에 나가지 않을 몸을 충분히 이완시키고 있다. 그는 턱을 손으로 쓰다듬으며 말을 이었다.

"쿠오 바디스는 한눈을 팔고 있는 와중에 느닷없이 폭발하는, 그러한 위험인물이 아니야. ──그렇지?"

"하지만……."

"저 마술사를 이용해 녀석을 죽일 셈인가?"

"…………!"

이번에야말로 메첸의 얼굴이 경직되었다. 눈꼬리가 씰룩거리는 것이 스스로도 느껴졌다.

검을 근처의 벽에 기대 세우고──맨손이 되고 나서야 그녀가 대답했다.

"그것도 하나의 계획이긴…… 해요."

"호오?"

오레일은 그녀가 부정하지 않았다는 점보다도 그 말 바깥에 품은 의미에 흥미를 가진 모양이었다. 그는 낡은 의자에서 살짝 몸을 일으키고 다시 그녀를 쳐다보았다.

"즉 메첸──그 외에도 계획이 있다는 말이로군?"

"……몇 가지 정도."

그녀는 거의 속삭이듯이 내뱉었다. 오레일은 딱히 재촉하지 않았다──하지만 그 이상 이야기하는 것을 말리지도 않았다.

즉, 말하라는 뜻이다.

메첸은 혀 뒤에 고인 침을 삼킨 뒤 자신의 계획을 고했다.

"하나는…… 쿠오의 암살에는 저 남자——키리란셀로만으로는 부족하다는 점이에요. 쿠오 바디스 파텔은 10년 전, 차일드맨 교사마저 물리쳤습니다. 오레일, 당신과 함께요."

"그렇지."

오레일의 목소리에는 살짝 씁쓰레한 감정이 섞여 있는 것처럼 들렸지만——메엔은 딱히 개의치 않았다. 그저 자신의 계획에 몰두한 듯이 말을 이었다.

"그리고 지금 쿠오 바디스 파텔의 주변에는 네임 온리와 카로타 마우센이 있지요. 쿠오에 관해서는 군이 언급할 필요도 없고, 나머지 두 사람도 우리 '죽음의 교사' 멤버 중에서는 최강이라고 해도 좋을 힘을 가지고 있고요. 성도에 있을 사루아와 합류한다 해서 저와 그, 그리고 키라란셀로——이 장기짝을 어떻게 이용하더라도 솔직히 쿠오에게 이길 자신은 없어요."

"올바른 분석이라고 할 수 있군."

오레일은 살짝 쓴웃음을 곱씹듯이 각이 진 콧잔등에 손을 댔다.

"나머지는 쿠오 측에 킴라크 2천 명의 신관과 17만 명의 도시 신도를 더하면 완벽하겠군. 설마 잊은 것은 아니겠지만."

"비꼬지 말아 주세요. 물론 근본적으로 포석을 유리하게 둘 방법이 없다는 건 알고 있어요. 그러니까——"

메첸이 기세를 담아 말하려던 그때였다.

문을 두드리는 소리가 들렸다.

하려던 말을 삼킨 메첸이 문 쪽을 돌아보았다. 그리고 시선을 다시 오레일에게 향하자, 그는 조금도 동요하지 않은 듯했다.

누가 왔는지는 알고 있다.

"누구신지?"

시치미를 뗀 목소리로 문 너머에 있는 인물에게 묻는 오레일도 당연히 알고 있을 터다.

건조된 니스가 부슬부슬 다 떨어지려 하는 문 너머에서 들려온 목소리는, 살짝 빈정거리는 듯한 말투의 젊은 남자의 것이었다.

"누구긴 뭘——댁이 날 불렀다고 들었는데?"

"아아, 그렇지. 잠겨 있지 않으니 들어오게."

문이 열렸다. 모습을 드러낸 것은 당연히——검은 차림의 마술사였다. 표정에는 예전부터 현저하게 드러나 있던 빈정대는 인상에, 지금은 둔탁한 긴장감이 더해져 있었다. 이곳은 마술사의 토지가 아니다. 그런 상황에서의 경계심이겠지만.

그가 바로 키리란셀로——지금은 오펜이라고 이름을 대고 있다고 한다.

메첸이 가만히 그를 바라보고 있자, 오레일이 갑자기 입을 열었다.

"'그러니까', 무어냐?"

"예?"

당황해 날카로운 목소리로 되묻고 말았다. 오레일은 천천히 말을 고쳤다.

"그러니까 메첸——'그러니까'의 다음은 무어냐?"

"아, 예……."

그녀는 흑마술사 쪽을 힐끗 일별한 뒤, 헛기침을 하였다.

잘 보자 오레일은 다시 의자 등받이에 깊숙이 몸을 기대고 있었다

──흑마술사가 방에 들어와 문을 닫는 것을 기다린 뒤, 그녀는 그 말의 뒤를 밝혔다.

"어떤 정석도 통용되지 않을 거예요. ──정공법으로는 무리겠죠. 그러니까."

잠시, 숨을 멈추고──

"그러니까, 판을 뒤집을 겁니다. 그 방법밖에 없어요."

그가 들어오고 곧바로 메첸이 방을 나갔다──살짝 시선을 내려 묵례를 하고.

하지만 검을 깜빡한 모양이었다. 아까 전까지 그녀가 앉아 있었으리라 여겨지는 곳에 손질 도구와 함께 내버려져 있었다. 오펜은 그녀가 문을 닫은 뒤에 그것을 깨닫고──뒤를 돌아보았지만, 이미 늦었다. 문 너머에서 빠른 걸음으로 허둥지둥 복도를 걸어가는 그녀의 발소리가 들려왔기 때문이다.

"……뭘 저리 서두르는 거야?"

이유도 없이 불만스러운 어조로 투덜거린 오펜은 그 검을 주워 들었다. 금속제의 칼자루가 완전히 그녀의 손 모양으로 닳아 변형되어 있어 그의 손에는 전혀 맞지 않았다.

가만히 칼날에 반사된 자신을 관찰하다──그는 나지막하게 내뱉었다.

"질은 나쁘지 않지만 평범한 검이로군."

"검에 대해 잘 아는 건가?"

놀리듯이 물은 것은 물론 방 안 쪽 의자에 앉아 있는 체구가 작은 노인이었다. 오펜은 이 오레일이라는 남자에게 최근 며칠 동안 신세를 지고 있었다.

오펜은 똑같이 근처에 굴러다니던 칼집도 주워 그 안에 도신을 밀어넣었다.

"……잡화점에서 이 가위는 잘 잘리게 생겼군, 하고 생각하는 거랑 비슷한 정도로는 알아. 도구를 보는 법 따윈 어느 거나 마찬가지지. 설마 댁은 검에는 영혼이 깃들어 있다고 믿는 쪽은 아니겠지?"

"나는 생애 통틀어 몇십 자루나 되는 검을 꺾었지."

참으로 즐겁다는 얼굴로 노인이 큭큭 웃으며 대답했다.

"하지만 나는 살아 있지. 단지……."

하고――거기서 말을 멈춘 노인의 얼굴에서 감정이 사라졌다. 그는 두 손을 하나로 모으며 말을 이었다.

"살아 있다고 해서 나 자신이 꺾이지 않았다고는 말을 못 하네만. 뭐, 어쨌든――난 딱히 도구에 애착이 없네."

오펜은 그 말을 들으며, 원래 있던 곳에 검을 놓았다. 그리고 허리춤에 손을 대고 천천히 노인을 돌아보았다.

"그래서? ……내게 볼 일이 있다고 듣고 온 건데."

"간단한 일이야."

오레일은 똑바로 오펜을 바라보며 잘라 말했다.

"킴라크에 가지 마라."

"거절한다."

이쪽도 노인을 똑바로 쳐다보며 대답했다. 오펜은 메첸이 나간 문을 힐끗 일별한 뒤에 말을 고쳤다.

"······댁들의 협력이 없으면 어쩔 방법이 없는 처지에 건방지게 구는 것 같지만 말이야. 내게는 가야 할 목적이 있고, 그 마음을 바꿀 생각도 없어."

"메첸에게 다른 속셈이 있다고 해도······ 말인가?"

"그딴 건 진즉에 각오하고 있어. 계산도 속셈도 없이 킴라크의 죽음의 교사가 도와준다고 생각할 정도로 난 사람 좋은 성격이 아니야."

"상대에게 다른 속셈이 있다는 걸 알면서도 계속 어울리는 쪽이 더욱 사람 좋은 성격으로 보이네만."

마치 웅얼거리듯이 내뱉는 오레일에게──무심코 분명히 그럴지도 모르겠군, 하고 생각했지만, 오펜은 일부러 무시했다. 고개를 젓듯이 시선을 피하고 어깨를 움츠리며.

"정했어. 내일 출발할 거야."

"갑작스럽군."

허를 찌를 셈이었지만 노인은 꿈쩍도 하지 않고 그렇게 말했다. 입가에는 여유로운 미소까지 띠고 있다.

오펜은 내심 혀를 차며 말했다.

"이제까지 너무 기다렸어. 여기서 뭔가 준비를 할 수 있는 것도 아니고, 더 일찍 행동했으면 가지 말라느니 속셈이 있다느니, 진절머리가 날 정도로 협박을 당하지 않았을 테니 말이야."

"이곳에 있던 시간 만큼 수명이 늘었을지도 모르지 않은가."

짓궂은 오레일의 말은 무시하고──오펜은 성큼성큼 걸어 방의 창문까지 걸어갔다. 바깥을 보자 매지크가 마지막으로 보았던 것과 똑같은 자리에서, 마지막으로 보았던 것과 똑같은 모습으로 우두커니 서 있었다. 조금 떨어진 곳에서 클리오가 안절부절못하는 모습도 눈에 들어왔다. 위로해주고 싶지만 매지크가 움직이지 않아서 다가 가기 어려운 모양이다.

오펜은 움직이지 않는 금발의 소년을 조용히 내려다보았다. 소년 이 서 있는 주변 지면에는 바로 그 소년이 땅을 구른 흔적이 여기저 기에 남아 있었다. 바람이 조금씩 그 흔적을 깎아 밀어내기 전까지는 남아 있으리라.

"내가 저 녀석에 했던 말, 들었겠지?"

오펜은 맥이 빠진 말투로 중얼거렸다――작은 목소리였기 때문에 오레일에게는 들리지 않았을지도 모른다고 생각했지만, 다시 말하는 것도 귀찮았다.

하지만 일단 오레일에게서 대답은 돌아왔다.

"그래."

"……어떻게 죽었든, 무엇을 위해 죽었든 마찬가지잖아. 언제 죽 는 것도 마찬가지야. 며칠이란 시간동안 죽음이 미뤄졌다고 해서 의 미는 없어. 죽으면 그걸로 끝장이야. 그야말로 몇 년 전에 죽었어도, 50년 후에 노쇠해서 죽어도, 특별할 정도의 차이는 없어."

오펜은 담담하게 말을 이었다. 그러자 오레일이 조금 기막힌 어조 로 끼어들었다.

"그 나이로 허무주의자인가?"

"아니야. 언제 죽어도 마찬가지라면――죽음에는 언제가 되었든 저항해야 한다는 말이야. 난 그 무엇과 바꾸더라도 죽지 않아. 지금 도 이렇게나 죽는 게 무서워. 킴라크에 가다니, 제정신으로 벌일 일 이 아니라고."

오펜은 어깨 너머로 오레일을 보고 주먹을 쥐어보였다. 딱히 크지도 않은 주먹이 희미하게 떨리고 있었다.

"이 공포를 저 녀석이 깨닫는다면, 저 녀석에게 전투훈련을 시켜 줘도 괜찮다고, 그렇게 생각하고 있다고."

창문 아래로 시선을 되돌리자, 결심한 모양인 클리오가 매지크를 향해 달려가는 도중이었다.

"배신이라고!?"

그녀는 명백히 경악에 빠진 기색이었다──경악하고, 또한 외치고 있었다. 목소리로 만들어져 나온 것은 말이 아니다. 그저 비명이 말로 들렸을 뿐이다.

그녀에게 말을 토해낼 여유 따윈 없었을 터였다.

"배신……이라고? 우리가 말이냐. 우리가 그대들을 배신했다고 하는 것이냐."

숨이 막힐 정도로 격렬하게 고동을 치는 가슴에 가녀린 손가락을 대며 신음하는 그녀. 남자가 손에 든 단검의 칼날에 우연히 그런 그녀의 표정이 비쳤다. 그녀의 모습을 자신이 손에 든 단검에 담아 가두려고 하고 있다──남자는 문득 그런 망상을 품었다.

물론 그런 생각에 현실미는 없다──현실에서 그런 짓을 할 수 있었다면 진즉에 했을 것이다. 남자는 칼날을 뒤집어 자신의 마음을 실제의 그녀에게 되돌렸다.

초상화. 그리고 이 단검에 비치는 그녀. 자신은 그녀를 허상으로 폄훼하려 하는 것일까——그런 생각도 떠올랐다. 하지만 그는 결론을 기다리지 않고 입을 열었다.

"그렇지 않다면 어째서 숨기려 하셨던 것입니까?"

"알고 있지 않느냐!"

이스타시바는 분노로 물든 눈빛으로 그를 노려보더니, 처절한 노성을 터뜨렸다.

"'성역'은——아일망카들은, 그대들을 뿌리째 없애려 하고 있어! 우리는 그대들을 지키기 위해 싸우고——"

"그것은 알고 있습니다. 문제를 다른 것으로 갈아치우지 말아주십시오."

남자는 슬픈 듯이 고개를 저었다.

"——저는, 당신들께서 어째서 숨겼는지, 그것을 듣고 싶습니다."

"그대들이 우리를 사랑한 것과 마찬가지로, 우리도 그대들을 사랑했다. 하여 말하지 못했던 것이야. 그것으로는 대답이 되지 않는 것이야."

"사랑은 이미 깨진 것이 아닙니까?"

"그 발언은 약간 지나치게 비극적이지 않은가."

"다른 말로 표현해주시길 바란다고 말씀을 드리고 있는 것입니다."

"…………."

이스타시바는 상당히 오랜 시간 침묵했다——5분 정도일까. 두 사람 모두 손가락 하나 꼼짝 할 수 없는 정적에 붙잡혀 있었다. 아니면 사로잡혀 있었을까.

그 정적이 불어날 때마다——서로의 고동이 격렬해지고, 체내의 소음은 주변과는 달리 더욱 세차게 들려왔다.

마치 폭풍 속에서 노래를 부르는 듯하다——.

남자는 마음속으로 중얼거렸다. 노래는 누구에게도 들리지 않는다. 자기 자신에게도 들리지 않는다.

그래도 노래는 부르고 있다! 들어주길 바라니까!

이스타시바가 메마른 입술을 여는 것이 보였다…….

# 제2장 "그것은……."


"멜론이 먹고 싶군."

그 중얼거림은 체온계를 입에서 꺼냈더니 그 끄트머리에 사마귀의 알이 붙어 있는 상황만큼 황당할 정도로 갑작스러운 타이밍에 튀어나왔다.

보통이라면——즉, 그러한 갑작스러운 전개에 익숙해져 있지 않다면——멈춰 서서 눈을 깜빡였을지도 모른다. 하지만 도틴은 신경도 쓰지 않고 걸음을 옮겼다. 두 손 가득한 장바구니를 다시 안으며 일단 맞장구만은 쳐두었다.

"흐응."

덤으로 이렇게도 덧붙였다.

"그건 즉 멜론을 먹고 싶다는 뜻이야? 아니면 멜론 씨가 뭔가를 먹고 싶다고 말을 꺼냈다는 뜻이야?"

스스로 한 말이지만 무슨 말인지 모르겠다.

"음."

하지만 형은——그의 옆을 성큼성큼 걷고 있던 형은 쉽사리 납득한 모양이었다.

"분명 평소부터 괴롭힘을 받던 토마토들이 거대화하여 인간을 덮친다는 유명한 고사가 있었지. 있을 수 없는 이야기는 아니야. 하지만 이 경우는 이 몸께서 멜론을 먹고 싶다는 의미다."

"고마워. 이제 알겠네. 그런데, 왜?"

도틴은 짤막하게 말을 끊으며 다시 물어보았다. 신장 130센티 정도의 『지인(地人)』——대륙 남부에서밖에 생활하지 않는 소수민족이다. 그들의 독자적인 민족 의상인 모피 망토로 몸을 감싸고 뒤뚱뒤뚱 걷고 있다. 품에 안은 짐이 닿는 탓에 안경이 흘러 내리는 것을 신경 쓰며 도틴은 형의 대답을 기다렸다.

볼칸은 그다지 생각도 하지 않고 대답했다. 참고로 빈손이다. 허리에 검은 차고 있지만.

"그냥 그런 생각이 났을 뿐이야."

"그, 그냥 난 생각 때문에 몇 번을 울었는지."

형에게는 들리지 않도록 작은 목소리로 중얼거리며 도틴이 탄식했다.

두 사람이 걷고 있는 곳은 길이었다——그것도 상당히 넓은 길이다. 상점이라는 것이 없는 이 마을에서는 장을 보려면 전부 노점상에서 해야 한다. 그 대신이라고 하기에는 그렇지만, 그 노점상의 모습은 어느 길에서도 볼 수 있었다. 상품도 상당히 풍부하여 마을 바깥에서는 하루의 절반 정도의 시간을 모래먼지가 거칠게 휘몰아친다는 것도 잊을 것만 같았다.

뭐, 어찌되었든, 길은 그러한 노점상과 통행인들로 매우 북적였다. 그 인파 안을——사람들의 허리 높이 사이를 파고들어 나아가는 식으로 두 사람은 걷고 있었다. 그렇지 않아도 붐비는 길이기 때문에 걷고 있는 인간들은 모두 모래먼지에서 몸을 지키기 위한 흰 두건 같은 것을 착용하고 있으니, 짐이 늘어 쓸데없이 더 좁게 느껴졌다.

볼칸은 그런 길을 걸으며 중얼댔다.

"멜론, 멜론, 멜론."

"그런 거 못 사. 지정받은 시간까지 이제 얼마 남지도 않았다고."

"그거야, 문제는."

툭, 하고——마치 무언가를 떠올린 듯이 볼칸이 중얼거리는 것을 듣고 도틴은 불길한 예감을 느꼈지만, 힘겹게 그 불안을 바깥으로 드러내지 않도록 누르며 되물었다.

"문제?"

"음."

볼칸이 거만하게 고개를 끄덕이며 멈춰 섰다. ——어쩔 수 없이 도틴도 그런 형에게 맞추어 멈춰 섰다.

사람의 흐름 속에서 두 사람만이 정물처럼 굳어졌다.

"다시 말해——"

볼칸은 눈을 감고 큰 소리를 지르며 단언했다.

"어째서 이 몸이 그 여자에게 명령을 받고 장 따위를 봐야만 하는 것이냐!?"

"그 사람한테 돈을 받았잖아, 형."

"분명히 그래! 하지만!"

주먹을 휘두르며——주변 통행인들에게 매우 거치적거린다는 시선을 받으며, 볼칸은 더욱 목청을 높였다.

"이 몸은 돈의 망자가 아니기에, 용돈을 받을지언정 심부름은 하지 않아!"

"말이 되는 건지, 안 되는 건지…….."

"엄청 되지!"

볼칸은 결국 이상한 포즈까지 취하며 외쳤다.

"이렇게 된 이상! 그 까만 옷 여자를 멜빵으로 매달아 죽이고, 더욱 용돈을 받아내는 것이 상책이도다!"

"그건 강도지."

탄식하며――그건 그렇고 탄식을 하지 않고 이야기할 수 있는 상
대가 어디에도 없다는 건 대체 어떻게 된 일일까 고민하면서――도
틴은 형을 두고 걷기 시작했다.

"애초에 이길 수 있을 리가 없잖아. 그 사람은――"

마술사니까, 라고 말하려다가, 황급히 말을 고쳤다.

"……심상치 않은 사람이니까 말이야. 아무리 생각해도."

――'천마의 마녀'――

재액. 죽음의 악마. 흉악한 영혼. 그녀는 재난의 이름으로 불렸다.
그것을 마음에 담은 적은 없다.

너 나 할 것 없이 생겨난 이름이었다. 그렇기에, 라고 해야 할
까……. 올바른 명칭일지도 모른다고 생각한 적도 있다.

그녀는 침대 위에 똑바로 누운 자세로 자신의 이름을 불렀다. 자신
의 이름을 부르고, 자기 마음 안으로 들어간다. 자신이 자기 안에 들
어가고, 체내에 들어간 자신은 또 더욱 작은 자신을 찾아낸다. 그곳
에 다시 침입하고, 그녀는 또다시 자신을 발견한다.

무수하게 찾아낸 자신에게 가로막혀, 어느새 세계는 점점 멀어져
갔다…….

키에살히마 대륙의 인간 종족이 마술이라는 힘을 얻은 것은 예정
되지 않은 우연에 지나지 않았다고 전해진다.

3백년 전, 이 대륙에 표착한 인간 종족은 강대한 마술을 가진 드래곤 종족과 만나, 그 드래곤 종족 중 하나인 천인 종족——월드 드래곤 노르니르라고도 불린다——과 피가 섞였다.

그 인간 종족과 드래곤 종족의 후예가 현재, 대륙에서 마술사라고 불리는 인종이다.


아자리는 눈을 감고 있었다. 원래부터 세계에서 멀어져 있던 그녀——자신에게 파고들기 전의, 최초의 '그녀'에게는 바깥을 들여다 볼 수 있을 리도 없지만.

자신의 안에 틀어박힌 '그녀'는, 조용히 몸을 뻗었다. 침대 위에 누워 있던 육체와 같은 모습으로.

그녀는 마술의 구성을 짜기 시작했다.

어마어마하게 복잡한 구성을 한눈 팔지 않고 짜고 있다. 계속해서 비단을 짜는 작업과 비슷하다고 할 수 있을지도 모른다. 구성을 짜는 것만은 머릿속에서도 가능하다——하지만 그것을 발동시키기 위해서는 바깥으로 전개해야만 한다. 그것에 이용되는 것이 마력. 그리고 마력을 방출하기 위해 필요한 것이 주문이다.

구성은 완성되었다. 그녀가 외쳤다.

《날아라——》

육성은 아니다. 단지 의지로서의 '목소리'였다.

순간, 안쪽에 있던 '그녀'와 가장 바깥에 있던 그녀의 육체가 뒤바뀌었다.

《빛난다……!》

그 눈부심에 눈꺼풀을 반쯤 감은 그녀는, 다음에 올 충격에 대비했다. 그 빛도, 그리고 충격도 물리적으로 영향을 끼치는 것은 아니다.

의식의 폭발 속에서 그녀는 몸의 바깥으로 뛰쳐나갔다…….


키에살히마 대륙에서 인간이 이용하는 마술은 음성마술이라고 불리고 있다. 목소리, 즉 주문을 매체로 행하는 마술이기 때문이다.

상상 속의 '구성'을 목소리를 사용해 발한다. 이것이 기본이 되는 작업이다. 짜 올린 구성에는 개인차가 있으며, 강력한 구성을 순식간에 짤 수 있는 자도 있지만, 그렇지 못한 자도 있다.

그리고 그 개인차가──가장 극단적인, 마술로서의 근본적인 차이를 낳았다. 흑마술과 백마술이다.

힘과 물질을 다루는 흑마술과는 달리 백마술은 정신과 시간을 다룬다. 그 효력은 지극히 강대하여, 일반적으로 백마술은 흑마술의 추종을 불허한다. 음성마술사에게는 최대의 제약인 『주문』조차 백마술사는 필요로 하지 않는 경우가 있을 정도다.

백마술사는 흑마술사와 비교하여 그 소양을 가진 인간이 적고, 또한 소양을 살릴 수 있는 인간은 더더욱 적다. 그리고 그녀는──천마라 불리던 아자리는 백마술과 흑마술의 소양을 동시에 가진, 더욱 희귀한 예 중 하나였다.


바람 소리에 고막이 찢길 것만 같은 느낌을 받으며 그녀는 세계를 날았다. 그저 수직으로, 위로, 또 위로 올라갔다.

어느 정도의 속도였을까──그녀에게는 알 수 없었다. 하지만 그녀의 생각대로 얼마든지 올라갈 수 있다. 지상을 뒤덮듯이 펼쳐져 있는 노란 먼지의 천장에 파고 들고 나서도 더욱 상승한다. 딱히 그녀의 육체가 날고 있는 것은 아니다──날고 있는 것은 그녀의 정신체이다. 다른 사람이 볼 수 있는 형체도 없다.

하늘은 폭풍의 세계였다.

그 바람에 방해 받은 것은 아니지만──그녀는 별안간 상승을 멈추었다. 거기서 문득 지상을 내려다보았다.

어느 정도의 고도에 달했는지, 그녀가 있어야 할 곳──즉 그녀의 육체가 누워 있는 은신처는 가느다란 마을의 축도(縮圖)에 뒤덮여 어디인지 구별할 수 없게 되어 있었다. 그녀의 눈 아래에 펼쳐져 있는 것은 거대한 마을의 전체 모습이었다.

그녀는 홀로 중얼거렸다.

《……이것이…….》

그곳은 그녀의 목적지였다.

마을을 내려다보고 있다.

그 마을은 노랗게 메마른 황야에 둘러싸이듯이 존재했다.

바람이 거칠게 불어 노란 먼지를 하늘로 빨아 올리고는 다시 지상으로 보내고 있다. 마을은 언뜻 보아 2층으로 나뉘어 있는 것을 알 수 있었다. 안쪽과 바깥이었다.

'안쪽'은 높은 벽으로 둘러싸여 있다. '바깥'은 즉, 그 벽을 둘러싸고 마을의 바깥으로 줄줄이 펼쳐져 있는 느낌이다. 그 경관을 계란 프라이에 비유하는 자도 있다. 직경 백 킬로미터 정도의 계란 프라이다.

물론 말할 것도 없이 '안쪽'은 부유하고 '바깥'은 가난했다. 마을의 중심에는 거대한 신전이 세워져 있다. 그 주변을 번쩍번쩍한 건물들이 감싸고, 그것을 지키듯이 외벽이 우뚝 솟아 있다. 신전이 있는 그

구역에서 흘러나오고 있는 것이 그 외곽을 둘러싸고 끝없이 펼쳐져 있는 슬럼가이다.

그곳은 대륙의 북단——마을에서 10킬로 정도 북상하면 바다에 접한 절벽과 만난다.

성도(聖都). 사람들은 이곳을 킴라크라고 불렀다.

《그리고……. 저곳이…….》

그녀는 주의를 마을의 중심으로 집중하였다. 그것 자체가 하나의 비석 같은 형태를 띠고 있는 거대한 건축물이, 가볍게 마을의 몇 개 구역 면적을 점유하고 자리하고 있다. 킴라크의 《배움의 벽》 너머——교회 총본산의 완전한 중심.

유그드라실 신전.

킴라크 교회가 숭배하는 운명의 세 여신 월드 시스터즈가 산다고 여겨지는, 신계(新界)의 이름을 대고 있는 곳.

대륙의 모든 킴라크 교회는 모두 이 교회 총본산 도시에 귀속하고 있다. 모든 가르침이 이곳에서 전해지고 있다. 교주 라모니로크의 이름으로 선언된 킴라크 교회 발양의 땅. 약속의 토지——성지!

그 중추가 되는 것이 틀림없이 유그드라실 신전이었다.

《하지만, 갈 수 있을 거야——.》

그녀는 결심하고 이번에는 전력으로 낙하를 시작했다.

너무나도 완만하게 지상이 다가온다——미친듯이 휘몰아치는 바람의 굉음이 없다면 자신이 자유낙하의 몇 배나 되는 가속도로 낙하하고 있다는 것을 믿을 수 없었으리라.

그녀는 입술을 일자로 다물고 일직선으로 낙하를 계속했다. 점점 그녀의 시야 안에서 킴라크 시가 넓어지고, 이윽고 좌우를 향해도 도시의 윤곽을 구분할 수 없게 되었다. 그렇다고 해서 딱히 그녀가 주변을 둘러보고 있는 것은 아니었다. 그녀는 도시의 한 곳만을 응시하였다. 목적은 단 하나.

유그드라실 신전.

그녀는 신전을 향하여 돌진했다. 이 지점에서 속도는 이제까지와 비교도 할 수 없을 정도에 달했지만, 그녀는 두려워하지 않았다. 이미 익숙했다. 이 마을에 와서 똑같은 행위를 수없이 반복했기 때문이다——

하지만, 그것과 같은 수만큼 그녀는 실패도 하였다.

신전이 눈앞에 닥친다. 하얗고 거대한 신전. 마치 묘비 같은. 하지만 성보다도 큰.

이렇게나 큰 묘비를 세워 대체 무엇을 기리는 것일까——어리석기 짝이 없는 생각이 그녀의 마음을 스쳤다. 그리고 보니 자신의 묘는 아직 《송곳니 탑》 뒤 공동묘지에 있을까. 텅 빈, 사람 없는 묘. 그저 그녀의 이름이 새겨져 있을 뿐인 묘비.

그리고——

그 순간, 그녀는 신전의 벽과 격돌해 산산조각으로 부서졌다.

"…………!"

아자리는 비명을 지르며 벌떡 몸을 일으켰다. 낡은 침대의 다리가 삐걱 소리를 냈다.

하지만 그런 것은 상관하지 않고 그녀는 격렬한 고동에 신음하며 떨리는 팔로 자신의 무릎을 감싸 안았다. 공포——라기보다도 압도적인 한기로, 자신의 생각대로 몸이 움직이지 않았다.

전신이 땀으로 젖어 있었다. 축축해져 있는 것이 아니라, 젖어 있

었다. 한기를 느끼는 것은 그 탓이리라──몸의 중심은 오히려 내장이 아플 정도로 열기를 발하고 있었다.

숨을 헐떡이고 있는 것을 스스로도 느꼈다. 무언가 너무나 무서워져서 그녀는 꾹 눈을 감았다.

그리고 곧장 격돌의 순간과 자신의 감각이 산산조각으로 부서지는 충격을 떠올리고 더욱 몸을 떨었다.

천천히…… 눈을 떴다.

눈꺼풀을 들어 올리는 행위에 맞춰 몸의 긴장도 조금씩 사라져갔다. 처음으로 깊이 숨을 들이쉰 것은 안고 있던 무릎을 떼었을 즈음이다. 그녀는 땀으로 얼굴에 달라붙은 검은 머리카락을 손으로 떼고, 몸의 방향을 바꾸어 침대에서 발을 내렸다.

"…………."

말없이 주변을 둘러보았다.

물론 그녀가 원래부터 있던 방이다. 그녀는 바깥에 나간 적이 없기 때문에. 하지만 다시 한 번 공포로 경련하는 한숨을 쉬고──그녀는 고개를 저었다.

"이렇게나 접근해도 정신체를 침입시킬 수 없다니……. 대체 어떤 방어를 하고 있는 거야."

그녀는 쓴쓰레하게 혼잣말을 내뱉고 발끝을 대충 신발 안에 넣으며 몸을 일으켰다.

방은 좁았다. 몸을 숨길 목적으로 아주 싸게 빌린 방이다. 침대 이외에는 가구도 없다. 소재가 훤히 드러난 바닥 위에 먹을 것의 포장이나 그 외의 쓰레기가 흩어져 있었다. 자신의 짐은 구석에 내팽겨쳐둔 채다.

몸을 일으켜서도 조금 느껴지는 현기증에 그녀는 의식이 완전히 안정될 때까지 기다렸다. 그 동안에도 쉴새 없이 중얼거렸다.

"천인의 전이장치도 그 신전 안으로는 쓸 수 없었어——그렇다면 노르니르의 마술에 필적하는 강력한 방어가 신전에 설치되어 있다는 뜻이겠지. 킴라크 교회는 드래곤 신앙을 부정하고 있으니까 그런 말도 안 되는 일이 있을 리가 없는데."

그녀가 입고 있는 것은 지극히 평범한 셔츠와 슬랙스. 항상 입던 검은 옷들은 이 마을에 들어올 때 포기했다. 너무 지나치게 눈에 띄고, 이 마을에서 그녀가 눈에 띄는 것은——확실하게 최악의 죽음을 의미한다.

"하지만 그렇게 생각하면 내 정신체 분리라는 건 단지 '오감'을 몸에서 분리시키는 정도의 수준이니까 시도 자체가 헛수고였을지도 몰라. 완전히 육체를 벗어던질 수가 있다면 이야기는 다르지만…… 그런 무서운 짓은 말이지."

그녀는 자신을 타이르듯이 그렇게 말을 이었다. 조금 시선을 들어 ——창밖을 보았다. 이 방은 3층이었다. 보이는 것은 옆 공동주택의 벽뿐이었다.

이마에서 콧등을 타고 땀이 흘렀다. 땀방울은 그대로 입으로 들어왔다. 그 짠 맛이 스며든 입술을 깨물며, 그녀는 나지막하게 중얼거렸다.

"역시…… 자기 발로 침입할 수밖에 없으려나."

오펜은 짐마차의 진동에 흔들리며 퍼뜩 고개를 들었다.

스쳐 지나간 농부가 이쪽을 돌아본 듯한 기분이 든 것이다──

"……신경질적으로 굴 필요는 없어."

작은 마차 마부석에서 그렇게 말을 걸어온 것은 메첸이었다.

고개를 향하자──그녀는 이쪽을 보려 하지도 않고 고삐를 손으로 만지작거릴 뿐이었다.

"네가 바보 같은 짓만 하지 않으면 괜찮아."

"어떻게 안심하라는 거야."

오펜은 얼굴을 찌푸리고 작은 목소리로 투덜거렸다.

"우리를 보면 일단 불로 지지지 않으면 직성이 풀리지 않을 녀석들이 엄청 평범하게 문화적인 생활을 할 권리를 가지고 살고 있는 장소에서 말이다."

"안심하라고 한 적은 없어. 바보 같은 짓을 하지 말라는 말이지. 예를 들어 불필요하게 움찔거리며 굳이 눈에 띄는 짓이라든가."

그녀는 그렇게 대답하며 그제야 어깨 너머로 이쪽을 바라보았다. 전에 본 적이 있는 그 푸른 천을 머리에 두르고 잇다──이곳에 와서 간신히 깨달은 사실, 즉 저 천은 방진용의 두건이었던 모양이다. 물론 아무리 그래도 갑옷이나 검 같은 것은 가지고 있지 않았지만.

다만 그 검은 마차 짐칸에 산더미처럼 쌓인 짐들(텅 빈 나무상자뿐이지만) 밑에 숨겨서 빈틈없이 가지고 왔다.

오펜은 짐칸 위에서 양반다리를 하고 앉아 있었다. 마을 바깥의 가도는 말할 것도 없이 포장 따위 되어 있지 않아 덜컥덜컥 심하게 흔들렸다. 계속해 엉덩이가 아파오는 바람에 그는 아까부터 연신 자세를 고쳐 앉고 있었다.

며칠 정도 그들이 묵고 있던 오레일의 집에서 마차를 타고 가도를 1주일 정도——일단 말이 늙었기 때문에 느릿한 속도였지만, 어쨌든 두 사람은 조금씩 교회총본산, 킴라크 시에 다가갔다. 그리고 지금은 이미 건조한 모래먼지가 날아다니는 교회관리구역, 게이트 록에 들어간 상황이다.

"이 속도라면…… 킴라크에 도착하는 건 내일이 되겠군."

하늘을——노란색이 낀 하늘을 올려다보며 오펜이 혼잣말을 내뱉었다. 덤으로 끈질기게 몇 번이고 눈꺼풀까지 흘러 떨어지는 방진용 흰 두건을 눌러 들어올렸다.

그도 역시 항상 입던 가죽 재킷 같은 옷들은 역시 나무상자 밑에 숨기고 다른 차림을 하고 있었다. 살짝 헐렁거리는 마직 상하의—— 색은 흰색이다.

"……그건 그렇고 옷이 죄다 흰색이라서 좀 진정이 안 되는데."

"검정보다는 눈에 안 띄잖아. 킴라크에선 그게 포멀한 색이야."

"클리오 녀석은 폭소하질 않나. 그렇게 안 어울리는 건가."

오펜은 앉은 채로 자신의 몸을 내려다보며 중얼거렸다.

그러자——

잠시 간격을 두고 메첸이 웅얼대듯이 물었다.

"……하나 묻고 싶은 것이 있는데."

"응."

양반다리를 한 무릎 위에 팔꿈치를 댄 팔로 뺨을 짚으며, 그녀 쪽은 보지 않고 오펜이 고개를 끄덕였다. 메첸은 별 것 아니라는 말투로 말을 이었다.

"왜, 그 애들을 데리고 오지 않았어?"

바람이——라기보다는 먼지가 그녀의 말을 지우려는 듯이 날카로운 소리를 내며 불었다. 물론 그래서 들리지 않는 사태는 벌어지지 않았지만, 오펜은 그래도 입을 다물었다.

부루퉁한 얼굴로 가만히 있자, 메첸은 스스로 대답을 찾아낸 모양이었다.

"날 신용할 수 없어서?"

그녀는 그렇게 말하며 바보 취급을 하듯 킥, 하고 웃었다.

"킴라크에 도착하면 교주에게 널 팔아 넘기기라도 할 것 같았어?"

오펜은 어쩔 수 없이 한숨을 쉬었다.

'속셈이라…….'

오레일의 말을 떠올리며 진절머리가 난다는 듯이 신음했다.

"……신용하지 않으면 애초에 나 자신이 따라오지 않았어."

"그야 그렇겠네."

가벼운 분위기로 납득하는 그녀의 말을 들으며 오펜은 천천히 덧붙였다.

"하지만 조금이라도 그럴 위험이 있는 한, 그 녀석들을 데리고 올수는 없잖냐."

"그렇다면 오레일이 그 애들을 처형하지 않을 거라고 생각할 근거도 없잖아? 그도 엄연한 킴라크의 교도니까."

그 말을 듣고 오펜은 살짝 시선을 들어 생각해보려 했지만 곧장 그만두었다. 대신 고개를 돌려 그녀 쪽을 보았다. 아까 스쳐 지나간 농부들이 충분히 멀어진 것을 확인한 뒤에.

"애초에 그 오레일이라는 양반은 뭐하는 작자야?"

모처럼 이쪽이 시선을 보내도 그녀 자신은 이미 훨씬 전에 등을 돌리고 있었다. 그녀는 그대로 대답했다.

"그는 내 후견인 같은 사람이야. 사루아에게는 스승이기도 해."

그리고 목소리의 톤을 낮추고 덧붙였다.

"……그도 죽음의 교사지."

오레일——그 노인도 죽음의 교사이고, 사루아 솔류드라는 것도 오펜이 《펜릴의 숲》에서 만난 죽음의 교사의 이름이다. 오펜은 그것을 떠올리며 뒤이어 물었다.

"죽음의 교사——킴라크의 암살부대라. 대체 전부 몇 명이나 있는 거냐?"

"거기까지 알려줄 이유는 없어. 하지만 날 포함해 6명이야."

동시에 자조 같은 웃음을 흘리는 것을 그녀는 숨길 셈이었던 모양이지만, 오펜은 확실히 자신의 귀로 들었다.

"킴라크에 잠입하는 마술사 스파이를 겨우 6명으로 물리쳐야 한다는 거야. 참으로 마음 든든하기 그지 없지."

"댁들의 임무는 그것만이 아니잖아?"

"그럼."

그녀는 고삐를 쥔 채로 어깨를 으쓱였다.

"이단의 교사를 말살——이것은 교주의 신경을 거스른 인간의 배제도 포함되어 있어. 그 외에도 귀족 연맹에게는 은폐되어 있는 유적의 조사나, 타프렘 시, 혹은 왕도에 잠입 수사를 하는 경우도 있어. 결국 평범한 교사가 할 수 없는 일은 대개 우리에게 돌아오는 셈이지."

"댁들의 신분은 일반인에게는 비밀인 건가?"

왠지 모르게 궁금해져서 물어보았다. 그녀는 숨기지 않고 곧바로 긍정했다.

"당연하잖아. 공식적으로 우리는 어디까지나 평범한 교사——킴라크 교회의 일개 전도사에 지나지 않아. 설법 면허도 가지고 있어."

덜컹, 하고 마차가 흔들리자 그녀가 잠시 침묵했다——아무래도 혀를 깨문 모양이었다.

"그 면허와 함께 전투훈련이니 뭐니도 잔뜩 받았을 뿐이야. 훈련이 끝날 때 교주에게서 검을 하사받고. 정말로 그것뿐이야."

"유리검인가……."

대륙에 8자루밖에 없다고 전해지는 죽음의 교사를 상징하는 무기이다.

하지만 그녀는 코웃음을 쳤다.

"그래. 그 쓸데없이 무겁고 쓰기 힘든 검. 그런 걸로 마술에 대항할 수 있다고 여기는 교주님도 참 속 편한 분이야."

그녀의 말에 오펜이 입을 여는 것보다 먼저——메첸이 홀로 말을 계속했다.

"아무리 훈련을 받는다 해도…… 우리는 인간이야. 당신들에겐 이길 수 없지. 마술사에게는, 말이야."

"……꽤나 약한 소릴 내뱉는군. 그리고 마치 우리가 인간이 아닌 것 같은 말투인데?"

"화내지 말아줘. 어차피 우리 교의의 진정한 부분은 모르잖아?"

"그래."

그가 인정하자 그녀는 훗, 하고 미소를 지었다.

"그걸 여기서 이야기할 생각은 없어. 어차피 평행선을 달릴 테니까."

"나도 딱히 흥미는 없어."

오펜은 쌀쌀맞게 말했다. 진심으로 흥미가 없었다.

위를 올려다보자 소용돌이치는 노란 먼지 위에 구름이 보였다. 노란색으로 물든 하늘은 천장이 매우 낮게 보였다.

하지만 흥미가 없다는 태도를 취한 것이 도리어 역효과를 불렀는지——그녀는  다시 같은 화제로 말을 계속했다.

"……속내를 말하자면, 지금은 여기서 당신과 대립하고 싶지 않아서 그래."

"역시 댁 나름대로의 목적이 있다는 거로군. 알고는 있었다만. 목숨을 구해줬다고 해서 날 킴라크까지 안내해준다는 건 좀, 말이지."

"이야기가 너무 잘 풀려서? 뭐, 그럴지도 몰라."

덜컹덜컹 흔들리는 마차 위에서 그녀는 조금 소리를 내어 웃었다. 그리고 마치 세상 돌아가는 이야기라도 하듯 다시 목소리의 톤을 바꾸었다.

"그 애들 말인데——당신의 일행이지?"

"……그래."

"놓고 가겠다고 말했을 때 상당히 험악한 분위기였던 걸 보면…… 나중에 멋대로 따라오지 않을까? 그렇게 되면 어떡할 거야?"

"그 영감의 집에서 그 녀석들이 도보로 킴라크까지 온다면 아무리 짧아도 1주일 이상은 걸려."

오펜은 멍하니 하늘을 바라보며 대답했다.

"그리고 우리는 나흘만에 도착하지. 그 사흘 동안의 시간이 있다면 내 볼일도 끝나고, 사흘 이상이나 저 마을에 잠복해서 들통이 나지 않을 자신도 없어. 그러니까 돌아가는 길에 그 녀석들을 주워 가면 돼."

"……볼일?"

"말할 수 없어. 댁이랑 대립하고 싶진 않거든. ──지금은 말이다."

딱히 비아냥대는 것이 아니라 진심으로 그렇게 말한 후, 그는 불편한 짐칸 위에 억지로 드러누웠다. 그리고 심호흡을 하고──곧바로 입안에 들어온 모래에 기침을 내뱉었다.

"켁! ──펫──! 망할, 뭐야, 이 모래는?"

"모래는 모래야. 먼 옛날부터 있던."

잘 보자 메첸은 이 지역 출신자로서 익숙한 덕분인지 아무리 입을 열어도 모래를 들이쉬지 않는 모양이었다.

"이상하다고 생각하지 않아? 이 모래는 말이지, 아무리 생각해도 이 근처의 흙과 색이 달라. 애초에 이 게이트 록의 토양은 전혀 메마르지도 않고──사막화의 징조도 없어. 물도 있고, 나무도 자라. 하지만 이 모래먼지는 언제나 불고 있어."

"그 이유를 알면서 묻고 있는 말투로군."

오펜이 나지막한 목소리로 지적하자, 그녀는 다시 미소를 지으며 그대로 입을 다물었다.

그도 역시 입을 다물고 상당한 시간이 흐른 후──.

메첸이, 거의 들리지 않을 작은 목소리로 웅얼거리는 것이 들렸다.

"이 모래의 폭풍은 말이지, 2백 년 전부터 이 토지에 불고 있어……."

그리고 더욱 작은 목소리로 말을 이었다.

"이 모래는 죽어 있어. 이 모래 위에 씨를 뿌려도 절대로 아무것도 자라지 않고, 너무 오랜 시간 흡입하면 인간도 병에 걸릴 경우가 있지."

"황병(黃病)이라는 놈이로군. 킴라크의 풍토병."

"그래. 나도 어린 시절 세 번이나 걸렸어. 세 번이나 걸리고 살아남은 인간은 어지간해선 없지——뭐, 결혼은 할 수 없게 됐지만 말이야. 도리어 잘 되었을까?"

"나도 예방하는 편이 좋으려나."

오펜은 그다지 마음에 두지 않고 그저 단지 대화의 흐름을 타 그런 말을 해보았다. 그의 주의는 저 먼지가 휘몰아치는 하늘을 올려다보고 있을 뿐이었다.

메첸의 목소리도 굳이 따지자면 어딘지 정신을 다른 곳에 두고 온 것처럼밖에 들리지 않았다. 하지만 결코——두 사람 모두——그렇지 않다는 것은 다음으로 나온 그녀의 말로도 알 수 있었고, 그리고 오펜 자신도 그것을 놓치지 않은 것으로 반드시 자각해야만 했다.

그는 방심해도 괜찮은 곳에 있는 것이 아니다. 자그마한 실수가 확실하게 죽음으로 이어질 가능성은 얼마든지 있었다.

메첸이 스쳐 지나가듯이 입을 열었다.

"당신이 주의해야만 하는 인물은…… 쿠오야."

"……쿠오?"

"쿠오 바디스 파텔——우리의 리더지."

리더라고하기에는 그다지 내켜 하지 않는 음색으로 그녀는 말을 이었다.

"10년 전 킴라크에 침입한 한 흑마술사를 물리친 인간이라고 하면 단번에 떠오르지 않아?"

그녀의 말대로 단번에 떠올랐다──라고 할 정도는 아니었지만, 그래도 오펜은 그 말을 듣고 상반신만을 벌떡 일으켰다.

"그건……."

"그래."

그녀는 조용한 목소리로 단언했다.

"당신의 스승──차일드맨 파우더필드와 싸워 물리쳤지. 쿠오 바디스 파텔은 그때 '죽음의 교사'의 리더가 되었어."

"…………."

오펜은 대답하지 않고 그저 그녀를 응시하였다. 그런 그녀의 너머에──마차가 나아가는 방향에 거대한 도시의 그림자가 펼쳐져 있었다. 너무나 거대하고 깊은 도시의 그림자…….

"왜 그래?"

메첸이 조롱하듯이 말했다.

"무서워졌어?"

"…………."

오펜은 그 말에 역시 대답하지 않고 마음속으로 눈사태를 일으킨 마음을 반추하였다. 스스로도 잘 알 수 없었지만──문득, 자신이 생각하던 것들이 정연하게 보이자, 그 바보 같음에 홀로 쓴웃음을 지었다.

"시시껄렁한 생각이 떠올라서."

"……뭔데?"

메첸이 눈을 동그랗게 뜨며 되물었다.

오펜은 고개를 들고 깊이 숨을 내뱉으며 말을 이었다.

"그야 그렇지. 선생님이라고 해도——"

"선생님이라고 해도?"

그렇게 묻는 그녀에게, 입가를 씨익 일그러뜨리며 대답했다.

"그야, 선생님이라 해도 뭔가를 실패할 경우 정도는 있기 마련
이지."

참고로 그 즈음, 클리오와 매지크는——

비좁은 나무상자 안에서 지루한 여행에 불평을 내뱉던 참이었다.

"그것은……."

이스타시바가 씁쓰레한 목소리로 내뱉었다.

"우리에게는 시간이 없었다. 미래가…… 다했던 것이지."

요새 안은 정적에 가라앉아 있었다——그녀의 말을 받아들이기라
도 하려는 듯이.

그 침묵 속에서 그도 또한 고요한 목소리로 주변을 진동시켰다.

"……그렇다고 해서——우리의 미래까지 빼앗으신 겁니까!"

"그렇지 않아!"

# 제3장 **그녀는 고개를 들고,**

"무슨 짐인가요?"

붉은 제복을 입은 경비원이 친근한 말투로 그녀에게 물었다.

메첸은 마부석 위에서 으쓱 어깨를 움츠렸다.

"이번 원정의 전리품이야. 상부에서 연락이 왔을 텐데……."

"예, 왔지요."

그 젊은 경비원은 두꺼운 눈썹을 엄지로 긁적이며 손에 든 바인더를 들여다보았다. 그 안에는 빼곡하게 서류가 끼워져 있었다.

"단지……."

말을 머뭇거리는 그에게 메첸이 관용을 담은 미소를 보였다.

"단지?"

"연락이 온 곳이 신전 교사회니까……. 가능하다면 정규 관문을 사용해주셨으면 좋겠는데요."

"그쪽은 붐비는걸."

메첸은 그런 경비원의 제안을 아무렇지도 않게 일축하고, 빈틈을 보인 경비원의 손에서 바인더를 휙 빼앗았다.

"아, 메첸 교사님!"

그녀는 그의 항의를 무시하고 손가락에 침을 묻히고는 바인더를 팔락팔락 넘겼다. 그리고는 살짝 입술을 핥고 바인더의 표면을 팡, 하고 두드렸다.

"알았어. 신전엔 내가 말해 둘게. 당신한테 폐는 끼치지 않을 거야."

"하지만 말이죠……."

경비원이 표정을 흐렸다.

그런 대화를 다른 사람 일처럼 짐칸에서 구경하며──오펜은 하품을 할 뻔하다 황급히 입술을 깨물었다.

마차가 도착한 곳은 광대한 킴라크 시의 외곽이었다. 고쳐 말하면 슬럼가였다. 지붕의 윤곽만 보아도 울퉁불퉁한 작은 건물들의 무리가 끝없이 한없이 이어져 있다. 어디와 어디의 건물 틈새가 길인지 구별이 가지 않을 정도였다. 인기척은 없다. 사람의 목소리도 들리지 않는다.

그저 건물 안에 틀어박혀 있는 인간들의 기척만이 어딘가 무겁게 얽혀 있는 것을 느낄 수 있었다.

그런 슬럼가의 외곽을 허술한 나무 담장이 뒤덮고 있다. 그리고 그 담장의 몇 없는 입구가 이곳이었다. 마찬가지로 엉성한 문 옆에는 목조 대기소가 세워져 있었다. 굳이 따지자면 헛간에 창문을 단 듯한 오두막이었지만.

아무래도 보아하니 그곳에 배속된 것은 이 경비원 한 명뿐인 듯했다──즉, 이 남자다. 마을을 감싸는 담장은 별반 높지도 않았고──대략 2미터 정도일까──넘으려고 생각하면 어디에서도 침입할 수 있는 벽이었다.

──물론 굳이 침입하고 싶어할 때의 이야기지만.

오펜은 왠지 모르게 그런 생각을 떠올렸다.

그가 보는 한, 아무것도 없는 곳이었다. 그저 보기 흉한 오두막들이 연이어 세워져 있을 뿐이다.

하지만 킴라크 시는 이 건물들 너머에 있다.

킴라크의 중심, 신전가를 감싸는 《배움의 벽》은 아직 보이지 않지만──한층 더 높이 솟아 있는 신전의 윤곽은 이 노란 먼지가 섞인 바람 너머로 어렴풋하게 보였다.

그때──

"어머?"

뜻밖의 것을 발견했다는 듯한 메첸의 목소리에 오펜은 다시 주의를 그쪽으로 향했다. 잘 보자 그녀는 바인더를 보며 가볍게 놀란 표정을 짓고 있었다.

"왜 그러십니까?"

경비원의 질문에 메첸은 바인더의 클립을 풀어 서류 한 장을 뽑았다.

"사루아 교사는 마을을 나간 거야?"

"예? 뭐──그렇게 쓰인 서류가 와 있다면 그런 것이 되겠죠."

"목적이 수양 연구로 되어 있는데…….."

"그런가요? 사루아 교사는 대개 이쪽 문을 쓰시는데 말이죠. 저는 보지 못했습니다. 아마 다른 사람이 당직일 때 나가셨겠지요."

"헤에…….."

메첸이 의미심장한 표정으로 미간을 찡그렸다. 하지만 경비원은 전혀 아랑곳하지 않고 비난이 담긴 목소리로 목청을 높였다.

"그건 그렇다 치고, 서류 돌려주시겠습니까? 공무를 계속할 수가 없잖습니까."

"어차피 항상 한가하잖아?"

놀리듯이 그렇게 대답하면서도 메첸은 그에게 서류를 돌려주었다.

그녀는 윙크하며 이렇게 덧붙였다.

"그럼 공무집행에 방해는 하고 싶지 않으니까 이곳을 지나가고 싶은데?"

"알겠습니다. 사루아 교사님에 대해서는 확인이 되면 연락드리겠습니다——"

거기서 그는 그제야 깨달은 모양이었다——짐칸 위에서 가만히 자신을 내려다보고 있는 인물의 존재를.

"……그쪽 분은?"

하지만 메첸은 막힘 없이 대답했다.

"이 마차의 주인이야. 일시적으로 징발했거든."

"허어."

'……사기꾼의 논리로군.'

오펜은 그 말을 들으며 마음속으로 쓴웃음을 지었다——진짜 같은 거짓말을 하고 싶다면 정말로 진짜 같은 말을 할 필요는 없다. 기껏해야 어쩌면 그런 경우도 있을지도 몰라, 라는 정도면 충분하다. 아니면 듣는 사람에게는 완전히 얼이 빠질 듯한 엉망진창인 거짓말. 완전히 빈틈이 없는 거짓말을 준비해 보아야 거짓말을 하는 쪽이 지칠 뿐이고, 빈틈이 없는 이야기는 도리어 조잡함이 눈에 띄는 법이다.

마을 바깥에 나갔던 킴라크의 전도사가 현지에서 무언가를 징발할 수 있는 권한을 가질 리 없고, 그럴 필요가 있는지조차 의심스러운 부분이다. 하지만 도시 바깥에서 전도사가 맡은 임무의 내용을 마을에 사는 경비원은 전혀 알지 못하리라.

즉, 그런 일도 있을지도 모른다, 라고 생각할 것이다.

반대로 말하면 의심스러운 부분이 있는 거짓말을 굳이 상대가 할 리가 없다는 역설적인 심리도 돕게 된다.

"하지만 《벽》 너머엔 마차 출입이 금지되어 있잖습니까."

"나도 알아. 벽 앞에서 짐을 내릴 셈이야. 작업이 끝나면 이이만 되돌려 보낼 거고. 이 마차랑 같이 말이야."

그녀는 그렇게 말하며 오펜을 가리켰다.

경비원은 일단 의심스러운 표정을 보였지만——

"아아, 그렇군요."

맥이 빠질 정도로 쉽게 수긍했다. 메첸도 빙긋 미소로 답했다.

"하지만 메첸 교사님, 이 짐들을 신전까지 지고 가실 셈이십니까?"

"설마."

메첸은 손을 저으며 깔깔 웃어보였다.

"대부분은 빈 상자야. 내용물이 들어 있는 건 하나 뿐이니까 끌고 가면 돼."

즉 그녀의 검이나 오펜의 옷 등을 숨겨둔 상자다.

"그렇다면 저도 도와드리죠."

"업무가 더 중요하잖아. 그리고 자리에서 함부로 벗어났다간 처형당할 거야."

"이제 곧 교대 시간이거든요. 교대하면 저도 어차피 《벽》 너머로 돌아가야 하니까요."

경비원이 다소 콧김을 거칠게 내뿜으며 그렇게 말햇다. 하지만 메첸은 끝까지 그의 제안을 거절할 모양이었다. 그녀는 고삐를 쥐고 가볍게 흔들고는 어깨를 움츠렸다.

"미안하지만 좀 급하거든. 알지?"

"허어……."

수긍이 가지 않는다는 듯한 반응을 보이는 경비원를 그 자리에 남겨둔 채 다시 마차가 나아가기 시작했다.

마차는 별 다른 문제 없이 쉰내가 자욱하게 낀 문 안으로 들어갔다. 오펜은 짐칸 위에서 기묘한 심정으로 생각했다.

'뜻밖에도 간단히 통과했군…….'

이미 이곳은 킴라크이다.

노란 먼지 안, 어둑어둑한 시야 안에 마술사의 존재를 용납하지 않는 인간들의 마을이 펼쳐져 있다.

하지만 이미 멀어진 대기소와 그 앞에서 멍하니 서 있는 경비원를 보며, 오펜은 생각하고 있는 것과는 전혀 다른 말을 입에 담았다.

"저 경비원……."

그는 목소리를 낮추며 메첸에게 물었다.

"댁에게 엄청 마음이 있는 모양인데?"

"설마."

메첸은 그 말을 듣자 굉장히 크게 웃음을 터뜨렸다.

"저이는 기혼자야. 그리고 킴라크에서는——타프렘 시와는 달리——결혼은 지극히 중대하고 신성한 행위이거든."

타프렘 시에는 결혼 제도가 없는 것을 비꼬는 것이겠지만, 오펜이 그것에 대해 반론하는 것보다 먼저 그녀가 말을 이었다.

"저이가 날 이것저것 거들려 하는 건 내가 교사이기 때문이야. 당신도 《송곳니》——아아, 아니, 고향에서는 소중히 여겨지고 있잖아?"

"…………."

오펜은 잠시 말없이 생각에 잠겼다.

"왠진 모르지만, 그다지 좋은 대우를 받은 기억이 없는걸."

"……아, 그래? ……"

그녀는 조금 연민이 섞인 눈빛으로 그런 그를 보았다.

오펜은 마치 얼버무리듯이 물어보았다.

"그건 그렇고 저 경비원, 이 문으로 출입하는 인간의 얼굴을 전부 기억한다는 식으로 말하던데. 그게 사실이면 굉장한걸. 이상적인 문지기야."

"그럼 존경해 줘. 저이는 분명 문을 드나드는 인간을 전부 알고 있으니까."

메첸이 놀리듯이 웃으며 말을 이었다.

"이 마을에서 바깥으로 나갈 권한을 가지고 있는, 전부해서 무려 6명이나 되는 인간의 얼굴이랑 이름을 말이야."

"여섯…… 명?"

그녀가 하는 말의 의미를 이해하지 못한 오펜이 되물었다. 그녀는 씨익 웃고는 시선을 주변의 시가지를 가리켰다.

그리고 다시 방금 전까지의 화제와 조금 상관이 없는 말을 꺼냈다.

"내가 들은 당신의 정보로는——당신은 5년 전…… 그곳을 나온 뒤에, 대륙 각지를 전전했다고 하던데?"

"……그래."

오펜이 긍정하자 그녀는 똑바로 그에게 얼굴을 향했다.

"그동안 한 명이라도 킴라크의 시민이랑 만난 적이 있어?"

"그야 있지."

왠지 모르게 또 놀림을 당하는 기분이 되어 오펜은 입을 삐죽이며 대답했지만, 그녀는 손가락을 하나 세우더니 그것을 흔들었다.

"그게 아니지. 당신이 만난 건 킴라크의 교도. 킴라크에 산 적이 있다고 하는 사람과는——"

"그러고 보니, 없군."

그녀의 말을 마지막까지 듣지 않고 오펜이 혼잣말을 하듯 대답했다.

그리고 무언가를 깨달은 듯이 시선을 들었다.

"그럼 이 마을의 인간 대부분은 평생 이곳에서 나가지 못하는 거냐?"

"바로 그거야. 바깥에서 온 행상인이 잘못해서 마을에 정착하려는 생각을 하지 못하도록 상인이 가게를 가질 권리조차 인정하지 않을 정도거든. 바깥에서 온 인간에게는 머무르는 것을 허락하지 않고——주민은 바깥에 나가지 못해. 교사 중에서도 마을 바깥으로 나가는 임무를 받는 경우가 있는 건…… 우리들뿐이지."

옅은 웃음을 띠고 나지막하게 중얼거리는 그녀를 보며——

'죽음의 교사……라.'

오펜도 그렇게 조용히 중얼거렸다. 목소리로는 내지 않고.

마차는 덜컹덜컹 조악한 거리를 뒤로 밀어내며 나아갔다. 하지만 잠시 동안 나아가도 아직 마을에서 인영을 볼 수 없었다.

오펜은 거기서 또 상관 없는 질문을 떠올렸다.

"그건 그렇고, 왜 문지기가 경비원의 복장을 하고 있는 거야?"

아까 전 경비원의 제복을 떠올리며 물었다. 메첸은 그다지 신경 쓰지 않는 모양이었지만 그래도 대답은 했다.

"반대야. 경비원이 문지기 일 같은 걸 떠맡은 거지. 뭐, 실제로는 제복이 화려할 뿐이고 특별한 훈련 따위 받지 않지만 말이야. 왕궁 경비대 같은 엘리트랑은 달라. 그러니까 뭐, 분명히 문지기가 경비원의 차림을 하고 있다고 표현하는 쪽이 더 옳으려나. 요컨대 겉치레의 문제지."

"뭔가 이상한 마을이로군."

오펜은 숨을 내뱉으며 절실히 신음했다. 일단은 사람들의 시선을 우려해 그다지 눈에 띄지 않도록 조심하며 주변을 둘러보았다.

"애초에 왜 주민들의 모습이 보이질 않는 거야?"

"숨어 있으니까."

"숨어…… 뭐라고?"

영문을 알 수 없어 되물었다──라기보다는, 제대로 된 질문조차 되지 않았지만, 메첸은 알아서 이해하고 대답했다.

"괜찮아. 아직 나오지 않을 테니까."

"아직이라니……."

"앞으로 10분 정도려나. 뭐, 당신은 신경 쓰지 않아도 돼. 지루하면 잡담이라도 할래?"

"잡담은 무슨……."

웅얼웅얼 투덜거리며 오펜은 자신의 후드를 깊이 눌러썼다. 작고 가는 노란 먼지는 눈도 뜰 수 없을 정도로 지독할 정도는 아니었지만 마을에 들어가도 그 기세는 바깥과 변함이 없었다. 길은 포장되어 있지 않지만 여기저기에 작은 집들이 빼곡하게 세워져 있으니 다소는 기세가 약해질 법도 하지만.

그는 눈을 가늘게 뜨며 물었다.

"쿠오라는 녀석에 대해서는…… 물으면 안 되나?"

"신장 190센티. 체중 약 80킬로──오레일과 비교하면 아무래도 야윈 인상을 피할 수 없어. 40세의 인간으로서는 말이지."

그녀는 앞을 향한 채 담담한 목소리로 설명했다.

"얼굴은 항상 뭔가 화가 난 것 같은 눈초리를 하고 있어. 하지만 그는 화를 내지 않아. 결코 말이야. 어깨가 이상하게 부풀어 있지────목이 세 개나 있다는 소리를 들은 적도 있었던가? 하지만 평범한 근육이 아니야. 태연한 얼굴로 나무방망이를 부러뜨리는 걸 보았을 땐 솔직히 눈을 의심하지 않을 수 없더라고……."

그때──

별안간 그녀의 말이 멈추었다.

응? 하고 고개를 든 오펜이 의아해했다.

"무슨 일이야?"

"10분이나 필요 없었네."

메첸은 어쩔 수 없다는 말투로 말했다.

그녀가 고삐를 당기자 마차의 말이 불평스러운 울음소리를 올리며 멈췄다.

"뭐가──"

뭐가 일어난 거야? 하고 물으려던 오펜의 귀에 갑자기 다리를 끄는 듯한 발소리가 날아왔다.

"……뭐지?"

짐칸 위에서 일어섰다. 그리고 주변을 내려다보고는──그대로 움직일 수 없게 되었다.

섬뜩한 기분에 사로잡혔기 때문이다.

완벽한 기습이었다——사방 수많은 오두막의, 모든 문, 모든 창문에서 인간이 얼굴을 내밀고 있었다. 누군가가 어떠한 특징이 있는 것도 아니다. 남자 쪽이 수가 많은 듯이 보이기도 했지만 여자도 있다. 연령은 그야말로 가지각색으로 분류하면 어떤 종류의 인간도 있을 것 같았다. 눈에 띄는 것은 3, 40대다. 집 안에 있어도 두건이나 모자 등으로 모래를 막는 차림이다.

시야 한 가득 얼굴, 얼굴, 얼굴——그 얼굴들이 전부 이쪽을 향하고 있었다.

잘 보자 건물 사이사이, 길도 전부 그들로 흘러 넘치고 있었다. 마지막으로 오펜이 본 것은 그들의 대부분이 나무막대기 같은 것을 들고 있다는 점이었다. 길이는 50센티 정도, 굵기는 한 줌 정도——3센티 정도이리라.

단순하고도 유효한 무기임을 인정하지 않을 수 없다. 적어도 날붙이보다는 살상력은 낮은 만큼 도리어 마음 편히 다룰 수 있다. 훈련을 받지 않은 일반인이 쓸 무기로서는 최고의 선택일 것이다.

'훈련을 받지 않았다고는 단언할 수 없지만 말이지.'

자신들의 무기는 가장 밑에 있는 나무상자 안이다——.

오펜은 마음속으로 혀를 차며 힐끗 메첸에게 눈짓했다.

"……허튼 행동은 하지 말아줘."

그녀가 곧바로 그렇게 말하며 마부석에서 몸을 일으켰다.

건물의 문이 열리더니, 안에 있던 자도 줄줄이 바깥으로 나왔다. 마차 주변을 순식간에 수십 명이 되는 군중이 둘러쌌다. 오펜은 그 모두가 한 마디도 입을 열지 않고 그저 가만히 메첸만을 바라보는 것을 깨달았다.

'노상강도……는 아니로군, 이건…….'

주변의 분위기에 말이 불안한 듯이 몸을 비틀었다. 이윽고――

"교사님……."

군중 안에서 늙은 남자가 앞으로 나섰다. 노인이지만 체격은 흐트러짐이 없었다. 나무막대기는 들고 있지 않다. 주변의 반응을 보건대 리더인가, 아니면 교섭인 정도일까.

하지만 그런 것보다 오펜은 다음으로 들은 말 쪽에 더 놀랐다.

"무슨 일이십니까."

그 말을 꺼낸 것은 메첸이었다――.

하지만 메첸의 목소리가 아니었다. 즉, 평소 듣던 그녀의 목소리가.

그녀를 보고, 소름이 끼쳤던 것은, 그녀의 얼굴이 평면이 되어 있었기 때문이다――표정이 평탄해져 있었다. 공허한 눈빛으로, 공허한 음성을 발하며.

"당신들의 바람을 들을 수 없는 것은 이미 알고 있을 터입니다만."

그녀의 말을 들으며 오펜은 진절머리가 나는 감정을 떠올렸다.

'오호라…… 저 여자도 일단은 킴라크의 교사이긴 하군.'

적어도 그런 시늉이 가능한 인간이라는 뜻이다. 그렇다면 이것이 그녀가 가진 교사로서의 얼굴이리라.

'분명히, 뭐, 설법을 하는 녀석들은 대개 이런 얼굴을 하고 있지…….'

그런 생각을 떠올리며 뒷걸음질을 쳤지만, 그 이외의 누구도 그런 것은 염두에도 두지 않는 모양이었다.

"이번에야말로 대답을 들려주십시오."

아까 전의 노인이 이를 악물며 내뱉었다.

메첸은 작게 고개를 저었다.

"당신들에게는 증거가 없습니다. 증거가 없는 자는 성도에 들일 수 없지요. 그것은 이미 이야기를 했을 터입니다."

"그렇다면 그 남자는 뭡니까!"

노성을 지른 것은 노인이 아니라 군중 속의 한 사람이었다――머리를 모두 민 젊은이였다. 그다지 필요로 하지 않는 탓인지 후드를 등 뒤로 넘긴 상태다. 근육질에 작고 통통한 몸집으로, 다른 자들이 들고 있는 것보다 한 층 더 굵은 막대기를 들고 있다.

그가 가리킨 것은 당연히 마차 위의 오펜이었다.

"그는……."

메첸이 힘이 담기지 않은 실눈으로, 하지만 단호하게 고했다.

"그는 성도에는 들이지 않습니다. 그저 짐을 옮기는 도우미일 뿐입니다."

"거짓말이다!"

또 다른 인간이 목청을 높였다. 파문이 퍼지듯이 차례차례 야유가 일었다.

"또 우릴 속일 셈이야!"

"댁들은 언제나 그래! 좋은 혈통의 혼입인지 뭔지는 모르지만, 부외인은 도시에 잘도 들이면서 우리들은 내버려두고!"

"전부 거짓말이다!"

"계속, 계속 기다리고 있단 말이야!"

"언제까지 기다려야 하는 거야!?"

솟아오르는 규탄의 목소리에도 전혀 동요하지 않고, 메첸은 조용히 군중을 내려다보았다. 온화하지만 차가운 눈빛으로.

오펜은 소란에 귀를 막으면서——일일이 듣고 있으면 화가 확 치밀어 오를 것 같았다——메첸의 거동을 주목하였다. 그녀는 그저 말없이 기다릴 뿐이었지만, 분명히 그것이 상책이었을지도 모른다. 적어도 같은 수준으로 말싸움을 시작해 불에 기름을 붓는 것보다는.

그녀의 무언의 박력이 이겼는지——혹은 단순히 외치다 지쳤는지, 군중은 차츰 조용해졌다. 이윽고 가장 처음에 나섰던 노인이 다시 입을 열었다.

"우리는 납득을 할 수 없을 뿐입니다."

"당신은 나의 말을 믿을 수 없다고 했지요. 그렇다면——"

메첸은 막힘 없이 말을 내뱉었다.

"나름대로의 각오는 가지고 나섰을 것입니다. 그렇지요?"

그 한 마디에——몇 초 전까지 분노에 불타던 군중의 안색이 삽시간에 새파래졌다.

그것을 본 오펜은 간신히 깨달았다.

'이 녀석들……. 이곳에 사는 킴라크의 교도인가. 교사의 말에 거스를 각오가 있는가, 라. 이 녀석도 잘도 이런 소릴 하는군.'

그는 메첸의 뒷모습을 보며 중얼거렸다.

'하지만 킴라크의 교도라면——'

그는 자문을 덧붙였다.

'대체 무슨 뜻이지? 성도에 들이니 들일 수 없다니…….'

인종차별?——계급제도?——그의 머릿속에 그런 단어가 늘어섰지만, 그 생각은 느닷없이 강제로 중단당했다. 뇌간에 무언가 위험신호 같은 것이 스친 것이다.

팟! ──

그리고 순간적으로 내민 오른손으로 오펜은 자신을 향해 날아온 나무막대기를 받아냈다.

아래를 내려다보자 대머리 남자가 분노의 형상으로 이쪽을 향해 주먹을 들어 올리고 있었다.

"녀석을 끌어내려!"

그 한 마디가 방아쇠가 되었다.

와아──! 하고 군중의 기세가 부풀어 올랐다. 한 번 오른 기세는, 이제는 계속 분출할 뿐이다. 즉 만족하거나, 지칠 때까지. 만족도 지침도 비슷한 것이지만.

어찌되었든 모든 인간이 일제히 마차로 몰려들었다.

'웃기지 말라고──'

오싹한 느낌──정도가 아니라, 오펜은 진심으로 공포를 느꼈다. 미쳐 날뛰며 몰려오는 남녀노소의 얼굴을 보고 반사적으로 마술의 구성을 떠올리기도 했지만, 그것을 발할 수는 없었다.

마술 한 번이나 두 번으로 일소할 수 있는 수도 아니고, 그 이전에 어중간한 위력으로는 쓰러뜨릴 수 있을 것 같지도 않다. 아니, 쓰러뜨릴 수 있는가 없는가의 이야기가 아니다──그들에게 마술을 보인다면 그야말로 군중 히스테리가 폭발하리라. 킴라크 교도가 가진 마술사에 대한 적개심은 외부의 인간에게는 이해할 수 없지만 근원이 얕지도 않다.

오펜은 메첸 쪽으로 시선을 던지며 필사적으로 생각했다. 대책 고심에 할애할 시간은 많지 않다──기껏해야 몇 초 정도이리라. 군중은 곧바로 마차에 오르거나, 뒤집을 것이다. 그렇게 되면 이제는 수

십 명의 구둣발로 짓밟혀 시체조차 남지 않으리라. 더할 나위 없이 편한 선택지이긴 했지만 논외다.

자신이 관찰한 바로는 메첸에게도 아까까지의 여유는 없는 것 같았다——자신의 말로 그들의 감정을 억누를 수 없으리라고는 생각하지 못했으리라. 절망이라고까지는 하지 않아도 실망을 한 것이 느껴졌다.

'어떡하지——?'

오펜은 일단 그 대머리만을 노려보며 공격에 대비해 자세를 잡았다.

'죽을 셈은…… 없다고!'

포기해서 끝낼 생각은 없다. 그렇게 결심한 다음 순간——

파앙!

폭음과 함께 오펜이 하늘을 날았다.


솔직히 말하면 기분은 좋았다. 그것은 인정할 수밖에 없었다.

한순간에 콧등에 주름을 만든 대머리에서 메마른 물감 같은, 노란색과 청색이 뒤섞인 하늘로 시야가 전환되었다. 그것이 아름다웠던 것도 인정할 수밖에 없다.

어찌되었든 그의 몸이 낙하를 시작하여도 그것은 그 자신에게는 현실에서 분리된, 무중력의 쾌감에 지나지 않았다. 낙하는 아플 리 없다. 오히려 멋진 것이다. 자살자를 죽이는 것은 어디까지나 지면과의 격돌이지, 결코 낙하가 아니다…….

낙하 결과, 머리부터 군중과 격돌한 오펜은 앞선 말 전부를 철회하였다.

몸을 일으키자 마침 대머리의 바로 위에 떨어진 모양이었다——부딪힌 정수리가 지끈거렸다. 대머리는 머리에서 피를 뿜으며 그의 밑에 깔려 있었다. 그것은 일단 무시하고 천천히 몸을 일으켰다…….

군중들이 소란을 피우던 본래의 목표가 그들의 위에 낙하하였으니 곧바로 사적 제재의 쇼로 돌입해도 괜찮을 터였지만(아니, 괜찮지는 않지만), 멍한 얼굴로 주변을 둘러보자 그들은 그저 아연한 표정으로 서 있을 뿐이었다. 군중 모두의 시선이 단 한 점에 모여 있었다. 즉——마차 위에.

오펜은 좌우에 선 남자들의 표정을 조심조심 확인한 뒤 그들이 보고 있는 것을 보려 하였다. 그 순간 날카로운 목소리가 울려 퍼졌다.

"당신들, 무슨 짓거리야!"

우직, 하는 소리를 내며 오펜이 얼어붙었다. 자신이 갑자기 날아간 이유도, 더할 나위 없이 명쾌하게 이해하였다.

마차 짐칸 위. 아까 전까지 오펜이 서 있던 나무상자의 뚜껑이 열려 있었다——이 뚜껑이 힘차게 열리는 바람에 그가 튕겨나간 것이다. 뚜껑이 열린 상자에서 금발을 나부끼는 작은 체구의 소녀가 거만하게 서 있는 모습이 눈에 들어왔다. 푸른 눈동자를 빛내고, 머리 위에는 평소처럼 검은 강아지를 올린 채로.

"클리오!"

오펜은 그 소녀의 이름을 절망적으로 속삭였다. 하지만 그녀에게는 들리지 않았던 모양이었다. 홀로——떡하니 입을 벌리고 있는 메첸도 무시하고——짐짓 허세를 부리듯이 등을 젖히며, 귀에 또렷하게 들리는 목소리로 목청을 높였다.

"이렇게 엄청 좁은 곳에서 열심히 숨을 죽이고 숨어 있는 사람을 조금은 생각해보라고!"

황당무계한 소리를 내뱉고 있지만 너무나 황당무계한지라 아무도 반론하지 않았다.

"바깥이 보이지 않는데 다들 제멋대로 『죽인다』 어쩌고 떠들어대니 엄청나게 불안해졌잖아! 매지크, 너도 뭔가 한 마디 해!"

"배고파아아⋯⋯."

상자 안에서 소녀가 한 손으로 끄집어 낸 것은 핼쑥한 얼굴의, 역시 금발의 소년이었다. 소녀보다 더욱 어리고, 또 체구도 작게 보였다.

소년이 뚝뚝 눈물을 흘리며 가느다란 목소리로 신음을 내뱉는 것이 들렸다.

"하루에 초콜릿 한 조각밖에 못 먹는 상태에서, 할 일도 없고, 하루종일 흔들리고, 너무 힘들었어어⋯⋯."

"봐! 얘도 화내고 있잖아!"

뭐가 『봐!』인지는 모르지만, 어쨌든 소녀는 필요 이상의 자신감으로 그렇게 단언해보였다.

그녀가 손을 놓자 소년의 몸이 힘없이 풀썩, 하는 소리와 함께 상자 안으로 다시 떨어졌다.

하지만 소녀는 상관하지 않고 군중을 향해 큰 소리를 질렀다.

"참고로 나는 초콜릿 두 조각씩이었어!"

두 손을 허리춤에 대고 당당하게 선언했다.

"덤으로, 상자 안에 들어가서 사흘 정도 지났더니, 그러고 보니 레키에게 모습을 보이지 않도록 해달라고 부탁해서 마차의 뒤를 걸어서 따라가는 게 좋았을 걸 깨달았을 때는 뭔가 안타까워서 울기도 했고! 그런 사정을 좀 잘 고려해달란 말이야!"

"⋯⋯⋯그래서⋯⋯?"

작게──정말로 작게 중얼거린 것은 처음에 나섰던 노인이었다. 완전히 얼이 빠져 눈의 초점도 맞지 않았다. 딱히 무언가 생각이 있어 나온 중얼거림도 아니리라.

하지만 소녀를 입 다물게 만들기에는 충분했던 모양이었다.

"⋯⋯⋯."

길고 긴 침묵 끝에──

퍼뜩, 무언가를 떠올린 듯이, 그녀가 손뼉을 쳤다.

"그래! 다시 말해서──"

그리고 머리 위의 검은 개──레키──를 가슴에 안았다.

"싸움을 걸 거라면, 상대해 주겠다고 말하고 싶었어!"

"잠──"

오펜은 그 순간 간신히 넋 나감의 주박에서 해방되어 소녀를 향해 제지의 목소리를 발하려 하였다.

"잠깐 기다려, 클리오! 뭘 할 셈──"

"레키! 화려하게 해치워!"

소녀의 외침과 함께 그 검은 강아지가 곧바로 녹색의 눈동자를 군중에게──즉, 오펜까지 포함한 군중에게──향했다.

그 순간 오펜이 할 수 있는 것은 단 하나뿐이었다.

"나 잣노라──"

자포자기의 심정으로 두 팔을 펼치며 주문을 외쳤다.

**"광륜의 갑옷!"**

앞으로 내민 손 끝에 빛의 그물을 짜 만든 장벽이 펼쳐졌다. 그리고──그 다음 순간에는 그 장벽이 사라져 있었다.

레키가 발한 대규모 충격파에 날아간 것이다.

"──────!"

장벽 덕분에 직격만큼은 면했지만, 그래도 적지 않은 충격을 받은 오펜은 숨이 막힘을 느꼈다. 폭발에 다시 몸이 날아갔다──단지 이번에는 수평으로. 몇 미터나 날아 지면에 내동댕이쳐졌다.

"우와아아아아아아아아아아아!"

일어난 비명은 군중이 지른 것이었다. 근처의 오두막이 세 채 정도 산산조각으로 부서졌다. 사방으로 도망치는 인간들의 소란 속에서 클리오의 목소리는 한층 더 날카롭게 들렸다.

"조금만 더 힘내, 레키! 머리에서 피를 흘리는 대머리가 저쪽으로 도망치는 것이 보였어!"

"잠깐 기다려어어어어어어어!"

간신히 몸을 일으킨 오펜이 외쳤지만, 아무래도 이쪽의 목소리는 그녀에게까지 닿지 않는 모양이었다.

폭발은 차례차례 이어졌다. 빼곡하게 늘어선 오두막 일대를 레키의 시선에서 생겨난 마술이 쉽사리 일소하였다. 폭음, 불꽃, 더 나아가 열선과도 같은 화려한 공격이 킴라크의 슬럼가에 불길을 만들었다.

그 안에서 오펜은 머리를 감싸 안고 또렷하게 확신했다──.

틀림없이 오늘 이 시점에서 킴라크 시는, 마을에 침입한 마술사를 대비하여 최고의 경계태세에 돌입하리라.

그녀는 고개를 들고 되풀이하였다——단지, 아까 전보다는 연약한 목소리로.

"그렇지…… 않아."

이스타시바는 그대로 고개를 저었다. 얼굴에 피로를 내비치고, 망령처럼 생기를 잃은 모습으로.

"아니다."

다시 되풀이하였다.

"무엇이 아니라는 것입니까?"

그가 초조함을 담아 힐문하자, 이스타시바는 긴 속눈썹이 자란 눈꺼풀을 위아래로 움직였다. 최강 종족의 증거인 녹색의 눈동자가 보이고, 다시 보이지 않게 되었다.

그녀는 떨리는 목소리로 말을 흘렸다.

"잘못을 저지를 각오는 하고 있었지. 하지만 죄를 저지를 셈은 없었다."

"하지만 실제로는 저희들의 동포가 죽었습니다. 저희는 박멸을 당했다고요."

남자는 자신의 가슴을 가리키며 고뇌로 가득 찬 음성을 내뱉었다. 힘없이 가슴이 떨리는 것이 자신의 손으로 전해졌다.

"타프렘 시는 끝장이 났습니다. 점령을 당한 것도, 파괴를 당한 것도 아니라, 송두리째 사라졌단 말입니다! 저래서는 이제 재건도 할 수 없습니다. 남아 있는 것은…… 그래요. 당신이 세우신 그 세계도 탑뿐입니다."

그리고——속에 담긴 것을 토해내듯이 말을 이었다.

"그 아무짝에도 도움이 안 되는 탑뿐이요!"

"……아니야."

이스타시바는 남자의 격앙에 맞춰 평정을 되찾은 타이밍에 고요한 시선을 남자에게 향하였다. 날씬한 몸을 곧게 뻗자, 기분 탓일까, 마치 달빛이라도 쐰 듯한 기분이 들었다.

그렇다. 인정하지 않을 수 없었다――.

그는 어두컴컴한 마음 한구석으로 분명히 인정하였다. 그녀의 아름다움을.

하지만 그래도 되묻지 않을 수 없었다.

"무엇이 아니라는 말씀이십니까."

"세계도탑은…… 그대들의 자손에게 필요할 것이다. 다른 누구의 손에도 넘겨서는 안 돼――그래. 마술사가, 그것을 지배해야만 한다. 그것을 위한 타프렘 시였지."

"그것에 무슨 가치가 있다는 겁니까."

그의 질문에 이스타시바는 예리한 눈빛을 보냈다. 아니면, 그것이 최후의 의지력이었을지도 모르지만, 분명히 당당하게 보였다.

"거인의 대륙이 현재 어떠한 모습이 되어 있는가……. 마법은 어떻게 되었는가. 그것을 알 수 있을지도 모른다. 세계서가 탑 안에 출현할 때까지――십수 년은 걸리겠지."

"그런 것이 내일에라도 절멸당할지도 모르는 저희에게 무슨 의미가 있다는 말씀이십니까."

"그대들은――"

이스타시바는 그 아름다운 입술에 어울리지 않는, 빈정거리는 웃음을 띠었다.

# 제4장 **"그대들은 멸망하지 않아도 된다."**

킴라크 시의 중심가는 흔히들 신전가라고도 불리고 있다.

그 말대로의 의미이다. 신전을 둘러싸듯이 펼쳐져 있기 때문이다. 그곳에 사는 자들은 예외없이 그 거리에서 태어난 자들이다. 그곳에 사는 자들은 예외없이 그 거리에서 죽는다.

그리고 자신들이 사는 곳만이 '교회 총본산'임을 확신하고 있다. 신전가를 둘러싼 벽 너머에 무엇이 있는지, 알고는 있어도 이해는 하지 않는다.

그렇다고는 해도 모든 일에는 예외가 있는 법…….

바깥에 무엇이 있는지 아는 것을 허락받은 인간이, 이 마을에는 단 6명만이 존재하였다.

"그런 일이라면 제 사병을 쓰겠어요."

흰 커튼을 가볍게 붙잡은——카롯타는 창문 바깥을 바라보며 그렇게 대답했다. 그러자 조용히, 냉소하는 듯한 목소리가 돌아왔다…….

"사병…… 말입니까?"

"어머."

카롯타는 킥, 하고 웃고는 방 안으로 시선을 향했다. 가지런한 이목구비를 감싼 부드러운 금발이 그녀의 동작에 맞춰 가볍게 날아오르고——이윽고 다시 그녀의 어깨에 떨어졌다.

그녀는 얼굴 아래 절반을 손으로 가리고 계속해서 웃었다.

"악녀처럼 들렸으려나——'사병'이라니."

그녀는 아무런 고민 없는 웃음으로 이야기를 나누는 상대를 바라보았다. 나이는 30세 정도일까——그것보다 어릴 일은 없으리라. 그저 표정은 아직 소녀처럼 천진난만했다. 입고 있는 흰 레이스가 달린 블라우스보다도 그녀의 피부가 더 하얗게 보였다. 병적이라는 분위기는 없었지만 마치 색소가 전부 사라져 버린 듯한 색이었다.

카룻타는 야생동물이 때때로 보이는 평온한 손놀림으로——창문 근처의 작은 테이블에서 진홍색의 부채를 들어올렸다. 그리고 딱히 펼쳐지는 않은 채로 자신의 뺨에 가져댔다.

"하지만 쿠오. 저의 '아이들'이라고 부르는 것도 그다지 어울리지 않잖아요."

"……사병이면 충분해."

쿠오 바디스 파텔이 적은 말수로 입을 여는 것을 보고, 카룻타는 왠지 모를 만족감을 느꼈다.

딱히 이유가 있는 것은 아니다——.

예를 들어, 이 쿠오라는 남자. 카룻타는 키가 큰 것도 도가 지나치면 도리어 꼴사납다고 여겼다. 하물며 그것이 곰과도 맞서 싸울 수 있을 듯한 우락부락한 몸이라면. 눈매는 예리……한 것이 아니라, 그저 험상궂다. 눈꺼풀이 너무 두꺼운 것이다. 이마가 넓은 것도 좋지 않다. 즉, 어딘가에 데려가도(어이쿠, 데려가 날라고 해도 쪽이 더 정확하다) 즐거운 것도 아니고——그리고 이것이 중요한 부분이지만——누군가에게 자랑할 수 있는 상대도 아니다.

그리고 이 방. 그녀의 저택인데, 네 곳이나 되는 건물의 가장 남쪽에 위치한 곳이었다. 명칭은 그저 단순하게 남관(南館)이라고 부르고 있다. 죽은 그녀의 아버지가 사용인에게 성가신 간섭을 받지 않도록 유일하게 사용인의 방을 만들지 않은 저택이다. 그녀로서는 굳이 이 남관을 사용해 사람과 만나야만 하는 이유는 없다. 하지만 쿠오 바디스의 지정이라면 어쩔 수 없었다. 그는 이목을 끄는 것을 싫어했다. 하찮은 습성이다.

결국, 만족할 만한 요소는 아무것도 없었다.

그래도 카롯타는 유열(愉悅)에 가까운 마음의 변화를 느꼈다.

그렇다──언제나 남의 즐거움에 찬물을 끼얹는 것이 정해진 일이라는 듯한 이 남자의 목소리에도 동요하지 않을 정도로.

"어느 정도의 인원을…… 모을 수 있지?"

"8명 정도일까요."

쿠오의 어두운 시선을 받으며 그녀가 대답했다. 역시나──쿠오 바디스는 두 눈을 더욱 음울하게 일그러뜨렸다.

"적군."

"미확인 정보인걸요. 그 정도로도 충분하겠죠."

팟, 하고 부채를 펼치고──호를 그리는 가장자리를 빈 손으로 쓰다듬으며 그녀가 말을 받았다. 그리고 한 걸음 창문에서 떨어져, 방에 가득 깔린 적갈색의 카펫에 발끝을 놀렸다.

카롯타는 쿠오 쪽으로 다가가려 하다, 방향을 왼쪽으로 바꾸었다. 그리고 창문 옆에 놓인 1미터 정도 높이의 항아리 옆을 지나갔다.

그녀는 그대로 발소리를 내지 않고 걸었다.

"사루아의 헛소리일지도 모르잖아요."

"무서운 것은 헛소리가 아니다. 사실일 경우지."

쿠오가 콧숨을 내뿜고 험악한 신음을 내뱉었다.

"꽤나 마음 약한 소릴 하시네요?"

카롯타는 조롱하는 듯한 미소를 향하고, 별안간 그의 나이를 의식했다──40. 아니, 39? 아직 수동적인 태도가 될 나이도 아닐 텐데.

"직무에 충실하다고 말해주었으면 좋겠군."

쿠오가 못생긴 야채 같은 팔을 품 안에 억지로 비집어 팔짱을 끼고는 중얼거렸다.

'과연 그럴까⋯⋯.'

그녀는 그렇게 소리로는 내지 않고 혼잣말을 내뱉었다. 그리고 잠시──생각에 잠긴 시늉을 하고는 다시 부채를 접었다.

"마술로 여겨지는 폭발⋯⋯. 어차피 도시 바깥에서 일어난 일인데다 목격 증언도 애매모호해요. 그리고 보고가 들어온지 벌써 두 시간이 지났지요. 마술사라면 곧장 그 자리에서 빠져나갈 정도의 재주는 떠올릴 테고──"

그녀는 작은 콧구멍으로 후후, 하고 웃음소리를 흘리고는 말을 이었다.

"머리가 좋은 마술사라면 어물거리지 않고 훨씬 전에 마을을 빠져나갔겠지요. 그들은 우리를 얕보고 있지 않아요. 그렇잖아요?"

"녀석들이 마을을 나갔다는 확증은 없다."

부루퉁한──즉, 평소와 똑같은──얼굴로 쿠오가 반박했다.

카롯타도 곧장 대답했다.

"그런 말씀을 하셔도 말이죠⋯⋯. 애초에 도시 외곽의 출입을 점검할 수 있을 리가 없잖아요. 그곳의 위병들은, 확인이 되지 않은 인간은 들이지 말라고 몇 번을 말해도──"

"그렇다. 그러니까 우리가 조사해야만 하지."

쿠오의 음성은 고요했다.

딱히 말꼬리를 잡은 것은 아니다——하지만 카룻타는 그래도 살짝 심기가 불편해짐을 자각했다.

"사람을 내지 않겠다고는 하지 않았어요. 단지 다수는 필요 없다고 말씀드리는 것이죠."

"뭐…… 좋다. 그럼 그 건은 네게 맡기지."

"예, 쿠오. 이것저것 불평을 하긴 했지만 오해하진 말아주세요. 사실을 말하면, 저, 불만은 없어요. 전혀요."

카룻타는 그렇게 말하며 가슴을 살며시 눌렀다.

"……사루아가 마지막에 했던 말을 기억하고 계세요?"

그 질문에 쿠오는 대답하지 않았다. 반응도 없었다.

하지만 그녀는 아랑곳하지 않고 말을 이었다.

"그저 지루할 뿐이에요."

카룻타는 빙긋 웃으며 말하고——그리고 역시 작은 테이블 위에 놓여 있던 벨을 가볍게 눌렀다. 호출을 받은 사용인——사용인 방이 없다면 물론 복도에 대기시켜두면 될 일이다——의 안내를 받아 쿠오 바디스 파텔이 퇴실하는 것을 보며, 그녀는 미소가 섞인 한숨을 쉬었다.

창 바깥은 가장 경치가 좋은 중정이 펼쳐져 있었다. 정돈이 된 잔디, 작은 숲이라고 불러도 지장이 없을 정도로 무성한 장미밭. 딱히 잘나지도 않은 정원사가 장미를 손질하는 것이 보였다. 할 수만 있다면 장미가 보이는 곳에 수영장도 만들고 싶었지만, 실제로 만들었다간 곧바로 모래밭이 되고 말리라. 모래 먼지가 짜증나게 느껴졌지만——

─어쩔 수 없다. 이 모래가 끊기면 신전은 정말로 큰일이 벌어질 것이다.

그렇다. 어쩔 수 없다. 모든 것이 어쩔 수 없다. 쿠오의 지령에는 거스를 수 없다. 사병도 보내야만 하리라.

하지만 저 남자의 바보 같음만은 어떻게 할 수 없는 것일까?

"정말이지……. 보내라, 라는 말을 듣고 가진 것을 전부 꺼내는 여자가 있을 거라고 생각하는 건지."

"론다트 캥거루 킥!"

의미불명의 기술명을 외치며 영문 모를 발차기로 비싸 보이는 항아리를 깨 부수는 클리오.

"핫핫핫. 못 말리는 녀석이로군."

오펜은 웃으며 항아리의 파편을 주워 모았다. 덤으로 달려온 점원에게 변상도 해주었다.

"스카이 트위스터 프레스(자폭)!"

"핫핫핫. 그런 짓을 했다간 죽을 거다."

몸을 빙글빙글 회전하며 머리부터 지면에 처박는 클리오를 보고 오펜은 다정하게 안아 올렸다. 그리고 머리가 처참하게 깨지고 목까지 부러진 소녀를 주문으로 치료해주었다.

"고마워, 오펜!"

클리오가 차렷 자세로 크게 외쳤다…….

"마술로 치료해줘서 고마워! 마술로 치료해줘서 고마워! 마술로─

―"

"아니 뭘. 핫핫핫."

오펜은 머리에 손을 대고 명랑하게 웃음을 지었다. 그 동안에도 클리오의 감사는 계속되었지만――

"마술로?"

그 한마디에 그녀의 목소리가 사라졌다.

고개를 돌리자――그의 주변을 후드나 두건을 쓴 남자와 여자들이 둘러싸고 있었다.

"마술로……?"

그들은 일제히 중얼거리더니, 한 마디 할 때마다 한 걸음씩 포위를 좁혔다. 그렇게 멍하니 보는 와중에도 사람은 점점 불어갔다. 아니, 접근해서 인원이 밀집했을 뿐일지도 모르지만.

"마술로……?"

"그렇게나 말했는데."

그 군중 속에, 이름은 잊었지만 푸른 천으로 머리를 감은 여자가 있었다. 가죽 갑옷을 입고 손에는 커다란 검을 들고 있다. 도신이 유리로 된 검. 가장 두려워 해야 할 무기.

"어쩔 수 없어. 이 애는 먼저 죽었지만."

풀썩, 하고 오펜의 발 밑에 핼쑥하게 여윈 소년이――이것도 이름을 잊었지만, 금발의 소년이――땅을 굴렀다.

"비참해요오……."

시체는 그렇게 신음도 흘렸다.

"마술인가……."

군중은 이번에는 물음이 아닌 중얼거림을 발했다. 고개를 들자 군중은 실은 모두 대머리였다. 정수리에 깨끗하게 상처가 벌어지고, 거기서 피를 흘리고 있었다.

클리오는 이미 보이지 않았다.

그리고——

"우와아아아아아아아아아아!"

오펜은 자신의 비명에 눈을 떴다.

번쩍 눈을 부릅뜨고, 가장 근처에 있던 매지크의 안면을 후려쳤다.

"아아아아아아아아아아아아!"

비명은 매지크가 아니라 오펜 자신이 질렀다. 곧장 침대에서 몸을 일으켜 바닥에 쓰러진 매지크를 집어들고는 그대로 벽을 향해 내던졌다——.

내던짐과 동시에 오펜은 날아가는 매지크를 쫓듯이 연속 뒤돌기를 시작했다. 벽에 닿아 튕겨져 나온 매지크를, 연속 뒤돌기의 기세로 플라잉 킥의 자세로 이행한 오펜의 발차기가 멋지게 차 날렸다.

"아자아아아아!"

바닥에 쓰러져 완전히 기절한 매지크를 앞에 두고 마무리 기술에 들어가려던 오펜은——코너 포스트가 보이지 않았기에——우뚝 움직임을 멈추었다.

거기서 제정신으로 돌아와 주변을 둘러보았다…….

아연한 표정을 지은 얼굴 몇몇이 이쪽을 쳐다보고 있었다.

하지만 그것보다도 우선은 방 안이다.

오펜이 처음으로 떠올린 것은——선실이었다. 물론 그곳은 배 안이 아니었지만 그 정도로 좁았다. 단 하나뿐인 창문으로 들어오는 햇빛에 금색의 모래가 반사되어 반짝이고 있었다.

방에 있는 것은 그가 지금까지 누워 있던 침대와 그 반대쪽 벽에 밀어붙인 커다란 테이블. 옷장에는 문이 달리지 않아 안에 옷이 빼곡히 들어가 있는 것이 보였다. 그리고 방 한가운데에는 조금 큰 금속제의 받침대가 있었다. 꼭대기에는 원뿔형으로 홈이 있었고 그곳에 재가 쌓여 있었다. 실내에서 불을 피우기 위한 간이 화덕이리라.

화덕을 잠시 관찰한 뒤 오펜은 시선을 들었다. 모래 탓에 너덜너덜해진 나무벽을 슥 둘러보고——천장의 높이가 낮은 것에 대해서는 신경 쓰지 않기로 결심했다. 구석에 틈새가 벌어져 당장이라도 무너질 것 같은 점에 대해서도.

바닥에는 매지크가 쓰러져 있다. 차림새는 평소 입던 검은 셔츠가 아니다. 아무리 그래도 이 마을에 들어가는데 흑마술사 같은 차림으로는 위험한 것 정도는 알았는지 오펜과 비슷한, 어딘가의 민족의상 같은 흰 옷을 입고 있다. 단지 커다란 옷을 평소의 옷 위에 걸쳤을 뿐인지 흰 옷 아래에 검은 셔츠가 힐끗 보였다.

그리고 명실상부하게 평소와 차림새가 다르지 않은 것은 물병을 한 손에 들고 입을 떡하니 벌린 클리오였다. 평소처럼 움직이기 쉬운 청바지에, 어디에서 샀는지(심지어 누구의 돈으로 샀는지) 짙은 갈색의 점퍼를 어깨에 걸치고 있었다. 춥지도 않은데 저런 옷을 입은 것은 모래 대책이겠지만, 중요한 머리는 보호하고 있지 않다. 머리카락에 모래가 끼면 어지간히 정성을 들여 감지 않으면 떼어낼 수 없지만 이미 늦었으리라. 이 방 안에도 공기에 모래가 떠다니고 있었다.

그녀의 머리 위에 올라간 레키는 모래가 가려운지 뒷발로 연신 턱의 뒤를 긁고 있었다. 지금 현재 이 방 안에서 바쁘게 움직이고 있는 것은 이 새끼 드래곤뿐이었다.

그리고 마지막 한 사람은 머리에 붕대를 감은 젊은 대머리 남자였다.

"이 자식!"

오펜이 삿대질을 하며 소리를 지름과 동시——

"자, 잠깐만, 오펜!"

그 남자의 앞에 클리오가 끼어들었다.

대머리도 그녀의 뒤로 물러나면서 황급히 입을 열었다.

"아, 아아아아아."

오펜은 일단 주먹을 쥐고는 남자에게 뛰어들기 위해 움직였다. 그러자——

그 남자를 감싸듯이 두 팔을 펼치며 클리오가 말했다.

"이 사람이 오펜 널 살려줬어!"

우뚝——.

오펜은 오른팔을 들어올린 채로 정지했다. 한 번 붙인 기세를 죽이기 위해 몸에 힘을 주자, 클리오의 뒤에서 대머리가 힘없이 웃음을 지었다.

"아, 하하하, 안녕하세요."

"안녕하세요오오오오오!?"

오펜은 묘한 높낮이를 붙여 그의 말을 따라하고는, 거친 걸음으로 두 사람 쪽으로 다가갔다. 도중에 매지크를 밟은 것도 같았지만 무시했다.

"네놈이, 그 폭동에 불을 붙였잖냐, 인마! 네놈이 막대기를 던진 걸 또렷하게 기억하고 있다고, 아앙!?"

"아, 아니, 저기, 그러니까, 좀 진정하시고⋯⋯."

몸집과 얼굴과는 전혀 어울리지 않는 심약한 태도로 대머리가 두 손을 들며 항복의 포즈를 취했다.

오펜은 신경 쓰지 않고 클리오의 머리 너머로 대머리의 멱살을 잡아 올리더니, 그 위에서 쏘아보며 날카로운 눈빛을 보냈다.

하지만 사이에 클리오가 들어가 있는 탓에 실제로 그와 눈길이 마주친 것은 레키의 녹색 눈동자였지만.

"진정했냐고요? 허어, 아주 태평한 소릴 지껄이시는구만. 몸통 위에 타조알 같은 걸 올린 주제에 말이야."

"일단 이거, 머리인데요⋯⋯."

"호호오. 그럼 안 깨지겠군 그래. 그렇지도 않나?"

"아아아. 왠지 이상하게 무서워⋯⋯."

떨리는 목소리로 신음하는 대머리의 멱살에서 손을 놓고, 그 손을 그대로──남자의 머리를 우악스럽게 붙잡았다.

오펜은 그 손에 마구 힘을 주며 말을 이었다.

"난 지금 인생에서 5번째 정도로 노력을 하고 있어. 참고로 상위 4명은 전치 2개월이었지."

"아 아 아 아 아."

대머리가 듬성듬성 비명을 질렀지만──

그의 앞에서 클리오가 작게 한숨을 쉬는 것이 들렸다.

"오펜도 참, 정말이지, 좀 진정하라니까."

⋯⋯⋯⋯⋯.

오펜은──힘을 빼지 않은 채로──시선만을 조용히 내렸다. 그

리고 이쪽을 올려다보고 있는 클리오의 얼굴을 보고 쉰 목소리로 물어보았다.

"⋯⋯야, 클리오."

"왜에?"

눈을 동그랗게 뜨며 대답하는 그녀에게, 오펜은 씨익 이를 드러냈다.

그리고 혼신의 힘을 담아 떨리는 손에서, 그 떨림이 차츰 팔이나 어깨로 퍼져나갔다.

"내 기억으로는, 말이다⋯⋯."

"응."

그는 마지막으로 전신을 떨었다.

"사태를 결정적으로 악화시킨 건, 바로 너거드ㅇㅇㅇㅇㅇㅇ은!"

자신의 외침과 동시에 오펜은 빈 손으로 클리오도 붙잡으려 했지만, 그녀는 재빠르게 몸을 숙이고 그대로 대머리의 몸을 방패 삼아 도망쳤다. 허둥지둥 방 구석까지 도망친 그녀가 목청을 높였다.

"왜 나한테까지 화를 내는 건데!"

"시끄러워! 오늘이야말로 기필코, 네놈 자식을——"

그러자——

"자자, 진정하시고."

"진정할 수 있겠냐! 저 빌어먹을 년, 이쯤 해서 교정해두지 않으면 정말로⋯⋯."

이를 박박 갈며 그렇게 말하던 오펜은, 거기서 제정신으로 돌아왔다. 그리고 경탄 섞인 눈으로 자신의 두 손을 내려다보았다. ——두 손을.

깨닫지 못한 사이에 대머리는 그의 손에서 도망친 상태였다.

고개를 돌리자 그는 바로 옆에서 싱긋 웃으며 서 있었다.

"어찌되었든 머리에 오른 피를 식히시길."

"이 자식……."

오펜은 경악하며 신음했다. 그리고 비게 된 두 손을 꾸물꾸물 움직였다.

"어느새 빠져나간 거야?"

"병원에 실려가기 전에요."

남자는 그렇게 대답하며 붕대로 감은 자신의 머리를 가리켰다. 이쪽이 클리오에게 정신이 팔린 사이에 손에서 벗어난 것이겠지만——전혀 깨닫지 못했다. 심지어 남자의 붕대는 풀려 있지 않았다. 즉, 이쪽의 손에서 억지로 머리를 빼낸 것이 아니라 주의가 풀리고 악력이 약해졌을 때 기회를 놓치지 않고 도망친 셈이 된다.

단지 그것뿐이라면 간단하겠지만, 이쪽이 깨닫지 못할 정도로 부드러운 동작이라면 어중간한 실력으로는 불가능하다.

"그건 그렇고, 일단 제 이야기부터 들어주십시오. 어이쿠, 그것보다 먼저 각자가 사죄를 하는 것이 먼저겠군요."

"사죄?"

오펜이 의아하다는 듯이 따라하며 남자를 관찰했다. 대머리는 두꺼운 입술을 씨익 끌어올리고 자신만만하게 말하였다——.

"그렇습니다. 서로 동료를 죽일 뻔한 참이었으니까요."


솔직히 말해 진정할 수 있을 거라고 생각하지도 않았고, 진정하려고 노력할 마음도 추호도 들지 않았지만——

몇 분 후에는 전부 진정되어 있었다. 방도 곧바로 정리되고, 오펜도 피로로 침대에 주저앉고, 클리오는 결국 자신이 무슨 짓을 했는지 자각해주지 않고 맛있는 커피를 끓이겠다며 준비를 시작하였다. 방이 순식간에 정리된 것은 애초에 가구가 몇 없기 때문이고, 오펜이 지독하게 지친 것은 어느 쪽인가 하면 정신적인 측면에서였다——그것을 평소와 마찬가지라고 생각한다면, 클리오에게 죄의식이 없는 것도, 그야말로 이제 와서 시작된 일이 아니다.

총괄적으로, 결국은 진정할 수밖에 없어 진정했다고 할 수 있으리라.

참고로 매지크는 잠시 눈을 뜰 것 같지 않았기 때문에 침대에 눕혀 놓았다.

잘그락잘그락 식기 소리를 내며, 또 자신도 시끄럽게 구는 것은 클리오였다. 대머리의 세 번에 걸친 경고에도 바깥에까지 들릴 정도의 커다란 목소리로 상황을 설명하였다.

"……그래서, 큰 소동이 벌어져서, 마치 레키의 마술로 덤으로 날아가버린 것 같은 모습으로 쓰러져 있던 오펜 널 건물더미 밑에서 구출해준 것이 이 사람이야."

"참고로 『마치』가 아니라 정말로 날아간 거다."

오펜은 침대에 엉덩이를 걸치고 부루퉁한 얼굴로 투덜댔다. 그리고 커피포트를 간이 화덕에 걸치고 있던 클리오의 등을 발끝으로 가볍게 찼다.

"아, 뭐야, 오펜."

"시끄러."

그는 입을 삐죽이며 그 시선을 대머리 남자에게 옮겼다——.

관찰하면 할수록 인상이 좋지 않은 인물이었다.

그다지 남 말을 할 처지는 아니었지만, 오펜은 그를 가만히 바라보고 확실하게 결론을 내렸다.

그렇다. 첫 인상——좋지 않음.

대머리가 입을 여는 것보다 먼저 오펜은 그에게 물었다. 주도권을 쥐고 싶었기 때문이다. 다소나마.

"……그래서, 댁은 왜 날 구해준 거지? 마술사인 날 말이다."

당연하지만 어딘가에 훔쳐듣는 사람이 있을지도 모르는 상황이기에 작은 목소리로 물었다. 대머리도 역시 똑같을 정도로 작은 목소리로 대답했다.

"말했잖습니까. 동료니까요."

"동료라니——"

하고 말하려다, 오펜도 퍼뜩 알아차렸다.

"예."

대머리는 온화한 표정으로 고개를 끄덕여보였다.

"저도 마술사입니다."

"뭐어!?"

이 외침은 클리오에게서 나왔다——그리고 불에 올렸던 주전자를 노린 것처럼 성대하게 발로 차 날리며 몸을 일으켰다. 쓰러진 주전자의 물이 대머리에게 쏟아지는 것이 보였다. 비명을 지르는 그와 똑같은 표정으로 클리오도 입을 벌렸다.

오펜은 곧바로 뒤에서 그녀의 입을 틀어막았다.

"흐하모게가보가, 즈모가모가, 모가!"

의미 없는 신음을 끝없이 내뱉었던 클리오의 뒤통수를 차갑게 내려다보며, 오펜은 그저 가만히 기다렸다. 이윽고, 거의 1분 동안이나 큰 소리로 아우성을 치던 클리오가 뚝, 하고 조용해졌다.

그녀가 움직이지 않게 되고——위로 눈을 치켜 뜨며 이쪽을 보는 것을 확인한 오펜은 손을 치웠다. 그러자 그녀가 불만스러운 듯이 말했다.

"무슨 짓이야, 오펜. 이럼 큰 소리로 외치질 못하잖아."

"소리치지 말라는 거다."

오펜은 실눈으로 쏘아보고 침으로 흥건해진 손을 바지 뒤로 훔쳤다. 그리고 다른 한 손으로 척, 하고 바닥을 가리켰다.

"그 증거로, 이거 봐라. 저 계란남도 오체투지해서 항의의 뜻을 표하고 있잖아."

"뜨거운 물을 뒤집어 써서 죽었을 뿐입니다!"

대머리는 새빨개진 얼굴로——화상 탓일지도 모르지만——항의의 목소리를 높였다. 그리고 바닥에 굴러다니는 주전자를 들어 똑바로 세우고는 자신도 몸을 일으켰다.

오펜은 클리오를 옆으로 밀어내며 잠시 생각에 잠겼다. 사람이 움직일 때마다 등실등실 퍼지는 모래의 반짝임이 또렷하게 보였다——좁은 방을 가득 헤집듯이, 작고 느릿하게 모래먼지가 떠돌고 있었다.

그는 다시 방 안을 둘러보았다. 침대에 누워 있는 매지크를 포함하여도 이곳에 있는 것은 네 명뿐이었다.

"메첸은? 어떻게 됐지?"

그녀가 없었다.

대머리의 대답은 냉정했다.

"메첸 아미크 말입니까?"

그는 두 손을 문지르고——더욱 신중하게 목소리를 낮추었다.

"사실은 그녀를 포박하고 싶었는데 말이지요."

"그래서 그 폭동을 일으켰다는 거냐?"

이 대머리가 일부러 소동을 선동했던 것을 떠올리며 오펜이 물었다. 그는 고개를 끄덕이고 머리를 덮은 붕대를 푸고는, 어딘가에서 꺼낸 수건으로 젖은 머리를 훔치기 시작했다.

"……그럴 가치는 있었지요. 뭐니뭐니해도 현역인 '죽음의 교사'이니까요."

그리고 수건 아래에서 이쪽을 들여다보며 덧붙였다.

"그건 그렇고, 왜 당신이 그 여자와 함께 있었던 겁니까? 덕분에 설마 동료일 줄은 생각도 못했습니다."

"무슨 이야기야, 오펜?"

이야기가 전혀 이해 가지 않는지 옆에서 클리오가 끼어들었다. 오펜은 그런 그녀를 일별하고——갑자기 귀찮아져서 무시했다.

그 대신 대머리에게 설명하기로 하였다. 오펜은 대머리를 향해 그에 대해 물었다.

"댁이야말로 여기서 뭘 하는 거야?"

"뭐냐니——상주 조사원이죠. 벌써 2년 째입니다."

그는 그렇게 대답하며 자조하듯이 웃었다.

"프리랜서거든요. 라니오트라고 합니다."

그 말을 듣고 오펜은 눈살을 찌푸렸다.

"프리…… 누구에게 고용된 거지?"

"저에 대해서 모른다면 당신은 지휘계통이 다른 모양이로군요."

"나도 프리거든. 그래서, 댁의 고용주는?"

오펜은 계속해서──이상하다는 듯이 눈을 동그랗게 뜨고 쳐다보는 클리오를 곁눈으로 흘겨보며 따졌다. 대머리, 즉 라니오트라는 남자는 수건을 내리고 다시 붕대를 감았다. 보이지 않는 머리에 붕대를 감는 것은 상당히 어려운 일일 터이지만 그는 울퉁불퉁한 손가락을 놀려 상당히 재주 좋게 그것을 완수하였다.

그는 붕대를 다 감은 뒤에 대답했다.

"궁정에 계신, 어떤 분……이라고밖에 말할 수 없습니다만."

"《십삼사도》?"

오펜은 왕도의 궁정 마술사를 뜻하는 호칭을, 다소 놀라움이 담긴 목소리로 입에 담았다. 라니오트는 순순히 긍정했다.

"뭐, 왕도로서는 지리적으로 떨어져 있는 만큼 이쪽의 동정이 신경 쓰이는 모양이라서요. 잠입한 것도 저 한 명뿐이진 않을 겁니다."

"스파이라는 거로군."

이것은 클리오에게 설명해주는 셈으로 중얼거린 말이었다. 오펜은 턱에 손을 대고 말을 이었다.

"흐음…… 그렇군. 생각해 보면 이 마을에 잠입하는데, 이곳에 있을 동료를 찾으려 하지 않았던 건 얼빠진 짓이었을지도 모르겠군."

"그럴지도 모르지요. 그래서, 당신의 고용주는……?"

"음? 아아, 난 프리야."

"아니, 그러니까……."

"그러니까."

오펜은 딱 부러지게 단언했다.

"난 명실상부한 프리야. 어디에서도 명령을 받지 않아. 그저 단지 자신의 사정 때문에 이곳에 왔을 뿐이지."

"나도야."

대화에 끼어들지 못하는 것이 다소 지루했는지 클리오도 자신을 가리키며 덧붙였다.

"허어⋯⋯."

라니오트는 석연치 않은 듯했지만 그다지 깊이 따지고 들지는 않았다. 그저 이번에는 젖은 옷을 훔치며 물었다.

"그럼 아까 전의 질문을 다시 드리겠습니다만⋯⋯. 당신이 그 죽음의 교사와 함께 있던 이유를 들려주시겠습니까? 그건 몇 명이나 되는 마술사를 죽인 여자입니다. 왕도에서는 확실하게 지명수배를 받은 확고한 암살자라고요."

"그냥 상황이 그렇게 됐어. 달리 말할 도리가 없군. 아, 그렇지──."

오펜은 어깨를 으쓱이다 별안간 떠올렸다. 그리고 두 팔을 펼치고 자신의 차림을 가리켰다.

"이봐. 그 여자는 흰색이 이 마을의 포멀 컬러라고 했는데 말이야. 내 차림, 뭔가 이상하지 않아? 어중간한 수행자 같아서."

"그 이전에 체질적으로 흰색이 어울리질 않아."

클리오의 의견은 일단 제쳐두고, 라니오트 쪽을 주시하자 그는 잠시 고민스러운 듯이 신음을 흘렸다.

"글쎄요. 하지만 분명 포멀 컬러 운운이라는 이야기는 거짓말이 아닙니다."

"그래? 하지만 그다지 어울리지 않는 것도 눈에 띄어서 위험할 것 같은데⋯⋯. 잘 봐줘, 봐봐."

오펜은 끈질기게 물으며 라니오트 쪽을 가만히 쳐다보았다. 그도 이쪽을 머리부터 발끝까지 곰곰이 살펴보고는 한숨을 쉬었다.

"딱히 이상한 점은 안 보이는군요. 걱정할 필요는 없을 겁니다."

"흐음……."

오펜은 포기가 섞인 한숨을 내뱉고 다른 것을 묻기로 하였다.

"그리고 나도 또 물어서 미안한데, 메첸은 어디로 갔지?"

"소동이 일어났을 때 마차를 타고 도망친 모양이더군요."

"그럼 내 옷도 그 녀석이 가지고 있겠군……."

"그 마차에 숨겨두었다면 그렇게 되겠지요. 그럼, 당신의 이름을 여쭈어도 되겠는지?"

"아, 그러고 보니 그렇지."

퍼뜩 깨달은 오펜은 정신을 추스르고 클리오와 매지크를 가리키며 말했다.

"이 녀석들이 통칭, 성가신 짐짝과 귀찮은 짐짝."

"잠깐, 오펜!"

클리오가 목청을 높였지만 무시했다. 오펜은 달려드는 클리오의 손을 잽싸게 피하고 그녀의 머리 위에서 가만히 몸 여기저기를 긁적이는 레키를 잡아 들었다.

"이 검은 놈이 스위치가 달린 위험물."

"오펜! 왜 내가 짐짝이야! 이렇게 노력하는데!"

"참고로 스위치를 쥐고 있는 인간도 위험물인데 말이지."

"적어도 매지크랑 나 어느 쪽이 성가시고 어느 쪽이 귀찮은지 그것만은 확실히 해줘!"

소녀의 돌진을 휙휙 피하며 방 안을 돌아다니고——아연하게 이쪽을 바라보는 라니오트 쪽을 보며 오펜은 마지막으로 자신을 가리

컸다.

"그리고 난——"

그는 한 번 말을 끊고 단호하게 고했다.

"《송곳니 탑》의 키리란셀로다."

"큰일이다아아아아아아!"

그녀가 그런 비명을 듣고 무엇을 했는지 설명하자면——

침대에 누운 채로 한쪽 눈을 움찔 치켜 올렸다. 그뿐이었다.

피로감이 두 팔을, 가슴을 묵직하게 눌렀다. 보이지 않는, 하지만 지극히 무거운 공기에 짓눌릴 듯한 느낌을 받으며 아자리는 간신히 폐를 부풀렸다. 그리고 속에 쌓은 공기를 몸을 떨며 내뱉었다.

그 순간, 문이 열렸다.

"큰일이에요오오오오!"

그 지인——도저히 이름을 외울 수가 없었다——의, 동생 쪽의 목소리였다. 그는 바닥에 떨어진 모래를 다시 공중으로 피워 올리며 허둥지둥 방 안으로 들어왔다.

"큰일이에요!"

커다란 장바구니를 털썩 떨어뜨리며 이쪽을 향해 말하는 지인. 그러자——

"그렇다아아아아아아!"

뒤를 이어 형 쪽이 뛰어 들어왔다. 그는 검을 절그럭거리며 외쳤다.

"놀랍게도! 이 마을에는, 어디에도 멜론을 팔지 않지 않은가아아아아!"

퍽——.

"바보는 일단 내버려두고."

장바구니 안에서 꺼낸 커다란 야자수 열매로 형의 머리를 때려 눕힌 동생이 조용히 말을 이었다.

"아무래도 무슨 사건이 벌어진 모양인지, 마을 전체가 대소동이에요. 경비원 같은 사람이 여기저기에 수도 없이 돌아다녀요!"

"뭐라고……?"

그 말에는 역시 무시할 수는 없었기에——솔직히, 이대로 잠이 들고 싶은 기분이었지만——아자리는 상반신을 일으켰다. 거기서 문득어떤 것을 깨닫고 물었다.

"그건 그렇고, 왜 야자열매 같은 걸 사온 거야?"

"아니, 이런 일도 있을까 싶어서요."

동생 쪽 지인은 피를 콸콸 흘리며 쓰러진 형을 내려다보며 대답했다.

"이봐, 도틴……."

그 형이 벌떡 일어났다——그가 불러준 덕분에 아자리는 간신히그 동생의 이름을 떠올렸다. 그건 그렇고, 형 쪽 지인은 빙빙 도는 눈으로 주변을 둘러보며 중얼거렸다.

"얻어맞기 전후의 기억이 좀 애매해서 그러는데…… 혹시 너, 뭔가 엄청난 짓을 저지르진 않았냐?"

"설마. 무슨 말을 하는 거야, 형."

그렇게 대답하며 도틴이 피가 묻은 야자열매를 다시 바구니 안에

넣었다.

"아, 으음……."

아자리는 잠 기운이 떨어지질 않는 두 눈을 문지르며 형 쪽을 손짓으로 불렀다.

"음?"

그리고 이쪽으로 오는 지인의 이름을, 그녀는 잠시 기억 속을 뒤져서 찾아냈다.

"뭐라고 했더라…… 아아, 그래. 뽕깡 군."

"그건 납작한 귤이지!"

몸을 꼿꼿하게 세우며 뽕깡 군이 고함을 질렀다. 그는 이쪽으로 다가오며 빠른 말투로 말을 쏟아냈다.

"역사에 남을 대위인의 존명을 잊으면, 다른 쓸데없는 지식을 쑤셔넣어봐야 뇌에 흰개미가 자리 잡을 뿐이야! 참고로 이 몸은 마스마튜리아의 투견! 볼카노 볼칸이니까, 나무 틀 안에 끼여 죽는 한이 있더라도 잊지 말도록!"

"아~, 알았어, 알았어."

아자리는 이제 손을 뻗으면 닿을 지점까지 다가와 아우성을 치는 볼칸을 향해 힘없이 신음했다——동시에 가볍게 손을 흔들었다. 그러자 볼칸의 정수리에서 솟구치던 피가 갑자기 사라졌다. 상처도 포함해서.

"오오!?"

볼칸이 과장되게 경악성을 내뱉었다.

"이, 이런 일이 가능하다니!?"

"이런 건 딱히 별 것 아니야."

정말로 별 것이 아니었기에 그녀는 그렇게 말했을 뿐이지만, 볼칸은 아직도 놀라고 있는 모양이었다. 그는 감개무량하다는 듯이 홀로 고개를 끄덕였다.

"하지만 이러한 일은 처음이라고 해야 할지, 금시초문이라고 해야 할지."

"……키리란셸로랑 함께 있었잖아. 그럼 이 정도의 마술은 본 적이 없을 리 없을 텐데?"

아자리는 얼굴에 손을 대고 잠 기운을 씻어낼 수 있지 않을지 슥슥 문질렀다. 그다지 효과는 없었지만 일단 뇌의 절반 정도는 이야기를 들을 자세가 되어준 듯했다. 그렇게 절반만 활성화한 머릿속에 볼칸의 탄식이 울렸다.

"이 몸이 하고 싶은 말은, 그 사채꾼이 이런 상처를 낫게 해주는 인간적인 행위는 해주지 않았다는 것이다만."

"아, 그래…….."

입밖으로 낼 수 있는 대답은 그것뿐이었다. 덤으로도 말해주었다.

"그런데 너, 졸리지 않아?"

"앙?"

볼칸이 눈을 동그랗게 뜨며 고개를 기울였다.

"그러고 보니 왠지 졸린…… 걸……."

그리고 말이 끝나기도 전에 꽈당 바닥에 쓰러져 코를 골기 시작했다.

"이것도…… 마술인가요?"

아자리는 깜짝 놀란 듯이 묻는 도틴을 또렷해진 눈빛으로 바라보았다.

"어라?"

그리고 더욱 이상한 듯이 도틴이 목청을 높였다.

"잠 다 깨신 건가요?"

"응. 뽕깡 군에게 내 피로를 옮겼거든."

그녀는 그렇게 대답하며 침대 옆에 발을 내렸다. 몸을 일으켜 세울 의욕은 일어나지 않았지만 그래도 머릿속만은 또렷했다.

"그래서, 소동이라니, 무슨 일이 일어난 거야?"

"아니, 거기까지는…… 단지, 벽 바깥의 슬럼가에서 폭동 같은 게 일어난 모양이에요."

"자세한 건 모르고?"

"돌아다니는 소문 정도로는 좀요."

흐응…… 하고 그다지 흥미가 없다는 듯이 반응하면서 아자리는 그것이 자신의 행동에 어떠한 장해를 불러올지를 검토하였다. 자세한 내용이 불명이어서는 어찌할 도리도 없지만, 단 하나 알 수 있는 것이 있었다.

"뭐, 별 건 아냐."

즉──자신이 발견된 것은 아니라는 뜻이다.

그녀는 태평하게 말하고 다시 침대 위에 드러누웠다. 도틴이 어라? 하고 의표를 찔린 듯이 어리둥절한 목소리를 내뱉었다.

"괜찮은 건가요?"

"경비병에 대해선 신경 쓸 것도 없어. 어차피 거리에 나가지 않은 때에는 신전 경비를 엄중히 하고 있을 테니까 어떻든 마찬가지지."

"허어……."

"마음에 걸리는 것이 있다면, 그래……."

아자리는 말을 도중에 멈추고 베개 밑에 손을 집어넣었다. 그리고 부스럭부스럭 뒤지지 딱딱한 것이 손끝에 닿았다. 그녀는 그것을 잡고 바깥으로 빼냈다.

그녀가 꺼낸 것은 새카만 표지의 책이었다. 제목도 뭣도 쓰여 있지 않은.

"아, 그거——"

도틴이 흥미라도 있는지 물었다.

"많이 읽으신 건가요?"

"응. 고어 같은 건 몇 년이나 쓴 적이 없다 보니까 고생했지만."

아자리는 맥 없이 대답하고 눈을 감았다. 그러자 안에 있던 한 문장이 뇌리에 떠올라 사라졌다.

『모든 것이 출현해, 세계에 흘러 넘쳤다——.』

'그리고 그 탓에 일어난 변화가 구세계를 엉망진창으로 만들었어. 아마도, 지금도…… 계속해서.'

그녀는 책에 쓰여 있는 내용을 홀로 속으로 복창하였다.

'이 세계서에는——거인의 대륙, 요툰헤임의 역사가 쓰여 있어. 하지만 알 수가 없군. 애초에 거인의 대륙은 어디에 있는 거야? 이 키에살히마 대륙 이외의 대륙은 아무도 발견하지 못했어. 우리의 선조가 다른 대륙에서 이곳에 이주해온 것은 절대적으로 틀림이 없으니까, 논리적으로 생각하면 다른 대륙에도 인간 종족이, 다른 종족이 있을 거란 말이야. 그런데도 수백 년 동안 대륙 바깥에서 배가 온 적은 한 번도 없지…….'

이런 말도 안 되는 일이 있을 리 없다. 바깥 바다를 건너는 기술은 ——이 대륙에 인간이 도항해온 3백 년 전에도——존재했으니까. 키에살히마 대륙에서는 실전되었지만.

'아니면, 다른 대륙이 이미 완전히 죽어버렸을 가능성도 있지 만……'

세계서에는 끊임없이 세계의 변화와 그에 따른 파괴가 쓰여 있 었다.

'내가 발견한 노르니르의 유적에도 몇몇 문서가 남아 있었어. 그 문서에 따르면 과거에 드래곤 종족은 결정적인 실수를 저질렀다고 해……. 그 실수 때문에 그들은 성역에 틀어박히게 되었고. 그리고 그들은 매우 북쪽에 연연해 했어. 이 킴라크에. 그래──《펜릴의 숲》 의 아스라리엘도.'

성역과 《숲》을 수호하는 딥 드래곤 종족의 전사 우두머리를 떠올 리며, 가늘게 뜬 눈으로 천장을 바라보았다.

'선생님도, 마찬가지──10년 전, 이 킴라크에 잠입해야만 했던 이유란 대체 뭐였나요, 선생님……'

그런 생각을 떠올리며 그녀는 생각과는 전혀 다른 말을 입에 담았 다. 폴짝 고개를 들고, 아직도 바닥에 쓰러져 코를 고는 볼칸을 내려 다보며 중얼거렸다.

"괜히 마술을 쓰지 말 걸 그랬어."

그녀는 내키지 않는다는 듯이 몸을 일으켰다.

"정작 내가 잘 수 없게 됐잖아."

"그대들은 멸망하지 않을 것이다."

그녀의 목소리에는 고요한──하지만 비참한 자신감이 담겨 있었다.

"성역의 존재도…… 이제 여력 따윈 없을 터이니까."

# 제5장 반짝이는 칼날은 이미

"아, 그런 곳에 있었어?"

별안간 들려온 태평한 목소리에 오펜은 앉아 있던 지붕 위에서 시선을 아래로 내렸다――오두막 바로 앞 골목에서 클리오와 매지크가 이쪽을 올려다보고 있었다.

오펜은 말없이 고개를 끄덕였다. 그리고 그대로 다시 밤하늘을 보았다.

교회 관리구역인 이 게이트 록에 들어올 때까지는 상공에 휘몰아치는 모래먼지 탓에 보이지 않겠군――하고 생각했지만, 사실은 달랐다. 밤하늘을 수놓는 금색의 모래는 무수한 유성처럼 밤하늘에 출렁였다. 하늘 끝에서 끝까지, 한없이. 결코 아름다운 풍경인 것은 아니다.

마치 불길한 태동 같은 광경. 그 태동이 이 땅에서는 2백 년이나 이어져 온 것이다…….

"너희도…… 올라와라. 할 이야기가 있다."

오펜은 하늘을 바라본 채로 그렇게 중얼거렸다. 다만, 그런 말을 할 필요도 없이 클리오는 이미 지붕에 올라갈 수 있을 만한 발판을 찾고 있는 모양이었지만.

결국 오펜이 사용한 것과 똑같이 오두막 옆 정수조를 발판 삼아 클리오와 매지크도 지붕으로 올라왔다.

"히야~, 여기 구멍이 뚫려 있어."

조심스럽게 다가오는 두 사람을 향해 오펜은 조용히 고개를 향했다.

　클리오는 점퍼 앞을 잠그고, 그 가슴에서 레키가 고개만 내밀고 있다. 매지크는 아직 기운이 없는 모양이었지만 그래도 일단은 쇠약 상태에서 벗어난 모양이었다. 나무상자 안에 며칠이나 숨는 동안 준비해두었던 물통은 도중에 다 떨어졌다고 클리오가 했던 말을 떠올렸다.

　"인간이 수분 섭취 없이 살아 있을 수 있는 건 겨우 이틀뿐이라는 걸 몰랐던 거냐?"

　나지막하게 묻자 클리오가 오펜을 보고 아하하, 하고 웃었다.

　"한밤에 몰래 상자에서 빠져나오기도 했어. 볼일도 봐야 했으니까. 몰랐어?"

　"……어차피 레키에게 발소리를 지워달라고 하고 모습도 숨겨달라고 했잖냐?"

　"응. 생각해 보니 그럴 거면 괜히 나무상자에 숨을 필요는 없었는데 말이야."

　그녀는 깔깔 웃으며 오펜의 옆에 앉았다——그녀의 뒤를 매지크도 따라왔다. 결국 매지크는 조금 떨어진 목재 귀퉁이에 엉덩이를 걸쳤다.

　"뭘 보시는 건가요, 스승님?"

　매지크가 작은 목소리로 물었다. 오펜은 매지크를 보고, 그리고 시선을 다시 밤하늘로 옮겼다.

　모래먼지의 춤은 계속되었다. 그 누구에게도 연연하지 않고, 줄곧.

몇 초 정도 그 광경을 바라보던 오펜이 대답했다.

"하늘이야."

"그대로잖아."

클리오가 불만스러운 듯이 말했다. 그런 그녀의 얼굴을 일별하고 오펜은 훗, 하고 웃었다.

"킴라크의 하늘, 을 말이다. 일단 여기까지는 올 수 있었구나, 하고 감개에 젖어 있었어."

"……혼자서?"

"둘이서 젖을 건 아니잖냐. 애초에 너희들에게 이 교회 총본산에 왔다는 감개 같은 게 있긴 하냐? 어차피 관광 정도로밖에 생각 안 하면서 말이다."

곁눈으로 흘겨보며 클리오에게 말했다——그러자 매지크의 중얼거림이 또렷하게 귀에 들어왔다.

"——아니에요."

"어?"

그렇게 되물은 것은 클리오였지만——

오펜도 의문부호를 띄우며 얼굴을 찌푸리고 매지크 쪽을 돌아보았다. 이 작은 체구의 금발 소년은 무릎을 안은 자세로 그 무릎에 얼굴도 파묻고 있었다. 그래서 이쪽에서는 표정을 살필 수 없었다.

하지만 그 목소리에는 명확한 의지가 담겨 있었다.

"저는, 스승님을 도우려고 온 거예요."

"그건 나도 마찬가지야."

입을 삐죽이며 지적하는 클리오——하지만 매지크는 단호하게 고개를 저었다. 눈은 아래로 내려 깐 채였지만.

"아니야. 클리오 너랑은, 달라."

클리오가 반론하기보다 먼저 매지크가 그녀에게 물었다.

"넌 무엇을 위해 여기에 왔어?"

"난⋯⋯."

소녀는 대답할 말이 곤궁한 듯했다. 옷속에서 목을 움츠리는 레키를 상담하듯이 내려다보았다.

"왠지 모르게, 와야만 하겠구나~, 싶어서 왔을 뿐이야."

"나도 그래. 하지만 난 왠지 모르게가 아냐."

매지크는 빠른 말투로 말을 쏟아냈다──누군가에게가 아니라, 자기 자신을 다그치듯이. 그는 거기서 처음으로 고개를 들었다. 울고 있는 것도 아닌데 두 눈이 빛나고 있었다.

"⋯⋯왠지 모르게가 아니야."

그렇게 중얼거린 그의 위──

아득히 먼 남쪽 하늘에서, 두꺼운 구림이 소용돌이를 그리는 것을, 오펜은 깨닫고 있었다.

내일은 비가 오리라.


쏴아아아아아아아아⋯⋯.

새벽녘부터 내리기 시작한 비는 다음날 점심이 지나서도 그칠 기미를 보이지 않았다. 본격적인 비가 계속되었다. 비구름과 비와 모래. 모든 것이 뒤섞여 짙은 감색이 된 거리의 하늘은 침통한 무언가를 견디는, 그런 어두운 안색으로도 보였다.

"이렇게 비가 내리다니 별일도 다 있군요."

식기를 정리하며 라니오트가 내뱉은 말을, 그가 마음에 든 모양인 클리오가 되물었다.

"드물어?"

"예. 이곳에서는요."

그는 빙긋 미소를 지으며 대답했다. 창고 겸 개수대 겸 부엌, 이라는 모습으로 방 구석에 설치된 식기대에 겹쳐 쌓은 그릇이 찰그랑 소리를 내며 놓였다.

오펜은 어제 바닥에서 잔 탓에 아직도 결림이 풀리지 않는 어깨를 뻗거나 움츠리며 두 사람을 보았다.

"하지만 오래 내릴 것 같아."

레키와 나란히 창 밖을 보던 클리오가 그렇게 말했다. 창문 근처에는 매지크도 있었지만 소년은 홀로 줄곧 바깥을 바라볼 뿐이었다. 클리오가 다가가도 고개도 들지 않았다.

그런 두 사람을 보며 라니오트가 말을 이었다.

"한 번 내리기 시작하면 깁니다. 그런 풍토인 거겠죠."

"헤에."

감탄한 듯한 클리오의 반응을 들으며──

오펜은 말에 끼어들었다.

"……그런데, 킴라크 중심에 들어갈 수단은 있는 건가?"

그 한 마디에 방이 정적에 감싸였다. 라니오트도, 클리오도──매지크까지 그런 오펜에게 고개를 향했다.

처음으로 입을 연 것은 라니오트였다.

"있습니다."

"그럼, 되도록 일찍 이동하고 싶어."

"…………."

라니오트는 입을 다물었지만 고개는 돌리지 않았다. 그저 표정을 곤혹으로 물들일 뿐이었다.

"그렇게 말씀하실 줄은 알았습니다만."

"어째서?"

이상하다는 듯이 클리오가 목청을 높였다——머리에 올린 레키를 쓰다듬으며, 그 검은 새끼 드래곤은 지루한 듯이 하품을 하고 있었다.

침착한 말투로 그 질문에 답한 것은, 오펜도 라니오트도 아니라 매지크였다.

"오랫동안 잠복하는 건 위험하니까……겠죠?"

"그래."

오펜은 팔짱을 끼었다.

"누군가 덕분에 마을에 들어오자마자 대소동이 벌어져 계획이 엉망진창이 되었지."

"맞아. 라니오트가 싸움을 건 탓이야."

확신에 가득 찬 말투로——즉, 완전히 진심으로 클리오가 맞장구를 쳤다.

관자놀이 부근이 한 번 씰룩이는 것을 느꼈지만, 오펜은 간신히 자제하고 말을 이었다.

"그 탓에 마을의 경비가 증원되었다고 하고, 이렇게 멍하니 기다리고 있어도 언젠가는 이——그 뭐냐, 외륜가(外輪街)라고 했던가? 이곳에 조사의 손길이 미치는 것도 시간문제일 거다. 이렇게 된 이상 재빨리 용건을 마치고 탈출하는 것이 최선이야."

"맞아~. ……하지만 라니오트를 탓하는 것도 불쌍하지. 몰랐잖아."

"…………."

오펜은──머리를 부둥켜안고 싶은 심정을 참으며──라니오트를 돌아보았다.

"그래서, 그 방법이란 뭐야?"

"제가 안내해드리겠습니다……. 당신들만으로는 확실하게 조난당할 테니까요."

"조난?"

생뚱맞다면 생뚱맞은 단어에 오펜이 되물었다. 라니오트는 두꺼운 손가락을 서로 문지르며(버릇이라고 한다) 씨익 웃음을 띠었다.

"아시겠지만 이 킴라크 시는 이곳 외륜가와 벽 너머, 신전을 감싸는 중심가로 나뉘어 있습니다."

"그래."

오펜이 고개를 끄덕이자 라니오트는 창밖을 가리켰다──마을 자체를 가리키듯이.

"그리고 식량 등을 운반하는 상인만이 이 외륜에서 중심으로 가는 통행을 허가받을 수 있죠. 단지 그 경우에도 상인은 완전히 신전의 감시 하에 놓여 지정된 시간 이상은 안쪽에 머무를 수 없습니다. ……사실상 상인으로 변장해 저 《배움의 벽》을 넘는 것은 불가능하다는 뜻이죠."

"……그래서?"

"문제는 외륜에서 중심으로 통행을 허가받지 못하는 것은, 마을의 주민조차 예외가 아니라는 점입니다."

라니오트는 해설을 계속하며 시선을 오펜에게 향했다.

그런 그에게 물었다.

"어째서지? ——어제 공격을 당했을 때도 그런 말을 했는데, 조금 궁금했었어."

그는 천천히 고개를 끄덕였다

"이유는 간단해요——킴라크 교도가 가장 싫어하는 것은 무엇입니까?"

"마술사."

오펜은 즉답했다. 라니오트가 뒤이어 고개를 끄덕였다.

"그렇다면 당연하지 않겠습니까? 마술사의 소양은 유전되니까 말입니다……."

그 말을 듣고 오펜은 깨달았다——어제 들었던 단어 몇 가지와 함께.

좋은 피의 혼입……. 즉, 나쁜 피는 받아들일 수 없다…….

"그런가. 킴라크 교도 안에는, 설령 잠재적이라고 해도 마술사의 소양이 유전되어서는 안 되는 거로군."

"정답입니다. 그것을 방지하기 위해 도시의 신전청은 과거 순혈이라는 증거를 댈 수 없는 자는 마을에 들이지 않는다는 방침을 2백 년 동안이나 지켜왔지요. 대륙의 교회 조직이라는 곳은——교회 그 자체는 전토에 걸쳐 존재해도, 진실로 '킴라크 교도'라고 부를 수 있는 것은 중심가에 사는 주민뿐이라는 뜻입니다."

"킴라크 교회의 교의가 다른 도시에서 일반화되지 않는 것도 당연하겠군. 신전에게는 마을 바깥의 교회라는 건 어디까지나 방계일 뿐일 테니까."

"그렇습니다. 하지만 이 외륜가의 주민도 중심가에 들어가고 싶어 이곳에 살고 있는 것이니, 비밀리에 《벽》을 넘을 수 있는 루트는 몇 가지가 발견되어 있지요."

그것으로 라니오트의 해설이 끝난 것은 아니겠지만, 그가 뒤이어 말하기 전에 클리오가 중얼거렸다.

"……잘 모르겠어. 교회를 믿어도 들여보내주지 않는다는 거야?"

"그들은 순혈에 집착하고 있으니까요."

라니오트는 석연치 않는 표정의 클리오를 향해 미소를 지었다.

"즉 마술사라는 건 인간 종족과 드래곤 종족이 피를 섞은 결과로 태어난 존재이거든요."

"아무리 귀여워도 들고양이는 키우고 싶지 않다는 뜻이야?"

"……뉘앙스는 다르지만, 그런 식이겠지요."

라니오트는 쓴웃음을 지었지만 부정은 하지 않았다.

"그래서——"

매지크가 나지막하게 질문했다.

"결국, 그 침입할 수 있는 루트라는 건…… 구체적으로 어디인가요? 조난이라고 하신 이상 상당히 위험한 길이겠죠?"

그의 뒤에 있는 창문 바깥에는 여전히 비가 계속 내리고 있었다. 쏟아지는 빗방울이 궤적을 그리며 잿빛의 철창처럼 세계를 가두고 있었다.

"예. 이 비를 보건대……."

그는 즐거운 듯이 큭큭 웃으며 말을 이었다.

"수몰되지 않기를 기도할 수밖에 없겠군요."


그 주점에 들어감과 동시에——오펜은 위화감을 느꼈다.

어디가 어땠던 것은 아니다. 어두운 가게 안도 바깥에 비가 내리는 이상 어쩔 수 없는 일이다. 대낮부터 주점에 모인 십수 명의 남자들도 딱히 문제가 있는 것도 아니다.

다리가 굵은 테이블과 천장에 매달린 램프, 계단, 구석에 놓인 몇 개의 통. 비좁은 것과 천장이 낮은 것을 제외하면 지극히 평범한 바에 지나지 않는다.

그리고 지극히 평범한 만큼, 오펜이나 클리오, 매지크 세 사람이 연이어 들어온 것은 매우 눈에 띄었다.

여기저기에 놓은 테이블에서 수상하다는 얼굴을 이쪽으로 향하였다. 개중에는 명백하지는 않더라도 적대적인 시선을 보내는 자도 없지는 않았다.

"스승님……."

가게 안의 분위기에 조금 위축되었는지 매지크가 중얼거리는 것이 들렸다.

"너도 여관집 자식이잖냐."

오펜이 말하자 그가 항의했다.

"하지만 손님이 들어온 적도 없고, 저 술 냄새는 싫어한단 말이에요."

그때──

그들보다 조금 뒤늦게 또 한 사람이 주점에 들어왔다.

"늦었잖아, 라니오트."

들어온 남자를 보고 클리오가 불평했다.

"이야, 죄송합니다. 잠시 볼 일이 있어서."

삭발한 머리에 손을 대며 라니오트가 들어온 순간──가게 안의 적의가 다소 누그러진 것을 오펜은 알아차렸다. 그렇다고 해도 그래도 완전히 사라진 것은 아니었지만. 보이지 않는 곳에서 쿡쿡 찌르며 이쪽을 다그치는 듯한 분위기가 은근히 남아 이었다.

오펜은 그런 시선들을 의식하며 깨닫지 못한 척을 하였다. 그리고 라니오트에게 물었다.

"여기야?"

"……무얼 말인가요?"

시치미를 뗀 표정으로 되묻는 그를 보며 오펜이 탄식했다.

"그러니까 루트 운운 말이다."

"알고 계시다면 물으실 것까지도 없잖습니까?"

"……너 좀 열받는다."

하지만 라니오트는 딱히 맞서지 않고 가볍게 한 손을 들어 웃을 뿐이었다.

"핫핫. 뭐, 절 신용해 주십시오."

그는 그렇게 말하며 성큼성큼 가게 안쪽으로 나아갔다.

오펜도 그다지 주변을 둘러보지 않도록 주의하며 그의 뒤를 따랐다──일단 안에 있는 손님들과 눈이 마주치지 않도록 조심할 작정이었지만, 클리오가 아무런 주저도 하지 않고 사정없이 둘러보는 통에 의미는 없었을지 모른다. 매지크도 경계심을 강하게 가지며 가장 뒤를 따라왔다.

만약 이 손님들 전부기 느닷없이 덮쳐올 경우, 어떡해야 좋을까──.

'……마술을 쓰면 안 된다는 것만으로도 이렇게나 불안한 기분이 되다니.'

오펜은 한심한 기분으로 혼잣말을 내뱉었다. 마술 없이도 능숙하게 움직이면 이런 오합지졸에게서 도망치는 것은 불가능하지 않을 터였다. 하지만 도저히 그것이 가능할 것 같지 않았다.

지금까지, 적어도 정신적으로는 마술에 전적으로 의지하지 않도록 주의해왔다고 여겨왔지만.

'결국은, 생각에 지나지 않았다는 거로군. 클리오에게 얕보일 만도 해.'

그런 생각을 하는 와중에——

라니오트가 카운터 안쪽에 있는 노인을 쳐다보고 있었다.

웨이터였는지 아닌지는 알 수 없었다——즉 노인은 카운터 안쪽에 있는 낡은 의자에 앉아 작은 나뭇조각을 조각하고 있을 뿐이었기 때문이다. 차림새도 손님과 별 차이가 없다. 카운터 옆의 문은 열려 있었고, 아무래도 손님은 이곳에 들어와 알아서 자신이 마실 것을 만들고 근처에서 알아서 마시게 되어 있는 모양이었다.

"여어, 제이크."

라니오트가 명랑한 목소리로 노인에게 말을 걸었다.

노인은 재주 좋게 한쪽 눈만을 올려 이쪽을 보았다. 그 손에는——조각도로 생긴 듯한 무수한 흉터와——미완성된 말 모양의 조각이 있었다.

"수다라도 떨려고? 그럼 관둬주게."

"수다가 아닙니다. 안쪽을 쓰게 해주십시오."

라니오트가 부드럽게 말한 그 순간——

딜컹!

의자를 박차는 소리와 함께, 대답을 한 것은 노인이 아니었다.

"이봐, 라니오트."

뒤를 돌아보았다. 그러자 가장 근처에 있는 테이블에서 거구의 남자가 눈을 부라리며 이쪽을 보았다.

참고로 몸을 일으킨 것은 그 남자가 아니었다. 같은 테이블의, 흉악해 보이는 얼굴을 한 친구였다. 주변을 보자 가게 안의 남자들이 시비를 거는 얼굴이라고 해야 할 형상으로 일제히 이쪽을 노려보고 있었다.

"무슨 일이신가요?"

라니오트가 심약하게 눈썹을 늘어뜨리며 그 남자를 돌아보았다.

그러자 아까 몸을 일으킨 남자가 잔에 남은 맥주를 모두 들이킨 뒤에 말했다.

"무슨 생각이냐?"

"……이라고 하심은?"

"난 기억한다고. 거기 그 애송이. 어제 소동 때에 교사님이 데리고 온 마술사 아니야?"

술렁…… 하고, 가게 안에 작지 않은 파문이 퍼졌다.

또 동시에 덜컹덜컹 소리를 내며 몸을 일으키는 사람이 늘었다.

"무슨 말씀을 하십니까?"

라니오트가 그런 그의 말을 일소에 부쳤다.

"분명히 이 분은 교사님께서 데리고 온 분입니다만…… 그런 사람이 마술사일 리가 없지 않습니까?"

"무, 무슨 헛소리냐!"

또 다른 남자가 노성을 터뜨렸다. 그리고 다시 다른 남자.

"그 폭발은 어떻게 생각해도——"

'어떻게 생각해도 인간의 마술로는 불가능하지.'

오펜은 마음속으로 혼잣말을 내뱉었지만, 생각해보면 그런 것은 일반인에게는──그리고 특히 이 마을의 주민에게는 구별할 수 있을 리가 없다.

레키가 저지른 짓이지만, 아무래도 그의 짓이 된 모양이다.

남자들의 노성은 차츰 커져갔지만──

그것이 갑자기 뚝 멈추었다. 라니오트의 탄식이 섞인 한 마디로.

"……말씀을 드리지 않으면 안 되려나요……."

남자들을 술렁이게 만든 것은 그 말이 아니라 라니오트의 표정이라는 것을 오펜은 깨닫고 있었다.

아까까지 맥이 빠진 듯한 표정을 만들던 라니오트가, 진지한 얼굴을 보였다.

그는 고요한 말투로 말하기 시작했다.

"교사님께서는 그렇게 말씀하셨습니다만──본심으로는 저희 외륜가의 주민을 신전에 다가가지 못하게 하는 신전청 인간의 방식에 의문을 가지고 계십니다."

"뭐라고……?"

'뭐라고?'

목소리를 내어 의문을 표한 것은 남자들이었지만, 라니오트의 말에 마음속으로 대놓고 수상해한 것은 오펜이었다──단신히 얼굴로는 내비치지 않도록 꾸미며 라니오트의 진의를 파악하기 위해 그의 옆얼굴을 보았다.

라니오트는 확신에 가득 찬 말투로 말을 이었다.

"당연하잖습니까. 메첸 교사님께서는 여러분도 아시다시피, 마을 바깥에 나간 적이 있는, 신전에서도 몇 없는 분 중 하나입니다. 평생을 신전 안에서 지낸 내부의 인간과는 다른 생각을 가지고 계시죠."

"어째서 그런 걸 네가 아는 거냐?"

처음에 말을 걸어온 거구의 남자가 의자에 앉은 채로 물었다.

라니오트는 단호하게 고개를 끄덕였다. 그리고——하필이면——이쪽으로 손을 흔들었다.

"어제 소동이 벌어졌을 때 이분들을 나포한 저는, 이분께 메첸 교사님의 생각을 들었기 때문이지요."

그는 그렇게 말하며 표정에 후회의 빛을 섞었다.

"그리고 저희의 사려가 얼마나 좁았는지 깨닫게 되었습니다."

"좁았다고?"

남자들은 이제 완전히 듣는 태세로 들어가 있었다——몇 명인가는 아예 의자에 다시 앉는 자도 있었다.

"그렇습니다. 메첸 교사님의 생각은 무서운 것이기도 하였습니다. 그래서 저희 같은 자에게 진실을 밝힐 수 없었던 것이겠지요."

라니오트는 다시 고개를 끄덕이고, 역시나 다시 이쪽을 손으로 가리켰다. 아연해 있던 오펜은 자신도 모르게 몸을 긴장으로 굳혔지만——

어떤 의미에서는 그것이 옳았으리라. 라니오트가 태연히 말을 이었다.

"이 분들은 악의와 편견으로 신전을 운영하는 자들을 숙청하기 위하여 메첸 교사님이 비밀리에 모시고 온 암살자이십니다."

'계엑——!'

그 말을 듣고 뿜을 뻔 한 오펜은 황급히 아랫배에 힘을 주었다. 간신히 웃음이 나오려던 것을 참고 조심스레 가게 안을 둘러보자——

'오호라……'

이쪽을 바라보던 남자들의 표정에 무언가 한 마디 감상을 붙인다면, 그런 말이 타당할 듯했다.

'왜 이런 황당무계한 이야기에 속아넘어가는 거야, 이 녀석들……?'

오펜은 진심으로 의아해 했지만——이윽고 깨달았다.

'그런가. 이 녀석들, 줄곧 이런 곳에 살면서 모두가 비슷한 환경에 놓인 탓에 이데올로기까지 전부 하나로 굳어졌군 그래.'

그들을 속이려면 그들을 학대하는 신전을 악당으로 만들면 되는 것이다.

'덤으로 메첸을 개인적으로 알고 있는 것도 아니고 말이야. 그래. 유일하게 이 녀석들에게 모습을 보인 적이 있는, 심지어 젊은 여자 신관이기까지 하면 영웅으로 내세우기엔 안성맞춤이 되겠어.'

오펜의 내심은 아랑곳없이 로니오트가 당당하게 말을 이었다.

"그런 사정입니다. 그 폭발의 이유에 대해서는 저도 잘 알 수 없습니다만, 이 마을에 잠복해 있다고 하는 마술사 스파이가 교사님을 노린 테러를 일으킨 것일지도 모릅니다."

그 난리 속이라면 오펜이 주문을 왼 것을 깨달은 자도 몇 없으리라.

종합적으로 살펴보면 그의 거짓말도 어느 정도의 설득력은 있었을지 모른다고 오펜도 생각하지 않을 수 없었다. 하지만——

"이봐. 잠시 기다려보게, 라니오트."

작고 쉰 목소리로 그렇게 말한 것은 카운터 안쪽의 노인이었다.

"무슨 일이신지?"

뒤를 돌아본 라니오트에게 노인은 조각을 계속하며 말했다.

"아무래도 그 이야기는 너도 그 사람에게 들은 모양이네만."

"예."

"그 사람들이 거짓말을 하지 않았다는 확증은 어디에 있는가?"

그 한 마디에 마치 주박이 풀린 것처럼 가게 안이 조용해졌다. 아니, 혹은, 주박에 걸렸다고 해야 할까.

"그, 그것도 그렇지……."

다시 두, 세 사람이 몸을 일으키는 것이 보였다.

"라니오트. 혹시 네가 속아 넘어간 것은 아니야?"

웅성웅성, 다시 술렁임이 퍼진다. 오펜은 몰래 주먹을 쥐며 그 상황을 지켜보았다.

그때 별안간 터져나오는 고함이 있었다.

"뭐야, 당신들!"

지금까지 너무나 조용했던 탓에 도리어 조금씩 불안하던 참이었지만——

그쪽으로 고개를 돌리자 역시나, 클리오가 카운터 위에 우뚝 서서 짜랑짜랑한 목소리로 고함을 치기 시작했다.

"아까부터 섰다가 앉고, 섰다가 앉고, 되게 짜증나거든! 하고 싶은 말이 있으면 5분 줄 테니까 같이 상담해서 하나로 정리해!"

"뭐라고, 이 년이!"

"클리오, 됐으니까 좀 닥쳐——"

신음하며 그녀를 끌어내리려던 오펜을 순간적으로 옆에서 말린 것은 라니오트였다. 그는 두 팔을 들고,

"……자, 자."

온화한 목소리로 남자들을 제지했다.

"저도, 처음에는 반신반의했습니다만."

이것은 카운터의 노인에게 향한 말이었다.

"그의 실력을 당신이 직접 눈으로 확인하신다면, 저와 똑같이 수 긍하실 겁니다."

"이 녀석의 실력이라고……?"

수상하다는 듯이 되묻는 남자에게 라니오트는 자신만만하게 웃 었다.

"그가 암살자도 뭣도 아니라 그저 거짓말쟁이에 지나지 않는다면 때려눕히는 것쯤이야 간단한 일이지 않습니까?"

'……상황을 역으로 취했군.'

오펜은 라니오트를 보며 마음속으로 내뱉었다.

메첸이 내뱉은, 마술사를 짐꾼이라고 위장한 거짓말을 암살자가 짐꾼으로 위장하고 있다는 거짓말로 바꿔치기 한 것이다.

거짓말을 거짓말이 아니라고 증명하는 것은 어렵다. 하지만 당연 하게도 거짓말이 거짓말임을 증명하는 것은 간단하다. 라니오트는 전자의 증명을 후자로 만든 것이다.

'그건 뭐, 나쁘지 않은 방법이지만……'

그는 살짝 그에게 다가가 작은 목소리로 속삭였다.

"이봐, 라니오트……."

하지만 라니오트는 그의 말을 완전히 무시하고 남자들을 향해 고 했다.

"그래요. 페이와 란드, 올즈. 이분은 당신들 세 분이라면 상대해주실 겁니다."

"세 명!?"

오펜은 더욱 라니오트에게 다가가, 작긴 하지만 예리한 비난의 말을 건넸다.

"심지어 맨손으로 하라는 거냐, 이봐!?"

맨손이라고 말한 것은 딱히 무기가 없는 것을 말하는 것이 아니다. 마술을 사용하지 않는 상황을 가리킨다.

하지만 라니오트는 이쪽의 심정은 모른 채로 빙긋 웃으며 대답했다. 아무에게도 들리지 않을 작은 목소리로.

"자, 자."

그는 여유만만한 미소를 보였다.

"당신이라면 식은 죽 먹기일 겁니다——키리란셀로 씨."

'날 시험할 셈인가……'

오펜은 혀를 차며 남자들을 돌아보았다. 그땐 이미, 아까 호명당한 페이, 란드, 올즈라는 이름의 세 명이겠지만, 굉장히 체격이 좋은 남자들이 앞에 나와 있었다.

이쪽으로 한 발 내딛기 전에 오펜은 이것만큼은, 하고 생각하며 라니오트에게 귓속말을 했다.

"……사기꾼의 논리로군?"

라니오트는 아무 말도 안 들렸다는 듯이 표정을 바꾸지 않았지만, 오펜은 그가 웃음을 참느라 입가가 일그러진 것을 놓치지 않았다.

그러자 남자들이 낮은 목소리를 내뱉었다.

"암살자란 말이지."

1분 전까지 자신도 믿을 뻔한 것을 잊었는지, 수상하다는 듯이 코를 찡그렸다.

"이런 기생오라비가 말이냐?"

"기생오라비!?"

매우 얼빠진 목소리로 반문한 것은 매지크였다. 카운터 위에서 클리오가 대답하는 말이 들렸다.

"기준의 차이겠지."

"거 시끄럽네."

오펜은 투덜거렸지만 그녀가 하고자 하는 말도 이해할 수 있었다. 즉 이 남자——페이인지 란드인지는 모르지만——이 보기에는 라니 오트조차도 기생오라비로 비쳤을지 모른다.

신장은 1.2배, 폭은 2배는 됨 직한 거구의 남자이다. 참고로 처음으로 말을 걸어온 그 남자였다.

오펜은 간격을 재며 곧바로 자세를 잡았다. 3대1이라는 상황은 마술을 쓸 수 있다면 상대도 되지 않겠지만 그렇지 않은 경우, 솔직히 그다지 자신은 없었다.

'그럼 수를 줄여야겠군.'

그는 곧바로 판단을 내리고 자세를 낮추며 오른쪽 어깨를 후방으로 거두었다. 그리고 빙글거리며 조심성 없이 다가오는 페이(멋대로 정했다)를 치켜 뜬 눈으로 노려보았다.

"원 참, 교사님도 이런 녀석에게 의지하지 말고 나 같은——"

슉——.

오펜은 이미 움직이고 있었다. 얼토당토않은 말을 지껄이는 상대의 입이 벌어지고 닫히기까지의 한 순간에 남자의 품에 파고들었다.

"——!?"

남자의 비명은 목소리가 되지 못했다.

혼신의 힘을 담아, 남자의 정강이를 발로 찼고──

다음 순간.

페이는 공중에서 크게 한 바퀴 돌고 바닥에 쓰러졌다.

"끄어어어어어어어억!?"

그리고 그제서야 부러진 다리를 끌어안고 비명을 질렀다.

오펜은 철골을 박은 애용하는 부츠를 조금 앞으로 내밀어 과시하며 고했다.

"맨손이라고 해서 무기가 없다고는 한 적 없다."

"이 자식──"

란드(이것도 멋대로 붙였다)가 주먹을 들어 달려들었다. 하지만 첫 번째를 쓰러뜨리면 안달하여 반사적으로 두 번째가 달려들 것은 어느 정도 예상했던 일이기도 하다──오펜은 조용히 그를 관찰하고, 상대가 주먹을 휘두르려는 자세가 된 다음에야 처음으로 전투 자세로 이행했다.

느려, 라고 상대는 생각했으리라.

하지만 적의 공격 모션 쪽이 훨씬 느리다. 불필요한 동작 없이 공격을 펼치는 것은 비전문가에게는 도저히 가능한 일이 아니었다.

적이 뻗은 팔의 반대쪽으로 가볍게 도약하고──

다음 순간에는 오펜의 왼쪽 팔꿈치가 적의 관자놀이를 후볐다. 두개골을 주먹으로 때리는 짓은 하지 않는다.

카운터로 뇌에 일격을 받아 란드가 힘없이 쓰러졌다.

이것으로 1대1. 오펜은 멀쩡하게 남은 한 사람을 돌아보았다.

최후로 남은 이름을 붙인다면, 올즈가 얼이 빠진 얼굴로 이쪽을 쳐

다보고 있었다.

아연해 있는 것은 그만이 아니었다——가게 안의 모두가 입을 다물고 있었다.

사실을 말하자면 두 사람 모두 기습으로 쓰러뜨린 셈이지만, 화려한 상황 흐름으로 그것을 깨닫는 자는 없었던 모양이었다.

정적에 가라앉은 가게 안에 이제야 떠올랐다는 듯이 빗소리가 울렸다.

"크——"

올즈가 궁지에 몰린 신음을 내뱉었다.

주먹을 쥐고 파이팅 포즈를 취하는 것을 보면 도망칠 마음은 없는 듯했지만, 쥔 주먹 끝이 조금 떨리고 있었다.

오펜은 한 걸음 내딛었다.

올즈기 움찔 크게 몸을 떨며 한 걸음 물러섰다.

다시 한 걸음 내딛었다.

올즈가 후퇴했다.

다시 한 걸음.

……후퇴.

그 시점에서 오펜은 질렸다. 그래서 근처에 있던 의자를 아무렇게나 들었다.

"……헤……?"

얼빠진 목소리를 흘리는 올즈에게, 있는 힘껏 의자를 던지고——

안면에 의자를 받아 졸도한 그를 곁눈으로 흘겨보며, 오펜은 남은 남자들을 돌아보았다.

"뭐, 마지막은 좀 건성으로 했지만——"

그리고 조용히 고했다.

"이것으로 증명은 됐겠지?"

그의 물음에 대답하는 자는 없었다.


"여기일세."

가게 안쪽에는 작은 방이 있었다.

보아하니 술 저장고 같았다. 좁고 어두운 방의 벽은 전부 선반이 되어 있고, 갖가지 형태의 술병이 보관되어 있었다. 빈틈이 없을 정도로 빽빽하게 놓인 것은 아니지만 그럭저럭 많은 수의 술이 갖추어져 있었다.

그리고 바닥에는 벗겨낼 수 있을 듯이 보이는 판이 한 장 있었다.

노인은 발끝으로 아무렇게나 그 판을 빗겨냈다.

그 판──라기보다는 뚜껑이 눈에 띈 것은 당연하게도, 그저 바닥에 뚫린 구멍 위에 올려 두었을 뿐이었기 때문이다. 구멍은 한 변이 1미터 정도 되는 사각형으로, 상당히 깊었다. 지면을 상당히 깊이 파낸 모양이었다.

"구멍……."

클리오가 질색이라는 듯이 말했다.

"구멍에는 기분 나쁜 기억이 있어."

"내려가는 건 간단해요."

라니오트가 방 입구에서 줄사다리를 안고 들어왔다.

"이거, 무슨 구멍이야?"

오펜은 매지크와 함께 구멍 안쪽을 들여다보며 물어보았다. 그 질문에 대답한 것은 노인이었다.

"우물일세."

"그럼, 물이 있는 거야?"

클리오가 매지크를 밀어내고 구멍을 보았다. 노인은 말없이 고개를 저었다.

그 대신——선반 아래에 숨기듯이 달려 있는 후크에 줄사다리를 고정하며 라니오트가 대답했다.

"옛날 이 가게가 생기기 전에 이곳에 살던 사람이 판 구멍이에요. 킴라크 시에는 강이 없잖아요?"

"……없어?"

"예. 십 수 킬로 정도 떨어진 동쪽에 레지본에서 흘러오는 강이 있지만요. 그것도 별반 대단한 크기는 아니에요. 하지만 뭐, 그곳에서 운반한 물을 사는 건 비싸니까, 적어도 지하수라도 있지 않을까 찾은 거죠."

구멍 안에 줄사다리를 떨어뜨리며 그렇게 설명하는 라니오트에게, 오펜은 나지막한 목소리로 물었다.

"근처에 강이 있다면 그쪽에 마을을 만들었으면 되었을 것을."

"그야 그렇지만요."

라니오트가 쓴웃음을 지었다.

"뭐, 뭔가 사정이 있었겠지요. 어쨌든 결론부터 말하자면 지하수를 찾는 것에는 실패했어요."

"그럼 빈 우물이네."

"하지만 그 사람은 그 대신 더욱 대단한 것을 찾아냈지요."

라니오트가 줄사다리를 당겨 강도를 확인하며 말했다.

"엉?"

오펜은 얼굴을 찌푸리며 되물었다. 하지만 라니오트는 빙글빙글 웃을 뿐 대답하려 하지 않았다.

'뭐, 들어가면 알 수 있겠지.'

대답이 돌아오리라는 기대는 간단히 포기하기로 한 오펜은 한숨을 쉬었다. 어차피 이것으로 킴라크 중심으로 들어갈 수 있다면 불만은 없다.

하지만 그때였다.

주점 쪽이 조금 소란스러워졌다.

"음?"

궁금해진 오펜이 입구를 보았다. 문은 닫혀 있었지만 문틀이 찌그러져 틈새로 소란이 들려왔다.

조용히 그 소란을 듣다가――다음으로 귀에 들린 것은 비명이었다.

"뭐지!?"

오펜의 속삭임에 반응한 것은 아니겠지만――노인이 재빨리 조각을 주머니에 넣고 문을 열었다.

오펜은 노인의 뒤를 따라 문에서 주점 쪽을 살펴보았다. 아까 전의 손님들이 무언가를 둘러싸듯이 서 있었다. 주점의 입구를 감싸듯이 서 있어서 이쪽에는 등을 돌리고 있었다.

그때――

탕! 하는 예리한 소리와 함께 등을 보이던 남자 중 한 명이 뒤로――――즉 이쪽으로 쓰러졌다. 그것에 맞추어 남자들은 술렁이며 두 패로 나뉘었다. 잘 보이게 된 입구에는 몇 명의 남자가 서 있었다.

'……뭐지?'

그들을 본 오펜은 의문을 가졌다. 적어도 단순한 주점의 싸움이 아니었다.

입구에서 줄줄이 들어온 것은 8명이었다. 어딘가의 제복인지 모두 똑같이 흰 옷을 입고 있었다. 소매부터 옷깃까지 빈틈없이 맞춘 갑옷 같은 옷이다. 머리에 쓴 후드도 흰색이었지만 입가를 가린 천만은 검은색이었다.

모두 손에 2미터 정도 되는 긴 막대기를 들고 있었다.

"오펜 씨!"

방 안쪽에서 라니오트가 소리쳤다.

"저건 신전청의 신관병입니다!"

"뭐라고!?"

오펜은 경악하며 그들——신관병을 바라보았다. 동시에 주점의 남자들이 버럭 기세를 올렸다.

"신전의 인간이 무슨 일이냐!"

신관병은 하찮은 것이라도 보는 듯한 눈초리로 조용한 눈으로 남자를 보더니——

손에 든 막대기를 휘둘러 그 남자를 때려눕혔다.

그 순간 남자들이 일제히 달려들었다.

"스승님! 어서요!"

뒤에서 팔을 잡으며 매지크가 외쳤다. 오펜은 뒤를 돌아보았다.

"뭘 이서야?"

"뭐냐니——저 구멍에 들어가야죠. 듣기론 지하도가 되어 있는 모양이에요! 어서요!"

"아니, 그래도……."

오펜은 다소 망설이며 가게 안을 보았다. 마침 다리가 부러진 페이를 신관병 중 하나가 두들기는 참이었다.

"저 자식——"

"스승님!"

이를 갈며 가게 안으로 돌아가려던 오펜을 말린 것은 매지크만이 아니었다——.

"……젊은이."

그 노인이, 가만히 오펜을 바라보며 조용한 목소리로 중얼댔다.

"이걸 가지고 가게."

그는 듣기 어려운 목소리로 웅얼대듯이 말하더니, 선반 중 하나에서 작은 술병 하나를 꺼냈다. 오펜은 떠맡은 술병을 살펴보았지만 술은 들어 있지 않았다. 단지 빈 병 안에 몇 번 접힌 종이가 한 장 들어 있었다.

"이건?"

"나중에 보면 알 걸세. 이곳도 오래 버티지 못해. 자네가 통로로 간다면 신관병도 따라갈 테고, 그렇게 하면 우리도 얻어맞지 않고 끝날 거야."

"……알았어."

오펜은 노인의 얼굴을 가만히 바라보고 일단은 고개를 끄덕였다. 그리고 병을 품에 넣었다.

"빨리!"

이번엔 매지크가 아니라 구멍에서 얼굴만 내민 클리오가 재촉했다.

"그래."

오펜은 그렇게 대답하고 매지크의 등을 밀었다.

"먼저 가라. 내가 맨 뒤다."

"아, 예······."

비틀비틀 나아가는 매지크를 보내고, 오펜은 다시 한 번 가게 쪽을 돌아보았다. 난투는 더욱 격렬해져 피를 흘리고 움직이지 않게 된 자도 나왔다.

단지 신관병 쪽에 부상자는 나오지 않았다. 8명이 등을 맞대고 원진을 만들어 배는 넘는 인원수를 상대하고 있었다.

'병사······라고? 킴라크는 사막 전쟁 이후 귀족 연맹에게 군사 조직이 와해되었 게 아니었나?'

"젊은이."

노인이 다시 말을 걸어왔다. 그쪽을 보자 노인은 이제 아무도 모습이 보이지 않는 구멍 쪽을 가리켰다.

"자네 차례일세."

"아아······."

손으로 감사의 신호를 보내며 오펜은 노인의 앞을 지나 방으로 돌아갔다. 그리고 그 스쳐지나가는 순간, 노인의 속삭임이 들렸다.

"······나는 라니오트를 신용하지 않아."

"············."

그 말에 오펜은 멈춰 섰다——하지만 노인은 이쪽 따위는 신경도 쓰지 않는다는 듯이 그저 멋대로 속삭이길 계속했다.

다만 그 내용은 명백히 이쪽을 향한 말이었다.

"메첸 교사님이 암살자 따위를 고용하리라고도 생각하지 않아. 하지만 네가 교사님과 함께 있던 것은 나도 보았지."

노인이 고개를 들었다.

"라니오트에게 마음을 허락하지 마라."

"……알고 있어, 영감."

오펜은 그때가 되어서야 건네받은 병에 들어 있는 것이 무엇인지 깨달을 수 있었다.

"정말로 고마워. 그럼."

오펜은 감사의 인사를 건네며 줄사다리를 타고 구멍으로 뛰어들었다.

번쩍이는 칼날은 이미 그녀의 가슴팍을 향해 있었지만——그 이상의 주장은 잃고 있었다. 하지만 그래도 그에게는 그것이 바라는 폐막이 무엇인지 알지 못할 리가 없었다.

단검은 그녀를 똑바로 바라보고 있었다. 하지만 그에게는 그 정도의 솔직함이 없었고, 희미한 후회를 품으며 되물었다.

"성역에…… 힘이 없다고요?"

그는 하, 하고 웃었다.

"마을을 불사르고, 모든 것을 부수고——당신까지도 패한 성역에?"

"그녀들의 모습을 본 적이 있는가?"

이스타시바의 표정에 고통에 찬 감정이 떠올랐다. 그녀는 그 아픔을 견디듯이 두 눈을 꾹 감았다.

"그녀들의 노화는 심각하지. 우리보다, 더욱."

"누구나 늙는 법입니다."

"그것은——그런 말을 하는 것은, 그대들이 우리의 문제를 해결하지 않았다는 증거야!"

# 제6장  그녀의 절규에는 눈물

"잠입하는 것은 지하로부터……라는 것도 정석이로군."

"허의 허를 찌르는 방법을 원하셨습니까?"

라니오트의 말을 들으며 오펜은 닫힌 천장을 올려다보았다──.

킴라크에 상하수도의 시설은 없다. 그러니까, 라기보다는 애초에 언뜻 보기만 해도 자신들이 있는 그 지하도가 그러한 것이 아니라는 것은 알 수 있다.

하지만 그것이 무엇인지는 알 수 없었다.

"이곳은…… 무엇인가요?"

불안한 듯이 몸을 떨며 매지크가 중얼거리는 소리가 지하도에 반향되었다. 그 뒤를 따라오던 클리오도 레키의 머리를 쓰다듬으며 말을 이었다.

"꽤나 넓네."

"너희들, 계속 두리번대지 말고 제대로 쫓아와."

오펜은 뒤를 향해 조금 늦는 두 사람에게 주의를 날렸다. 두 사람이 달려와 곧바로 따라붙었다.

클리오가 말한 듯이 지하도는 상당한 넓이를 자랑했다. 지하도라기보다는 지하공간이라고 부를 수 있을 정도로. 단지 여기저기에 분기가 있었다. 돌로 된 벽, 바닥은 상당히 오래되었는지 곳곳에 천장이 무너져 묻혀 있는 부분도 발견할 수 있었다. 아무래도 의도적으로 미궁처럼 만들어진 것이 아니라──무너지거나 묻히는 동안 복잡한 구조가 되어버린 듯했지만.

지하도 안은 지상보다 더욱 모래로 충만해 있었다. 이 모래는 결코 타지 않고 녹지도 않는다고 전해지는데, 그러지 않았더라면 분진폭발이라도 일으킬 듯한 농도였다.

입안에 찬 모래를 침과 함께 뱉으며 오펜이 물었다.

"즉 이 지하도가 신전가까지 이어져 있다는 거로군?"

"그렇습니다."

라니오트가──홀로 휴대용 가스등을 든 라니오트가 무슨 이유에서인지 즐겁게 대답하는 말이 들렸다.

"아. 이곳부터 조금 낮아집니다. 조심하세요."

"조심하라니, 뭘?"

어리둥절한 표정으로 묻는 클리오에게 라니오트가 대답했다.

"지하도의 균열 사이에 빗물이 고이는 경우가 자주 있지요. 그것이 물의 무게로 무너지기라도 한다면……."

"물난리가 벌어지겠군."

오펜의 중얼거림에 그가 긍정했다.

"보시다시피 누구도 정비 따윈 하지 않으니 말이지요. 신전 인간도 이 지하도의 존재는 알고 있습니다만, 여하튼 규모가 너무 커서 파묻지 못하는 형국입니다."

"애초에 이곳은 뭐하는 곳인가요?"

매지크의 의문도 정당하였다──.

상하수도 같은 것은 아니다. 넓이로 생각해도 절대적으로. 굳이 분류하자면 커다란 시설이 지면에 파묻힌 듯한 모습이었다.

"천인의 유적 등지는 지하에 있는 것도 많지만…… 그런 것치고는 붕괴가 너무 심하고 말이지."

월드 드래곤 노르니르는 대개 마술로 건축물을 방어하기 때문에 그 유적도 거의 상처 없이 남아 있을 경우가 많다. 그런 것치고는 이곳은 너무 심하게 무너져 있었다.

라니오트는 어깨를 으쓱이기만 할 뿐 대답은 하지 않았다.

"그것보다 서두르지 않으면 위험합니다."

그는 그렇게 말하며 위를 가리켰다──줄사다리가 천장의 구멍까지 이어져 있다. 그러자 잠시 후, 줄사다리가 풀썩 낙하하였다.

"……영감이 위에서 풀어 떨어뜨려준 모양이로군."

"그렇네요. 이것으로 조금 시간을 벌 수 있겠습니다."

천장은 상당히 높아 그곳으로부터 지상까지도 상당히 킨 구멍이 이어져 있었다. 그 주점의 바닥에서는 지하 20미터 정도일까──사다리 없이 뛰어내릴 수 있는 높이는 아니다.

그 신관병들이 로프라도 지참하고 있지 않는 한 도망칠 시간 정도는 벌 수 있으리라.

"그렇다고 해도 그들은 이 지하의 존재를 알고 있으니 말입니다. 로프도 없이 오지는 않았을 겁니다. 서두르죠."

"그래."

라니오트가 선도하는 쪽으로 답답하고 어두운 길을 나아갔다.

지하도는 넓기만 한 것이 아니라 길이도 엄청난 모양이었다. 어두운데 더해 모래의 농도도 짙기 때문에 전방은 전혀라고 해도 좋을 정도로 보이지 않았다. 휴대용의 전등 따위 광활한 어둠에 녹아들 뿐 벽을 또렷하게 비치는 것도 아니라 차가운 위압감이 주변을 감싸고 있었다. 기분 탓인지 보폭도 좁아져 가는 것을 알 수 있었다.

오펜은 헛기침을 하며 작은 목소리로 말을 이었다.

"거리가 어느 정도나 되지?"

"궁금하신가요?"

"당연하지."

"……거리로 따지면 별로 대단하진 않습니다만, 직진을 할 수가 없어서 말이지요. 4, 5시간은 걸릴 겁니다."

라니오트는 뒤를 보고 자신의 두꺼운 입술에 손가락을 댔다.

"너무 떠들지 않는 편이 좋을 겁니다. 설산의 눈사태 정도는 아니지만 언제 천장에서 물이 쏟아질지 알 수 없으니까 말입니다."

"──그럼 발소리도 내지 않는 편이 좋으려나?"

클리오가 큰 소리로 말했다.

오펜은 마음속으로 한숨을 쉬고 그녀의 머리를──아니, 그녀의 머리 위에 올라타고 있는 레키의 등을 가볍게 두드렸다.

클리오와 레키가 깜짝 놀란 얼굴로 함께 그런 오펜을 돌아보았다.

"왜에?"

"네 목소리가 가장 무서워. 끼끼 난리나 피우고 말이다."

그녀는 음, 하고 뺨을 부풀리며 획하고 시선의 방향을 바꾸었다. 홀로 묵묵히 걷는 매지크 쪽으로.

"그러고 보니 너, 말수가 적더라?"

"계속 생각 중이라."

갑자기 말을 걸어와 매지크가 조금 성가시다는 얼굴로 중얼거렸다. 그리고 힐끗 등 뒤를──떨어진 줄사다리를 보며 말했다.

"왜 갑자기 저런 병사들이 온 걸까?"

"어제의 소동 때문에 신관청이 인원을 파견한 것이겠죠. 그 가게는 이전부터 마크당하고 있었을 테고요."

"내가 하고 싶은 말은 그게 아니라."

클리오는 라니오트를 밀어내고 매지크에게 다가갔다.

"탈수증상에서 회복한 뒤부터 뭔가 기운이 없다는 말이야."

"당연하다고 생각합니다만……."

쓴웃음을 짓는 라니오트를 살짝 훔쳐 보고는──매지크는 그대로 입을 다물었다.

"이봐."

오펜은 머리 뒤에서 팔짱을 끼고 딱히 지정하는 상대는 없이 중얼거렸다.

"아까부터 조용히 하라고 하는데도 꽤나 떠들어댄 느낌이 든다만."

"그렇군요."

라니오트가 방긋 웃으며 동의했다. 오펜은 실눈을 뜨며 말을 이었다.

"이 안에선 내가 가장 귀가 좋은 건가?"

"그래?"

클리오가 고개를 갸웃거렸다.

"나, 상자 안에 벌이 몇 마리 들어 있는지 알아맞추는 거 잘해."

묘한 놀이를 하는군, 하고 생각했지만 지금은 아무래도 좋았다──오펜은 라니오트를 보며 얼굴을 찌푸렸다.

"알아차리지 못한 건 아니겠지?"

"이거 곤란하게 됐군요."

그 즈음은 이제 알아차렸는지 아닌지 확인할 것까지도 없이 둔탁한 진동음이 울리기 시작하였다.

"······도망칠 곳은?"

"없습니다."

순간——

옆길에서 갑자기 뿜어져 나온 물길이 네 사람을 덮쳤다.


예상밖으로 격렬한 물길에 휘말리며 오펜은 방어자세를 취했다——
——머리를 안고 몸을 웅크리는. 통로의 넓이를 생각하면 아무리 수량
이 많아도 벽까지 밀려날 일은 없겠지만.

역시나 물은 곧바로 퍼져나가 오펜은 여유있게 바닥에 남겨졌다.
모래를 빨아들여 무거워진 물이 바닥에 골고루 깔렸다.

오펜은 축 젖은 머리카락을 털며 간신히 몸을 일으켰다. 걸었던 곳
보다 몇 십 미터 정도 떠밀린 모양이었다. 라니오트가 들고 있던 휴
대용 전등의 불빛이 어디에도 보이지 않는다. 떨어뜨렸거나 꺼진 것
이리라.

어둠 속을 둘러보아도 근처에 동료는 없는 모양이었다. 이런 경우
에 가장 먼저 난리를 피울 클리오의 목소리도 들리지 않는다.

목소리조차 들리지 않는다고 한다면——굉장히 멀리까지 떠밀려
갔을 가능성은 없을 테니, 의식을 잃었을지도 모른다.

'······어차피 불빛 없이는 어쩔 수 없지.'

오펜은 혀를 차고 작게 중얼거렸다.

"나 낳노라, 작은 정령······."

포오, 하는 소리를 내며 그의 근처에 새하얀 도깨비불이 떠올
랐다.

대단한 광량은 아니었기 때문에 비출 수 있는 것은 결국 그의 주변 7, 8미터 정도였지만, 완전한 어둠과 비교하면 이 정도의 조명도 고마웠다.

다만 그 고마운 빛 속에 사람의 모습은 없었다.

모래를 가두어 진흙으로 화한 물은 돌바닥을 뒤덮듯이 퍼져 있었다. 오펜 자신도 진흙투성이였다. 뭐, 그 덕분에 공기 중에 떠다니던 모래는 다소 줄어들었지만.

심호흡을 하자 지하도의 습한 냄새가 콧구멍을 가득 채웠다.

"클리오——매지크, 어디냐?"

오펜은 들이쉰 숨을 고함으로 바꾸어 내뱉었다.

"들리면 대답해. 어디야?"

대답은 없다. 그의 목소리만이 허무하게 울려 퍼졌다.

오펜은 어쩔 수 없이 걷기 시작했다. 바닥에 납작하게 퍼진 진흙의 흐름을 보면 물길이 어느 쪽에서 흐르는지 알 수 있다. 그쪽으로 걸어가면 적어도 처음에 있는 곳으로는 돌아갈 수 있을 터였다.

진흙에 발자국을 남기며 걸었다. 그리고——

그는 거기서 발을 멈추었다. 전방에 인영이 보였기 때문이다.

멍하니 서서 이쪽을 보는 인영. 거구라고 하기엔 작지만 튼튼한 체격의 실루엣. 한 눈에 보아도 알 수 있다. 라니오트였다.

오펜은 말없이 도깨비불만을 앞장세웠다. 그러자 빛 속에서 라니오트의 모습이 떠올랐다.

라니오트는 후드를 벗고 있었다. 웃지도 않고 이쪽을 쳐다보며. 말도 없었다. 그대로 입을 다물고 있을 셈인지 이쪽이 수상해 할 무렵, 그 타이밍을 노린 듯이 라니오트가 입을 열었다.

"그 아이들은 가벼운 탓일까요. 상당히 멀리까지 떠내려간 모양입니다."

"그런가. 네놈이 아직 찾지 못했다면 안심이로군."

오펜은 그렇게 내뱉으며 주먹을 쥐었다. 그리고 자세를 낮추고——평소의 자연스러운 자세가 아니라 완전히 전투태세를 만들었다.

라니오트의 뒤에 또 다른 몇 명의 인영이 있는 것은 이미 또렷하게 보였다.

"네놈들은 남 앞에 모습을 드러낼 때엔 반드시 신분을 속이지 않으면 안 된다는 매뉴얼이라도 있는 거냐?"

"사루아보다는 궁리했습니다만은."

"네놈들이 전부 같은 뜻으로 뭉쳐있는 게 아닌 모양이라 좀 이용했는데 말이지. 키리란셀로라는 이름을 꺼내면 분명 서두를 거라고 예상했어."

오펜은 그렇게 말하며 조용히 눈을 가늘게 뜨고 어둠 속으로 시선을 던졌다.

"네놈들 같은 무리가 있으니까 솔직했던 내가 의심 깊은 성격이 됐잖냐."

"……언제부터 깨닫고 계셨는지?"

라니오트는 다소 흥미가 있는지 눈썹을 들어올리며 물었다.

오펜은 입가를 일그러뜨리며 대답해주었다.

"우리는 마술을 쓸 때 그 구성을 짜고 방출해야만 해. 그러기 위해서는 주문이 필요하다만, 구성을 발동하지만 않으면 주문 없이도 공간에 구성을 방출할 수 있어. 이건 마술사밖에 감지할 수 없지만, 반대로 말하면 마술사라면 무슨 일이 있더라도 감지할 수 있지. 아아,

어차피 의미는 이해하지 못하겠지만 들어나 둬."

그는 속에 쌓인 것을 토해내듯이 말을 이었다.

"내 차림이 이상하지 않냐며 네놈에게 물었지? 그때 난 대놓고 공격적인 구성을 네놈을 향해 짜고 있었어. 보란 듯이 말이다. 나머지는 주문만 외치면 발동할 부근까지 드러내도 네놈이 깨달은 기색을 보이지 않아서 적어도 마술사는 아니란 걸 알 수 있었지."

"뭐, 그렇겠지요. 저도 마술사로 위장할 수 있으리라고는 생각하지 않았습니다. 간파할 방법이야 얼마든지 있으니까요. 단지 당신은 제가 거짓말을 하는 걸 알아도 절 이용해야만 했습니다. 어차피 당신만의 힘으로는 성도에 들어갈 수 없으니까 말이죠."

라니오트는 그렇게 중얼거리며 등 뒤에 있던 동료에게서——아까 전 신관병 중 한 명에게서 무언가를 받았다. 칼집에 들어간 커다란 검이었다.

"단지, 아까 전의 물난리는 오산이었습니다. 설마 정말로 이야깃소리만으로 붕괴할 줄은 생각도 못했는데 말이죠. 덕분에 당신의 동료들을 잃고 말았고요."

그는 검을 뽑았다.

칼집에서 뽑혀나온 도신은 유리로 되어 있었다. 킴라크의 암살부대 죽음의 교사를 상징하는 유리검이다.

오펜은 시선만을 움직여 주변에 어느 정도의 기척이 있는지 살폈다. 라니오트의 뒤에 3명 정도 있다. 나머지는 어둠에 뒤섞여 알 수 없었다.

지상의 바에 몰려들어온 것은 8명이었지만.

검을 정면으로 들고——라니오트가, 또다시 원래의 질척한 표정을 보였다.

"자기소개를 하지요. 저는 네임 온리. 킴라크를 수호하는 자입니다."

"그러셔……."

오펜은 신음하며 신관병들의 머리 위에서 빛나는 도깨비불에 명령을 내렸다. 순간, 도깨비불이 팟, 하고 폭발하며 사라졌다──.

"──!?"

한 일은 단지 도깨비불의 광량을 올린 것뿐이다. 그 탓에 힘을 모두 사용해 도깨비불이 사라진 것이다. 겨우 그것만으로는 눈가림 속임수도 되지 않는다.

하지만 그래도 한 순간 라니오트──아니, 네임의 주의가 그쪽으로 향했다.

"나 드노라──"

그 빈틈을 노리고 오펜은 속삭이며 달리기 시작했다.

"강마의 검!"

동시에 그의 손 안에 검을 든 것 같은 무게가 출현했다.

그 무게를 옆으로 들며 오펜은 네임에게 일직선으로 돌진했다. 이쪽의 움직임을 깨달은 네임도 주의를 이쪽으로 되돌렸지만 그 거동은 느리게 보였다.

방어를 위해 네임이 든 유리검에──

오펜은 마술로 구성된 형태 없는 검을 내리쳤다.

둑수한 경질의 유리로 된 네임의 검은 그다지 삐걱대지도 않고 그대로 깨져 흩어졌다.

동시에 오펜의 손에서도 검의 무게가 사라졌다.

깨진 유리의 파편이 아직도 공중을 날아다니는 가운데, 오펜은 돌진한 기세로 네임의 몸을 떠밀었다. 어둠 너머로 죽음의 교사의 몸이 쓰러지는 것이 기척으로 느껴졌다.

'이대로 쫓으면 쓰러뜨릴 수 있겠지만——'

신관병이 주변에 몇 명이 있는지 모르는 상황에서는 지나치게 위험했다.

오펜은 죽음의 교사에게는 상관하지 않고 그 뒤에 대기하고 있던 세 명의 신관병에게 그대로 뛰어들었다. 그리고 세 사람 중 중앙에 있는 한 명에게 어깨로 태클을 먹였다.

오펜은 쓰러진 상대를 그대로 타넘어 멈추지 않고 계속해 달렸다.

그 세 사람의 뒤에 병사는 없었지만——

"놓치지 않을 겁니다, 키리란셀로——"

등 뒤에 네임 온리의 외침이 닥쳐왔다.

"입구의 줄사다리도, 병사가 내려올 때 쓴 로프도 위로 회수하였습니다! 다른 출구를 찾는 건 절대로 불가능해요!"

오펜은 그 외침에 대답하지 않고——그리고 돌아보지도 않고 달렸다.

매지크가 눈을 떴을 때, 세계는 뒤집어져 있었다.

——물길에 휩쓸려 쓸려갈 때 돌더미에 머리부터 처박은 모양이었다. 머리에 핏기가 오르고 귀 뒤쪽이 지독하게 아팠다. 그는 천천히 몸을 일으켜 주변을 둘러보았다.

저 멀리에 불빛이 보였다.

희고 둥근 빛 속에──몇 명의 인영이 보였다. 거리는 상당히 떨어져 있었다. 하지만 매지크는 그 중 한 명의 정체를 즉시 알 수 있었다.

"스승님……."

돌더미에서 빠져나온 그는 발을 내딛었다. 딱히 이유는 없지만 조급해져 있었다. 그는 그 감정을 확인하듯이 자신의 심장에 손을 댔다.

'분위기가 이상해. 스승님이 달리려 하고 있어.'

자신도 따라 달리려 하다──

뭉클, 하고 묘한 감촉을 발바닥에 느꼈다. 무언가 부드러운 것을 밟은 것이다.

진흙덩어리라도 밟았는가 싶어 밑을 내려다보자, 그가 밟은 것은 뒤로 크게 쓰러져 있는 클리오의 안면이었다.

'우와아아아아아!'

황급히 뛰어 물러났다. 하지만 클리오는 의식이 없는 모양이었다. 꼼짝도 하지 않았다.

눈에 힘을 주고 잘 관찰하자 레키가 그녀의 얼굴 옆에서 가만히 이쪽을 올려다보고 있었다. 밤의 까마귀처럼 잘 보이지 않았지만 녹색의 눈동자만은 저 먼 곳의 불빛을 반사해 반짝이고 있었다.

"뭐야."

작은 목소리로──저 너머에 있는 오펜과 인영들에게는 들리지 않을 작은 목소리로 매지크가 레키에게 물었다. 무언가를 묻는 듯한 기분이 들은 것이다.

가만히 관찰해보았지만 레키는 그저 이쪽을 올려다보고 있을 뿐이었다.

매지크는 힐끗 오펜 쪽을 보았다.

"아무런 일도 없으면 난 간다. 뭔가 불길한 예감이 들어."

그리고 한 걸음 내딛었다. 클리오를 피해.

"……클리오를 부탁해. 어차피 나 같은 것보다 네가 더 강하잖아."

하지만──

걷기 위해 발을 들어올린 순간, 그의 눈앞에 파직, 하고 무언가가 튀겼다.

"우왓!"

매지크는 헛발을 짚으며 멈춰 섰다.

그는 레키에게 비난의 눈빛을 보냈다.

"뭐하는 거야!"

그렇게 속삭이며 진흙 속에 손을 뻗어 레키를 들고 얼굴을 가져갔다. 새끼 드래곤은 그저 가만히 이쪽을 바라볼 뿐이었다.

"클리오가 아니니까 네가 하는 말은 몰라. 내게 무슨 말을 하고 싶은 건데? 넌 뭐든지 할 수 있으니까 스스로 해결하면 되잖아."

아무리 말해도 새끼 드래곤의 눈빛에 변화는 없었다. 깜빡이지도 않는 녹색의 눈동자가 그의 얼굴을 비추고 있었다.

이쪽을 빨아들이듯이, 또렷하게 비추고 있었다.

"그러니까……."

매지크는 더욱 항의하려 하였지만 그 목소리에서 힘이 사라지는 것을 스스로도 깨닫고 있었다. 의미는 없는 불안감이 아까 전 이상으로 압박을 더해 왔다. 하지만——대체 무슨 불안일까?

거기서 그의 뇌리를 스치는 것이 있었다.

'……정신지배다.'

레키의 눈 안에 자신이 있다. 딥 드래곤 종족은 시선으로 대륙에서도 최궁급의 정신마술을 사용한다.

암흑마술이라고도 불리는 마술이다.

'이건 레키가 느끼는 불안이야. 그걸 전하고 싶은…… 건가?'

가만히 이쪽을 바라보는 레키는 딱히 고개를 끄덕여 긍정하지는 않았다——하지만 매지크는 확실하게 자신의 의문에 대한 대답을 들은 것 같았다.

"하지만, 무슨 불안이야…….?"

의아하게 생각하며 매지크는 클리오 쪽을 보았다. 그 시선에 반응한 레키의 영향인지, 심장이 튀어오르듯이 쿵, 하고 떨렸다——.

아니면, 그것은 자신의 감정이었을지도 모른다.

클리오의 이마에서 피가 흐르고 있었다.

'휩쓸렸을 때 머리를 찧은 건가!'

매지크는 서둘러 그녀를 안아 들었다. 완전히 의식을 잃은 클리오는 힘없이 팔을 늘어뜨렸다.

"클리오!"

몸을 흔들어보았지만 그녀의 얼굴에 변화는 없었다. 타박으로 졸도한 주제에 두 눈을 감고 있는 것은 일단 물에 휩쓸린 탓이리라. 옷도 젖은 채라 몸도 싸늘했다.

'위험한 상태……일지도 몰라.'

구급 지식이 없는 매지크에게 확증은 없었지만, 레키가 전하던 불

안감 그 자체가 그 추측을 뒷받침하는 듯한 기분이 들었다.

'마술로 소생시킬 수밖에 없어. ……하지만…….'

매지크는 입술을 깨물고 주저했다. 자기 자신의 외상이라면 상당한 성공률로 완치시킬 수 있지만, 다른 사람의 상처를 치료하는 것은 극단적으로 난이도가 높다. 자신의 몸을 구성하는 정보라면 그 자신의 몸이 가지고 있다. 하지만 반대로 타인의 정보를 손에 넣는 것은 거의 불가능했다.

"너도 할 수 없는 거야!?"

그는 레키를 노려보며 거친 목소리를 내뱉었다.

"뭐냐고! 너도 못하는데 내가 할 수 있을 리가——"

거기서 매지크가 고개를 들었다. 떠올린 것이다.

"스승님! 스승님이라면!"

빛이 있던 쪽을 보았다. 그 순간.

저 멀리 떠 있던 도깨비불이 터지며 사라졌다.

"뭣……."

매지크는 당황하며 몸을 일으키려 했다. 클리오를 안은 채로는 설 수 없었지만.

다시 찾아온 어둠 속에서 희미하게 소란의 기운이 퍼지기 시작했다. 오펜의 것인 듯한 발소리와 그의 뒤를 쫓으려 하는 소음이 들린다.

'무슨 일이 일어난 거지……?'

불안감을 떨친 매지크는 몸을 뻗었다. 클리오를 등에 업고 신경을 날카롭게 모았다. 다다다다, 하고 발소리가 들리더니——퍼뜩 깨달았을 땐 레키가 품 안에 뛰어들고 있었다. 새끼 드래곤은 아등바등 옷에 발톱을 걸어 그의 어깨까지 올랐다.

곁눈으로 보자 뒤를 향하고 있었다. 클리오의 얼굴이 보이는 곳에 있고 싶었던 모양이었다.

"스승님, 잠시만요——"

그렇게 외치며 그는 한 걸음 내딛었다. 클리오의 발끝이 진흙투성이인 바닥에 끌렸다. 그녀의 몸은 생각보다 무거웠고——생각해 보면 아무리 가볍더라도 50킬로는 될 터이다——달리고 있는 오펜을 따라잡는 것은 무리일지도 모른다는 생각이 곧바로 떠올랐다.

"스승님——"

목청을 높이며 어둠 속을 나아갔다.

불을 켤까도 생각했지만, 몇 초 되지 않아 눈이 어둠에 적응하였다. 스승이 아까 전에 일부러 불을 끈 것을 고려하면 쓸데없는 짓은 가능한 한 하지 않는 편이 좋을지 몰랐다.

하지만 불을 켜면 오펜은 확실하게 이쪽을 깨달아 주리라.

'젠장.'

매지크는 얼굴을 찌푸렸다.

'왜 항상 망설이는 거야……. 스승님이라면 분명 망설이지 않을 텐데.'

어느 쪽이 올바른 것은 틀림이 없다. 하지만 그것을 결정할 수 없었다.

정해야만 하는데도 정할 수 없었다.

"스승니이이이임!"

결국 매지크는 절규에 찬 목소리로 소리쳤다.

"저도 클리오도 여기에 있어요! 스승니이임!"

그리고──

매지크는 멈춰 섰다. 기척을 느낀 것이다. 발소리. 숨결. 그런 것을.

그 기척들은 그의 주변을 둘러싸듯이 느껴졌다. 어둠에 적응한 시야에 공간을 채운 단순한 어둠과 나뉘어 훨씬 어둡고 무거운 그림자가 비쳤다.

그리고 그는 깨달았다.

포위당해 있었다.

막대기를 든 8명의 신관병에게.

자신을 부르는 소리를 듣고 오펜은 발을 멈추었다. 진흙에 발이 걸리지 않도록 주의하며 뒤를 돌아보았지만 아무리 밤눈이 밝아도 이런 어둠 속에서는 기껏해야 몇 미터 정도밖에 보이지 않았다. 깊은 어둠 너머에 있을 소년의 모습을 식별할 수는 없었다.

'매지크의 목소리였어……. 어디에서 들렸지?'

전방에서는 아니다──거기서 오펜은 완전히 등을 돌렸다.

"망할──"

"기막힌 타이밍에 몸을 돌렸군요……."

그 목소리는 어둠 속에서 들렸다.

다음 순간 오펜은 자신의 눈앞에 검은 것이 나타난 것을 또렷하게 보았다.

"──큭!"

턱 막히는 숨을 느끼며 후방으로 뛰어 물러났다.

'벌써…… 따라잡힌 건가!?'

경악으로 신음하며 황급히 자세를 잡았지만 도저히 믿을 수 없는 일이었다——이쪽이 뛰어 물러난 탓에 나타난 그림자와의 거리는 벌어지고, 그것은 다시 어둠 속으로 사라졌다. 하지만 그 그림자의 정체는 확인하지 않아도 알고 있었다.

죽음의 교사——네임 온리.

오펜은 눈을 부릅떴지만 아까 전까지 적이 있던 곳에는 이미 아무것도 없었다.

하지만…… 그 목소리만은 이쪽으로 향해 날아왔다.

"그대로 달려갔더라면 등 뒤에서 벨 수 있었는데 말이죠……. 당신은 정말로 운이 좋아요."

'한 번 떠밀고 나서 전력으로 달렸다고——.'

오펜은 좌우로 시선을 던지며 자문했다.

'그런 상황에서 이렇게 곧바로 따라잡았다고? 어떻게 된 거지?'

심지어 적은 이쪽보다 밤눈이 밝은 모양이었다. 정확하게 뒤를 따라왔으니까.

불빛이 없으면 불리하다. 오펜은 그렇게 즉시 판단하고 내뱉으려 했다.

"나 낳노라——"

"불은 켜지 마시죠. 다른 신관병도 모일 테니까요."

"뭐라고?"

오펜은 그렇게 되묻고 동시에 마술의 구성을 지웠다. 충고에 일리가 있다고 생각했다기보다는 네임의 침착한 목소리에 반사적으로 따르고 만 듯한 형국이었지만.

어둠에 감싸인 주변 어디에도 죽음의 교사는 모습을 보이지 않았다. 심지어 목소리까지 반향되는 탓에 발생원을 특정하지 못했다.

정체를 보이지 않는 목소리로 그는 말을 이었다.

"……제가 당신을 죽일 테니까요. 방해받고 싶지 않습니다."

"…………."

어떻게 된 것이지? ——하고 오펜은 의아해했다.

'내게는 보이지 않는데 녀석에게는 보인다. 그런 일이 있을 수 있는 건가?'

하지만 네임은 이쪽에게 생각할 시간조차 주지 않았다.

"그럼——"

단 한 마디. 동시에 오펜은 오른손에 무언가 위압적인 기척을 느꼈다.

상대의 호흡을 살폈다. 그러한 기술이다. 그는 몸을 돌려 왼팔을 들고 있는 힘껏 외쳤다.

**"나 발하노라 빛의 칼날!"**

충격파를 동반한 흰 빛이 일직선으로 내달렸다. 그 섬광에 네임의 그림자가 한순간이지만 보였다.

그림자는——

그 짧은 한 순간에 섬광이 비치지 않은 위치까지 이동한 것이다.

'마술을 피했다고!?'

마음속으로 비명을 지른 순간——

일격을 받은 오펜은 뒤로 쓰러졌다. 진흙 속에 쓰러졌지만 곧바로 몸을 튕겨 일어났다. 어디를 어떻게 맞았는가조차 이해할 수 없었다.

몸을 일으킨 뒤 잠시 후에 어깨가 아프기 시작했기에 그곳을 맞은 것만은 틀림이 없었지만.

오펜은 아픔을 참으며 다시 신경을 집중했다. 네임의 기척은 또다시 완전히 사라져 있었다.

아픔이 사라지지 않는 왼쪽 어깨를 쓰다듬어보자, 손바닥에 질척하게 차가운 감촉이 남았다. 옷은 젖은 채였지만 그러한 감촉이 아니다. 물 정도로 차갑지는 않았다.

출혈하고 있다. 상당히 깊은 상처였다.

"나 치유하노라, 석양의 상흔……."

오펜은 나지막하게 중얼거려 그 상처를 덮었다.

그러자 곧바로 네임이 말했다.

"그 정도의 마술이라면 괜찮습니다만."

그의 목소리는 마치 야유하는 듯한 웃음을 품고 있었다.

"……아까 전의 빛의 어쩌고 하는 그것. 그건 그만두는 편이 좋을 겁니다. 아무리 그래도 이제 이야기하는 소리 정도로 물이 터지거나 하진 않겠지만, 마술의 위력이 작렬한다면 보증은 할 수 없으니 말이죠."

"그럼 여차할 땐 이 부근 일대를 전부 때려부숴서 네놈들까지 전부 수몰시켜주마. 각오나 하라고."

"동반자살인가요. 벌써 그렇게 마음 약한 생각을 하고 계실 줄이야."

"거 시끄럽군——"

오펜은 그렇게 말하며 상대의 목소리가 더욱 가까워진 것을 깨달았다. 퍼뜩 깨닫고 고개를 들자, 그곳에는 인간 한 명이 서 있었다.

어둠을 등진 검은 그림자가, 아무런 긴장도 없이 그저 서 있었다. 그 얼굴도 알 수 있었다. 눈도 보였다. 가만히 이쪽을 보며 웃고 있었다——.

"라니오트……."

오펜은 의식하지 않고 그의 가명을 불렀다.

"예, 오펜 씨."

네임도 또한, 이것은 의식해서인지 가명——은 아니지만, 어쨌든 다른 이름으로 불렀다.

조용히 얽히는 시선. 그렇다고 해서 오펜은 네임의 얼굴을 보고 있지 않았다. 무방비하게 늘어뜨린 그의 팔을 응시하였다. 죽음의 교사의 오른손에는 끝 같은 무언가가 매달려 있었다. 30센티 정도의 가죽 끈이다. 그 가죽 끈 끝에는 단검의 칼날이 그대로 매달려 있었다.

잘 보자 네임은 오른팔에만 장갑을 차고 있었다. 칼날을 휘두를 때 팔을 다치는 것을 막기 위해서이리라.

그 외에는 전과 전혀 다름없는 모습이었다.

"도망치지는 않으시는군요? 제자를 버리고."

어둠 속에서도 네임의 조소는 한층 더 눈에 띄었다.

"신관병은 어린애라 할지라도 마술사를 죽이는 일에 주저하지 않습니다. 언뜻 보기에도 귀족의 혈연임을 알 수 있는 소녀도 말이죠. 결국은 귀족 연맹이 당신들의 또 다른 시조이니 말입니다."

어둠에 녹아 윤곽을 알 수 없는 만큼 네임의 조소는 어둠 그 자체가 웃고 있는 것으로도 보였다. 오펜은 그 자리에서 침을 뱉었다.

"이런 지하도에 꾄데다 퇴로를 끊고, 거기에 더해 인질까지 잡다니, 참으로 정성을 들이는군 그래. 나 하나 죽이려고 말이다."

"전에도 말씀드렸지요. 저는 현실적이거든요."

네임의 조소는 자조로 바뀌었다. 희미한 차이였지만.

"아무리 전투훈련을 받아도 혼자서는 비전투원 세 명에게 이기지 못하는 것이 인간이라는 존재의 현실입니다——곧바로 멍석말이를 당하겠죠. 아니면 두 명을 놓치든가. 당신은 실감할 수 없을지도 모릅니다만, 그러한 현실을 초월한 것이 바로 당신들 같은 마술사라는 인종입니다."

웃는 어둠은 조용히 퍼졌다. 차가운 손으로 내장을 후비는 듯한 감각에 오펜은 구역질을 느꼈다. 이대로는 필패다.

오펜은 죽음의 교사 네임 온리를 그저 바라보기만 하였다. 귀 안쪽이 두근거린다. 시야가 빨갛고 검게 물들었다——.

"저희의 공포를 이해하시겠습니까, 키리란셀로? 그래요. 당신의 말을 빌리자면 기껏해야 당신 하나를 죽이기 위해 저는 갖가지 술책을 펼쳐야만 했습니다. 마술을 봉인해야만 했지요."

네임이 말을 이으며 처음으로 움직임을 보였다. 두 팔을 펼치고, 크게 목청을 높이며.

"저는 목숨을 깎아서라도 이 성도를 지킬 겁니다! 배신자 사루아나 메첸처럼은 되지 않아요——."

동시에 오른손이 폭발하듯이 튀며 가죽 끈 끝의 칼날이 어둠 속에서 춤을 추었다.

오펜은 다시 후방으로 뛰었다.

'배신자……?'

돌진해오는 죽음의 교사를 바라보며 속으로 중얼거렸다.

'날 데리고 온 메첸은 어쨌든, 사루아 솔류드까지?'

어떠한 상황인지는 알 수 없었지만, 지금은 그런 생각을 할 때도 아니었다.

오펜은 진흙에 발꿈치를 미끄러뜨리며 후퇴하고 그 동안에 자세를 잡았다. 그다지 거창한 자세는 필요없다——반신을 앞으로 내밀기만 한다면 공격을 펼칠 수 있다. 문제는 상대의 속도가 상식을 벗어났다는 점이다.

하지만 지금 죽음의 교사는 바로 정면에서 달려들고 있었다. 그렇다면 아무리 빨라도 상관없다.

상대 무기의 위치를 파악하고——

'……없어!?'

오펜은 마음속으로 그 단어만을 내뱉었다. 네임의 손 안에 그 칼날이 보이지 않았다.

순간, 네임이 속도를 떨어뜨렸다. 그리고 다시 오른손을 작게 들어올렸다.

본래라면 공격의 예비동작일 것이다——하지만 그 팔꿈치 부근에서 칼날이 이쪽의 미간을 향해 날아왔다.

"칫!"

오펜은 혀를 차며 왼팔로 안면을 감쌌다. 팔의 근육에 칼날이 박히며 파고들었다.

상처는 별반 깊지 않았다——하지만 커다란 출혈을 남기며 칼날이 스쳐 지나갔다.

'묘한 무기를 쓴다 싶었더니, 그런 거였나——저 형태라면 끝을 감아 간단히 숨길 수 있어. 덤으로 통상의 공격 동작이 아니어도 공격을 펼칠 수 있겠군.'

끈에 매단 칼날을 휘두를 뿐이기에 일격으로는 치명상을 입힐 수 없지만, 출혈을 계속해 유도하면 충분하다. 혈액의 감소는 순식간에 체력을 빼앗는데 더해 기력까지 감퇴시킨다.

오펜은 공격을 막음과 동시에 견제를 위해 적의 발 밑을 노려 발꿈치로 발차기를 날렸다. 네임은 쉽사리 뒤로 뛰어 그 공격을 피했다. 오펜도 자주 쓰는 수법이었지만, 쫓아오지 않는 한 후방으로 도망치면 추격은 받지 않는다.

'상처를 치료할 여유는 없어――'

오펜은 그렇게 판단하고, 이것도 자주 쓰는 수법으로 후퇴한 적을 똑바로 추적했다. 그대로 공격으로 이행하려 했지만――

'……뭐라고……!?'

네임의 모습이 사라져 있었다.

아니, 적의 위치는 알고 있었다――훨씬 더 앞에 있어야 할 터였다. 하지만 밤눈으로 간신히 보이는 범위보다 더욱 먼 곳까지 피해 있었다.

이쪽이 2미터를 내딛는 시간에 5미터를 이동한 것이다. 뒷걸음으로.

'속도가 너무 빨라――.'

오펜은 경악보다도 상대의 움직임이 정상이 아니라는 부분을 냉정하게 알아차렸다.

"뭐냐, 그 신체능력은……"

"말씀드렸을 텐데요."

어둠 안쪽에서 네임이 고했다.

"……목숨을 깎아서라도, 라고."

"하사신——복약암살자, 어째신인가!"

오펜의 경악은 결국 비명이 되어 지하도 안에 울려 퍼졌다.


인간의 생명은 어떻게 하여 태어났는가. 신의 사랑. 신의 의지. 신의 약속. 기적적인 해후. 위대한 우연. 우연적 필연. 필연적 우연. 설명하려 하는 말은 얼마든지 있다. 하지만 만인을 납득시킬 수 있는 유일한 단어는 존재하지 않는다.

그래도 이것만큼은 확실하게 밝혀진 것이 있었다——인간의 신체는 화학반응으로 움직이고 있다는 것.

그렇다면 당연히 화학적인 간섭으로 그 활동을 정지시킬 수도, 활성화시킬 수도 있다.

"미친 거냐, 네놈……."

오펜은 초조함을 곱씹으며 떨리는 목소리를 내뱉었다.

이렇게까지 극적으로 신체능력에 영향을 주는 약물이라면 어지간한 물건이 아니다.

부작용——아니, 예상되는 작용만으로도 인체는 파괴될 터였다.

"현실적이라고 말했을 텐데요?"

네임의 말이 들렸다.

정면에서, 가 아니다——이동한 것이다. 발소리도 없이.

"당신들과 싸울 힘을 얻기 위해…… 우리는 항상 고민하고 있습니다. 인생의 힘, 그것은 즉 고뇌이지요. 알고 계십니까?"

"낡아빠진 격언 따위에 흥미는 없어. 어째신이라는 것도 마찬가지로 낡아빠졌고——훨씬 옛날에 없어진 줄만 알고 있었는데 말이지."

오펜은 비꼼을 담아 그렇게 말했지만, 네임은 완전히 무시한 모양이었다.

"우리의 힘에는 그만한 의미가 있습니다. 그저 태어났을 뿐인 당신들과는 다르게요. 태어나면서부터 최강의 전사가 될 수 있는 당신들 마술사와는 말입니다."

속삭임은 들릴 때마다 위치가 바뀌어 있었다. 현실적으로 보면 주변을 빙글빙글 돌고 있을 뿐이겠지만──음성에 담긴 억양과 감정에 현혹당해 어느 방향에서 들리는지 특정할 수 없었다.

상대와의 간격조차 변하고 있는 것처럼 느껴졌다. 아니, 세계 전체가 그만을 남기고 이완과 수축을 하고 있는 듯한──

"저는 17살입니다. 믿어지십니까? 약물을 병용하는 훈련은 그만큼 사용자를 노화시키죠. 제 수명의 절반은 이미 신에게 바쳤습니다……."

오펜은 등골에 오싹한 느낌을 받으며 입을 열었다.

"그딴 거라면 우리랑 달라 다행이로군."

"나머지는 무엇을 위해 바쳐야 할까……."

네임은 끝까지 오펜의 말을 무시하고 말을 이었다.

"──저는, 그것이 당신의 목이라고 생각합니다."

오펜은 그 말이 끝나는 것보다 먼저 도약했다.

한 순간 뒤──보다도 짧았을 모른다. 등 뒤에 예리한 소리가 허공을 갈랐다. 네임이 공격한 것이다.

'맨손으로는, 이길 수 없어…….'

혀를 찬 오펜은 출혈이 멎지 않은 왼팔을 눌렀다. 감각이 사라지려 하고 있었다.

하지만 마술을 쓰는 것은 지나치게 위험했다.

'그렇다면——!'

반쯤 자포자기가 된 그는 적의 머리를 향해 눈대중으로 발차기를 질렀다——튼튼한 부츠로 덮인 발이 호를 그리며 어렴풋하게밖에 보이지 않는 네임의 측두부에 명중했다.

감각으로 예상컨대 방망이로 두들겨 맞은 정도의 충격이 전해졌을 터였다. 하지만——

네임의 그림자는 공격했던 자세 그대로 미동도 하지 않았다.

그렇게 잠시 후에 그 그림자가 조금 움직였다. 이쪽을 향한 것이다.

황급히 다리를 거두려 하였지만——그것도 늦었다. 네임은 오른팔을 들어 올리고 있었다. 그 손 끝에 칼날이 쥐어져 있었다.

'당했다!'

그렇게 생각한 순간 칼날은 오펜의 몸쪽으로 내려쳐졌다. 목덜미부터 가슴에 걸쳐 들쭉날쭉한 궤도를 그리며 스쳐 지나갔다. 그는 격통에 신음을 지르며 그 자리에 쓰러졌다.

바닥을 구르면서도 의식을 유지하며 등을 바닥에 대고 누웠다. 네임은 마무리를 짓기 위해 다시 칼날을 내려치려 하는 참이었다. 몸을 왼쪽으로 반전시켜 아슬아슬한 지점에서 그 공격을 피하고——오펜은 무릎으로 바닥을 박찼다. 그리고 그 반동으로 몸을 일으켰다.

바로 옆에 칼날이 빗나가 자세가 무너진 네임이 있었다.

오펜은 재빨리 혼신의 힘으로 죽음의 교사의 발목을 발로 후려 찼다. 약물로 근육을 강화하고 통각까지 마비시켰다 하더라도 관절을 강화시킬 수는 없을 터였다.

동시에 뼈의 강도 그 자체도. 발목뼈가 부서져 덜컥 무릎을 꿇은 네임을 향해 뛰어들었다. 그리고 칼날을 잡고 있는 오른팔을 역수로 잡아 관절을 굳혔다.

'소규모 마술로 오른팔만을 부러뜨리자——'

"나 쏘노라. 광력의——"

하지만.

마술이 발동하기보다 먼저 네임이 움직였다.

'뭐……라고——?'

팔을 붙잡혀 웅크린 자세에서, 너무나 쉽사리——그 붙잡힌 팔로 오펜을 잡아 들었다.

주변도 바닥도 보이지 않는다. 오펜은 그 상대에서 몇 초 정도 경직되어 있었다. 곧바로 네임이 움직이기 시작하는 것을 알 수 있었다. 죽음의 교사는 부러진 다리로 몸을 일으키려 하였다. 빠져나가야 하는 상황…….

'뿌리칠 수 없어……. 붙잡고 있는 건 내쪽인데!'

——어둠이 움직였다——.

팔을 얽은 채로 오펜은 네임에게 바닥으로 후려쳐졌다. 반동으로 바닥에 튕기면서도 일단 죽음의 교사와 거리가 벌어진 것을 이해했다.

즉, 한손으로 내던진 것이다.

'통하지 않는…… 건가? 무엇 하나…….'

오펜은 움직이지 않는 몸을 채찍질하여 간신히 고개만을 들었다. 무릎이 떨려 몸을 일으킬 수 없었다. 돌바닥에 찍힌 충격은 어마어마했다.

시야가 흐려져 더 이상 밤눈 따위 쓸 수 없었다. 그저 완전한 어둠에 네임의 발소리만이 들렸다. 한 걸음……. 또 한 걸음.

피의 맛이 입안에 퍼졌다. 목에도 피가 고인 것을 콧구멍 가득 숨이 막힐 정도로 퍼진 피냄새로 알 수 있었다.

순간——

"와아아아아아아아아아!"

매지크의 비명이——아니, 외침이 지하도에 울려 퍼졌다. 근처는 아니다. 상당히 먼 곳에서. 그리고 또 동시에 섬광이 주변을 밝혔다.

두우웅, 하고 공명하는 듯한 진동이 쓰러져 있던 오펜의 폐를 등 뒤에서 찔렀다. 빛은 타오르며 맹렬한 열풍을 일으켰다. 틀림없었다. 매지크가 뭔가 커다란 마술을 쓴 것이다.

오펜은 일단 그쪽을 보았다——싸우는 도중에 떨어진 것이리라. 몇 백 미터 너머였다. 그곳에는 매지크가 서 있었다. 작은 점처럼 보였지만 틀림없이 매지크였다. 무언가를 업은 채로.

소년을 중심으로 불기둥 같은 것이 열파를 주변에 방출하고 있었다. 열충격파를 초점도 조이지 않고 발하면 저렇게 되지만, 그 위력은 심상치 않았다. 이전에 보았던 것을 더욱 상회할 기세로 빛을 사방에 흩뿌리고 있다. 주변의 진흙이 열에 수분을 빼앗겨 원래의 모래로 돌아갔다.

폭발이 지하도 전체를 진동시키고 있었다…….

'무너지겠어…….'

아연하게——오히려 공포를 느끼는 것조차 잊은 오펜이 속으로 내뱉었다. 이 지하도 자체가 붕괴할지도 모른다. 그렇게 되면 누구라 할지라도 상관없다——위에 사는 킴라크의 주민들에게도 막대한 피해가 나오리라. 말할 것까지도 없이 오펜 일행도 살아남을 방법은 없다.

"이럴 수가……."

오펜은 몸을 떨며 일으켰다. 몸이 말을 듣지 않았지만 그래도 억지로 일으켜 세웠다. 빛은 광대한 지하도를 밝히고 있었다. 주변을 둘러보고——오펜은 가장 가까이 있던 남자의 존재를 알아차렸다. 네임 온리.

그리고 죽음의 교사의 얼굴을 보고 움직임을 멈추었다.

"아아…… 이것 말인가요?"

네임은 쓴웃음을 지으며 자신의 얼굴을 가리켰다.

"딱히 별일은 아닙니다……."

죽음의 교사는 피눈물을 흘리고 있었다.

안구가 새빨갛게 부풀어 있었다——충혈되어 있는 것이 아니라 부풀어 올라 있었다. 원래부터 두꺼웠던 눈꺼풀 사이에서 혈액이 흘러 내려 굳어져가고 있었다. 잘 보자 입술 사이에서도 피의 색이 엿보였다. 모세혈관이 약한 부분부터 파열한 것이다.

향정신성물질이라고도 부르는 물질을 이용해 한계 이상으로 신체를 혹사한다는 것은——즉, 그대로 한계를 초월해 버린다는 것이다.

한계를 초월하면 망가진다. 생명 활동은 단순한 화학반응이니까. 네임은 이미 그 한계를 넘으려 하고 있었다. 하지만.

"아무래도 좋아요. 신께서 인정해 주지 않는 고통은, 아무래도 좋습니다……."

네임은——지하도에 심각한 진동을 가하는 것도 그 아무래도 좋은 고통 중 하나에 지나지 않는지, 곧바로 매지크 쪽에도 흥미를 잃고 이쪽으로 다가왔다.

"저는 수많은 최후 배알을…… 하지만, 신은 인정해주지 않았어요……."

웅얼웅얼 혼잣말을 하듯 중얼대고 있다. 아니, 실제로 혼잣말이리라.

"미친 마술사 스파이나……. 어리석은 신관에게는 말을 내리면서…… 제게는……."

죽음의 교사는 피눈물도 훔치지 않고, 표정도 바꾸지 않은 채로——그저, 부활하려 하는 모래 먼지 속을 나아갔다. 부러진 다리로, 태연하게.

"그래요. 당신의 스승에게도…… 신은……."

"우와아아아아아아아아아아아아아아!"

오펜의 외침이——아니, 비명이 울려 퍼졌다.

그는 절규하였다. 목소리가 갈라지고 목이 터져 격통이 느껴지는 것도 무시하고. 폐의 공기를 쥐어짜 피와 침을 내뱉으며, 오펜은 달리기 시작했다. 네임 온리의 온화한 걸음에 정면으로 달려들었다.

허리춤으로 당긴 오른쪽 주먹을, 전력으로 뻗었다——.

네임은 피하려고도 하지 않았다. 오펜의 주먹은 죽음의 교사의 명치에 깊숙하게 꽂혔다. 이상하게 딱딱해진 네임의 몸이 그곳을 축으로 둘로 꺾였다——.

동시에 오펜도 또한 오른쪽 손목에 둔탁한 통증을 느꼈다.

격렬한 일격이었다. 죽음의 교사는 뒤로 날아가고 그대로 쓰러져 움직이지 않게 되었다. 그리고 피눈물과 피의 구토를 얼굴 전체로 뿜고는, 가슴을 크게 부풀리고——경련하기 시작했다.

오펜은 오른쪽 손목을 품에 끌어안으며 천천히 네임 쪽으로 다가

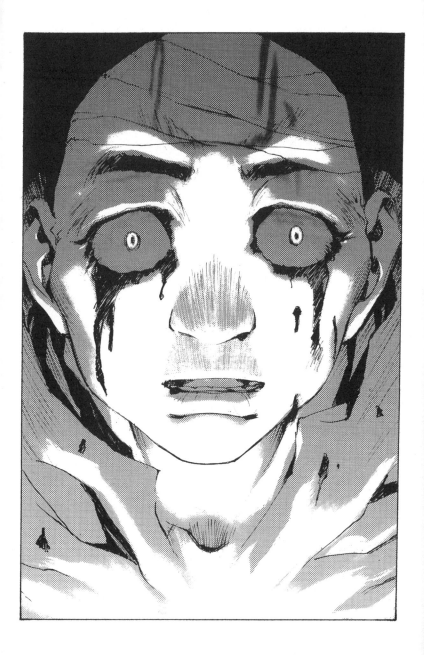

갔다. 죽음의 교사는 움직이려고도 하지 않았다. 방금 전도 공격을 피하지도 않았지만…….

오펜은 그에게 다가가 자신의 오해를 깨달았다. 그는 일부러 공격을 피하지 않은 것이 아니었다.

혼잣말에 열중해 있었던 것이다.

그 혼잣말은 지금도 이어지고 있었다. 갈라진 목소리로.

"신은 무엇을 선택하신 것인가…… 내가 이곳에 있는데도. 알고 있다……. 해야만 하는 것을."

오펜은 말없이 네임의 몸을 내려다보았다──복부, 즉 오펜이 가격한 곳은 스스로 냈다고는 믿을 수 없을 정도로 깊이 함몰되어 있었다.

하지만 네임이 그것을 깨닫고 있는지 아닌지는 불명이었다.

"마술이 있어서는 안 돼……. 세계를 죽게 할 수는 없어……. 를 위해서는…… 그것밖에…….."

네임의 눈은 이미 초점도 남아 있지 않았다. 하지만 그 얼굴을 막연하게 이쪽으로 향하고 있는 것을 깨달았다.

"키리란셀로."

"……그래."

오펜은 조용히 대답했다. 네임은 씩 웃었다.

"난 죽는 건가?"

"네놈은 이미 절반은 훨씬 넘는 수명을 헌상했어. ……신에게인지 뭔지는 모르겠지만."

"그런가……. 그렇다면 잘 된 일이로군."

그 대답은 오펜에게 건넨 것이 아니엇다.

매지크가 발하는 빛은 아직도 이어지고 있었다. 오펜은 그 빛 속에서 빛나는 모래가 모든 것을 지독히 평면적으로 만들고 있는 것처럼 보였다.

"내가 미쳤다고 말씀하셨지요?"

네임은 즐거워서 어쩔 수 없다는 듯이 싱글벙글 웃었다. 그는 시선으로 이쪽의 오른팔을 가리켰다. 숨기고 있는 오른팔을.

"하지만 당신의 손……. 당신의 손이 부러질 정도로 힘을 담아 절쳐도, 마술로 낫게 할 수 있는 계산이겠지요……. 그게 훨씬 더 미쳤다고는 생각하지 않으신가요?"

"알았다. 넌……. 미치지 않았어."

오펜의 대답에 그는 더욱 크게 웃었다.

"그래. 그걸로, 만족이에요. 정말로 만족했어요. 진심으로."

네임은 피투성이의 이를 드러내며, 힘없는 웃음을──헛기침으로밖에 들리지 않았지만──내뱉었다.

"어차피 저는 당신을 죽이지 않아도 충분했어요──어차피 당신은 이 지하도에서 탈출할 수 없을 테니까요."

"……그것에 관해서는 그렇지도 않거든."

대답해야 할지 말아야 할지──오펜은 적지 않게 망설였지만, 부채를 끌어안은 채로 끝내고 싶지 않다는 마음이 앞섰다. 그는 네임을 가만히 내려다보며 자신의 품에서 작은 병을 꺼냈다.

바의 노인에게 받은 물건이다. 오펜은 그것을 바닥에 내쳤다. 깨진 병 안에는 접힌 종이가 들어 있었다.

오펜은 그것을 주워 들었다. 그리고 그것을 펼쳐보고──탄식했다.

"역시나. 이 지하도의 지도로군."

그 말을 들어도 네임은 표정을 바꾸지 않았지만, 그것은 단지 표정을 바꿀 만한 힘이 남아 있지 않았던 것일지 몰랐다.

오펜은 지도를 주머니에 넣으며 말했다.

"네놈은…… 거짓말이 서툴렀어. 그 영감은 네 정체를 깨닫고 있었지. 사기꾼의 이론이라는 놈도 들키면 거기까지야."

"아하하하하하하!"

울러 펴진 웃음소리는——그때까지 없었던 힘을 드러내고 있었다. 공허한 눈으로 크게 웃는 네임에게 오펜은 어디까지나 냉정한 눈빛을 쏟았지만, 네임은 몸을 떨며 말을 내뱉었다. 마치 저주하듯이.

"사기꾼의 논리라니, 무례하시군요."

말 사이사이에도 그의 목소리에는 경련하는 웃음이 섞여 있었다.

"그건 설법이에요. 교사 학교에서 배우죠."

끽끽거리며——목소리가 아니라, 목을 경련시키며 말을 이었다.

"그는 제 말을 믿지 않았어요. 분명 파멸할 겁니다. 당신도요, 키리란셀로."

그는 거기까지 말하고, 이쪽으로 향했던 목을 다시 똑바로 위로 향했다. 아무것도 비치지 않는 눈동자로, 아무것도 없는 천장을 올려다보며.

"그렇지 않으면 공평하지 않잖습니까. 당신은 절——였으니까."

죽음의 교사는 되풀이했다.

"절——였으니까."

"…………"

오펜은 아무런 대꾸없이 그의 말을 들었다. 수많은 찢어진 상처나 타박상도, 부러진 오른쪽 손목도 아무런 느낌이 없었다. 머릿속에서 휘몰아치는 단 하나의 고통을 예감하며 그는 겁에 질려 있었다.

공포로 움츠러들며——그저 볼 수밖에 없었다. 그는 그의 말을 듣고 있었으니까.

네임 온리의 경련은 차츰 빨라졌다.

눈물도 침도 메말라 핏빛을 띤 가면을 뒤집어 쓴 시신의 얼굴은 이제 움직이지 않았다. 그저 씰룩이는 작은 움직임만이 거듭 이어질 뿐.

그리고, 그 움직임도 멈추었다.

멈추고 잠시 시간이 지났다. 이제 움직이지 않았다.

매지크가 만든 마술의 빛이 끊겼다. 다시 주변을 어둠이 뒤덮었다.

오펜은 죽음의 교사가 남긴 최후의 한 마디를 떠올렸다.

——였으니까.

죽였으니까.

그는 절규했다.

땅울림은 한없이 이어질 것만 같았다——실제로 언제까지고 이어졌더라면, 끝없이 이어진 그 후에 모든 생명을 빼앗았을 테지만.

하지만 결국 지하도의 진동은 얼마 있지 않아 잦아들었다. 간신히 생매장당하는 것만은 면한 모양이었다. 주변에는 8명의 신관병이 쓰러져 있었다. 방향을 특정하지 않고 발한 광열파로 전부 혼절해 있었다.

매지크는 안도하며 숨을 내뱉었다. 일제히 다가오던 상대를 대마술로 일소하는 것은 도가 나올지 모가 나올지 알 수 없는 도박이었지만, 어떻게 잘 풀린 모양이었다. 물론 이쪽의 소모도 격렬했지만.

"잘 풀렸네. ……그렇지?"

그는 어깨에 올라탄 레키의 꼬리(새끼 드래곤은 끝까지 클리오의 얼굴을 보고 있었다)에게 말을 걸었다. 그리고 등에 업은 클리오를 다시 한 번 고쳐 업은 뒤에 의식을 집중했다.

"나 낳노라…… 작은 정령!"

성공할 것이라 생각했다──지금이라면 아무런 실패도 할 리가 없다. 실제로 그가 구성한 마술은 완벽한 형태로 발동하였다. 형형히 빛나는 도깨비불이 그의 머리 위에 떠올랐다.

"그래. 잘 되잖아."

매지크는 불빛을 쳐다보며 뺨을 상기시켰다.

"줄곧 이걸 확인하고 싶었어……. 제대로 할 수 있는걸. 결심만 하면. 지금까지 그러지 않았을 뿐이었잖아."

질질 클리오의 발을 끌며(키 차이가 있으니 어쩔 수 없다) 걸음을 내딛었다. 불빛을 의지해 그는 스승의 모습을 찾았다. 저 멀리──상당히 떨어진 곳에 주저앉아 있는 것이 보였다.

매지크는 당연히 그쪽으로 발을 향했다. 쓰러져 있는 신관병을 피하며.

그는 흥분하여 혼잣말을 계속했다.

"잘 풀리지 않더라도, 어떻게든 돼. 됐잖아? 포위당해서, 위기에 몰렸는데. 클리오도 치료할 수 있을지도 몰라. 실패가 무서우니까 하지 않지만."

그렇게 중얼거리고——자신의 자신감에 찬물을 끼얹은 걸까? 하고 의심했다.

하지만 곧장 잊기로 하였다. 자신은 8명의 적을 쓰러뜨렸다. 오펜은 한 명밖에 쓰러뜨리지 않았다——더 멀리 스승의 옆에 누군가 한 명만이 쓰러져 있는 것이 보였다.

그는 그 사실을 떠올리고 목소리로 내뱉었다.

"내가 더 잘 했다는 증거야."

그렇다면 적어도 클리오의 치료 정도는 양보해주는 편이 좋으리라. 그러니까 자신은 하지 않는 것이다. 실은 그렇게 생각했던 것이다. 그렇게 정했다. 응.

……라니오트의 모습이 보이지 않았지만, 뭐, 어딘가에 있으리라.

"난 잘 하고 있어……."

매지크는 홀로 연신 고개를 끄덕였다.

"스승님이 날 인정하지 않는 건 이상해. 그러니까——야, 레키. 듣고 있어?"

이름을 불려 레키가 쫑긋 귀를 세운 모양이었다. 아무래도 지금까지 자신에게 말을 걸었던 것을 깨닫지 못했던 모양이다.

매지크는 칫, 하고 혀를 차며 말을 이었다.

"들어주지 않으면 곤란하거든. 애초에 전부터 이상하다고 생각했어. 스승님은 날 너무 얕봐. 저번에 혼났을 때 진심으로 생각했거든. 인정해주지 않는 건 이상하다고. 그러니까 난…… 화를 내기로 했어. 화를 내서 입을 다물어도 아무도 깨달아주지 않는 건 좀 외로웠지만."

말할 때마다 힘이 솟아오르는 기분에 매지크는 거의 숨도 쉬지 않고 말을 쏟아냈다. 클리오를 업고 걸어야 하는 거리는 아직도 수 백 미터나 되었지만, 그것도 도리어 지금의 자신에게는 딱 맞을 정도처럼 느껴졌다.

"그래. ……화를 내기로 했어. 난 잘 하고 있는데. 그런데 어째서 스승님은 날 인정해주지 않느냐 말이야. 너도 그렇게 생각하지? 분명 모두 그렇게 생각할 거야."

레키는 전혀 듣지 않고 그저 클리오의 얼굴을 핥을 뿐이었다. 하지만 매지크는 신경 쓰지 않았다. 그저 기운 차게——허세도 섞어——걸을 뿐. 눈부신 빛에 이끌려.

그 앞에는 그의 스승이 바닥에 힘없이 주저앉아 있었다——.

오펜이 공허한 눈빛으로 의식을 잃고 있다는 것을 깨닫기 위해서는 아직도 몇 십 걸음은 걸어야만 했다. 그리고 그것을 깨달을 때까지 그는 계속해 입을 놀렸다.

그녀의 절규에는 울음마저 담겨 있었다. 그것을 깨닫고——그는 얼굴을 찌푸렸다.

"당신이야말로, 우리가 얼마나 궁지에 몰렸는지 모르십니다!"

그는 단검을 한 번 휘두르고 증오에 찬 목소리로 말을 이었다.

"무어가 십 수 년 후입니까! 저희에게는 내일조차 없는데!"

"아니야! 그대들은 죽지 않아!"

침묵이 벽처럼 두 사람을 가로막았다.

잠시 말문이 막혔던 그는, 떨리는 손으로 단검을 다시 쥐었다. 그녀는 똑바로 몸을 일으켜 세우고 있었다.

"……그대들은 죽지 않을 것이야."

눈물을 글썽이는 녹색의 눈동자는 얼어붙은 보석처럼 빛을 가두었다.

"내가 지킨다. 지켜보이겠어."

그녀의 눈을 바라보며——그리고 그 말에 가슴을 떠밀리며, 그는 잠시 움직이지 않았다. 그리고 쓴웃음을 지으며 신음했다.

"당신 자신이 저의 동포를 죽이지 않았습니까. 성역의 앞잡이가 되어서."

"내가 죽으면, 그때야말로 그대들을 지킬 자가 사라질 것이야."

이스타시바는 작은 움직임으로 고개를 젓고, 그리고——힘없는 눈빛을 그가 쥔 칼날로 향했다. 그녀가 이 단검을 직시한 것은 지금이 처음이라는 것을 그는 깨닫고 있었다.

"……우리는, 이해할 수 없습니다."

문득 제정신을 차리자——그의 목소리에서는 힘이 사라져 있었다.

"무슨 일이 일어난 것입니까……? 어째서 우리가 미워해야만 합니까? 그리고, 어째서——우리는, 당신을 잃어야만 하는 것입니까?"

그는 고개를 숙이며 절규했다.

"전부 잘 되고 있었는데! 세계는 평온했는데! 누구도 아무것도 하지 않는다면 아무도 죽지 않을 수 있었는데! 그런데 어째서! 이렇게!"

그는 어깨를 떨며 자신의 말을 되풀이했다.

"……어째서, 이렇게……."

"그대들은 아무것도 모른다. 우리가 위험시한 것은 바로 그것이었지. 우리는 그것을 해소하기 위하여 이미 수많은 포석을 깔아 두었다……."

그녀의 목소리에는 떨림도 막힘도 사라져 있었다. 그 목소리에서 피로가 사라진 것은 아니었다――그녀의 피로에 끝이 없다는 것은 그도 잘 알고 있었다. 신념이, 혹은 확신이 그녀에게 힘을 불어넣고 있었다.

이스타시바는 똑같은 말을 되풀이하였다.

"그대들은 아무것도 모른다. 지금도 우리를 쫓는 신들의 그림자를 모른다. 뱀의 소굴에서 일어난 파멸을 모른다. 우리의 시조가 손을 댄 것이 무엇을 가져왔는지 모른다. 그 모든 것을, 우리의 입으로 직접 전할 수도 있었지."

거기서 그녀의 말은 고뇌가 섞였다.

"……하지만 그럴 수 없었다. ――그러지 않았던 것은, 우리가 비겁했기 때문일지도 모르지. 하지만 그럴 수 없었다. 나는 가슴을 펴며 고한다. 불가능했던 것이 아니다. 그저, 할 수 없었을 뿐이라고."

단 한 번 그녀의 목소리가 떨렸다. 한 번뿐이었지만.

"세계에는――바로 이 우리의 아일망카 결계에는――"

이스타시바의 목소리에 섞인 부자연스러움에――

그는 고개를 들었다. 그리고…… 믿을 수 없는 광경을 보았다.

그녀는 이미 눈앞에 있었다. 그야말로 코끝이 닿을 정도로. 하지만 결코 닿지 않을 정도로.

이토록 가까이서 그녀를 바라본 적은――그에게는 전무했다. 상쾌하고, 고요하며, 또한 거침없는 그녀의 눈동자가, 그의 눈동자와 마주본 거울이 되어 무한한 거울면을 비추고 있었다.

그녀는 단 한 마디만으로 그의 의문에 답하였다.

"우리의 이 키에살히마 대륙에는, 이미 멸망의 열쇠가 꽂혀 있는 것이다."

## 에필로그

그녀는 밤의 어둠에 서 있었다.

바깥은 비. 빗소리가 끊이지 않고 이어졌다. 그녀가 있는 방 안에도 물비린내가 충만해 있었다. 벽과 지붕 사이에 빈틈이 있었기 때문이다.

그녀를 둘러싼 밤은 정적의 어둠──그리고 그림자 속에 가라앉은 실내. 빛도 바람도 별도 없고, 밤의 기운으로 서늘해지지 않은 채로 그저 밤의 향기만이 그곳에 맴돌았다.

'칼날을 들고 어둠을 바라볼 뿐인 밤……'

아자리는 혼잣말을 하며 손안에 있는 무기를 확인하였다. 있는 그대로의 느낌을 풍기는 간소한 가죽 칼집에 담긴 한 자루의 대검. 칼자루에도 장식이 되어 있어, 달과 짐승의 부조가 매끄럽게 어둠에 녹아들고 있다.

발트안 델스
달의 문장의 검. 얄궂은 이야기지만 2백 년 전 노르니르가 인간 종족의 마술사를 멸망시키기 위하여 만든 무기 중 하나다.

오랜만에 몸에 걸친 전투복은 몸에 잘 밀착했다. 마치 잠시 떨어져 있던 것쯤은 신경도 쓰지 않는 친구처럼. 검은 길기 때문에 허리에 차지 못하고 검집을 끈으로 묶어 들고 가기로 한다. 그 외에 무기는 없다. 그녀가 발견한 천인의 유적에는 아직 쓸만한 무기도 무수히 있었지만, 결국 도움이 되는 것은 자신의 마술뿐임을 확신하였다──그녀에게는 타인의, 즉 천인의 마술에 의지하려다 뼈아픈 실수를 한 쓰라린 경험을 한 적이 있다.

'그 덕분에 헛되이 버린 5년을 되찾아야 해.'

후후, 하고 입가에서 웃음이 흘러나왔다.

'서로 말이야. 그렇지? 키리란셀로……'

어두운 방 안에서 그녀는 이유 없이 주변을 둘러보았다. 방 구석에 지인 형제가 누워 잠들어 있었다. 당분간은 눈을 뜨지 않으리라——수면의 마술이 듣고 있는 한은.

문득 떠오른 생각에 또 다른 것을 살폈다. 목적하던 것을 발견한 그녀는 한숨을 쉬었다. 그리고 성큼성큼, 하지만 천천히——침대로 걸어갔다.

간이 침대 위에는 아무렇게나 세계의 비밀을 기록한 책이 놓여 있었다.

세계서——.

'선생님도 이걸 읽었겠지. ……5년 전에.'

아자리는 허리를 숙여 검은 가죽 표지를 살며시 손으로 훑었다.

'10년 전에 이 마을에 잠입해——그 후에 이 책을 찾으신 건가요? 무엇을 위해서였나요, 선생님……'

눈을 반쯤 감고 자신의 스승을 떠올려 보았다. 스승이며, 또한 가장 가까운 친구이기도 하였다——나아가서는, 자신의 손으로 죽인 인물이기도.

거기서 차일드맨 교사의 얼굴 대신 다른 이의 얼굴이 떠올랐다. 차일드맨 교사보다 젊은——아니, 어린 인상의. 어딘가에 앳된 티가 남아 있는 소년. 자신의 동생의 얼굴.

'키리란셀로……. 그리고 티시——우리 교실 애들아.'

아자리는 책을 들고 몸을 일으켰다.

'선생님은 애초에 무슨 목적을 위해 우리를 기르신 건가요? ──
《송곳니 탑》의 장로들의 요청이었기 때문은 아니겠죠. 무엇을 위해
──무엇을 위해서였나요?'

그리고 지끈하고 짓누르는 가슴의 통증과 함께 덧붙였다.

'키리란셸로에게, 절 죽이기 위한 훈련을 받게 한 것은, 무엇을 위
해서였나요…….'

마음속의 환영은 물론 아무런 대답도 해주지 않았다. 그녀는 그 대
답을 찾듯이 차례차례 시선을 이동했다. 검은, 아무런 대답도 하지
않았다.

책에는 절반 정도밖에 의미를 이해할 수 없는 신화와 전기(戰記)가
연이어 기록되어 있을 뿐이었다.

땅에 누운 지인들을 코를 골며 잠들어 있을 뿐이다.

밤의 어둠은, 수다스럽게 대답해 준다면 밤의 가치가 사라지리라.

그리고──

자기 자신의 얼굴은 자신에게는 보이지 않는다. 자기 자신의 목소
리는 자신에게 들리지 않는다.

그 누구도 대답을 해주지 않는다. 그것은 이미 알고 있는 일이
었다.

"스스로 확인해야만 해. 나 자신이──힘과 목숨 전부를 걸어서
라도."

그녀는 입밖으로 내서 중얼거린 후, 손에 든 세계서를 일별했다.

문제는 어디에 무엇을 발견하러 가서, 무엇을 찾아낼 수 있는가
다. 적어도 이 책은 그 역할을 짊어져 주지 않는다.

아자리는 어둠 속에서 홀로 속삭였다. 킴라크 교회의 교의를.

'전설이 있다. ……세 여신의 신화. 우르드(과거)와 현재(베르단디), 그리고 미래(스쿨드)인 운명의 세 여신(월드 시스터즈). 세 신은 같은 여신이지만 결코 서로를 만날 수 없다……. 과거는 현재와 미래의 존재를 모르고, 미래는 단절되어 있다. 현재만이 과거를 알고 미래를 믿지만, 아무것도 하지 못하고 우리 안에 갇혀 있다――.'

"갇혀 있지 않아."

아자리는 낮게 중얼거리고는 책을 바닥에 내던졌다. 그리고 작게 손목을 비틀고――예리한 말투로 속삭였다.

"현재는 언제나 미래를 만나기 위해 계속해 걷고 있어!"

뀨폿! ――.

그녀의 속삭임과 동시에 세계서가 불길에 휩싸였다. 새하얀 화구 안에서 페이지가 격렬하게 날갯짓을 하고는…… 비명도 지르지 못하고 잿더미가 되었다.

바깥은 비. 빗소리가 끊임없이 이어지고 있다.

잿빛와 검정색이 뒤섞인 그 재는 불길 탓에 솟구친 노란 먼지에 뒤섞여 복잡한 색을 띠었다. 재 안에서 소용돌이치는 죽음의 재는 무엇도 주장하지 않는다. 하지만 결코 멈추지 않는다. 삶과 죽음의 나선모양처럼.

그 나선모양 안에서 그녀는 각오했다. 그리고 어둠을 향해 고했다.

"오늘 밤――유그드라실 신전. 킴라크 교회 중추에. 때에 맞추지 못했구나, 키리란셀로……."

# 후기

"……어라? 왜 내가 이런 곳에…….""

"어째서는 뭐가 어째서냐."

"아, 작가까지 있네. 그렇다면…….""

"그렇다. 바로 권말 후기라는 놈이다."

"그렇다면, 이곳에 등장하면 이제 두 번 다시 본편에는 복귀할 수 없다는 공포의 트레이더 분기점?"

"그런 오래된 소재 따위 독자들은 절대로 모를 테지만, 뭐, 그렇지."

"그, 그럼, 어째서 내가 여기에 있는 거야!? 캐릭터 인기 투표를 하면 2위는 확실하다고 여겨지는 내가 왜!?"

"뭐, 진정해라, 매지크."

"어떻게 진정하라고오오오오!? 왜에!? 왜 어째서 뭣 때문에 내가 여기에!? 이건 뭔가 잘못…… 헉!? 혹시 실은 이곳은 월간 드래곤매거진의 독자투고 페이지인 것은 아닐까? 그렇다면 내가 권말에 나와도 이상하지 않…….지만, 앗차! 여장 세트는 전날 세탁소에 맡겨서 지금 없는데!"

"분통을 터뜨려서 뭘 어쩔 거냐. 말해두지만 이건 엄연하게 문고판으로 새로 쓴 장편 후기다."

"아아(울며 쓰러진다). ……그럼 난 결국 이런 곳에서 끝나는 건가.

얼마 전에 산 BEAR의 다운재킷이 어울리지 않는다고 친구 사이에서 지독히 불평을 산, 이런 작가랑 같이. 흑흑흑."

"시끄럽네 거. 본인은 굉장히 마음에 들어 하니까 됐어. 너야말로 풀네임으로 부르면 주방용 세제가 되는 주제에."

"등록상표이니 실을 수 없습니다(거짓말입니다). 흑흑흑."

"뭐, 일단 진정해. 그런데 너, 지금 몇 살이냐?"

"어? ……어라? 17살인 것 같아. 심지어 혼자 여행을 하고 있는 것 같은 느낌이……."

"그런 거다. 탈락 캐릭의 묘지 제2탄. 오픈3YA 설정에서 매지크 17살 버전입니다."

"3YA설정?"

"3년 후(3 Years After) 설정. 난 이런 부분에서 꽤나 설정파거든. 실은 월간 드래곤매거진에 연재한다는 이야기가 나오기 훨씬 전에 습작으로 쓴 단편이 있는데, 바로 거기의 주인공이 이 녀석이었단 말이지. 심지어 17살."

"그렇다면 시리즈 종료 후의 설정?"

"그거야. 무대는 키에살히마 대륙이 아니고. 심지어 오픈은 이미 결혼해서 줄곧 변경의 개척촌에 있지. 넌 그곳을 찾아가기 위해 여행하고 있어. 대강 해설하자면 이런 느낌이려나."

"오호라."

"뭐, 전권 권말에 나온 악어 처녀 라트에 관해서도 그렇지만, 이것들은 어디까지나 『버려진』 설정이니까 말이지. 이 시리즈가 실제로 진행되어가면 이윽고 절대로 이렇게 된다든가 그런 게 아닙니다. 라트베인 아가씨의 어머니에 대해서도 생각해둔 것이 없고, 애초에 그 주인공에게 그런 딸이 태어날지 어떨지도 정하지 않았어요."

"하지만 그렇게 될 가능성은 있다?"

"뭐, 거기까지 부정하진 않아. 음, 어찌됐든, 그다지 걱정하지 않아도 오케이입니다, 삿포로의 K씨(웃음)."

"부냐~."

"그럼 이쯤해서 이야기를 본편 쪽으로 옮기죠. 실은 전권 권말에서 현재진행 중인 킴라크 편은 전부해서 3권이라고 썼습니다만…… 한 권 더 늘어날 예정입니다."

"그렇다면…… 이 책 후에 또 2권이나 이어진다는 거야?"

"그렇습니다. 당최 이야기가 진행이 되질 않아서. 사실은 이 권에서 □□□이 XXX해야만 했는데 말이지. 덤으로 △▲△▲을 보고 오오, 라든가, 아아, 라든가, □□□이 놀라야 하는데."

"……전혀 모르겠는데."

"알면 곤란하지."

"그야 그렇지만."

"음. 수긍도 했으니 이 탈락 캐릭터 설명서를 주마. 하하하."

"큭…… (나중에 두고보자, 작가)."

"그럼, 이번에는 이쯤에서."

"안녕히 계세요!"

1996년 마지막 달ㅡㅡ

아키타 요시노부

# '나의 신에게 활을

시조 마술사의 정체와
대륙에 닥치는 위기

모든 것을 알게 된 때,
인간에게 무엇이 가능할 것인가

**마술사
오펜
뜻밖의 여행**

애장판5 **2017년 연속 발매 예정**

# 당기라, 배반자'

잃어버린 마술과
숨겨진 진실

교회 중심에 울려퍼지는
신도의 외침

# 마술사 오펜 뜻밖의 여행 애장판 4

초판 1쇄 발행   2017년 1월 31일

**저자** 아키타 요시노부

**발행인** 원종우
**발행처** (주)이미지프레임

**주소** (13814) 경기도 과천시 뒷골1로 6, 3층
**영업부** 02-3667-2653   **편집부** 02-3667-2654   **팩스** 02-3667-2655
**메일** edit01@imageframe.kr   **웹** vnovel.co.kr

**ISBN** 978-89-6052-676-1 02830   **(세트)** 978-89-6052-649-5

숨막히고, 달콤하고, 괴롭고, 사랑스러운 소녀시대
# 화원을 잃어버린 여고생 네 명의 이야기

GARDEN LOST

코교쿠 이즈키 | **번역** 문기업

글 : 코교쿠 이즈키 / 번역 : 문기업
가격 : 9,000원

 +006

글 : 우니 / 번역 : 김봄

가격 : 10,000원